HEYNE <

Das Buch

Unschuldig sieht er mich aus seinen braunen Augen an. Ein Unterlid hängt schon ein bisschen herunter. Beagle, fällt mir in diesem Moment ein, er sieht aus wie ein Beagle.

»Von wann ist denn dein Profilbild?«, erkundige ich mich in bemüht neutralem Tonfall.

»So alt ist das noch gar nicht!«, behauptet er. »Außerdem habe ich mich in den letzten zwanzig Jahren sowieso kaum verändert. Bis auf die paar grauen Haare sehe ich doch noch genauso aus.« Irrtum, mein Lieber! Auf dem Foto siehst du aus wie ein griechischer Gott. Heute hast du sehr viel mehr Ähnlichkeit mit einem englischen Jagdhund.

Die Autorin

Jana Voosen, Jahrgang 1976, studierte Schauspiel in Hamburg und New York. Es folgten Engagements an Hamburger Theatern. Seitdem war sie in zahlreichen TV-Produktionen zu sehen. Jana Voosen lebt in Hamburg.

Lieferbare Titel

Er liebt mich … – Zauberküsse – Mit freundlichen Küssen – Allein auf Wolke Sieben – Prinzessin oder Erbse? – Liebe mit beschränkter Haftung

JANA VOOSEN

Pantoffel oder Held?

Roman

WILHELM HEYNE VERLAG
MÜNCHEN

MIX
Papier aus verantwortungsvollen Quellen
FSC® C014496

Verlagsgruppe Random House FSC® N001967
Das für dieses Buch verwendete
FSC®-zertifizierte Papier *Holmen Book Cream*
liefert Holmen Paper, Hallstavik, Schweden.

Originalausgabe 07/2013

Printed in Germany 2013
Umschlaggestaltung: © Eisele Grafik-Design, München
Satz: KompetenzCenter, Mönchengladbach
Druck und Bindung: GGP Media GmbH, Pößneck
ISBN: 978-3-453-41013-8

www.heyne.de

Für alle Töpfe, Deckel,
Fische und Fahrräder!
Viel Glück!

Liebe geht durch die Nase
und
auf jeden Topf passt eine Faust.

Anni Martens (87 Jahre)

Liebe geht durch die Nase!

Noch schneller zum perfekten Partner per Genanalyse!

Sie sehnen sich nach einer glücklichen, erfüllten Partnerschaft? Nach einem Menschen, der Sie ohne viele Worte versteht, der Sie ergänzt und glücklich macht? Mit dem Sie eine Familie gründen und gemeinsam alt werden können?

Und hat sich dieser Wunsch für Sie noch immer nicht erfüllt? Sind auch Sie immer wieder an den Falschen/die Falsche geraten? Sind Ihre Beziehungen zusammen mit Ihrem Herzen wieder und wieder zerbrochen? Haben Sie die Hoffnung schon beinahe aufgegeben, endlich den Richtigen /die Richtige zu finden?

Schöpfen Sie neuen Mut, denn wir von **DreamTeam** helfen Ihnen dabei, Ihren Traumpartner zu finden!

Ob wir jemanden attraktiv finden oder nicht, bestimmen unsere Gene: Sie entscheiden, wen wir »riechen« können. Deshalb können Sie jetzt bei uns mithilfe eines einfachen Tests Ihre DNA analysieren und mit der anderer Menschen vergleichen lassen. In Kombination mit unserem bewährten, eigens für **DreamTeam** von renommierten Wissenschaftlern entwickelten Persönlichkeitstest finden Sie so die ganz große Liebe! Genetisch kompatible Paare haben erwiesenermaßen langlebigere Beziehungen, ein besseres Sexualleben und höhere Fruchtbarkeitsraten!

Er oder sie wartet irgendwo da draußen – und wir sagen Ihnen, wo!

Wie das Ganze funktioniert, erfahren Sie in unserer Broschüre **»Ihr perfekter Partner – für Sie bestimmt!«**

Kapitel 1

»Also, Frau Martens, als Mitarbeiterin bekommen Sie natürlich einen Rabatt von fünfzig Prozent«, erklärt mein Gegenüber, »denn glücklich liierte Mitarbeiter sind für uns die allerbeste Werbung. Sie verstehen?« Ich lasse meinen Blick durch das elegante Büro meines neuen Auftraggebers mit dem wunderschönen Ausblick auf die Hamburger Binnenalster wandern und kann noch immer nicht recht glauben, dass meine Chefin mir allen Ernstes die Alleinverantwortung für unseren neuesten Werbekunden übertragen hat, die Internet-Partnerbörse DreamTeam!

Endlich! Endlich! Nach fünf Jahren als Junior-Produktmanagerin, was übersetzt eigentlich nichts anderes bedeutet als Laufbursche für den Produktmanager, habe ich jetzt mein erstes eigenes Projekt. Mein Ansprechpartner Herr Löffelstiel, der mir gegenüber in einem mächtigen schwarzen Ledersessel thront, ist ein freundlicher, grauhaariger Mann im tadellos sitzenden Nadelstreifenanzug, der an jeden zweiten Satz die Worte »Sie verstehen?« anhängt. Ein wenig aus dem Konzept bringt mich das Augenzwinkern, das diese Floskel begleitet und das irgendwie anzüglich wirkt. Sie verstehen, zwinker, zwinker?

»Äh, ja, ich verstehe«, sage ich und zwinkere vorsichtshalber zurück. »Aber das wird nicht nötig sein. Ich habe bereits einen Freund. Bin glücklich liiert sozusagen. Sie verstehen?«, rutscht es mir heraus und ich beiße mir auf die Unterlippe. Reiß dich zusammen, Franzi. Sonst denkt er noch, dass du dich über ihn lustig machen willst. Aber Herr Löffelstiel sieht vollkommen arglos aus.

»Wie schön für Sie! Welche Quote?«

»Bitte?«, frage ich irritiert, als mir gerade noch rechtzeitig einfällt, dass dies bei DreamTeam der Fachausdruck für die Kompatibilität zwischen Mann und Frau ist. »Keine Ahnung. Wir haben uns auf die altmodische Art kennengelernt. Vor drei Jahren. Auf einer Party.« Entschuldigend hebe ich die Schultern.

»Ich verstehe. Nun, dann kommen Sie doch mal vorbei mit Ihrem …?«

»Fabian«, ergänze ich.

»Mit Ihrem Fabian. Dann können Sie hautnah miterleben, wie wir arbeiten. Und bei der Gelegenheit können Sie gleich überprüfen, ob Sie auch mit dem richtigen Mann zusammen sind. Die richtige Entscheidung getroffen haben, sozusagen. Sie verstehen?« Ich blinzele verunsichert. Meint der das ernst?

»Danke, aber ich kann meinen Freund sehr gut riechen«, wehre ich ab und nehme damit gleich Bezug auf den Werbeslogan »Liebe geht durch die Nase«, den ich Herrn Löffelstiel für das neue Produkt Gentest vorgeschlagen habe.

»Das glauben Sie! Aber sind Sie sich auch ganz sicher, dass auf Ihre Nase Verlass ist? Wussten Sie zum Beispiel, dass der Geruchssinn einer Frau durch hormonelle Verhütungsmittel vollkommen irregeleitet wird?«

»Äh, nein«, gebe ich zu.

»Und dann die übertriebene Hygiene von heute. Ich sage nur Antitranspirant. Wie sollen Sie als Frau den richtigen Partner auswählen, wenn der seinen Eigengeruch mit Chemie überdeckt?«

»Ja, das erschwert die Sache natürlich ungemein«, stimme ich ihm zu, während ich insgeheim ein Dankgebet gen Himmel sende, dass sich der Erfinder des Deos von dieser Argumentation nicht von seinem Schaffensdrang hat abhalten lassen. Ich bin nämlich überhaupt nicht scharf darauf, den Eigengeruch jeder Person, die mir auf der Straße begegnet, auf zehn Meter Entfernung wahrnehmen zu können. »Aber sehen Sie, ich habe einen sehr sensiblen Geruchssinn, ein feines Näschen sozusagen.«

»Nun gut, nun gut, wie Sie meinen«, sagt mein Gegenüber, »es ist jedoch unstrittig, dass unsere instinktive Partnersuche heute nicht mehr so einwandfrei funktioniert. Und wissen Sie, woran man das auch feststellen kann?«

»Nein. Woran?«

»An den vielen Paaren mit unerfülltem Kinderwunsch«, sagt er triumphierend. »Paare mit niedriger Kompatibilität brauchen erwiesenermaßen erheblich länger, bis eine Schwangerschaft eintritt. Wenn überhaupt. Wollen Sie denn mal Kinder haben?«

»Irgendwann schon.«

»Ich sage Ihnen was«, er beugt sich über den Schreibtisch zu mir rüber und flüstert verschwörerisch: »Diesen Kompatibilitätstest machen wir umsonst für Sie. Gehört ja quasi mit zum Einarbeitungsprozess. Sie verstehen?«

»Ehrlich?«, frage ich und finde die Idee plötzlich gar nicht mehr so blöd. Warum eigentlich nicht? Wenn ich unseren Auftraggeber damit glücklich machen kann … Zudem habe ich strenggenommen mit dem Job gerade erst angefangen und schon sage und schreibe zweihundert Euro verdient. In fünf Minuten. Zweihundert Euro. So viel kostet nämlich die Kombination aus Persönlichkeits- und Gentest für Neukunden von DreamTeam. Ein solch großzügiges Geschenk sollte man dankbar annehmen, oder, wie meine Omi Anni es ausdrücken würde: »Einem geschenkten Gaul haut man nicht aufs Maul.«

Als ich aus den Geschäftsräumen von DreamTeam trete, scheint die Frühlingssonne auf mich herab. Trotz des emsigen Treibens um mich herum bleibe ich mitten auf dem Jungfernstieg stehen, schließe die Augen und genieße die wärmenden Strahlen der Aprilsonne. Endlich hat die kalte Jahreszeit ein Ende. Beschwingt beschließe ich, den Bus Bus sein zu lassen und zu Fuß nach Hause in das etwa zwanzig Minuten entfernte Grindelviertel zu gehen, wo ich seit zweieinhalb Jahren mit Fabian wohne. Während ich gemächlich in Richtung Heimat schlendere, bekomme ich nun doch ein bisschen Muffensausen. Vielleicht hätte ich, bevor ich Herrn Löffelstiel einfach so zusage, Fabian erst mal fragen sollen. Andererseits, was sollte er dagegen haben? Dass wir beide ein Dreamteam sind, das weiß schließlich jeder. Was den Test natürlich von vornherein vollkommen unnötig macht. Fabian und ich sind ein Traumpaar. Er ist der Topf für meinen Deckel oder umgekehrt. Ich bin einfach nur glücklich, dass ich ihn gefunden habe. Es war auf einer sogenannten Secondhand-Party meiner Freundin Lydia, wo jeder den ganzen Kram hinschleppen konnte, den er loswerden wollte: Bücher, DVDs, Klamotten und … Exfreunde oder solche, die es werden sollten. Dass es sich um eine Art Kontaktbörse handelte, wussten allerdings nur die weiblichen Besucher. Ich war damals, das ist jetzt fast drei Jahre her, alleine auf die Party gekommen, denn mein Exfreund hatte diese

Bezeichnung erst vor wenigen Wochen erworben, und nicht etwa, weil ich ihm den Laufpass gegeben hatte, sondern weil er »seine Freiheit zurückwollte«. Und obwohl es »nicht an mir lag, sondern ganz allein an ihm«, er mich »immer noch wahnsinnig lieb« hatte, wir immer »die allerbesten Freunde bleiben« sollten und er mir »nur das Allerallerbeste für mein Leben« wünschte, konnte ich das umgekehrt nun überhaupt nicht behaupten. Deshalb wollte ich ihm keinesfalls die Gelegenheit geben, auf der Party vor meinen Augen die nächste Frau kennenzulernen, die ihn seiner Freiheit berauben würde. Allerdings, das konnte ich damals nicht wissen, wäre mir das sowieso ziemlich egal gewesen. Denn in dem Moment, als Fabian mit einer langbeinigen Blondine Lydias Küche betrat, war Peter, so hieß der Ex, über den ich mir seit Wochen jede Nacht die Augen aus dem Kopf geheult hatte, plötzlich nur noch eine schemenhafte Erinnerung. Ich verliebte mich augenblicklich in den Mann mit dem wuscheligen, blonden Lockenkopf, den sanften, braunen Augen und dem athletischen Körper. Bis heute bin ich der festen Überzeugung, dass für alle Anwesenden sichtbare Blitze zwischen uns hin- und herflogen, während Fabian sich halbherzig mit seiner blonden Begleitung unterhielt und ich mir alle Mühe gab, nicht vor lauter Begeisterung zu sabbern, während ich Lydia über die beiden Neuzugänge ausfragte.

»Wer ist er? Wie heißt er? Was macht er? Wie alt ist er? Und am allerwichtigsten: Will die ihn wirklich loswerden?«

Und Lydia antwortete zu meiner vollsten Zufriedenheit: »Das ist Fabian. Er heißt Fabian. Er macht irgendwas mit Informatik. Er ist Anfang dreißig. Und ja, Lisa hat sich vor ein paar Wochen von ihm getrennt.«

»Ja, aber wieso denn bloß?« Es war mir wirklich völlig unbegreiflich, wie jemand einen solchen Traum von Mann verlassen konnte.

»Das musst du sie schon selber fragen«, sagte Lydia und ergänzte: »Was dem einen seine Eule, ist dem anderen seine Nachtigall.«

»Oder wie meine Omi wahrscheinlich sagen würde, was dem einen seine Eule, das trägt der andere nach Athen«, grinste ich. »Los, stell mich vor.«

Der Rest ist Geschichte. Von Nahem gefiel mir Fabian noch besser als von Weitem, obwohl sich herausstellte, dass er gerade mal einen halben Zentimeter größer war als ich. Und dabei bin ich selbst mit eins fünfundsechzig auch nicht unbedingt ein Riese. Aber das machte mir nichts aus. Wir verstanden uns auf Anhieb so gut, dass Lydia und Lisa, Letztere mit einem erleichterten Seufzer, sich nach drei Minuten unauffällig zurückzogen. Wir redeten die ganze Nacht. Dabei erfuhr ich, dass seine Exfreundin sich anscheinend in ihren fünfundzwanzig Jahre älteren Chef verliebt und Fabian deshalb verlassen hatte. Das konnte ich nun überhaupt nicht verstehen. Ich heuchelte ein bisschen Betroffenheit, aber ganz offensichtlich nahm er die Sache nicht besonders schwer, sondern baggerte stattdessen eifrig an mir herum. Am nächsten Abend gingen wir zusammen essen, tags darauf ins Kino und danach miteinander ins Bett. Sechs Monate später bezogen wir unsere gemeinsame Wohnung. Sehr zum Leidwesen meiner Mutter haben wir die noch ausstehenden Schritte, wie sie es nennt, nicht im gleichen Tempo vollzogen, denn nach ihrer Meinung wird eine Beziehung erst durch Eheringe und mindestens drei Kinder wahrhaft geadelt. Aber ich finde unser Leben auch so schon absolut perfekt. Wir streiten uns nie, haben den gleichen Einrichtungsgeschmack, ähnliche Interessen und sogar dieselbe Lieblingsmarmelade, nämlich Orangengelee mit Ingwer. Das soll uns erst mal einer nachmachen. Erdbeere, Himbeere, vielleicht auch Pflaumenmus, das mag doch jeder. Das hat nichts zu bedeuten. Aber einen Menschen zu treffen, der mit einem zusammen wohlige Grunzlaute ausstößt, wenn das bittere Aroma einem die Geschmacksnerven zusammenzieht, und der voller Hingabe auf zähen Orangenschalen-Streifen herumkaut, das ist schon ein großes Glück. Alle, die uns kennen, sind sich einig, dass wir das perfekte Paar sind, und plötzlich regt sich in mir der Ehrgeiz, Herrn Löffelstiel zu zeigen, was für eine großartige Wahl ich getroffen habe. Dass ich den richtigen Riecher hatte, sozusagen, Sie verstehen, zwinker, zwinker. Ich freue mich schon auf sein Gesicht, wenn er das Testergebnis sieht: »Hundert Prozent, also Frau Martens, ich muss schon sagen, das gab es noch nie. Wenn alle so zielsicher ins Schwarze treffen würden bei ihrer Partnerwahl, also, das wäre das Ende für unsere Firma. Der Ruin, sozusagen. Sie verstehen?« Und ich werde tiefgründig lächeln und ihm dann huldvoll gestatten, trotzdem mit Fabian und mir für sein Unternehmen zu werben. Obwohl wir die Quote von hundert Prozent ganz alleine hinbekommen haben. Aber immerhin sind wir schon durch die Tatsache, dass wir den Test gemacht haben, zu Kunden von DreamTeam geworden, sodass es nicht einmal richtig gelogen ist. Und dass der Übergang zwischen Lüge und Wahrheit in der Werbung manchmal fließend ist, daran habe ich mich längst gewöhnt. Denn schließlich ist das mein Beruf. Oder wie Omi Anni es formulieren würde: »Das schmier ich mir aufs tägliche Brot!«

Mein sportlicher Ehrgeiz ist also geweckt und entsprechend hurtig erklimme ich die steilen Stufen zu unserer hübschen Drei-Zimmer-Wohnung, die sich im vierten Stock eines Altbaus befindet. Das Haus ist zwar etwas verlottert und beim Aufstieg muss man sehr genau achtgeben, dass man sich auf den ausgetretenen Stufen nicht den Hals bricht, aber dafür ist die Lage mitten im Hamburger Univiertel, mit seinen zahllosen Cafés, Bars und hippen Klamottenläden, unschlagbar. Und wegen des desolaten Zustands des Hauses ist die Miete viel niedriger als in den Häusern ringsum. Die Wohnung haben wir selbst renoviert, die Dielen abgeschliffen, Wände gespachtelt und gestrichen und Einbauregale montiert. Ein solches Projekt ist eine Prüfung für jede Beziehung, und wäre ich nicht schon vorher hundertprozentig davon überzeugt gewesen, dass Fabian der Richtige für mich ist, dann wäre ich es spätestens in dem Moment gewesen, als er mich schließlich nach wochenlanger harter Arbeit und noch im Blaumann über die Schwelle unserer fertig renovierten Wohnung getragen hat. Es war kein böses Wort gefallen. Nicht eins. Ich stecke den Schlüssel ins Schloss und freue mich, dass ich ihn nur ein halbes Mal herumdrehen kann, bevor sich die Tür mit einem Knacken öffnet. Fabian ist also schon zu Hause.

»Hallo, Schatz«, rufe ich durch den langen Flur und werfe meinen Trenchcoat über die Garderobe.

»Tag, Schatz«, kommt es aus der Küche, gemeinsam mit dem verführerischen Duft von angebratenem Knoblauch. Ja, ich gebe es zu, wir sind diese Leute, die sich gegenseitig Schatz nennen. Ich weiß nicht, wie es dazu kommen konnte. Aber ich weiß noch sehr genau, wie blöd ich das immer fand. Vorher. *Schatz*, das ist ja wohl so ziemlich das

Einfallsloseste, was es gibt. Doch man muss das auch mal anders betrachten. Im wahrsten Sinne des Wortes, sozusagen. Sie verstehen, zwinker, zwinker? Mir fällt kein besserer Ausdruck für Fabian ein, denn er ist genau das: mein wertvollster Schatz. Ich betrete die Küche, wo er mit mehreren Pfannen und Töpfen vor sich hin werkelt, und gebe ihm einen Kuss. Dann wasche ich mir die Hände und beginne, den Rucola zu putzen, der in der Salatschleuder wartet.

»Und, wie war es bei dem neuen Kunden?«, erkundigt sich Fabian.

»Es ist gut gelaufen«, sage ich, »und ich glaube, das wird ein spannender Auftrag. DreamTeam ist ja ein riesiges Unternehmen. Die haben über fünf Millionen Kunden.«

»Und wozu brauchen Sie dann dich?«

»Weil Sie ein neues Produkt auf den Markt bringen und damit noch ein paar Millionen weiterer Kunden gewinnen möchten, darum.«

»Ein neues Produkt?« Verständnislos sieht Fabian mich an. »Ich dachte, das ist 'ne Partnervermittlung.«

»Stimmt. Aber sie wollen sich von den vielen anderen Online-Kontaktbörsen abheben. Das Konzept ist total neu und klingt auch irgendwie einleuchtend. Die besten Psychologen und Biologen haben es gemeinsam erarbeitet.«

»Tatsächlich?«

»Ja, DreamTeam geht davon aus, dass für eine lebenslange Bindung zwei Komponenten entscheidend sind. Zum einen die soziale und zum anderen die biologische. Den psychologischen Test gibt's ja schon lange. Denn natürlich ist es wichtig, dass man gemeinsame Interessen und Werte hat. Aber noch wichtiger ist, dass man auch biologisch zueinander passt.«

»Meinst du nicht sexuell?« Er grinst mich an und wirft mit Schwung eine Handvoll geschnittener Cocktailtomaten in die heiße Pfanne.

»Schon, sexuell, ja. Eigentlich hat es was mit dem Immunsystem zu tun. Wir alle senden permanent Duftstoffe aus, mit denen wir das andere Geschlecht anlocken. Und zwar jeweils diejenigen Exemplare des anderen Geschlechts, deren Immunsystem sich von unserem eigenen am stärksten unterscheidet. Denn die Kinder aus einer solchen Verbindung bekommen das Beste aus beiden Immunsystemen und sind deshalb besonders überlebensfähig.« Ich klinge schon selbst wie eine Werbebroschüre.

»Klingt irgendwie überzeugend«, sagt Fabian dann auch. »Eins musst du mir aber noch erklären: Wozu der Test, wenn man sich doch gegenseitig am Geruch erkennt?« Ich möchte jetzt nicht in Herrn Löffelstiels Hetzreden gegen Deodorants einstimmen und bin froh, dass mir ein besseres Argument einfällt. Bevor ich es ausspreche, klebe ich ein imaginäres Post-it auf meine imaginäre Ideenwand, um später bei der Ausarbeitung meiner Werbekampagne darauf zurückgreifen zu können.

»DreamTeam gibt dir die Chance, an Tausenden von Frauen, denen du sonst nie begegnen würdest, zu riechen – im übertragenen Sinne, versteht sich. Und dir ja sowieso nicht«, füge ich, plötzlich besorgt, hinzu. »Sondern den Kunden. Man gibt eine DNA-Probe ab, der Computer erledigt den Rest und vergleicht deine DNA mit den anderen im System.«

»Ich stelle es mir eigentlich ganz nett vor, an einer langen Reihe von Frauen zu schnuppern.«

»Untersteh dich!«

»Und was kostet der Spaß?«

»Beide Tests zusammen kosten zweihundert Euro. Und die sogenannten Bestandskunden können sich für neunundsechzig Euro upgraden lassen.«

»Wow. Ganz schön teuer, oder?«

»Aber«, sage ich feierlich, »für uns ist es umsonst.«

»Na, wie schön.« Er grinst ironisch. »Ich sage dir Bescheid, wenn ich 'ne neue Freundin suche.«

»Mach keine Witze darüber. Das ist nicht komisch.«

»Du hast doch damit angefangen.«

Über einer riesigen Portion Tagliatelle mit Rinderfiletstreifen und Cocktailtomaten in Weißweinsauce erzähle ich Fabian von Herrn Löffelstiels Angebot. Oder vielleicht war es gar kein Angebot? Sondern ein Befehl? Wie auch immer, zum Glück erklärt sich Fabian sofort bereit mitzumachen.

»Warum nicht? Klingt doch ganz lustig.«

»Ist nur für meinen Auftraggeber. Den muss ich schließlich bei Laune halten und deshalb wollte ich nicht ablehnen. Wir wissen ja schon, dass wir ein Super-Team sind. Stimmt's?«

»Hmja«, bestätigt Fabian etwas undeutlich. Aber das liegt nur an der riesigen Gabel voll Nudeln, mit der er gerade kämpft.

Und so sitzen wir nach dem Essen Seite an Seite, unsere Laptops auf dem Schoß, auf dem Sofa und füllen den umfangreichen Fragebogen aus.

»Was sind das denn für merkwürdige Fragen?«, erkundigt sich Fabian, nachdem er einen Blick auf die erste Seite geworfen hat. *Wenn du ein Tier wärst, welches wärst du dann? Wenn du dir aussuchen dürftest, welches Tier du bist, welches würdest du dann wählen?*

»Das ist alles tiefenpsychologisch fundiert«, erkläre ich, während mir das Wort »Kanarienvogel« in den Sinn kommt. Kanarienvogel? Ich denke eine Minute darüber nach und komme zu der Erkenntnis, dass das wohl gar nicht die falscheste Einschätzung meiner Persönlichkeit ist. Ich bin klein und blond, ein bisschen kugelig, gesellig, verträumt und meistens gut gelaunt. Und manchmal zwitschere ich ein wenig zu schnell und zu viel. Außerdem ist mein allergrößter Traum, fliegen zu können. Nicht in einem Flugzeug oder Helikopter, nicht mal mit so einem Drachensegel, Fallschirm oder magischen Umhang – nein, einfach so. Mich vom Boden abstoßen, zweimal mit den Flügeln beziehungsweise Armen rudern und davonflattern. Keine Sorge, ich bin mir dessen bewusst, dass ich auf diese Art sicher niemals werde fliegen können. Auch wenn die Wissenschaft mittlerweile so weit sein mag, uns den Weg zum perfekten Partner zu weisen – bis sie die Schwerkraft besiegen kann, ist es noch ein langer Weg. Länger als meine Lebensspanne. Obwohl ich vor acht Jahren mit dem Rauchen aufgehört habe.

K A N A R I E N V O G E L tippe ich in die erste Zeile meines Tests. Fabians Blick klebt an meinem Bildschirm.

»Hee, nicht abgucken!« Schützend lege ich meinen Arm davor und komme mir gleich darauf albern vor. Wie in der zweiten Klasse. Fabian scheint das Gleiche zu denken, denn er verdreht die Augen.

»Du warst wohl so eine, die in der Schule nie jemanden hat abschreiben lassen, was?«

»War ich nicht«, verteidige ich mich und nehme widerwillig die Hand weg. »Aber du wirst doch wohl zugeben, dass es in diesem Fall absolut kontraproduktiv wäre, von mir abzuschreiben.«

»Ja, schon gut.« Schwer stützt er den Kopf in die Hand, während ich mich den nächsten Fragen zuwende: *Wenn du dir aussuchen dürftest, welches Tier du bist, welches würdest du dann wählen?* Hm. Fliegen muss es natürlich können. Also wieder ein Vogel. Ich weiß, ein Adler. Das ist es. Hoch im Himmel über allem zu schweben. Erhaben. Ein bisschen Furcht einflößend. Und sehr, sehr selbstsicher. Ich sehe Fabian an, der sich mittlerweile die Haare rauft und dabei unglaublich niedlich aussieht.

»Woher soll denn ich wissen, was für ein Tier ich wäre?«, stöhnt er. »Oder gerne sein würde. Und ist das nicht überhaupt das Gleiche?«

»Du musst das intuitiv machen. Aus dem Bauch heraus.«

»Aber ich habe mir noch nie Gedanken darüber gemacht, welches Tier ich gerne wäre. Oder welche Blume. In welcher Epoche ich gerne leben würde und was meine liebste Märchenfigur ist«, beschwert sich mein Freund und sieht jetzt richtig übellaunig aus. »Können die nicht einfach fragen, wo ich gerne meinen Urlaub verbringe und wo ich politisch stehe, wie jede andere Kontaktbörse auch?«

»Ach? Du hast Erfahrung mit Online-Dating?« Das wusste ich ja gar nicht.

»Ist ewig her. Aber Lisa habe ich damals so kennengelernt. Bei VIPartners, wenn ich mich nicht irre.«

»Wie schön für dich und Lisa!«

»Hey, nichts gegen Lisa.« Er hebt gespielt drohend den Zeigefinger und beugt sich zu mir rüber. »Ohne sie wären wir uns nie begegnet.« Augenblicklich bin ich wieder versöhnt.

»Da hast du natürlich recht«, murmele ich und schließe in Erwartung des Kusses, der gleich folgen wird, die Augen.

»Kanarienvogel?« Enttäuscht hebe ich ein Augenlid und dann auch das andere. War wohl nichts mit Knutschen.

»Nicht gucken!«

»Kanarienvogel. Gar nicht so verkehrt!«

»Vielen Dank.«

Über eine Stunde lang beantworten wir Fragen über Fragen. Auch mir schwirrt mittlerweile ganz schön der Kopf, so intensiv habe ich schon lange nicht mehr über mich nachgedacht. Und mit den »Was wären Sie, wenn«-Fragen ist es längst nicht getan. Von Musikgeschmack über Ernährungsgewohnheiten bis hin zu sexuellen Vorlieben wird wirklich alles unter die Lupe genommen.

Schließlich loggen wir uns mit unserem gemeinsamen Passwort auf der Webseite ein und mit einem Klick sind unsere Fragebögen auf dem Weg in Richtung Auswertung. Aber im Gegensatz zu regulärem Internet-Dating werden unsere Ergebnisse natürlich nur miteinander verglichen, anstatt mit all den anderen in der Datenbank vorhandenen. Auch wenn ich sowieso nicht glaube, dass es da draußen irgendeinen Mann gibt, der besser zu mir passen würde als Fabian.

»So, das war der erste Teil. Jetzt noch der genetische Test.« Fabian hat sich mittlerweile mit geschlossenen Augen in unsere riesengroßen, flauschigen Sofakissen fallen lassen.

»Können wir den nicht morgen machen?«, ächzt er und tastet nach der Fernbedienung. »Ich möchte jetzt einfach nur abschalten.«

»Keine Sorge«, ich krame in meiner neuen Knautsch-Handtasche aus hellbraunem Leder nach den Testutensilien, »es dauert nur eine Sekunde. Na ja, vielleicht fünf, aber nicht mehr. Ah, da sind sie ja.« Damit ziehe ich zwei schmale Röhrchen aus durchsichtigem Plastik hervor, die ungefähr die Größe eines Zigarillos haben. Mäßig interessiert setzt Fabian sich auf und schaut mir dabei zu, wie ich mit einem leisen Plopp den Plastikverschluss löse und das weiße Teststäbchen herausnehme. Eigentlich ist es ein ganz normaler Q-tip.

»So, Mund auf«, befehle ich und fuhrwerke mit dem Ding in Fabians Mund herum.

»Wa mach dun da?«, fragt er, während ich sorgfältig eine Zellprobe von seiner Mundschleimhaut abkratze und ihm das gleichzeitig erläutere. Dann nehme ich noch meine eigene Probe und verschließe die Röhrchen sorgfältig.

»Das geht morgen ab ins Labor und ein paar Tage später bekommen wir die Auswertung. Toll, oder?«

»Ja. Toll.« Damit lehnt er sich ins Sofa zurück und schaltet den Fernseher ein. Ein bisschen enttäuscht sehe ich ihn an.

»Freust du dich nicht?«

»Worüber denn?«, fragt er ehrlich überrascht.

»Na ja, auf das Ergebnis.«

»Das haben wir doch noch gar nicht.«

»Nein, aber …« Ratlos sehe ich auf die Röhrchen in meiner Hand und weiß selbst nicht, was für eine Reaktion ich eigentlich erwartet hätte. Etwas mehr Enthusiasmus vermutlich. Und die Beteuerung, dass er fest davon überzeugt ist, dass wir die Hundert-Prozent-Quote knacken. »Was glaubst du denn, wie wir abschneiden werden?«

»Ach, bestimmt gut. Wir sind doch schon so lange zusammen.«

»Genau.« Ich robbe mich an ihn heran. »Und immer noch verliebt.«

DREAMTEAM

Auswertung der Teilnehmer Franziska Martens und Fabian Röth

Genetisch-biologische Komponente:
Kompatibilität: 23%

Sie sind ähnliche MHC-Typen, das heißt, Ihre Immunsysteme unterscheiden sich nicht wesentlich voneinander. Erwiesenermaßen beeinflussen die MHC-Gene sowohl das sexuelle Verlangen zweier Partner nacheinander als auch ihre Fähigkeit, sich fortzupflanzen. Für die Zeugung eines Kindes brauchen Paare mit ähnlichen MHC-Genen deutlich länger, auch kommt es in den ersten drei Monaten häufiger zu Fehlgeburten.

Soziale und psychische Komponente:
Kompatibilität: 50 %

Sie teilen einige Interessen miteinander, aber bei Weitem nicht alle. Wenn Sie Ihre Beziehung fortführen wollen, müssen Sie sich darauf einstellen, dass jeder auch seine eigenen Wege gehen wird, Ihr Freundeskreis wird sich nie ganz mischen, Sie werden keines von jenen Paaren sein, die zu einer Einheit verschmelzen. Eher wird man Sie als Partner wahrnehmen, die einander Freiheiten lassen, auch mal getrennt in den Urlaub fahren und viel Zeit mit ihren unterschiedlichen Hobbys verbringen.

Gesamtprognose:
Kompatibilität: 36 %

Ihre Erfolgsquote liegt bei 36 Prozent. Natürlich können Sie trotzdem Ihr Glück miteinander versuchen, sollten aber

Ihre Hoffnungen nicht zu hoch schrauben. Insbesondere, wenn es Ihnen wichtig ist, eine Familie zu gründen, sollten Sie überdenken, ob es nicht auf lange Sicht besser wäre, sich nach einem anderen Partner umzuschauen.
Bedenken Sie: Es gibt Menschen, die besser zu Ihnen passen. Wir haben Paare zusammengeführt, die im Kompatibilitätstest bis zu 96 Prozent erreichten. (Berichte von zufriedenen Kunden finden Sie in der dieser E-Mail als PDF-Datei angehängten Broschüre.)
Auch Sie können eine harmonische, sorgenfreie und glückliche Beziehung führen. Eine kurze Nachricht an uns genügt und gegen eine geringe Gebühr speisen wir Ihre Ergebnisse in unsere Datenbank ein. Wir machen **Dream-Teams!**

Kapitel 2

Sprachlos starre ich auf meinen Monitor. Ich weiß gar nicht, worüber ich mich zuerst aufregen soll. Über das absolut niederschmetternde Ergebnis oder über die unsensible Art und Weise, wie mir von DreamTeam selbiges um die Ohren gehauen wird. Und dann dieser absolut plumpe Versuch, mir eine Mitgliedschaft in der Kontaktbörse schmackhaft zu machen. Wer hat sich das bloß ausgedacht? Das muss man doch viel subtiler angehen. Noch einmal überfliege ich den Text, und ein Schauer läuft mir über den Rücken. Das kann gar nicht sein. Da muss irgendetwas vertauscht worden sein. Fabian und ich, wir sind ein Traumpaar. Das Dream-Team schlechthin sozusagen. Wir lieben uns. Es war sogar Liebe auf den ersten Blick. Wir konnten uns auf Anhieb gut riechen, um mal in der Terminologie von meinem blöden Auftraggeber zu bleiben. Will mir so ein dämlicher Test allen Ernstes erzählen, dass ich nicht in der Lage bin, mir den richtigen Partner auszusuchen? Dass ich also nicht den richtigen Riecher hatte, zwinker, zwinker? So eine Frechheit. Und was heißt hier eigentlich mangelndes sexuelles Verlangen nacheinander? So ist es doch gar nicht. Vielleicht reißen wir uns nicht die Klamotten vom Körper, sobald wir einander ansichtig werden, aber ist das nicht ganz normal nach ein paar Jahren? Schön, auch am Anfang sind wir nicht an jedem möglichen oder unmöglichen Ort übereinander hergefallen wie die Tiere, ich ziehe es nämlich vor, beim Sex warm und trocken zu liegen und mir keine blauen Flecken zu holen. Aber ist das nicht auch einfach eine Temperamentsfrage? Auf jeden Fall war es immer sehr schön mit uns. Ich korrigiere, es ist immer sehr schön mit uns. Auch wenn ich mich, ehrlich gesagt, gerade nicht genau erinnern kann, wann wir das letzte Mal miteinander geschlafen haben. Das muss vorletztes Wochenende …, nein, da hatte ich meine Tage. Dann vor drei Wochen? Oder vier? Ganz schön lange her ist es auf jeden Fall. Aber schließlich haben wir beide anstrengende Jobs und genießen es abends oft, einfach gemeinsam auf der Couch herumzulümmeln. Das ist doch legitim. Dennoch nehme ich mir vor, heute Abend etwas gegen unsere Sexflaute zu unternehmen. Sicher ist sicher. In diesem Moment klingelt mein Telefon. Es ist Fabian. Augenblicklich wird mir heiß und kalt. Natürlich hat er die E-Mail auch bekommen. Und wahrscheinlich gerade gelesen. Beklommen gehe ich ran.

»Hallo Schatz.«

»Hallo Schatz.« Schweigen. Vor Aufregung beginne ich nervös an meiner Nagelhaut herumzuknabbern. Dann finde ich mich selbst albern, weil ich mich von so einem dummen Test (das sollte ich meinen Arbeitgeber vielleicht nicht unbedingt hören lassen) dermaßen aus der Fassung bringen lasse. Als würde das irgendetwas ändern. Als könnte es unsere drei gemeinsamen Jahre, die wundervollen Erinnerungen und das starke Band der Liebe zwischen uns zerstören. Oder auch nur ankratzen. Lächerlich. »Na, hast du auch unser überragendes Testergebnis erhalten?«, erkundige ich mich betont locker.

»Tja. Offensichtlich könnten wir kaum schlechter zueinander passen, was?«, fragt er ebenso locker zurück. Oder bilde ich mir das nur ein? »Dafür halten wir es ja ziemlich gut miteinander aus.« Oh, Gott sei Dank. Er nimmt das Ganze nicht ernst. Mit einem lauten Plumpsen fällt mir ein Stein vom Herzen. Nicht dass ich etwas anderes erwartet hätte. Aber trotzdem bin ich erleichtert.

»Stimmt. Dafür, dass du so ziemlich der schlechteste Kandidat bist, den ich mir hätte aussuchen können, ist es eigentlich ganz okay, mit dir zu leben.«

»Ganz okay?«

»Ja, du bist recht nett.«

»Nett? Ist das nicht die kleine Schwester von Scheiße?«

»Ich bin total dagegen, jemanden nach seinen Geschwistern zu beurteilen. Stell dir mal vor, das würde einer mit mir machen.« Meine Schwester Emma ist nämlich ein kleines Miststück.

»Tja, dann hättest du ein Problem. Aber keine Sorge, ich finde, du bist in Ordnung. Trotz deiner Schwester. Und trotz des Testergebnisses«, fügt er nach einer kleinen Pause hinzu.

»Du bist auch in Ordnung«, sage ich zärtlich und finde dieses Gespräch auf eine skurrile Art und Weise gerade unheimlich romantisch. Klar wäre es mir lieber gewesen, wenn der Kompatibilitätstest uns hundert Prozent und damit sozusagen Brief und Siegel darauf gegeben hätte, dass wir die ideale Beziehung führen. Allein schon, um mir die dummen Kommentare von Herrn Löffelstiel zu ersparen, die garantiert kommen werden. Aber wozu braucht man eine Versicherung, wenn man weiß, dass man den anderen liebt? Das ist doch eigentlich eher etwas für Leute, die sich ihrer Beziehung nicht so ganz sicher sind. Sofort mache ich mir eine kleine Notiz, dass wir das in unserem Werbekonzept berücksichtigen müssen. Allerdings ist der Gentest für bereits bestehende Paare ja sowieso nur ein, sagen wir mal, Nebenprodukt von Dream-Team. Ich für meinen Teil hätte ihn jedenfalls niemals gemacht, wenn ich nicht dazu verdonnert worden wäre. Oder auch nur einen Cent dafür hätte hinlegen müssen. Das muss man sich mal vorstellen. Da zahlt man zweihundert Euro dafür, dass einem dann vor den Latz geknallt wird, dass man die falsche Wahl getroffen hat. Und dass man an eventuell anstehenden Fehlgeburten quasi noch selbst schuld ist.

»Ich treffe mich heute schon früher mit den Jungs, wir wollen ins Kino gehen«, unterbricht Fabian meine Gedanken und macht damit meine Sexpläne zunichte. Richtig, heute ist ja Freitag, also trifft er sich mit seinen Freunden und ich mache mit meinen beiden besten Freundinnen Lydia und Kim unseren Frauenabend. »Dann sehen wir uns also erst im Bett.«

»Okay. Viel Spaß!«

»Euch auch.« Nachdem ich Fabian noch einen Kuss durch die Leitung geschickt habe, lege ich auf und mache mich auf den Weg zu meinem Termin mit Herrn Löffelstiel.

»Für unsere Kontaktbörse bekommen Sie natürlich ebenfalls Mitarbeiterrabatt«, erklärt er, ohne mit der Wimper zu zucken, nachdem ich ihm mein katastrophales Testergebnis offengelegt habe. Wozu ich, wie mir im Nachhinein klar wird, wahrscheinlich gar nicht verpflichtet gewesen wäre. Schließlich gibt es so etwas wie Datenschutz. Ich ärgere mich ein wenig über mich selbst, dass ich nicht einfach dreist etwas von 87 Prozentpunkten erzählt habe.

»Danke, das wird nicht nötig sein«, erkläre ich so würdevoll wie möglich.

»Nicht? Wie darf ich das verstehen?«

»Dass ich selbstverständlich nicht vorhabe, mich nur aufgrund dieses Tests von meinem langjährigen Freund zu trennen!«

»Sie müssen sich ja nicht gleich trennen. Nur die Marktlage checken. Schauen, was es da draußen noch so gibt. Sie verstehen?« Zwinker, zwinker.

»Ich verstehe durchaus. Aber ich bin nicht interessiert.«

Ratlos sieht er mich an. »Aber es ist doch eindeutig, dass Sie nicht den besten Fang gemacht haben.«

»Sie scheinen ja wirklich sehr überzeugt von Ihrem Produkt zu sein.«

»Sie etwa nicht?« Er mustert mich mit strengem Blick und ich beiße mir auf die Zunge, damit mir nicht irgendetwas herausrutscht, was ich später bereuen könnte. Tatsächlich halte ich den Test nämlich mittlerweile für ausgemachten Käse. Auch wenn das Konzept in der Theorie durchaus reizvoll klingt und ja auch durch wissenschaftliche Studien belegt ist: Ganz offensichtlich eignet es sich nicht für alle Menschen. Ich beschließe, dass Fabian und ich nun einmal die Ausnahme von der Regel sind und gebe mich diplomatisch.

»Selbstverständlich. Und ich werde Ihr großzügiges Angebot vielleicht später noch in Erwägung ziehen!« Nie im Leben! »Aber jetzt sollten wir uns auf unser vorrangiges Ziel konzentrieren: Menschen zusammenzubringen. Und nicht auseinander.«

»Fabian und ich haben eine miserable Quote und hatten seit vier Wochen keinen Sex mehr«, platze ich am Abend heraus, kaum dass ich Lydia und Kim die Tür geöffnet habe.

»Dir auch einen schönen guten Abend«, grinst Lydia und schält sich aus ihrem Jeansmantel.

»Leider ist es kein schöner Abend. Wir haben für DreamTeam diesen Test gemacht und der behauptet, dass wir überhaupt nicht zusammenpassen.«

»Das ist doch totaler Blödsinn. Ihr seid ein Traumpaar.«

»Das dachte ich ja auch immer.«

»Lass dich doch von so einem blöden Test nicht verunsichern«, meint Kim schulterzuckend. »Könnten wir vielleicht ins Wohnzimmer gehen? Ich schlafe im Stehen ein.«

»Wie geht's denn Elias?«, erkundige ich mich nach ihrem elf Monate alten Sohn und sie zieht eine Grimasse.

»*Ihm* geht es super. Er ist quicklebendig und schläft eigentlich nie. Entsprechend geht es mir. Kann ich mich ein bisschen hinlegen?«

»Na klar.« Ich mache eine einladende Handbewegung und sie wankt ins Wohnzimmer, wo sie wie ein sterbender Schwan aufs Sofa sinkt und die Wolldecke über sich zieht.

»Oh, tut das gut.« Sie schließt die Augen und ist innerhalb von Sekunden eingeschlafen.

»Ist Fabian schon weg?«, erkundigt sich Lydia, nur um die Frage gleich darauf selbst zu beantworten. »Blöde Frage, natürlich ist er, sonst würdest du eure Sexprobleme wohl kaum so herausposaunen.«

»Wir haben keine Sexprobleme«, protestiere ich, »wir

haben nur seit vier Wochen keinen Sex gehabt. Das ist ein Unterschied. Aber wenn wir Sex haben, ist er ganz unproblematisch.«

»Unproblematisch, hm.« Meine Freundin macht es sich auf dem noch nicht besetzten Flügel unseres Ecksofas bequem und greift in die mit Sour-Cream-and-Onion-Chips gefüllte Salatschüssel. »Das klingt wirklich aufregend.«

»Ist es auch. Soweit ich mich erinnern kann.« Ich lasse mich neben sie plumpsen und tröste mich wider besseres Wissen ebenfalls mit ein paar Chips, obwohl ich eigentlich dringend ein paar Pfunde abspecken möchte. Aber ich will mich gar nicht erst der Illusion hingeben, dass ich es ausgerechnet heute Abend schaffen könnte, Diät zu halten. Wie jeden Freitag begehen wir unseren Freundinnen-Abend mit Pizza, Häagen-Dazs-Eiscreme und mehreren Folgen von entweder »Desperate Housewives«, »Greys Anatomy« oder »Doctor's Diary«, während Fabian mit seinen Kumpels um die Häuser zieht. Eigentlich merkwürdig, dass er dafür die Energie hat, obwohl er doch jeden Abend so müde ist, dass er schon schnarcht, wenn ich frisch parfümiert und in einem meine Kurven umschmeichelnden Nachthemd aus dem Badezimmer komme. Na schön, normalerweise trage ich Boxershorts, T-Shirt und eine Beißschiene, weil ich nachts mit den Zähnen knirsche. Und riechen tue ich nach meiner Kräutergesichtscreme, die unheimlich gut für die Haut sein soll, ihr aber leider auch einen recht unattraktiven Fettglanz verleiht. Während ich mir diese Gedanken mache, dämmert mir langsam, warum Fabian immer so schnell einschläft. Ich lasse die Chips, nach denen ich gerade gegriffen habe, zurück in die Schüssel fallen.

»Ich glaube, er findet mich nicht mehr attraktiv. Und

ich kann es ihm nicht verdenken. Ich habe so viel zugenommen. Und das T-Shirt, in dem ich schlafe, ist total ausgeleiert und auf der Brust steht: *Ein Mann – ein Wort. Eine Frau – ein Wörterbuch.*«

»Ach komm, daran kann es doch wohl nicht liegen.« Heftig schüttelt Lydia den Kopf. »Fabian liebt dich bestimmt auch in einem doofen T-Shirt. Ihr seid schließlich ein Traumpaar.«

»Schon. Aber …«

»Nichts aber. Ihr hattet bloß ein paar Wochen keinen Sex, das ist doch kein Problem.«

»Ein paar Wochen«, grunzt Kim und öffnet träge ein Auge, »was soll ich denn sagen?«

»Wieso? Wie lange ist es denn bei euch her?«

»Ungefähr so lange wie die letzte durchgeschlafene Nacht. Und ich sag dir eins: Den Schlaf vermisse ich mehr.« Das Augenlid klappt wieder herunter.

»Was soll das heißen? Seit Elias geboren ist? Meint sie, seit Elias geboren ist?« Ich sehe Lydia an, die ratlos die Schultern zuckt. »Aber, das wäre ja fast ein Jahr. Kim? Ist das wahr? Hattest du ein Jahr lang keinen Sex mehr?« Ich stupse sie zaghaft an der Schulter an, aber sie gibt nur ein unwilliges Knurren von sich und dreht sich auf die andere Seite.

»Siehst du, ist vielleicht ganz normal. Das wird schon wieder.« Während Lydia mir Mut zuspricht, zwirbelt sie eine ihrer dunklen Schnittlauchlocken.

»Und das Testergebnis? Wir kommen bloß auf 36 Prozent. Das ist echt mies.«

»Aber ihr seid doch glücklich miteinander. Und das schon ganze drei Jahre lang. Vielleicht ist mit diesem Test einfach was schiefgegangen.«

»Ja, vielleicht.« Wenig überzeugt wiege ich den Kopf hin und her.

»Was sagt denn Fabian dazu?«

»Wir haben uns heute noch gar nicht gesehen. Aber am Telefon klang er ganz entspannt. So, als würde er der Sache nicht viel Bedeutung beimessen.«

»Na siehst du. Das solltest du auch nicht.«

»Ja, schon gut.«

»Lasst euch bloß nicht einfallen, euch zu trennen!« Aus großen braunen Augen sieht sie mich ängstlich an.

»Wer redet denn von Trennung?«

»Niemand. Das sage ich doch gerade. Ihr dürft euch auf keinen Fall trennen. Ihr habt eine Vorbildfunktion. Dessen müsst ihr euch bewusst sein. Seit Heidi und Seal sich getrennt haben, seid ihr der letzte Beweis für mich, dass es wahre Liebe doch noch gibt.« An dem Tag, an dem das Ehepaar Samuel seine Trennung offiziell bekanntgab, hat Lydia zwei Flaschen Rotwein geleert und sich danach auf dem Kiez einen One-Night-Stand aufgerissen, den sie, ich zitiere, »in nüchternem Zustand nicht mit der Kneifzange« angefasst hätte. »Also macht keinen Quatsch, ist das klar?«

»Okay, ist ja gut. Niemand hat vor, sich zu trennen.« Ich glaube, es ist höchste Zeit für das erste Glas Rotwein. Lydia nimmt einen großen Schluck und lässt sich in die Kissen zurückfallen.

»Das war ein Schock in der Abendstunde.«

»Jetzt sei doch nicht so dramatisch. Ich habe kein Wort über Trennung gesagt. Nur, dass das Testergebnis mich ein bisschen aus der Bahn geworfen hat. Und dass wir eben eine Zeitlang keinen Sex hatten.«

»So fängt's an!« Sie legt ihr hübsches Gesicht in so

komische Falten, dass ich lachen würde, wenn mich ihr plötzlicher Umschwung nicht schockieren würde.

»Was soll das denn jetzt? Du hast doch gesagt, Fabian liebt mich und dass es nichts zu bedeuten hat.«

»Schon. Aber du solltest kein Risiko eingehen. Männern ist Sex viel wichtiger als uns.«

»Aber er will doch nicht.« In meiner Verzweiflung stoße ich auf den Grund der Chipsschüssel vor. »Er ist einfach zu müde. Was soll ich denn tun, wenn er schon schläft, wenn ich ins Bett komme? Ihm kaltes Wasser über den Kopf schütten und ihn zwingen, mit mir zu schlafen?«

»Vielleicht solltest du ihn auf andere Art und Weise wecken.« Lydia dreht das Weinglas in ihren Händen und lächelt vor sich hin. »Ich kenne keinen Mann, der da nicht drauf abfährt.« Ich brauche eine Sekunde, bis ich kapiere, wovon sie redet.

»Also, ich weiß nicht.«

»Aber ich! Glaub mir, das ist die Lösung.« In diesem Moment klingelt es an der Tür und ich springe auf, um dem Pizzaboten zu öffnen. Gerettet durch den Gong, würde ich sagen. Während ich in meinem Portemonnaie krame, denke ich über Lydias Vorschlag nach. Und stelle mir vor, wie ich reagieren würde, wenn ich mit Fabians Kopf zwischen meinen Beinen aufwachen würde. Wahrscheinlich würde ich reflexartig um mich schlagen, die Knie zusammenpressen und mich panisch zur Seite drehen. Was dabei alles passieren könnte! Im Geiste sehe ich Fabian vor mir, mit gebrochenem Genick und ebensolchen Augen, während ich meine eigenen öffne und verschlafen um mich blicke. Zum Glück keucht in diesem Augenblick Willi, der Pizzabote, die Treppe hoch und reißt mich aus meinen höchst unerfreulichen Gedanken. Er klammert sich am Geländer fest und gibt pfeifende Laute von sich.

»Alles in Ordnung?«, frage ich wie jeden Freitag besorgt, und er winkt nach Luft ringend ab, auch wie immer.

»Kein Ding, alles klar. Es ist nur mein Asthma. Geht gleich wieder.«

»Okay.« Ich warte geduldig. Mit jedem seiner mühevollen Atemzüge erhöhe ich sein Trinkgeld im Geiste um zwanzig Cent. Kopfschüttelnd betrachte ich die schmächtige Gestalt und frage mich, wie ein Asthmatiker auf die Idee kommt, Pizzabote zu werden. Dann fällt mir ein, dass Studentenjobs heutzutage knapp sind, dass Willi vielleicht einfach keine andere Wahl hat, und schlage einen weiteren Euro auf die Endsumme auf.

»So.« Er lächelt mich an und holt schwungvoll drei Pizzakartons aus seiner Warmhalte-Tasche hervor. »Einmal Peperoni-Salami, einmal Hawaii, einmal Funghi. Und ein Becher Cookies and Cream. Macht zweiundzwanzig Euro neunzig bitte.« Ich drücke ihm dreißig Euro in die Hand und bin froh, dass Fabian in diesem Moment nicht hinter mir steht, der mir mit Sicherheit einen Vortrag über die Regeln des Trinkgeldgebens halten würde. Fünf Prozent für Muffelköpfe, zehn, wenn alles in Ordnung war und fünfzehn für herausragenden Service. Aber egal. Ich finde einunddreißig Prozent für Asthmatiker, die ihr Leben riskieren, damit Lydia, Kim und ich freitags nicht verhungern müssen, durchaus angemessen.

»Stimmt so.«

»Oh. Dankeschön.« Er starrt so verwundert auf die beiden Scheine in seiner Hand, als würde ich ihm nicht jede Woche ein völlig überzogenes Trinkgeld geben. »Dann guten Appetit.«

»Danke. Und gute Besserung!«

»Oh, es geht schon.« Er lächelt tapfer und zieht seinen Inhalator aus der Tasche, bevor er sich an den Abstieg macht.

Im Wohnzimmer versuche ich kurz, Kim aus ihrem komatösen Schlaf zu erwecken, gebe meine Bemühungen aber bald auf und lege ihr den Pizzakarton auf den Bauch. Lydia hingegen stürzt sich auf ihre Peperoni-Pizza wie ein ausgehungerter Löwe auf die Antilope.

»Wenn du ein Tier wärst, was würdest du sein?«, erkundige ich mich, während ich fasziniert dabei zusehe, wie sie sich das erste Achtel in den Mund steckt und es beinahe ohne zu Kauen im Ganzen hinunterschlingt. Sie überlegt nur eine Sekunde und antwortet im Brustton der Überzeugung »Schmetterling«, bevor sie sich das nächste Stück vornimmt. Von ihren Essgewohnheiten mal abgesehen liegt sie damit gar nicht so falsch. Ihre zierliche Figur, der dank jahrelangen Balletttrainings schwebende Gang und nicht zuletzt die Art und Weise, wie sie von einem Mann zum nächsten flattert, legen den Vergleich nahe.

»Also, wo waren wir?«, erkundigt sich der Schmetterling, während ihm eine fettige Ölspur das Kinn runterläuft. »Ach ja, euer Sexleben. Wie gesagt …«

»Ich weiß, was du gesagt hast.« Vorsichtig hebe ich ein Stück Pizza Hawaii aus meinem Karton. »Können wir das Thema auf nach dem Essen verschieben?«

»Aha! Da haben wir ja schon das Problem. Du findest Sex also unappetitlich.«

»Überhaupt nicht. Aber während ich mir ein Stück Pizza in den Mund schiebe, muss ich nicht unbedingt über andere Sachen nachdenken, die ich …«

»Andere Sachen? So nennst du das also? Komm, Fabian, steck mir deine Sache in meine Sache. Ich lach mich tot.« Sie kichert albern vor sich hin und hält erst inne, als sie meinen grimmigen Gesichtsausdruck bemerkt. »Was guckst du denn so komisch?«

»Ich versuche mich gerade zu erinnern, warum du noch mal meine beste Freundin bist.«

»Vielleicht solltest du mich auf der nächsten Secondhand-Party verscheuern.«

»Eine gute Idee!«

»Ach komm, jetzt sei mal nicht so. Du weißt doch, aus mir spricht der Neid der Besitzlosen.« Sie schenkt uns beiden Rotwein nach und prostet mir zu. »Ich weiß vielleicht, wie man einen Mann auf Touren bringt, habe aber keine Ahnung, wie man ihn länger als eine Nacht an sich bindet.« Das stimmt: Obwohl Lydia es schafft, jeden Mann, der sie interessiert, um den kleinen Finger zu wickeln und in ihr Bett zu locken, ist sie seit mittlerweile sechs Jahren Single. Und das, obwohl sie in ihrem Job als Krankenschwester im UKE täglich mit schnuckeligen Ärzten und Pflegern zu tun hat. Dabei müsste sie doch eigentlich der Traum eines jeden Mannes sein: Rehäugig und gertenschlank von außen, trinkfest wie ein Matrose von innen und dabei offensichtlich auch noch vollkommen hemmungslos im Bett.

Mit einigen guten Vorsätzen und edler Wäsche bewaffnet liege ich gegen eins im Bett und warte darauf, dass Fabian endlich nach Hause kommt. Leider lässt der Herr auf sich warten. Die drei Gläser Merlot, die ich im Laufe des Abends getrunken habe, lassen meine Augenlider bleischwer werden. Als ich sie wieder öffne, scheint die Sonne hell durch den schmalen Spalt der Vorhänge und neben mir liegt Fabian. Der Radiowecker auf seinem Nachttisch springt auf neun Uhr dreißig und gibt das schrille Wecksignal von sich, das mir immer durch Mark und Bein fährt, auf das Fabian aber besteht, weil angeblich nur genau dieser Ton in der Lage ist, seinen todesähnlichen Tiefschlaf zu durchdringen. Wie jeden Morgen gibt er nur ein unwilliges Grunzen von sich, während ich zum Wecker hechte, um ihn auszuschalten. Dann lasse ich mich in die Kissen zurückfallen und versuche, die aufkommende Übellaunigkeit zu unterdrücken. Denn erstens fiepen meine Trommelfelle empört und zweitens hatten Fabian und ich schon wieder keinen Sex. Weil ich trotz bester Vorsätze anscheinend doch irgendwann eingeschlafen bin. Und er offensichtlich erst ziemlich spät nach Hause gekommen ist. Jetzt ist jedenfalls ganz sicher nicht der richtige Zeitpunkt, ihn auf Lydias ganz spezielle Art zu wecken und sich lustvoll durch die Laken zu wühlen. Denn erstens muss Fabian gleich zu seinem samstäglichen Fußballtraining und zweitens war ich für Sex am Morgen noch nie wirklich zu begeistern. Mein Freund hat sich nach einigen missglückten Verführungsversuchen zu Beginn unserer Beziehung sehr schnell damit abgefunden. Nachdenklich sehe ich zu ihm hinüber und ziehe ernsthaft in Erwägung, meinen und seinen morgendlichen Mundgeruch für einen Quickie in Kauf zu nehmen. Nicht dass ich große Lust hätte. Aber unserer Beziehung zuliebe. Entschlossen robbe ich auf seine Seite des Betts und beuge mich über ihn. Seine blonden Locken liegen auf der einen Seite platt am Kopf an und stehen auf der anderen in alle Richtungen zu Berge. Offensichtlich hat er gestern noch geduscht und ist dann mit nassen Haaren ins Bett gekommen.

»Guten Morgen«, flüstere ich an seinem Gesicht vorbei, denn ich möchte ihm meinen Atem nicht direkt ins Gesicht hauchen.

»Ich hab Kopfweeeeeh«, stöhnt er weniger rücksichtsvoll. Ich weiche zurück. Aus blutunterlaufenen, verquollenen Augen sieht mein Freund mich an, ich gebe spontan mein Vorhaben auf und klettere aus dem Bett.

»Ich hol dir ein Aspirin.«

Heute Nacht, schwöre ich mir am selben Nachmittag, während ich in Strumpfhose und BH vor dem Badezimmerspiegel stehe und meine Lippen mit rosenholzfarbenem Konturenstift nachziehe. Heute Nacht werde ich mit meinem Freund Sex haben, komme, was da wolle. In diesem Moment betritt Fabian das Bad und ich kann im Spiegel beobachten, wie seine Augen über meinen Körper wandern. Unwillkürlich ziehe ich den dank Speck-weg-Strumpfhose sowieso kaum noch sichtbaren Bauch ein, halte die Luft an und strecke die Brüste vor. Ich überschlage kurz im Kopf, ob wir einen nachmittäglichen Beischlaf einlegen und trotzdem pünktlich um siebzehn Uhr bei der Diamant-Hochzeitsfeier meiner Großeltern sein könnten. Da ich sowieso schon zu spät dran bin – noch nicht angezogen und die Haare ungeföhnt –, ist das vollkommen unmöglich. Ist mir aber egal. Dann kommen wir eben zu spät. Omi Anni wird auf jeden Fall Verständnis dafür haben. Ja, ihr könnte ich sogar den wahren Grund für unsere Verspätung verraten. Meine Großmutter ist nämlich die coolste Oma auf der ganzen Welt. Ihren Segen habe ich also schon mal, und schließlich ist es ihr großer Tag. Und der von meinem Opa Hinrich natürlich. Ich habe eher ein bisschen Angst vor meiner Mutter, die sich jedes Mal für mich in Grund und Boden schämt, wenn ich wieder »aus der Reihe tanze«. Und sich selbst mit der Frage kasteit, was sie falsch gemacht hat, wo doch meine vier Jahre jüngere Schwester Emma so gut geraten ist und überall eine Viertelstunde zu früh erscheint. Was ich für meinen Teil mindestens ebenso unhöflich finde wie zehn Minuten zu spät. Aber das ist meine Meinung. Eigentlich ist es aber egal, denn meine Mutter wird auch heute, so wie immer, etwas an mir zu beanstanden finden, und wenn es nicht meine Unpünktlichkeit ist, dann ist es mein Make-up, mein Kleid oder meine Figur. Ich lege den Konturenstift auf den Waschbeckenrand und lächele Fabian im Spiegel, wie ich hoffe, verführerisch an. Er grinst zurück, aber statt sich auf mich zu stürzen, beginnt er, von seinem heutigen Fußballtraining und irgendwelchen komplizierten Manövern zu erzählen, die ich noch nicht einmal im Ansatz begreife. Dennoch höre ich geduldig zu, obwohl ich, wenn wir schon keinen Sex haben, eigentlich viel lieber über andere Themen sprechen würde. Zum Beispiel über den Test. Oder wollen wir das jetzt wirklich einfach unter den Tisch fallen lassen und nie wieder darüber reden? Vielleicht ist das tatsächlich die beste Lösung. Obwohl mich schon interessieren würde, was Fabian denkt. Was er fühlt. Bin ich die Einzige, die sich hat verunsichern lassen? Wenn auch nur für eine Sekunde und selbstverständlich nur ein klitzekleines bisschen. Fabian dagegen wirkt vollkommen aufgeräumt, also schiebe ich das Thema jetzt auch beiseite. Dann tun wir eben so, als wäre nichts geschehen und leben weiter als das Traumpaar, das wir von jeher waren. Fabian zwängt seinen Zeigefinger oben in den Bund meiner Strumpfhose und zieht daran. Er lässt den Bund zurückschnappen.

»Autsch«, mache ich empört.

»Sexy! Darf ich zusehen, wie du dich aus dem Ding heute Abend wieder rausschälst?« Er grinst unverschämt.

»Das hättest du wohl gerne.«

»Allerdings.«

»Ist das ein Versprechen?« Ich klimpere mit den Wimpern und freue mich, als sein Grinsen noch frecher wird und er heftig mit dem Kopf nickt. Dann wird unsere Sexflaute also heute endlich zu Ende gehen.

»Außerdem könnte ich mir vorstellen, dass du dafür meine Hilfe brauchen wirst.« Da könnte er sogar recht haben. »Kann ich schnell aufs Klo?«

»Von mir aus.« Seufzend nehme ich den Konturenstift wieder zur Hand und male weiter, während Fabian die Klobrille hochklappt und laut plätschernd in die Schüssel strullt. Romantisch ist irgendwie anders. Nicht falsch verstehen. Ich bin froh, dass unsere Beziehung über die Anfangszeit hinaus ist, in der ich in Fabians Wohnung nicht auf die Toilette gehen mochte, weil ich Angst hatte, er könnte etwas hören und herausfinden, dass ich ein menschliches Wesen mit ganz normalen Körperfunktionen bin. Ich weiß selbst, dass ich da ein bisschen komisch bin, kann es aber leider nicht ändern. Damals habe ich das Trinken quasi eingestellt und mich vorsätzlich dehydriert, trotzdem diverse Nächte schlaflos und mit drückender Blase im Bett gelegen und einmal sogar in meiner Verzweiflung einen Streit vom Zaun gebrochen, nur damit ich scheinbar wütend aus der Wohnung und in die Pizzeria gegenüber aufs nächste Klo stürmen konnte. Unnötig zu erwähnen, dass meine Verdauung zeitweilig vollkommen zum Erliegen kam und mühsam durch Berge von Backpflaumen und Leinsamen wieder in Schwung gebracht werden musste. Das Rauschen der Spülung reißt mich aus meinen Gedanken und schon drängelt sich Fabian neben mich, um sich die Hände zu waschen.

»Wir sind übrigens spät dran. Vielleicht solltest du dich ein bisschen beeilen, wenn du deiner Mutter keinen Grund geben willst, an dir rumzumosern.«

»Den findet sie doch sowieso.«

»Auch wieder wahr. Aber keine Sorge, wenn sie zu schlimm wird, dann verteidige ich dich.« Er legt die Arme um mich und drückt mich an sich.

»Wirklich?« Gerührt vergrabe ich mein Gesicht an seinem Hals. »Das würdest du tun?«

»Ehrlich gesagt: Nein. Dazu habe ich viel zu große Angst vor deiner Mutter.«

»Hm, das kann ich verstehen.«

»Aber ich bin bei dir.« Er lässt mich los, gibt mir einen Kuss auf die Stirn und dann, im Rausgehen, einen Klaps auf den Po. »Wow. Der ist ja richtig knackig geworden. Der Pilates-Kurs zahlt sich aus, was?« Richtig, ich habe ihm gar nicht erzählt, dass ich es seit der Probestunde vor drei Monaten kein einziges Mal mehr dorthin geschafft habe. Aber jetzt ist sicher nicht der richtige Zeitpunkt dafür. Deshalb nicke ich nur lächelnd und bin froh, dass Männern das Konzept von figurformenden Strumpfhosen offensichtlich nicht geläufig zu sein scheint.

Kapitel 3

»Irgendwie siehst du merkwürdig aus.« Nach den obligatorischen Wangenküsschen nimmt meine Mutter mich kritisch in Augenschein, während sie meinen Kopf in den Händen hält wie in einem Schraubstock.

»Mama, jetzt lass mich doch mal.« Ich versuche, mich aus ihrem Griff zu lösen, ohne Erfolg.

»Warte, ich komme gleich drauf … Jetzt hab ich's: Deine Haare! Was hast du denn bloß mit deinen Haaren gemacht?«

»Nichts«, antworte ich wahrheitsgemäß, denn abgesehen davon, dass das mühevoll mit Föhn und Rundbürste hergestellte Volumen unter Mamas unsensiblen Händen sicher mehr und mehr in sich zusammenfällt, trage ich meine hellblonden Haare wie immer: Schulterlang, glatt und mit schrägem Seitenpony. »Ich habe meine Frisur seit zehn Jahren nicht verändert.«

»Ja, das wird es sein.« Abrupt löst sie ihren Griff und wendet sich Fabian zu. »Hallo Fabian.« Sie lässt sich huldvoll von ihm auf die Wange küssen.

»Hallo Rita. Also«, ich kann förmlich spüren, wie er allen Mut zusammennimmt, »ich finde, dass Franzi diese Frisur ausgesprochen gut steht.«

»So?«

»Ja.« Ich bin ehrlich gerührt, dass er so todesmutig meine Ehre verteidigt. Jetzt setzt er sogar noch eins drauf, indem er sich an mich wendet: »Lass dir bloß nicht einfallen, etwas an deinen Haaren zu ändern. Sie sind perfekt.«

»Na, du musst sie ja jeden Tag angucken«, sagt meine Mutter wegwerfend. »Aber nur für den Fall, dass du doch noch zur Vernunft kommst, lass dir doch von Emma die Adresse von ihrem Friseur geben. Hast du sie schon gesehen? Sie sieht mal wieder aus wie aus dem Ei gepellt.« Natürlich. Ich glaube, meine blöde kleine Schwester ist sogar schon frisch gewaschen aus dem Mutterleib geschlüpft, während ich wahrscheinlich eine extra Portion Käseschmiere an mir kleben hatte. Wenn mein Vater nicht wäre, dem ich wie aus dem Gesicht geschnitten bin und der ebenfalls manchmal etwas verplant und schusselig ist, würde ich nach wie vor denken, dass ich als Kind vertauscht worden bin. Wie kann ich die Tochter und Schwester dieser beiden stets perfekten Frauen sein? Mit einem Gefühl irgendwo zwischen Ehrfurcht und Abscheu sehe ich meine Mutter an, in deren brünett gefärbtem Pagenkopf kein Härchen aus der Reihe zu tanzen wagt. Noch nicht mal, als sie jetzt unwillig den Kopf schüttelt, während sie die mit weißen Rosen und dunkelroten Stumpenkerzen geschmückten Tische unter die Lupe nimmt.

»Das darf doch nicht wahr sein. Erich, was ist nur mit deiner Mutter los? Sie hat die ganze Sitzordnung durcheinandergebracht.«

»Ach ja?«, sagt mein Vater desinteressiert, während in mir die Hoffnung aufkeimt, dies könnte möglicherweise doch noch ein richtig schönes Fest werden. Ich umrunde den Tisch, an dem meine Mutter mit verärgert zusammengekniffenen Lippen steht, und lese die Tischkärtchen:

Rita, Erich, Emma, Julius, das ist der Freund meiner Schwester, und dann, hurra, Gerhard, der Bruder meines Vaters, mit seiner Frau Ingrid. Mühsam unterdrücke ich einen Freudenschrei. Ich sage doch, meine Omi ist die Beste.

»Diesen Irrtum werden wir gleich mal korrigieren«, erklärt meine Mutter rigoros und schnappt sich die Tischkarten. »Also, Franzi, hast du schon entdeckt, wo sie euch hingesetzt hat?« Leise an meinen Vater gewandt fügt sie hinzu: »Wenn sie nicht einmal mehr weiß, wer in dieser Familie zu wem gehört, dann sollten wir wirklich über ein Seniorenheim nachdenken.« Damit macht sie sich auf den Weg durch den Festsaal des Restaurants Klövensteen, wo meine Großeltern, seit ich denken kann, ihren Hochzeitstag begehen. Ich werfe Fabian einen panischen Blick zu und eile hinter ihr her.

»Mama, warte. Du kannst doch nicht einfach in die Tischordnung eingreifen. Dabei haben Omi und Opa sich doch bestimmt was gedacht.« Zum Beispiel, dass sie mir einen entspannten Tag bescheren wollten. Dass ich in Ruhe essen kann, ohne jeden Bissen in den Mund gezählt zu bekommen und von meiner Schwester mit Diät-Tipps versorgt zu werden.

»Was sollen sie sich denn bitte dabei gedacht haben, unsere Familie auseinanderzureißen?«

»Wir können uns doch nach dem Essen unterhalten.« Vorsichtig entwinde ich ihr die Kärtchen. »Schließlich ist das Omis sechzigster Hochzeitstag und da sollte sie bestimmen dürfen, wer wo sitzt.«

»Aber sie ist offensichtlich verwirrt.« In diesem Moment kommen meine Großeltern auf uns zu, er lang, schlank, mit schlohweißem Haar und ebensolchem Vollbart, sie fast einen halben Meter kleiner, zierlich, mit streichholzkurzer, blond gefärbter Pixie-Frisur und dramatisch schwarz umrahmten Augen. Sie sieht aus wie Twiggy. Nur viel, viel älter.

»Je schöner der Abend, desto später die Gäste!« Sie drückt mich an sich. »Was hast du denn da?«

»Oh, äh, die Tischkärtchen von, ich … Gut siehst du aus«, stammele ich.

»Danke, Schätzchen. Die stellen wir mal wieder an ihren Platz, nicht wahr?« Rigoros nimmt sie mir die Karten aus der Hand und marschiert los, während ich meinen Opa begrüße. Für ihre Verhältnisse geradezu kopflos stürzt Mama ihrer Schwiegermutter hinterher.

»Anni, ist dir da nicht ein kleines Missgeschick unterlaufen?«

»Durchaus nicht.«

»Aber wo sitzen denn Franzi und Fabian? Doch nicht etwa am Kindertisch? So jung sind sie nun wirklich nicht mehr.«

»Die beiden sitzen bei uns!«

»Tatsächlich?« Verwirrt sieht meine Mutter zu dem großen, runden Tisch hinüber, in dessen Mitte eine goldene Sechzig prangt. »Aber wieso …«

»Wieso nicht?« Resolut stellt Anni »Gerhard« und »Ingrid« an ihre vorgesehenen Plätze, während meine Mutter, ein seltener Anblick, um Worte ringt.

»Nun gut, na ja.« Dann, noch seltener, gibt sie sich geschlagen und schaut sich suchend im Raum um. »Wo Hildegard nur bleibt?« Hilde ist die Cousine meines Vaters. »Sie ist doch sonst nie zu spät.«

»Oh, sie kann nichts dafür, dass sie nicht pünktlich ist. Sie ist nicht eingeladen.«

»Aber warum denn nicht?«

»Weil sie eine dumme Tratschtante ist. Darum!«

Manchmal, wenn ich Angst vor dem Älterwerden bekomme und fürchte, dass ein Leben nach der Menopause aus einer Aneinanderreihung von endlosen, eintönigen Tagen voller uninteressanter Kaffeekränzchen und Fernsehabende besteht, dann denke ich an Omi Anni. Bei ihr ist immer etwas los. Sie schert sich nicht im Mindesten um das, was andere sagen. Mitunter glaube ich sogar, dass ihre ständige Verhunzung von Sprichwörtern eigentlich eine Auflehnung gegen jegliche Form von Konventionen ist.

Sie ist mein großes Vorbild. Sie lädt zu ihren Feiern die Menschen ein, die sie mag, und nicht die, die sie laut Verwandtschaftsgrad zu mögen hat. Sie trifft ihre Freundinnen nicht nachmittags zum Kaffee, sondern abends zu Caipirinhas. Sie sitzt Samstagsabends nicht mit meinem Opa auf der Couch und schaut fern, sondern geht mit ihm ins Kino. Wenn ich mir die beiden so anschaue, würde ich nicht einmal ausschließen, dass sie möglicherweise Sex miteinander haben. Aber so genau möchte ich das eigentlich gar nicht wissen. Erstens, weil die Natur es offensichtlich so eingerichtet hat, dass alleine der Gedanke an Familienmitglieder, insbesondere Eltern und Großeltern, die miteinander Sex haben, einen Schüttelreflex auslöst, und zweitens, weil ich es nicht ertragen könnte, wenn meine sechsundachtzigjährige Großmutter ein aufregenderes Liebesleben hätte als ich.

Am Tisch meiner Großeltern sitzen außer uns noch die Rosenheimers, die damals Trauzeugen waren und praktischerweise ebenfalls geheiratet haben, außerdem Liselotte, die Schwester meines Opas mit Mann und Tochter, und schließlich meine Tante Trude mit ihrer Lebensgefährtin Annabelle. In dieser durchmischten Runde verbringen wir einen höchst vergnüglichen und entspannten Abend, lauschen ergriffen der Rede von Hinrich und lassen uns nach Annis resoluter Aufforderung »Genug geheult. Man soll die Feste feiern, wie sie vom Himmel fallen« das Festessen und den guten Wein schmecken. Als Fabian und ich merken, dass wir vergessen haben, uns darüber abzusprechen, wer nüchtern bleibt und fährt, ist es längst zu spät und wir sind beide ziemlich beschwipst.

»Unter den Augen meiner Mutter wäre das nicht passiert«, kichere ich albern, während er im Schutz der Tischdecke seine Hand unter meinen Rock gleiten lässt.

»Du bist ja ziemlich einbruchsicher verpackt«, beschwert er sich. »Kannst du nicht mal so Strümpfe tragen? Am besten mit Strapsen?« Er wirft mir einen so lüsternen Blick zu, dass ich lachen muss. »Zieh sie aus!«, flüstert Fabian mir zu, und ich sehe ihn überrascht an.

»Wie bitte?«

»Zieh die Strumpfhose aus!«

»Jetzt? Hier?«

»Nein. Auf dem Klo. Und den Slip gleich mit!« Ein Kribbeln durchläuft mich und nach kurzem Zögern schiebe ich meinen Stuhl zurück. Warum nicht? Schließlich habe ich mir ja genau das gewünscht: Dass wieder etwas mehr Leidenschaft in unsere Beziehung kommt. Gleichzeitig mache ich mir Sorgen, ob Fabians plötzliches Interesse möglicherweise doch von seiner Verunsicherung durch unser Testergebnis herrührt. Umso wichtiger ist es natürlich, ihn nicht zurückzuweisen.

»Entschuldigt mich einen …« Moment, will ich sagen,

bin gleich zurück, als das Klirren von Metall auf Glas eine weitere Rede ankündigt. Weil es sehr unhöflich wäre, gerade jetzt den Raum zu verlassen, setze ich mich wieder hin. »Danach«, verspreche ich Fabian, der ein enttäuschtes Gesicht macht, und sehe mich nach dem Redner um. Am Tisch meiner Eltern rückt Julius mit wichtiger Miene seine Krawatte gerade. Nicht, dass sie es nötig gehabt hätte. Alles am Freund meiner Schwester sitzt 1A. Krawatte, Anzug, Scheitel. Er erhebt sich und ich spüre leichten Unwillen in mir aufkommen. Julius hört sich nämlich wahnsinnig gerne selbst reden und geht mir damit ziemlich auf den Geist. Aber vielleicht bin ich auch ein bisschen empfindlich, weil mir so ziemlich alles und jeder im Dunstkreis meiner Schwester auf den Geist geht. Deshalb versuche ich, die negativen Gedanken loszulassen und lehne mich mit wohlwollendem Lächeln auf meinem Stuhl zurück. Eigentlich ist es doch ganz nett von Julius, ein paar Worte zu Omi und Opa zu sprechen.

»Verehrtes diamantenes Hochzeitspaar, verehrte Gäste!« Emma, perfekt frisiert und gestylt im Stil von Audrey Hepburn, in einem schwarz-weißen Sechzigerjahre-Kleid, sieht bewundernd zu ihm auf. »Was für ein Festtag. Sechzig Jahre Ehe!« Vereinzeltes Händeklatschen ertönt und verstummt wieder. Julius macht eine bedeutungsschwangere Pause. Ich nehme einen Schluck Wein, und Fabian beginnt wieder, unter meinem Rock herumzufummeln. »Ich kann mich noch gut daran erinnern, wie ich euch beide das erste Mal gesehen habe. Das war vor genau zwei Jahren, kurz nachdem ich Emma kennengelernt habe. Nur eine Woche nach der ersten Verabredung, an der ich sie in unser heutiges Lieblingsrestaurant Bodega ausgeführt habe, wurde ich anlässlich eures achtundfünfzigsten

Hochzeitstages, den ihr in etwas kleinerer Runde begangen habt, gleich der Familie vorgestellt. Ich erinnere mich noch gut, wie ich mich gefühlt habe, dass ich so schnell in die Familie eingeführt werden sollte. Aber schon an diesem Abend merkte ich …« Ich vertreibe mir die Zeit, indem ich die *ichs*, *mirs* und *michs* in Julius' Rede zähle: neun, zehn, elf, zwölf … »Ich«, dreizehn, »kann mir«, vierzehn, »keinen besseren Tag vorstellen als diesen, um vor Ihnen allen, liebe Familie, liebe Freunde, mich«, fünfzehn, »mit Emma zu verloben.« Ich setze mich kerzengerade auf. Wie war das bitte? Ein zweistimmiger, spitzer Schrei ertönt und schon liegen meine Mutter und meine Schwester sich in den Armen, während Julius wohlwollend auf sie herabschaut. Mit großer Geste zieht er eine Schmuckschatulle aus der Tasche und kniet sich vor meine Schwester. Das Fummeln unter meinem Rock hat aufgehört. Das Kästchen schnappt auf. Der Stein auf dem Ring ist so groß, dass ich ihn auch aus der Entfernung mit bloßem Auge erkennen kann. »Deshalb möchte ich dich fragen, ob du mich heiraten willst.« Sechzehn, siebzehn, denke ich.

»Ja«, jubelt meine Schwester, und während er ihr das Ungetüm von Ring über den Finger streift, klatschen ein paar Gäste in die Hände. Die anderen Frauen meiner Familie weinen Freudentränen, ohne dass ihr Make-up verwischt, und Julius zeigt allen Ernstes die Siegerfaust. Während der Applaus verebbt, erhebe ich mich langsam von meinem Stuhl, greife nach einem Löffel und schlage ihn so heftig gegen mein Weinglas, dass es klirrend zerbricht.

»Scheiße«, sage ich inbrünstig.

»Macht nichts«, erklärt Anni. Immerhin habe ich jetzt die Aufmerksamkeit der Gäste. Alle Gesichter wenden sich mir zu.

»Ich möchte auf das Paar anstoßen.« Ich lasse meine Schwester und ihren Zukünftigen nicht aus den Augen. »Heute ist euer Tag! Auf die Liebe, die ihr seit Jahren miteinander teilt und hoffentlich noch viele Jahre teilen werdet.« Die beiden strahlen um die Wette. Brüsk wende ich ihnen den Rücken zu und erhebe in Ermangelung meines zu Bruch gegangenen Weinglases das von Fabian. »Auf Anni und Hinrich!«

»Auf Anni und Hinrich!«, ertönt es von allen Seiten.

»Danke Schätzchen!« Fröhlich zwinkernd prostet mir Anni zu. Mit einem Zug leere ich das Glas und lasse mich auf den Stuhl zurückfallen. Unter gesenkten Wimpern riskiere ich einen Blick auf die frisch Verlobten, denen die Münder offenstehen. Gut so!

Meine Mutter ist von dem Ereignis so aus dem Häuschen – ihr ist nicht einmal aufgefallen, dass ich mir soeben mal wieder eine Frechheit geleistet habe. Statt mich zu tadeln, schlingt sie ihre Arme von hinten um meinen Hals und drückt ihre Wange an meine.

»Ist das nicht einfach wunderschön?« Ich ringe nach Atem und versuche mich sanft aus ihrem Würgegriff zu befreien.

»Atemberaubend.«

»Das wird das Fest des Jahres«, verkündet sie mit stolzgeschwellter Brust. »Kommt, ihr beiden, jetzt müsst ihr aber wirklich mit an unseren Tisch kommen.«

»Warum das denn?« Sie greift nach meinem Arm und versucht, mich vom Stuhl zu ziehen. Ich mache mich schwer.

»Wir sind noch nicht mit dem Nachtisch fertig«, kommt Fabian mir zu Hilfe und deutet auf den Dessertteller vor sich, auf dem sich eine halbe Erdbeere an ein Blatt Minze schmiegt.

»Nun, dann iss ihn halt auf«, befiehlt meine Mutter, baut sich mit verschränkten Armen vor ihm auf und lässt ihn nicht aus den Augen. »Na los.« Fabian wirft mir einen hilflosen Blick zu und piekst seine Gabel in die matschige Erdbeere, die er natürlich mit voller Absicht liegen gelassen hat.

»Schon gut, ich bin fertig.«

»Dann kommt mit.«

»Moment mal, Rita«, mischt sich Omi Anni in das Gespräch ein. »Vielleicht wollen die beiden gar nicht zu euch an den Tisch kommen.«

»Aber natürlich wollen sie. Hast du es denn nicht mitbekommen? Emma ist verlobt«, sagt Mama betont laut und deutlich.

»Ich höre noch ausgezeichnet, meine Liebe.«

Ein zartes Rot zeichnet sich unter dem gut deckenden Make-up meiner Mutter ab. »Es gibt so viel zu besprechen. Und Franzi muss den Junggesellinnenabschied organisieren.«

Entsetzt sehe ich sie an. »Was muss ich? Wieso das denn?«

»Du wirst natürlich Maid of Honour.«

»Ich werde was?«

»Die Brautjungfer.«

»Jungfrau bin ich schon lange nicht mehr.« Ich habe keine Ahnung, warum ich das an einem Tisch voller Verwandter sage.

»Aber du bist unverheiratet. Das zählt.« Sie wirft Fabian einen strafenden Blick zu und ich schließe mich ihr ausnahmsweise an. Auch wenn ich ihm lange nicht so übelnehme wie meine Mutter, dass er mich noch nicht gefragt hat. Aber um aus dieser Nummer herauszukommen, würde ich glatt Ja sagen. »War das nicht eine wunderschöne Idee von Julius, diese Feier zum Anlass für seinen Antrag zu nehmen?«, fragt Mama jetzt in die Runde.

»Stimmt. Gratuliert hatten wirklich schon genug Leute. Da kann man ruhig auch mal über sich sprechen«, sage ich ironisch.

Meine Mutter tut, als wäre ich gar nicht da.

»Ein perfekter Anlass. Wirklich. Und so eine schöne Rede. Und habt ihr diesen Ring gesehen? Im Vertrauen«, sie beugt sich ein wenig vor und senkt geheimnisvoll die Stimme, »ich kannte ihn schon.« Sie lächelt zufrieden. »Julius hat ihn mir vor zwei Wochen gezeigt. Da war er bei uns und hat ganz offiziell um Emmas Hand angehalten.« Ein bedeutungsschwangerer Blick trifft meinen Freund. »Einen riesigen Strauß Blumen hatte er dabei. Weiße Rosen. Die haben fast zehn Tage lang gehalten. Ja, er hat das Ganze seit Wochen geplant. Na ja, so ist er halt. Ein Perfektionist durch und durch. Aber das kann ja wirklich jeder machen, wie er möchte. Ein spontaner Heiratsantrag wäre eigentlich genauso schön. Oder was meint ihr?« Sie blickt in die Runde, streift jeden kurz mit ihrem Blick, um dann an Fabian hängenzubleiben. Der starrt auf die welke Minze auf seinem Teller und ich wünsche mir ein schönes, schwarzes Loch im Boden herbei, in das ich versinken kann.

»Ist gut, Rita, wir haben jetzt alle kapiert, dass du dir eine Doppelhochzeit wünschst. Aber Druck auszuüben bringt gar nichts. Auf so was reagieren die jungen Männer heute ausgesprochen algerisch«, sagt Anni und hält der Kellnerin, die gerade an den Tisch kommt, ihr Glas hin.

Habe ich eben Doppelhochzeit gehört? Sofort erscheinen vor meinem inneren Auge Visionen vom schrecklichsten Tag meines Lebens, getoppt von einem gemeinsamen Hochzeitsfoto, auf dem Emma aussieht wie eine Elfe, während ich mit einem vorzeitig verwelkten Brautstrauß in der falschen Farbe vergeblich versuche, den Rotweinfleck auf meinem schlecht sitzenden Kleid zu verbergen.

»Wären Sie so freundlich, meiner Enkeltochter ein neues Glas zu bringen? Und füllen Sie es bitte bis zum Rand mit Rotwein, sie ist etwas blass um die Nase, finden Sie nicht?«

»Ich habe doch gar nichts gesagt«, behauptet meine Mutter. »Ich bin lediglich gekommen, um Franzi zu holen, damit sie ihrer Schwester zur Verlobung gratuliert.« Ich stürze den Wein auf ex hinunter und halte damit den Neid in Schach, der sich plötzlich durch meine Eingeweide zu fressen beginnt. Nicht, dass das hier irgendjemand missversteht. Julius könnte man mir nackt auf den Bauch binden. Äh, was ich eigentlich sagen will: Natürlich beneide ich sie nicht um diesen Kerl. Aber vielleicht darum, dass der sie so sehr liebt, dass er den Rest seines Lebens mit ihr verbringen will. »Kommt ihr jetzt endlich?«, drängelt meine Mutter, und ich erhebe mich. Schließlich will ich nicht dastehen wie die verbitterte, übrig gebliebene Schwester. Am wenigsten vor mir selbst. Darum zwinge ich ein Lächeln auf mein Gesicht und greife nach Fabians Hand.

»Komm, wir gehen rüber.«

»Herzlichen Glückwunsch, Schwesterherz!«

»Danke. Ich dachte schon, du wolltest unsere Verlobung einfach ignorieren.«

»Blödsinn! Wie kommst du denn darauf?« Ich umarme

sie und kann jede einzelne Rippe spüren. »Ich freue mich sehr für euch.« Mit Julius tausche ich zwei Luftküsse auf die Wange. »Wann soll die Hochzeit denn stattfinden? Ich liebe Hochzeiten!«

»Ehrlich?« Mit kugelrunden Augen sieht Emma zu mir auf. »Seit wann?«

»Schon immer«, sage ich im Brustton der Überzeugung und mit einem schnellen Seitenblick auf Fabian. Ob er die Botschaft verstanden hat? Muss ich noch nachlegen? Oder bin ich in meinem Übereifer schon übers Ziel hinausgeschossen? Schließlich hat Anni recht, auf Druck reagieren Männer äußerst empfindlich. Aber Fabian steht gutmütig lächelnd neben mir und zieht mich, nachdem wir noch ein paar Minuten Smalltalk gemacht haben, mit sich auf die Tanzfläche, wo er seine längst verschollen geglaubten Discofox-Kenntnisse hervorkramt und mich mehr oder weniger gekonnt über das Parkett schleift. Dem Gesichtsausdruck meiner Mutter nach zu urteilen, müssen wir einen ziemlich unsouveränen Anblick abgeben, aber das schert mich im Moment wenig. Ich wackele mit den Hüften, trampele inbrünstig auf Fabians Füßen herum und kann mich nicht erinnern, wann wir das letzte Mal so viel Spaß zusammen hatten. Nach drei schnellen Songs bin ich völlig außer Atem und will gerade eine Pause vorschlagen, als die ersten Takte von »Reality« erklingen. Binnen Sekunden bin ich wieder der Backfisch von damals, der für Sophie Marceau geschwärmt und sich nichts sehnlicher gewünscht hat, als einen Pierre Cosseau (genau, der mit den Segelohren und den tollen blauen Augen), in dessen Armen sie über die Tanzfläche der Superfete schweben kann. Zwanzig Jahre später zieht mich Fabian zu sich heran und wiegt mich im Takt der Musik.

»Du bist so sexy, weißt du das?«, flüstert er mir ins Ohr und plötzlich spüre ich an meinem Hüftknochen, dass dies eine ganz und gar nicht jugendfreie Version von »La Boum« zu sein scheint. Ich kichere verlegen, offensichtlich hat noch immer mein Teenager-Ich das Kommando. »Komm.« Mitten im Tanz hält Fabian inne. »Wir vögeln auf dem Klo.« Er greift meine Hand, und ehe ich weiß, wie mir geschieht, zieht er mich hinter sich her aus dem Festsaal hinaus. Nur mühsam gelingt es mir, mit ihm Schritt zu halten.

»Warte mal, das ist doch nicht dein Ernst. Oder?« Er dreht sich zu mir um und sieht mich an, als wollte er sich jetzt und hier auf mich stürzen. O là là, da soll noch einer sagen, es gäbe keine Leidenschaft in unserer Beziehung. »Ich verstehe. Es ist dein Ernst.«

»Allerdings.« Tausend Gedanken jagen mir durch den Kopf, während ich hinter ihm her stolpere. Leider. Sollte ich jetzt nicht eigentlich vor Lust und Vorfreude vergehen? Nur noch einen einzigen Gedanken im Kopf haben? Nämlich: Ja, ich will dich auch. Nimm mich jetzt und hier. Stattdessen denke ich: O Gott, was ist, wenn uns jemand erwischt? Was ist, wenn meine Mutter uns erwischt? Wie komme ich möglichst schnell aus meiner Strumpfhose raus? Und wann hatte ich das letzte Mal Sex im Stehen? Entweder noch nie, oder es ist so lange her, dass ich es wieder vergessen habe. Vielleicht sollte ich Fabian vorschlagen, dass wir nach Hause fahren? Um es dort in unserem gemütlichen Bett zu tun? Aber wahrscheinlich hält er mich dann für sterbenslangweilig. Vielleicht ist bis dahin auch seine Lust schon verflogen und dann beklage ich mich nächsten Freitag wieder bei Lydia und Kim darüber, dass wir nicht miteinander schlafen. Überhaupt,

Lydia, deren Erfahrungsschatz könnte ich im Moment gut gebrauchen. Lydia hatte schon Sex an allen möglichen öffentlichen Orten. Aber leider kann ich sie jetzt nicht anrufen und dazu befragen, denn in diesem Moment hält Fabian vor den Waschräumen des Restaurants und sieht ein wenig unschlüssig auf die beiden weißlackierten Türen. Ich habe genug Rotwein intus, um jetzt endlich mein Gedankenkarussel zu stoppen, aber lange nicht genug, um auch nur in Erwägung zu ziehen, auf einem öffentlichen Herrenklo Sex zu haben. Auch wenn es sich hier nicht gerade um eine Bahnhofstoilette handelt und ich den Herren der Schöpfung möglicherweise unrecht tue, was ihre Zielsicherheit betrifft, aber … Ich beschließe, darüber nicht weiter nachzudenken, sondern ziehe meinen Freund energisch durch die Tür mit dem verschnörkelten goldenen D, in den mit dunkelgrauem Marmor ausgestatteten und glücklicherweise menschenleeren Raum. Der breite Waschtisch blitzt vor Sauberkeit und sieht geradezu einladend aus, sofern man nicht darüber nachdenkt, dass er vermutlich ziemlich kalt und hart ist. Aber das ist ja sowieso keine Option. Ungeduldig drängelt Fabian mich in Richtung einer Kabine.

»Moment mal.« Ich stemme mich mit meinem ganzen Gewicht gegen ihn, während seine Hand schon wieder unter meinen Rock gleitet.

»Was ist denn noch?«

»Warte hier draußen.« Damit pfeffere ich ihm die Tür vor der Nase zu.

»He!«

»'tschuldigung. Eine Sekunde nur.« Hektisch schlage ich mein Kleid hoch und zerre an meiner Stützstrumpfhose.

»Franzi! Was soll denn das?« Er klingt geradezu ungehalten und trommelt mit seinen Fäusten auf die Toilettentür ein.

»Gleich, Schatz«, versuche ich ihn zu beruhigen, während ich mich mühsam aus meiner Wurstpelle befreie. »Ich zieh mir nur schnell die Strumpfhose aus.«

»Das kann ich doch machen. Jetzt lass mich endlich rein.«

»MOMENT NOCH!« Okay, das klang jetzt vielleicht ein bisschen zickig, aber der verhedderte Nylonwulst, der sich um meine Riemchensandalen schlängelt, erfordert einfach gerade meine ganze Aufmerksamkeit. »Tut mir leid, Schatz«, entschuldige ich mich mit tiefer und, wie ich hoffe, erotischer Stimme. »Es dauert nur noch eine Minute.« Verdammt, ich hätte natürlich die Schuhe vorher ausziehen müssen. So was Dummes. Andererseits finde ich die Vorstellung, barfüßig in einem öffentlichen Klo zu stehen, Luxusrestaurant hin oder her, nicht besonders reizvoll. Also balanciere ich auf einem Bein, öffne meinen Schuh, ziehe die Strumpfhose über den Fuß und ziehe den Schuh wieder an. Gleichermaßen verfahre ich mit der linken Seite und endlich ist das Hindernis beseitigt, das zwischen mir und der sexuellen Renaissance unserer Beziehung stand. Meine Lust hat sich über diese stressige Aktion leider verflüchtigt, aber das wird schon. Vielleicht sollte ich den Slip auch gleich ausziehen? Gesagt, getan. Das gibt mir jetzt doch einen gewissen Kick und ich werfe Fabian meine Unterhose (zum Glück keiner meiner ausgeleierten Liebestöter, sondern schwarz und sogar mit Spitze) über den Rand der Kabinentür zu. Der spitze Schrei, der den Bruchteil einer Sekunde später ertönt, lässt mir das Blut in den Adern gefrieren. So habe ich

Fabian noch nie schreien hören. Noch nicht mal im Bett. Noch nicht mal in unserer Anfangszeit. Er ist mehr der Typ für ein brünftiges Röhren. Wenn überhaupt. Nein, dieser Schrei klang eindeutig – weiblich. Ich stürze aus der Kabine und sehe mich einer verhutzelten alten Dame mit Krückstock gegenüber, die mich verwirrt anstarrt. Auf ihrer lilafarbenen Dauerwelle prangt mein Höschen. Von Fabian fehlt jede Spur.

Kapitel 4

Es hätte durchaus schlimmer kommen können. Schließlich hätte es auch meine Mutter treffen können, im wahrsten Sinne des Wortes. Da war ich mit der uralten Frau Schlohte, die gegenüber von meinen Großeltern wohnt, noch ziemlich gut bedient. Sie sieht nämlich nicht mehr besonders gut und auch ihr Reaktionsvermögen ist nicht das Beste. Den Slip aus ihren Haaren zupfen und mir eine Geschichte von bröselnder Deckenverkleidung aus den Fingern saugen, war eins. Ob sie mir die Story abgekauft hat, weiß der Himmel. Ich dagegen weiß eines ganz sicher: Die Idee, auf einer öffentlichen Toilette Sex zu haben, ist großer Schwachsinn. Einer dieser Mythen, die im Film irgendwie cool und sexy wirken, im Realitäts-Check dann aber kläglich versagen. Und auch, wenn die Sache noch mal glimpflich ausgegangen ist, kann ich Fabians Heiterkeit nicht teilen, der sich bei Frau Schlothes Auftritt in eine Nachbarkabine geflüchtet hatte und sich jetzt zu mir an den Waschtisch stellt.

»Ich lach mich kaputt, du hast ihr allen Ernstes dein Höschen an den Kopf geworfen?«

»Ja nicht mit Absicht«, verteidige ich mich. »Das war doch für dich bestimmt.«

»Na, dann mal her damit!«

»Das hättest du wohl gerne.«

»Allerdings.«

»Ich mag jetzt nicht mehr.«

»Was?« Enttäuscht sieht er mich an. Hat er allen Ernstes gedacht, dass wir nach diesem Zwischenfall jetzt einfach weitermachen? Männer! »Wieso denn nicht? Das war doch nicht meine Schuld. Wenn du mich nicht ausgesperrt hättest …«

»Trotzdem kann jederzeit jemand reinkommen. Und was machen wir dann?«

»Dann halten wir mitten in der Bewegung inne und sind ganz, ganz leise.« Er lächelt voller Vorfreude, ich dagegen bin jetzt doch etwas irritiert.

»Du scheinst dich ja gut auszukennen.«

»Na ja.« Er sieht so ertappt aus, dass es nur eine mögliche Erklärung gibt. Das heute wäre für ihn garantiert keine Premiere gewesen. Sofort erscheint vor meinem inneren Auge das Bild von ihm und Lisa, wie sie es leidenschaftlich in einer Restauranttoilette miteinander treiben. Und natürlich gibt es dabei keinerlei Pannen wie eine Bauch-weg-Hose, die erst aus dem Weg geräumt werden muss, oder eine plötzlich auftauchende Frau Schlothe. Und obwohl ich weiß, dass man nicht mit einem Mann irgendetwas tun sollte, nur weil das schon mal eine vorher gemacht hat, ist genau das mein Plan. Der dann in der letzten Sekunde doch noch von meiner Mutter vereitelt wird.

»Nanu, was macht ihr denn hier drin? Fabian, du weißt schon, dass das die Damentoilette ist?«

Zu Hause in unserem gemütlichen warmen Bett haben wir dann doch noch Sex miteinander. Das heißt, nach

Definition von Bill Clinton hat Fabian keinen Sex mit mir, ich aber sehr wohl mit ihm. Er schnarcht schon, als ich mit meinem Kopf wieder unter der Decke auftauche, und ich bin eine Sekunde lang empört, dass er einfach eingeschlafen ist, statt sich zu revanchieren. Es hätte mir aber schon gereicht, wenn er es wenigstens angeboten hätte. Ich bin sowieso viel zu müde, der Rotwein tut ein Übriges, und so kuschele ich mich an ihn und schlummere selig ein. Vielleicht wird Sex manchmal auch einfach überbewertet. Ist es nicht viel wichtiger, dass Fabian und ich ein tolles Team sind? Uns blind verstehen? Na eben.

Nach einem langen Arbeitstag komme ich am Montag ziemlich erschlagen nach Hause und registriere erfreut, dass es in der Wohnung nach frisch angebratenem Knoblauch riecht. Warmes Licht scheint aus dem Wohnzimmer in den dunklen Flur. Als ich neugierig einen Blick hineinwerfe, kommen mir vor lauter Rührung beinahe die Tränen. Ein Candle-Light-Dinner vom Feinsten erwartet mich, mit roten Kerzen im silbernen Leuchter, passenden Servietten und sogar Rosenblättern auf der weißen Tischdecke. Letztere sieht zwar aus, als hätte jemand darauf geschlafen, aber dass man Tischwäsche bügelt, bevor man sie benutzt, muss ein Mann nicht wissen, finde ich. Während ich noch um meine Fassung ringe, umfängt mich Fabian von hinten mit den Armen und küsst meinen Nacken.

»Nett, oder?«, raunt er mir ins Ohr, und ich nicke.

»Sehr nett!«

»Es gibt Insalata Caprese, Gnocchi mit Gorgonzolasoße und Walnüssen und zum Nachtisch Tiramisu.« Ich seufze verzückt, während Fabian an meinem Ohr knabbert.

»Du musst mich wirklich lieb haben«, stelle ich fest.

»Natürlich hab ich dich lieb. Hast du etwa daran gezweifelt?«

Heftig schüttle ich den Kopf. »Natürlich nicht.«

Er dreht mich zu sich herum und beginnt, mich leidenschaftlich zu küssen. Mein Magen knurrt laut und vernehmlich. »Sorry. Ich habe ziemlich großen Hunger«, sage ich verlegen. Er gibt mich frei und führt mich galant zum Wohnzimmertisch.

»Dafür habe ich genau das Richtige.«

Nach dem Essen, das Tiramisu war großartig und so mächtig, dass ich mich vom Esstisch zur Couch rollen musste, strecken wir uns nebeneinander aus und zappen ein wenig durch die Programme. Nur, bis das stärkste Völlegefühl verschwunden ist. Dann werden wir Sex haben. Diesmal aber wirklich. Denn auch, wenn wir nicht darüber sprechen, so ist mir schon klar, dass Fabian mir nicht einfach so ein Drei-Gänge-Menü kredenzt hat. Tief im Inneren hat ihn das Testergebnis auch verunsichert. Und mit diesem Abend will er sich und mir beweisen, dass in unserer Beziehung alles in Ordnung ist. Dass auch nach drei gemeinsamen Jahren die Romantik noch nicht verflogen ist. Und die sexuelle Anziehungskraft selbstverständlich auch nicht. Nach einer Stunde geht es mir tatsächlich besser, ich drehe mich zu Fabian um und lächele ihn verführerisch an.

»Na.«

»Na.« Er grinst. Wir küssen uns. Es fühlt sich schön an. Und vertraut. Mir fällt ein, dass ich unter meinem Rock schon wieder eine Strumpfhose trage.

»Triff mich im Schlafzimmer. In drei Minuten.«

Zweieinhalb Minuten später liege ich nackt auf unserem Bett und suche nach einer möglichst schmeichelhaften Position, den Rücken auf ein Kissen gestützt, die Beine in einer Art Meerjungfrauen-Pose angewinkelt. Während ich das Zopfgummi löse und meine Haare aufschüttele, damit sie nicht so platt am Kopf anliegen, kommt Fabian ins Zimmer.

»Hallo, schöne Frau.« Eine Sekunde später liegt er neben mir. Zwanzig Sekunden später ist er nackt und eine Minute später in mir. Da soll noch einer sagen, dass es in dieser Beziehung keine sexuelle Anziehungskraft gibt.

Hinterher kuschele ich mich an Fabians Rücken und bin vollkommen entspannt. Ich bin so froh, dass bei uns alles in Ordnung ist. Und dass so ein dummer Test nicht zwischen uns kommen kann. Vielleicht schweißt er uns sogar noch mehr zusammen? Das passiert ja schließlich immer wieder: Je widriger die Umstände, desto fester das Band zwischen zwei Liebenden. Man denke nur mal an Romeo und Julia. Gut, mit denen hat es kein schönes Ende genommen … Aber egal. Ich war mir jedenfalls nie sicherer, dass Fabian der Mann ist, mit dem ich mein Leben teilen und eine Familie gründen möchte. Versonnen male ich mit dem Zeigefinger Kreise auf seinen Rücken. Vielleicht sollte ich die Pille absetzen? Schließlich bin ich schon vierunddreißig. Und wer weiß, wie lange es dauert, bis ich schwanger werde? Immerhin brauchen Paare wie wir dafür ja erwiesenermaßen erheblich länger. Hab ich das wirklich gerade gedacht? Das darf doch nicht wahr sein. Ich wünschte, ich hätte diesen dummen Test nie gemacht! Neben mir ertönt das vertraute Grunzen, das Fabian immer von sich gibt, wenn er einschläft, und ich schiebe die dummen Gedanken beiseite.

»Gute Nacht, Schatz«, murmele ich leise und schlafe ebenfalls ein.

Mitten in der Nacht werde ich von einem Geräusch geweckt. Verwirrt setze ich mich auf, draußen ist es noch stockdunkel und die leuchtenden Ziffern des Radioweckers bestätigen mir, dass ich gerade mal vier Stunden geschlafen habe. Neben mir im Bett sehe ich Fabians schemenhafte Gestalt, mit angezogenen Beinen sitzt er aufrecht im Bett, den Rücken gegen das Kopfteil gelehnt.

»Was ist los?«, frage ich und taste nach seiner Hand. »Geht's dir nicht gut?«

»Nein.«

»Du Armer. Warum hast du mich denn nicht geweckt? Was ist denn los?«

»Weiß nicht so recht.«

Ich knipse das kleine Licht auf meinem Nachtschränkchen an und mustere meinen Freund besorgt. Er sieht tatsächlich elend aus. Mitfühlend lege ich ihm eine Hand auf den Arm. Wer weiß, seit wann er schon jämmerlich hier hockt, und ich hab in aller Seelenruhe geschlafen und nichts davon mitgekriegt,

»Wie lange geht's dir denn schon so?« Er zuckt unbestimmt mit den Schultern und sieht mich an wie ein trauriger Dackelwelpe.

»Keine Ahnung. Ich glaube, seit ungefähr einem Jahr.«

Wenn das ein Witz sein soll, dann ist es ein schlechter. Ich jedenfalls kann nicht darüber lachen. Schon gar nicht um drei Uhr früh. Schon gar nicht, wenn mein Vertrauen sowieso gerade erschüttert ist. Aber leider ist es kein Witz. Offensichtlich fühlt Fabian, mein Freund, mein Schatz, mein Traummann, von dem ich gestern noch ein Kind haben wollte, sich schon seit Längerem nicht mehr wohl in unserer Beziehung. Seit ungefähr einem Jahr, um es genau zu sagen. Okay, Franzi, jetzt bloß nicht die Nerven verlieren.

»Aber ist es nicht vielleicht so, dass das einfach Phasen sind, die auch wieder vorbeigehen?«, versuche ich mich verständnisvoll zu zeigen, obwohl mir eigentlich eher nach Nervenzusammenbruch zumute ist. Schließlich komme ich gerade aus dem Tiefschlaf. »Dass in einer langjährigen Beziehung nicht immer nur eitel Sonnenschein herrscht, ist doch ganz logisch. Meinst du nicht? Und wir haben doch immer auch sehr gute Zeiten zusammen. Oder?« Er wiegt unschlüssig den Kopf hin und her.

»Schon«, gibt er dann zu.

»Und wir verstehen uns großartig. Haben nie Streit. Wir sind doch glücklich miteinander, dachte ich.«

»Ja, schon.« Okay, gut. Ich beruhige mich wieder ein wenig. Offensichtlich ist es also doch nicht so schlimm, wie es mir eben vorkam. Eine ganz normale Kurzschlussreaktion. Ausgelöst durch diesen vermaledeiten Test.

»Ich glaube, wir sind einfach beide ein bisschen verunsichert«, ich rutsche näher an ihn heran und lehne meinen Kopf an seine Schulter, »und es tut mir wirklich total leid, dass ich dich dazu gebracht habe, mit mir diesen dämlichen Kompatibilitäts-Test zu machen. Wirklich, ich wünschte, ich könnte das rückgängig machen.«

»Glaubst du denn, da ist was dran?«

»Ach Quatsch, das ist doch alles reiner Blödsinn«, behaupte ich.

»Aber du hast doch gesagt, dass das ganze Verfahren wissenschaftlich fundiert ist.«

»Na und?« Mein Lachen klingt ein wenig gezwungen, denn natürlich hat er recht. Aber das ist mir im Moment vollkommen egal. Es geht hier schließlich darum, meine Beziehung zu retten. »Ich bin Werberin. Du solltest wissen, dass wir alles behaupten würden, um ein Produkt zu verkaufen.«

»Das heißt, du glaubst überhaupt nicht an diesen Test?«

»Nicht mehr als an mein Horoskop in der *Brigitte*«, sage ich mit aller Überzeugungskraft, die ich aufzubringen vermag. Lieber Gott, mach, dass er sich nicht von mir trennt. Ich weiß nicht, was ich tue, wenn Fabian sich von mir trennt. Vermutlich als Erstes in die Hauptgeschäftsstelle von DreamTeam eindringen und Herrn Löffelstiel umbringen. Und zwar mit einem Löffel. Langsam und qualvoll.

»Aber was da drinstand. Mit der fehlenden sexuellen Anziehungskraft …«

»Wir haben doch Sex miteinander«, rufe ich verzweifelt. »Wir hatten vor nicht einmal fünf Stunden Sex miteinander.«

»Schon, aber …« So langsam dämmert es mir.

»… aber es hat dir nicht gefallen«, vollende ich seinen Satz.

»Doch, schon, aber …«

»Wenn du noch einmal die Worte schon und aber sagst, schreie ich!«

»Tschuldigung.«

»Schon gut.« Ich atme tief durch und sehe Fabian fest in die Augen. »Bitte lass uns nicht überreagieren, okay? Wir sind ein Traumpaar. Das sagen alle. Nach drei Jahren ist vielleicht nicht alles rosarot, aber doch ziemlich perfekt. Es gibt doch überhaupt keinen Grund für diese plötzlichen Zweifel. Oder?« Er schüttelt langsam den Kopf.

»Nein.«

»Na also.« Ich gebe ihm einen zärtlichen Kuss auf den Mund. »Vielleicht sollten wir dann jetzt einfach weiterschlafen und morgen reden wir noch mal in Ruhe darüber. Dann sieht die Welt bestimmt ganz anders aus.« Plötzlich verändert sich Fabians Gesichtsausdruck. »Was ist los?«, frage ich beunruhigt.

»Ich fürchte, damit hast du recht«, antwortet er düster.

»Womit?«

»Dass die Welt morgen ganz anders aussieht.«

»Hä?«

»Ich muss dir noch was sagen. Es gibt einen Grund für meine Zweifel.«

»Und der wäre?«

»Ich habe dich betrogen.«

Eine ganze Weile sage ich nichts. Ich starre in Fabians Gesicht und warte darauf aufzuwachen. Aber es ist kein Traum. Und nach einigen Minuten wird mein Freund sichtlich nervös, fuchtelt mit seiner Hand vor meinem Gesicht herum und rüttelt mich sanft.

»Franzi? Bist du okay? Franzi?«

Ganz langsam löse ich mich aus meiner Schockstarre und öffne mühsam den Mund.

»Ja, aber, wann denn?«, ist allen Ernstes das Erste, was ich wissen will.

»Meistens freitags.« Meistens freitags? Was heißt das? Normalerweise am Freitag, aber manchmal auch an anderen Wochentagen? Oder an den meisten Freitagen? Oder was? Wie sich herausstellt, ist beides richtig, wobei ich »richtig« hier wirklich nicht für den passenden Ausdruck halte. Jedenfalls hat Fabian mich also an den meisten Freitagen betrogen. Und ganz selten mal an einem anderen Wochentag. Ja, man könnte behaupten, dass er so etwas wie ein Doppelleben geführt hat. Die ganze Woche über der monogame Freund und fünfzig Prozent eines Traumpaares, und dann am Freitag, wenn ich ahnungslos mit Lydia und Kim zu Hause auf der Couch saß, da hat er es auf seinen Männerabenden richtig krachen lassen. Und da erzählen einem die Frauenzeitschriften immer, dass man Männer ab und zu ziehen lassen soll. »Sperren Sie ihn nicht ein! Gönnen Sie ihm seinen Abend mit den Kumpels! Er wird immer wieder zu Ihnen zurückkehren und Ihnen aus der Hand fressen!« Ja, zurückgekehrt ist er jedes Mal, das schon. Ungläubig betrachte ich Fabian, während er seine große Beichte abgibt, und hoffe immer noch, dass ich träume.

»Ich wollte aufhören, wirklich. Ich habe mich danach immer total schlecht gefühlt und mir geschworen, dass es das letzte Mal war. Aber dann bin ich doch jeden Freitag wieder losgezogen. Es war wie ein Zwang!«

»Ein Zwang?« Himmel, das klingt pathologisch. Was will er mir da gerade erzählen? »Bist du etwa sexsüchtig?«

»Ich weiß es nicht. Vielleicht.« Mitleid heischend sieht er mich an, doch da ist er bei mir an der falschen Adresse.

»Davon habe ich in letzter Zeit aber ziemlich wenig mitbekommen«, sage ich bissig. »Und was war eigentlich mit Andreas und Mark?« Das sind die Freunde, mit denen er seine Männerabende verbringt und die, nebenbei gesagt, ebenfalls liiert sind. »Vögeln die etwa auch rum?«

»Die wissen doch gar nichts davon. Wir trennen uns normalerweise um halb zwölf. Dann sind die beiden immer nach Hause gegangen.«

»Und du auf Brautschau? Ist ja reizend! Und wer ist sie?«

»Sie?« Er blinzelt verwirrt. »Wen meinst du?«

»Na, die Frau, mit der du …«

»Na ja, es ist nicht eine bestimmte Frau. Sondern, also, immer eine andere.«

»Immer eine andere?«, echoe ich ungläubig. »Du hast jeden Freitag eine andere Frau aufgerissen, die mit dir ins Bett gegangen ist?«

»Jeden Freitag hat das natürlich nicht geklappt. Und, ähm, auch nicht direkt ins Bett, sondern …«

»Halt die Klappe«, fahre ich ihn an und schnappe nach dem erstbesten Gegenstand, mit dem ich auf ihn eindreschen kann. Zu seinem Glück ist es bloß ein Kissen, das ich mit voller Wucht auf seinen Kopf niedersausen lasse.

»Autsch.«

»Autsch, ja, das kannst du laut sagen!« Ich hebe erneut das Kissen. »Mit denen hast du auf dem Klo gevögelt, stimmt's?« Ich lasse das Kissen auf ihn niedersausen. Und noch mal. Und noch mal. Ich bin eine so blöde Kuh. Eine so dermaßen blöde Kuh! »Gib es zu! Gib es zu!« Und wieder landet das Kissen auf seinem Kopf. Ich bin außer Atem, aber es tut gut, die Wut irgendwie rauszulassen, außerdem wüsste ich nicht, was ich sonst machen sollte. Das Leben hat mich auf eine solche Situation nicht vorbereitet. So etwas passiert nur im Kino. Oder anderen.

»Ja, aua, lass das! Ja, manchmal. Ich gebe es zu!« Kraftlos lasse ich das Kissen sinken. Es ist ja sowieso zwecklos. Ein erbärmlicher Versuch, ihm wehzutun. Plötzlich kullern mir die Tränen das Gesicht herunter und der Umschwung von Wut auf Traurigkeit kommt so abrupt, dass es mir den Atem raubt.

»Wiie-hi-so?«, schluchze ich und presse das eben noch als Waffe genutzte Kissen jetzt schutzsuchend gegen meinen Körper. »Wie-hi-so?«

»Es tut mir so leid.« Ich spüre, wie Arme mich umfangen und habe nicht die Kraft, sie abzuwehren. »Ehrlich, du glaubst nicht, wie schäbig ich mich die ganze Zeit gefühlt habe.« Ruckartig hebe ich den Kopf.

»Warte mal, von welchem Zeitraum reden wir überhaupt?« Schuldbewusst zieht er den Kopf ein. »Von Anfang an?«, frage ich ahnungsvoll, aber er schüttelt zum Glück den Kopf.

»Nein. Nicht von Anfang an. Aber seit ungefähr eineinhalb Jahren.« Seit eineinhalb Jahren! Unsere ganze Beziehung ist eine einzige große Lüge. Ich habe in einer Seifenblase gelebt, die gerade eher mit einem lauten Knall denn mit einem sanften Plopp zerplatzt ist. »Es tut mir so leid. Es war so schrecklich, dich die ganze Zeit über zu belügen. Bitte glaub mir das!« Dir glauben, will ich am liebsten schreien. Warum sollte ich dir jemals wieder irgendetwas glauben? Aber leider bekomme ich vor lauter Heulen kein einziges Wort raus. Es ist nicht so, wie man das immer in Filmen sieht, wenn die betrogene Frau, gebrochen, aber voller Würde, lautlos heiße Tränen vergießt. Nein, das hier ist ein hysterischer Ausbruch, bei dem mindestens so viel Schnodder wie Tränenflüssigkeit fließt und der sicher alles andere als schön anzuschauen ist. Gut anfühlen tut er sich jedenfalls nicht. Als ich mich dann auch noch vor lauter Schluchzen verschlucke und mit hochrotem Kopf nach Luft ringe, fragt Fabian allen Ernstes, ob ich okay bin.

»Nein«, greine ich und huste ihm ins Gesicht, »ich … bin … a-a-ahalles andere als okay!« Ich wünschte, ich würde ein bisschen Haltung bewahren. Ich wünschte, ich wäre in der Lage, meinen Heulkrampf zu stoppen. Oder wenigstens so lange zu unterbrechen, bis ich den untreuen Kerl vor die Tür gesetzt habe. Jede Woche hat er mich mit einer anderen betrogen. Das sind, wenn mich meine Rechenkünste nicht aufgrund des vorübergehenden Nervenzusammenbruchs verlassen haben, an die siebzig Frauen. Unsere gemeinsamen Urlaube mal abgezogen. Obwohl ich natürlich keine Ahnung habe, was er da so getrieben hat, sobald ich ihm den Rücken zugewendet habe. Ich frage mich, wo es in Hamburg siebzig Frauen gibt, die bereit sind, mit einem Wildfremden rumzuvögeln. Mit einem Mal versiegt mein Tränenstrom. »Fabian.«

»Äh, ja?«

»Kann es sein, dass diese Frauen«, ich zwinge mich, das nächste Wort nicht herauszuschreien, »Nutten waren?«

»Manchmal schon, ja«, gibt er zu, und ich fühle absurderweise einen Anflug von Erleichterung. Nicht, dass es toll wäre, dass mein Freund zu Nutten geht. Aber irgendwie missgönne ich es ihm, die Art Mann zu sein, die nur mit dem Finger schnippt und schon liegen die Frauen ihm reihenweise zu Füßen. Schlimm genug, dass ich ihm zu Füßen gelegen habe. Ich blöde Kuh. Ich weiß, es ist an der Zeit, den Herrn aus der Wohnung und meinem Leben zu befördern. Aber alleine der Gedanke daran löst eine erneute Schluchz-Attacke aus. Fabian hält mir die Kleenexpackung hin, und ich reiße sie ihm aus der Hand.

»Dassssu isssssi nichedach wesn«, heule ich und will damit ausdrücken, dass die Schachtel leer sein könnte, wenn er sich seinen Sex zu Hause gesucht hätte, anstatt auf irgendwelchen unappetitlichen Toiletten.

»Wie bitte?«

»Issseeegaaal!« Ich schnäuze mich lautstark. »Isalles-egal!« Wider Willen sinke ich in Fabians Arme und weine an seiner Brust. Nach zehn Minuten bin ich endlich leer geweint und rücke ein Stück von ihm ab. Sehe ihm in die Augen. Er sieht elend aus. Gut so. »Warum erzählst du mir das?«, frage ich. Er zuckt mit den Schultern.

»Ich dachte immer, mit mir stimmt irgendetwas nicht. Aber nachdem ich dieses Testergebnis gelesen hatte ...« Ich halte den Atem an.

»Ja?«

»... na ja, irgendwie macht es plötzlich Sinn, oder findest du nicht? Wenn wir rein genetisch nicht so gut zusammenpassen, dann ist es doch ganz logisch, dass ich sexuelles Interesse an anderen Frauen habe. An Frauen, die kompatibler mit mir sind als du. Das ist eben von der Natur so vorgesehen. Versteh das nicht falsch, ich hab dich lieb. Aber eben mehr so, wie man eine Schwester lieb hat.«

Na also, denke ich fünf Minuten später, als ich Fabian, der mit verwirrtem Gesichtsausdruck und nur mit seinem Sommermantel über dem Schlafanzug, im Treppenhaus steht, die Wohnungstür vor der Nase zuknalle. Da habe ich also doch noch einen Rest Würde im Leib. Was zu weit geht, geht zu weit. Jetzt soll ich also schuld daran sein, dass der Herr alles vögelt, was nicht bei drei auf den Bäumen ist. Ich und meine MHC-Gene, wenn man es genau nimmt. Ich kann mich nur schemenhaft daran erinnern, was passiert ist. Offensichtlich habe ich Bärenkräfte entwickelt, denn Fabian ist zwar nur einen Zentimeter größer als ich, aber normalerweise um einiges stärker. Was mich nicht daran gehindert hat, ihn aus der Wohnung zu schmeißen. Jetzt lehne ich mich wie betäubt gegen die Wand und versuche zu begreifen, was eben geschehen ist. Wie eine Schwester! Was fällt dem ein? Brüderchen hat mittlerweile den Schock überwunden und wummert lautstark an die Tür. Dann klingelt er Sturm. Ich gehe ins Bett, stecke mir Stöpsel in die Ohren und weine mich in den Schlaf.

Kapitel 5

Am nächsten Tag melde ich mich krank, und so, wie ich mich am Telefon anhöre, glaubt mir meine Etat-Direktorin sofort, dass ich mir eine schwere Grippe zugezogen habe.

»Dann gute Besserung, Frau Martens. Sagen Sie Bescheid, wenn Sie absehen können, dass es Ihnen besser geht!«

»Ja, danke«, näsele ich ins Telefon und denke gleichzeitig, dass das bestimmt in diesem Leben nicht mehr der Fall sein wird. Eine Woche lang weine ich ohne Unterbrechung. Dann endlich kommt mir die Erkenntnis, dass der Mistkerl so viele Tränen gar nicht wert ist, und ich rufe Lydia an, die mir sofort zur Seite eilt, obwohl sie im Krankenhaus gerade Nachtschicht hat und eigentlich tagsüber schlafen sollte. Das nenne ich wahre Freundschaft. Als sie dann jedoch bei mir auf der Couch sitzt und ihren Becher mit Milchkaffee umklammert, habe ich das Gefühl, dass sie Trost nötiger hat als ich.

»Das kann doch nicht sein. Das kann doch einfach nicht sein«, flüstert sie immer wieder. »Ihr seid das Traumpaar. Der lebende Beweis, dass es die wahre Liebe gibt. Ohne euch«, aus ihren braunen Kulleraugen sieht sie mich voller Hoffnungslosigkeit an, »habe ich kein einziges Vorbildpaar mehr. Erst Til und Dana, dann Heidi und Seal und jetzt auch noch ihr. Das kann doch nicht sein.«

»Süße, beruhige dich! Das heißt nicht, dass es die wahre Liebe nicht gibt. Es heißt nur, dass Fabian und ich nicht zusammengepasst haben.«

»Aber ihr habt perfekt zusammengepasst.«

»Nein«, sage ich heftig, obwohl ich das bis vor Kurzem selbst noch geglaubt habe. »Ein Mann, der mich jahrelang belügt und betrügt und mir dann auch noch erzählt, dass er mich liebt wie eine Schwester, der passt nicht zu mir. Zu so einem will ich überhaupt nicht passen.«

»Aber bist du denn gar nicht traurig?«

»Ich war traurig. Die ganze Woche. Und guck, wie ich jetzt aussehe.« Vielsagend deute ich auf meine rote Nase und die verquollenen Augen. »Das hat Fabian gar nicht verdient. Und deshalb bin ich auch nicht mehr traurig. Der Typ ist es nicht wert, dass ich ihm auch nur eine einzige Träne hinterherweine. Eine einzige weitere Träne, meine ich. Ich habe sogar darüber nachgedacht, meinen Job hinzuschmeißen. Kannst du dir das vorstellen?« Mitfühlend sieht Lydia mich an und nickt.

»Das kann ich total gut verstehen«, sagt sie. »Das hab ich auch als Allererstes gedacht. Wie sollst du bloß weiter an diesem Projekt arbeiten, das ja quasi deine Beziehung auf dem Gewissen hat? Ich fände es jedenfalls nachvollziehbar, wenn du es abgeben würdest. Das könnte in der Agentur bestimmt jeder verstehen!«

»Erstens ist die Werbebranche ein Haifischbecken, in der so was wie ein Privatleben allenfalls so lange geduldet wird, wie es den Job nicht beeinflusst. Und zweitens hat nur einer unsere Beziehung auf dem Gewissen und das ist Fabian. Im Gegenteil, ich werde Herrn Löffelstiel«, dem ich nach Fabians Eröffnung noch mit einem stumpfen, rostigen Löffel das Herz rauskratzen wollte, »und Dream-Team auf ewig dankbar sein.«

»Tatsächlich?« Sie sieht mich an, als wäre ich nicht ganz richtig im Kopf.

»Natürlich. Ich wünschte, ich hätte diesen Test schon viel eher gemacht. Dann hätte ich mir nämlich die letzten Jahre mit Fabian sparen können. Überleg doch mal, was das für eine Zeitverschwendung war.«

»Aber«, gibt sie zu bedenken und legt mir vorsichtig eine Hand auf den Arm, »ihr wart doch sehr glücklich miteinander.«

»Ich war glücklich mit einer Idee, die ich mir irgendwann von ihm gemacht habe und die mit der Realität überhaupt nichts zu tun hatte. Ja, wir haben uns gut verstanden. Aber eben wie Bruder und Schwester.« In diesem Moment fällt mir meine Schwester ein, und ich fühle mich plötzlich hundeelend, weil ich, so wie es aussieht, auf ihrer Hochzeit am Singletisch sitzen werde.

»Moment mal«, reißt Lydia mich aus meinen düsteren Gedanken, »was heißt hier wie Bruder und Schwester? Nur weil er …«

»Ach, machen wir uns doch nichts vor«, unterbreche ich sie rüde. »Irgendwie hat er ja sogar recht gehabt. Unser Sexleben ist bis auf ein paar klägliche Versuche schon vor langer Zeit eingeschlafen. Und so doll war es auch davor nicht«, schiebe ich noch bissig hinterher, obwohl Fabian mich ja gar nicht hören kann.

»Aber es war doch Liebe auf den ersten Blick. Ich war dabei. Liebe auf den ersten Blick …«

Ich zucke mit den Schultern. »Was weiß ich. Wahrscheinlich brauchten wir beide einfach jemanden, an dem wir uns festklammern konnten. Überleg doch mal, ich hatte gerade das Desaster mit Peter hinter mir. Und er das mit Lisa.«

»Aber mit dem Trostpflaster bleibt man nicht drei Jahre zusammen.«

»Wenn man dumm genug ist, schon.«

Ehrlich gesagt ist niemand erstaunter als ich, wie kühl und sachlich ich die Trennung von Fabian hinter mich bringe. Außer vielleicht der Herr selbst, der aus allen Wolken zu fallen schien, als ich ihn noch am Abend nach seinem Geständnis anrief, um mit ihm das weitere Vorgehen zu besprechen.

»Ich wäre dir dankbar, wenn du möglichst schnell deine Sachen abholen würdest«, sagte ich so beherrscht wie möglich, obwohl sich in meinem Hals, kaum dass Fabian sich am anderen Ende der Leitung gemeldet hatte, ein Kloß gebildet hat. »Außerdem erwarte ich, dass du für drei Monate deinen Anteil an der Miete weiterbezahlst. Das ist so üblich.«

»Äh, ja, klar.« Er klang völlig überrumpelt. »Das mache ich natürlich. Aber Franzi, ich würde gerne noch mal mit dir reden.«

»Ich wüsste nicht, was wir beide noch zu bereden haben. Schreib mir bitte eine SMS, wann du deinen Kram holst, damit ich dann nicht zu Hause bin.«

»Ähm, ja, okay, gut. Also, ich weiß noch nicht genau, wann das sein wird. Ich penne bei Andreas und Biggi auf der Couch, aber für länger ist das natürlich nichts. Deshalb muss ich erst mal sehen, wie …«

»Dir wird schon was einfallen«, fiel ich ihm ins Wort. »Vielleicht nimmt dich eine der Frauen, die dich sexuell so viel mehr anziehen als ich, ja ausnahmsweise mal mit nach Hause, statt nur aufs nächste Klo.« Verdammt. Am liebsten hätte ich mir auf die Zunge gebissen. Jetzt hatte ich mir doch anmerken lassen, dass ich verletzt war. Prompt fing Fabian an, sich lang und breit zu entschuldigen.

»Franzi, ich habe die ganze Nacht kein Auge zugetan. Es tut mir so leid, was ich dir angetan habe.«

»Das muss es gar nicht«, antwortete ich zuckersüß. »Ist doch alles eine Frage der Gene. Dagegen ist man machtlos.«

Mit all meiner Energie stürze ich mich von nun an in die Arbeit, bin morgens als Erste in der Agentur und abends die Letzte, die das Büro verlässt. Ich sprudele vor Ideen und ergänze das Werbekonzept neben den üblichen Faktoren wie Web-Präsenz, Broschüren und Kinowerbung um Gratis-Postkarten, Telefon-Apps und Promo-Aktionen, in denen leichtbekleidete Mädchen deutschlandweit durch die Szenekneipen streifen und gratis unsere Dream-Team-Q-tips verteilen. Und es funktioniert. Die Leute rennen uns die Bude ein und unsere Datenbank wächst mit jedem Tag. So schlimm kann das mit der Wirtschaftskrise also gar nicht sein, wenn zweihundert Euro so locker sitzen. Andererseits, was sind die paar Kröten schon, wenn man dafür die große Liebe bekommt?

Ziemlich fertig von der Woche, aber auch ein bisschen zufrieden mit mir selbst, fahre ich am Sonntagnachmittag mit meinem uralten Mini nach Schenefeld, dem hübschen Vorort von Hamburg, wo meine Großeltern ihr Häuschen haben. Die Fahrt dauert etwa dreißig Minuten, und normalerweise stelle ich das Radio an und singe aus vollem Hals die alten Kamellen auf *Oldie 95* mit. Dieses Mal aber bleibt mir das Wort schon beim ersten Song im Halse stecken.

»Yesterday love was such an easy game to play«, singt Paul McCartney ohne mich weiter, »now I need a place to hide …« Schnell schalte ich das Radio aus. Die Straße verschwimmt vor meinen Augen. Ich fahre mal lieber kurz rechts ran. Das Lenkrad fest umklammert, atme ich tief durch, bis sich mein Puls normalisiert hat. Musik ist also im Moment offensichtlich keine gute Idee. Traurige Liebesschnulzen sowieso nicht. Entschlossen blinzele ich die Tränen weg und fädele mich wieder in den Verkehr ein. Dann eben kein Radio, ich habe in letzter Zeit einiges mehr verloren. Das verkrafte ich auch noch. Und wenn es mir dabei hilft, meine mühsam unterdrückten Emotionen in Schach zu halten, dann verzichte ich gerne auf die musikalische Untermalung.

»Wie siehst du denn aus?«, fragt meine Oma Anni, kaum dass sie mir die Tür geöffnet hat.

»Dir auch einen schönen guten Tag«, sage ich mit einem schiefen Grinsen.

»Entschuldige. Du weißt doch, dass ich meine Zunge auf dem Herzen trage. Komm rein, Schätzchen!« Ich beuge mich zu ihr runter und gebe ihr einen Kuss auf die Wange. Sofort schnellt ihre Hand nach oben, sie umfasst mein Kinn und mustert mich mit zusammengekniffenen Augen. »Von Nahem siehst du noch schlimmer aus«, erklärt sie besorgt. »Was ist passiert?«

»Kann ich vielleicht erst mal meine Jacke ausziehen?«

»Natürlich.« Ich trete in den mit dunkelgrünem Teppichboden ausgelegten Flur, rieche den vertrauten Geruch nach Putzmitteln, Lavendel und altem Holz und fühle mich sofort geborgen. Gleichzeitig zieht sich mein Herz schmerzvoll zusammen, aber das ignoriere ich. Auf Musik kann ich vielleicht verzichten, aber nicht auf die Besuche bei meiner geliebten Großmutter. Sie führt mich in das Wohnzimmer, das noch genauso aussieht wie vor dreißig Jahren, als ich hier zwischen den Füßen der Erwachsenen auf dem Perserteppich herumgekrabbelt bin. Wenn ich nicht so eine starke emotionale Bindung zu diesem Raum hätte, fände ich ihn wahrscheinlich einfach nur scheußlich. Das klobige Ledersofa in Dunkelbraun, der Couchtisch aus dickem, schwarzem Marmor, die mächtige Schrankwand aus Eichenholz sind durchaus dazu geeignet, einem klaustrophobische Anfälle zu bescheren. Merkwürdigerweise ist bei mir das Gegenteil der Fall, ich fühle mich spürbar freier.

»Hallo Opa Hinrich«, begrüße ich meinen Großvater, der es sich nicht nehmen lässt, sich mit krachenden Knien von seinem Ledersessel zu erheben, um mich zu begrüßen. »Bleib doch sitzen.«

»Nein, nein, das kommt gar nicht in die Tüte. Tach, min Deern.« Er gibt mir einen Kuss und lässt sich erleichtert zurücksinken. »Wo hast du denn deinen Fabian gelassen?«

Noch bevor ich antworten kann, tritt Omi Anni von hinten zu uns heran und legt mir eine Hand auf den Rücken. »Ich fürchte, der kommt wohl nicht mehr. Oder, Franzi?«

Ich bin nur eine Sekunde lang erstaunt, dass sie mal wieder den Nagel auf den Kopf getroffen hat. »Nein, er kommt nicht mehr.«

»Ach, Schätzchen.«

»Ist schon gut«, wehre ich ab und setze mich schnell auf die Couch, um ihren Streichelattacken zu entgehen, die natürlich lieb gemeint, aber im Moment für mich schwer zu ertragen sind. Wenn mich schon ein Beatles-Song aus der Fassung bringen kann, will ich mir lieber nicht vorstellen, was großmütterliches Mitgefühl auslösen könnte. »Ist besser so.«

»Aber was ist denn bloß vorgefallen?«

»Kann ich Tee haben, bitte?«, frage ich und halte ihr die weiße Porzellantasse mit dem Goldrand entgegen. Kopfschüttelnd sieht sie mich an.

»Franzi …«

»Ist das Rotbusch?«

»Franzi …«

»Aromatisiert oder pur? Ich mag ja am allerliebsten Vanille. Allerdings habe ich zu Hause jetzt Marzipan, das ist auch nicht zu verachten.«

»Schon gut.« Meine Omi seufzt und schenkt mir Tee ein. »Wir haben es ja verstanden. Du willst offensichtlich nicht darüber sprechen.« Ich schüttele heftig den Kopf.

»Nein. Will ich nicht.«

»Das akzeptieren wir natürlich. Aber wenn du so weit bist, dann weißt du hoffentlich, dass du bei uns auf offene Ohren stößt.«

»Werde ich mir über die Ohren schreiben«, grinse ich.

»Was du manchmal für einen Blödsinn redest.« Nachsichtig lächelnd schüttelt Omi den Kopf, während mein Großvater und ich uns auf die Lippen beißen müssen. Bei der nächsten Eröffnung vergeht mir allerdings das Lachen: »Emma kommt übrigens nachher vorbei.«

»O nein«, stöhne ich. Die hat mir heute gerade noch gefehlt. »Und ich nehme an, ihren Göttergatten in spe bringt sie auch mit?« Omi lächelt mich entschuldigend an.

»Ich fürchte, ja.«

»Na toll. Musste das sein?«, frage ich vorwurfsvoll.

»Emma ist unsere Enkelin, und sie kann uns natürlich jederzeit besuchen kommen«, macht sie wie so oft meinen Versuch zunichte, sie auf meine Seite zu ziehen. Auch wenn wir immer ein viel engeres Verhältnis zueinander hatten, weigern sich meine Großeltern strikt dagegen, sich in den ewig währenden Kleinkrieg zwischen meiner Schwester und mir hineinziehen zu lassen. Was natürlich der einzig vernünftige Weg ist. Mein erwachsenes Ich weiß das auch ganz genau. Dummerweise übernimmt aber jedes Mal, wenn es um Emma geht, die Achtjährige in mir das Kommando.

»Menno«, sage ich und schiebe die Unterlippe vor.

»Pflaumenkuchen?« Ungerührt hält Omi mir die Kuchenplatte hin, und ich gebe es auf zu schmollen.

»Ja. Danke.«

»Versuch doch heute ausnahmsweise mal, ein bisschen nett zu sein. Hm? Was meinst du?«

»Aber sie ist auch nie nett zu mir!«

»Einer muss den Anfang machen. Du wirst sehen: Wie du ins Glashaus hineinrufst, so schallt es auch heraus.«

Sie hat ja recht. Kuchen essend nehme ich mir fest vor, Emma und Julius ausnahmsweise mal vorurteilsfrei zu begegnen und mich auf ihre positiven Seiten zu konzentrieren. Zum Beispiel könnte es sich durchaus als nützlich erweisen, dass die beiden ständig nur um sich selbst kreisen. So wird Fabians Fehlen wahrscheinlich gar nicht auffallen.

Zehn Minuten später stöckelt Emma auf zehn Zentimeter hohen Absätzen ins Zimmer. Sie sieht wie immer toll aus. Perfekt geföhnter, kinnlanger Bob, dezentes Make-up und ein sportlich-elegantes Outfit ohne eine einzige Knitterfalte.

»Gut siehst du aus«, zwinge ich mich zu sagen und tausche Wangenküsschen mit ihr.

»Danke.« Sie mustert mich mit genau dem gleichen Blick, den meine Mutter immer draufhat. »Du wirkst irgendwie erschöpft.«

»Vielen Dank auch«, schnappe ich und lasse mich in das Sofa zurückfallen.

»Das war doch nicht böse gemeint.«

»Nein. Natürlich nicht.«

»Franzi, jetzt sei aber mal nicht albern«, kommt ausgerechnet Anni meiner Schwester zu Hilfe, »sie hat doch völlig recht. Du siehst erschöpft aus.«

»Aber muss sie mir das auf die Nase binden?«, frage ich empört. »Kann sie das nicht einfach unter den Tisch fallen lassen und freundlich lügen? In dieser Familie wird doch sonst immer alles unter den Teppich gekehrt, wieso muss denn nun ausgerechnet über mein Erscheinungsbild die Wahrheit gesagt werden?«

»Du meine Güte«, sagt Emma, verdreht die Augen und lässt sich in dem am weitesten von mir entfernten Sessel nieder. Julius setzt sich neben sie und legt ihr eine Hand aufs Knie.

»Wo ist denn Fabian?«, erkundigt er sich. Anni richtet sich alarmiert auf und öffnet schon den Mund, um das Thema zu wechseln, aber ich winke ab. Irgendwie muss es die Familie sowieso erfahren, und es gibt keinen besseren Weg, meine Mutter über die Trennung zu informieren, ohne selbst mit ihr reden zu müssen. Außerdem geht die Gefahr, dass ich vor meiner Schwester in Tränen ausbreche, gegen null.

»Ich habe mich von Fabian getrennt«, erkläre ich mit fester Stimme.

»Oh«, sagt Emma.

»Heißt das, du kommst alleine auf unsere Hochzeit?«, fragt Julius. Vor meinen Augen explodieren rote Punkte.

»Nein, das heißt es nicht. Bis dahin sind es noch fast zehn Wochen. Dann werde ich natürlich längst wieder einen Freund haben.«

»Tatsächlich?« So wie Julius mich ansieht, hält er das für äußerst unwahrscheinlich. Mit Erstaunen merke ich, dass es jemanden im Raum gibt, den ich locker doppelt so ätzend finde wie meine Schwester.

»Ja. Tatsächlich. Lasst euch bloß nicht einfallen, mich ohne Begleitung einzuladen.«

»Okay. Aber sag bitte rechtzeitig Bescheid, falls du doch alleine kommst.«

»Sag mal, willst du den allen Ernstes heiraten?«, wende ich mich an meine Schwester.

»Neidisch?«, fragt sie zurück.

»Auf dich? Pah!« Wütend funkeln wir uns an, während meine Großmutter mit bekümmertem Gesichtsausdruck von einer zur anderen schaut.

»Kinder, Kinder, bitte! So kommen wir doch auf keinen grünen Nenner.«

Auch in der folgenden Woche habe ich im Job alle Hände voll zu tun, und das ist mir ganz recht. Je weniger Zeit ich alleine in der Wohnung verbringe, desto besser. Fabian hat seine Möbel und Klamotten inzwischen abgeholt und eingelagert. Nicht ohne sich noch mehrfach per SMS über die Wohnungsnot in Hamburg zu beklagen. Er fürchtet wohl, seinen Lebensabend auf der Couch von Andreas fristen zu müssen. Als ob das meine Schuld wäre. Die Lücken im Bücherschrank, der fehlende Esstisch, keine Stereoanlage, all das erinnert mich ständig an ihn und macht das Abschiednehmen nicht leichter. Obwohl ich versuche, mich so gut wie möglich abzulenken, ertappe ich mich manchmal dabei, mich nach Fabian zu sehnen. Wenn ich den Schlüssel im Schloss herumdrehe, erwarte ich beinahe, dass er um die Ecke biegt und mich zur Begrüßung in den Arm nimmt. Stattdessen empfängt mich eine kalte, leere Wohnung. Als es am Freitagabend an der Tür klingelt, macht mein Herz einen Satz. Fabian, schießt es mir durch den Kopf. Dann schüttele ich selbigen über mich, während ich den Hörer der Sprechanlage abnehme. Was sind das bloß für merkwürdige Reflexe, die sich nach einer Trennung einstellen? Ich habe ganz eindeutig einen Anflug von Hoffnung gespürt, obwohl Fabian so ziemlich der letzte Mensch ist, den ich im Moment sehen möchte. Verrückt ist das.

»Hallo?«

»Wir sind's!«

»Lydia?«

»Und Kim. Wer sonst?«

»Ach ja, stimmt.« In diesem Moment wird mir bewusst, dass die Welt sich weiterdreht. Dass heute Freitag und damit Serienabend ist.

»Hallo Süße«, Lydia umschlingt mich mit ihren Armen und zieht mich an sich, »wie geht es dir denn?« Dann hält sie mich ein Stück von sich weg und zieht besorgt die Augenbrauen nach oben. »Du bist ja nur noch Haut und Knochen.«

»Echt?« Erfreut mustere ich mich im Flurspiegel. Meine noch vor einer Woche eher knapp sitzende Jeans schlabbert an mir herunter. »Wow!«, sage ich ehrlich begeistert. »Ich bin ja total dünn. Was guckt ihr denn so? Findet ihr nicht, dass ich super aussehe?«

»Ehrlich gesagt siehst du ziemlich fertig aus«, sagt Kim.

»Ich bin ja auch fertig. Ich arbeite wahnsinnig viel und außerdem habe ich Liebeskummer. Aber der hat ja wenigstens einen angenehmen Nebeneffekt. Das müssen mindestens fünf Kilo sein!«

»Aber damit ist jetzt Schluss«, sagt Lydia streng. »Versprich mir, dass du auf dich aufpasst.«

»Ich verspreche es.«

»Du musst was essen.«

»Ja doch.«

Wie an jedem Freitag bringt uns auch dieses Mal wieder Willi unsere Pizza. Während ich in meinem Geldbeutel krame, benutzt er seinen Inhalator.

Als ich aufschaue, lächelt er mich tapfer an. »Du siehst aber gut aus heute.«

»Ehrlich?«, frage ich überrascht.

Er nickt eifrig. »Hast du abgenommen? Du wirkst so zierlich.«

Unnötig zu sagen, dass ich es mit dem Trinkgeld mal wieder schamlos übertreibe.

»›Desperate Housewives‹ oder ›Grey's Anatomy‹?«, frage ich, während ich die riesigen Pizzen ins Wohnzimmer schleppe. Kim liegt schon wieder auf dem Sofa und schnarcht leise vor sich hin. »Oh. Schläft Elias immer noch so wenig?«

»Sieht so aus. Lassen wir sie schlafen«, meint Lydia achselzuckend. »Und wir unterhalten uns ein bisschen.«

»Okay.« Ich beiße herzhaft in das erste Stück Pizza. »Worüber willst du sprechen?«

»Ich?« Sie lacht gezwungen. »Ich dachte, du hättest vielleicht Redebedarf.«

»Du willst also über Fabian sprechen?« Sie nickt. Ich seufze.

»Es würde dir bestimmt gut tun.«

»Hm.«

»Und außerdem …«

»Ja?«

»Außerdem hat er bei mir angerufen.« Alarmiert blicke ich auf.

»Echt? Wann denn?«

»Tja. Kommt darauf an. Meinst du jetzt das letzte Mal? Das war vor einer Stunde.«

»Hm. Und was wollte er? Deine Wohnung?«, versuche ich einen Scherz.

»Nein.« Sie schüttelt ernst den Kopf und kaut lustlos auf ihrer Pizza herum. »Er will dich zurück.«

Ich brauche eine Sekunde, bis die Nachricht bei mir ankommt. »Bitte sag mir jetzt nicht, dass du hier bist, um ein gutes Wort für ihn einzulegen.«

Entrüstet sieht Lydia mich an. »Wie kommst du denn auf die Idee? Natürlich nicht.«

»Dann ist es ja gut.« Seelenruhig nehme ich mir ein weiteres Stück Pizza.

»Mehr hast du dazu nicht zu sagen?«

»Was sollte ich denn sagen?«

»Ich habe einen einstündigen Monolog vorbereitet, um dir auszureden, es noch einmal mit ihm zu versuchen. Ich dachte, du lässt sofort alles stehen und liegen und rennst zu ihm, wenn du das hörst.«

Überrascht sehe ich sie an. »Aber wäre das denn nicht selten dämlich? Nach allem, was passiert ist? Nachdem er mich jahrelang belogen und betrogen hat?«

»Schon, aber wenn man Liebeskummer hat, wünscht man sich normalerweise nichts mehr, als dass alles wieder beim Alten ist. Ich hätte geschworen, dass du ihn zurückhaben willst.«

Heftig schüttele ich den Kopf. »Auf gar keinen Fall.«

Lydia wirkt beeindruckt. »Also, ich weiß nicht, ob das jetzt ein gutes oder ein ganz schlechtes Zeichen ist.«

»Ein gutes«, versichere ich ihr. »Ein sehr gutes sogar. Über Fabian bin ich hinweg, wirklich.«

»Nach so kurzer Zeit?«

»Er ist ein Schwein«, erinnere ich sie. »Was für einen Zeitraum hältst du denn für angemessen, um über ein charakterloses, betrügerisches Arschloch hinwegzukommen?«

»Hm, okay, wenn du es so ausdrückst.«

»Eben. Dazu ist mir mein Leben einfach zu schade. Das kannst du ihm von mir ausrichten, wenn er das nächste Mal anruft.«

»Gut für dich«, sagt Lydia zögernd, und ich nicke bekräftigend.

»Finde ich auch. Ich habe ganz andere Probleme.«

»Und die wären?«

»Du glaubst nicht, was ich heute bekommen habe.« Mit einer Grimasse ziehe ich den bereits geöffneten, elfenbeinfarbenen Umschlag vom Couchtisch und reiche ihn ihr. »Das kam heute mit der Post.«

»Wow.« Lydia lässt ihre Finger über das edle Strukturpapier gleiten. »Fühlt sich toll an.«

»Das ist Japan-Seide. Du willst nicht wissen, was die kostet! Los, mach auf.« Mit, wie ich finde, unangebrachter

Vorsicht zieht sie die Karte hervor, auf deren Vorderseite Emma und Julius um die Wette strahlen.

»Ah, ich verstehe.« Sie nickt und klappt die Karte auf. »Nee, oder? *Menschen sind Engel mit nur einem Flügel. Damit sie fliegen können, müssen sie sich umarmen*«, liest sie vor. »Was für ein Kitsch.«

»Lies weiter!«, fordere ich sie auf.

»Liebe Franzi, zu unserer Hochzeit am 13. Juli laden wir Dich herzlich ein. Sag mal, spinnen die? An deinem Geburtstag?!« Ich zucke gleichmütig mit den Schultern. Wenn es bloß das wäre.

»Daran bin ich doch längst gewöhnt. Seit wir ganz klein sind, hat meine Schwester jedes Jahr wieder versucht, meinen Geburtstag zu boykottieren. Sie ist einmal sogar von unserem Apfelbaum runtergesprungen, in der Hoffnung, sich dabei ein Bein zu brechen.«

»Und hat sie?«

»Leider nicht. Jedenfalls war mir fast schon klar, dass sie an meinem Geburtstag heiraten wird. Spätestens, als sie plötzlich was davon gefaselt hat, dass sie immer schon unbedingt im Juli heiraten wollte.«

»Also, ich würde da nicht so ruhig bleiben.«

»Heute am Telefon hat sie natürlich beteuert, dass ihr das wahnsinnig unangenehm ist, dass aber das Atlantic-Hotel an allen anderen Terminen in dem Monat schon ausgebucht ist.«

»Atlantic? Edel!«

»Der gute Julius hat's ja.«

»Und worüber regst du dich dann jetzt auf, wenn es nicht die Sache mit deinem Geburtstag ist?« Ratlos sieht meine Freundin mich an.

»Na, weil sie mich alleine eingeladen haben. Guck

doch! Das Ihr und Euch ist immer fein säuberlich durchgestrichen. Und dabei habe ich ihr ausdrücklich gesagt, dass ich in Begleitung kommen werde.«

»Ach ja? In Begleitung von wem denn?«, fragt sie neugierig.

»Das weiß ich noch nicht. Aber darum geht es doch auch gar nicht. Bis Mitte Juli sind es noch zwei Monate. Und weißt du, was Emma zu mir gesagt hat? Dass ich doch in der, ich zitiere, *kurzen Zeit* sicher keinen neuen Mann treffen werde. Und dass sie in irgendeiner Studie gelesen hat, dass es, ich zitiere erneut, *Frauen ab Mitte dreißig bei der Partnersuche sehr schwer haben*. Dass wir, und jetzt zitiere ich zum dritten Mal, halt dich fest, *schwer vermittelbar* sind.«

»Hör auf, du deprimierst mich.«

»Ist das nicht eine bodenlose Frechheit? Sie hat gesagt, dass sie das in der *Welt* gelesen hat. Dass ich nicht lache. Aus irgendeiner saublöden Frauenzeitschrift wird sie den Blödsinn haben.«

»Aber was, wenn es stimmt?« Lydia sieht mit einem Mal ganz niedergeschlagen aus und starrt düster auf das fetttriefende Pizzastück in ihrer Hand.

»Es stimmt nicht«, sage ich fest. »Jedenfalls nicht bei uns. Schau uns doch mal an. Wir sind klasse!« Ich mustere meine Freundin wohlwollend von oben bis unten. »Warum sollten wir in unserem Alter keinen Partner mehr finden, der zu uns passt. Sieh mal, du suchst ja schon, seit du neunundzwanzig bist. Da warst du also auch nicht erfolgreicher, als du noch jung und knackig warst!« Blitzschnell greift Lydia sich die Haushaltsrolle, die ich auf dem Fußboden abgestellt habe, und schlägt damit nach mir.

»Soll das etwa witzig sein?«

»Ja.« Ich grinse. »Gib zu, es war ein bisschen witzig.«

»Geht so.«

»Ich sage dir eins, Süße, der richtige Mann für uns ist irgendwo da draußen. Und wenn wir ihn noch nicht gefunden haben, dann liegt das nur daran, dass wir an der falschen Stelle gesucht haben!«

»Okay, damit ich dich richtig verstehe«, sagt Lydia, nachdem ich ihr meinen Plan dargelegt habe, »du willst dir also über DreamTeam ein Date für die Hochzeit deiner Schwester organisieren.«

»Nein, ich will mir einen Mann fürs Leben organisieren«, korrigiere ich sie und schiebe das letzte Stück Pizza ächzend von mir. Einer solchen Herausforderung ist mein entwöhnter Magen einfach nicht mehr gewachsen. »Aber Emmas Hochzeit ist ein schöner Ansporn und dient mir sozusagen als Deadline, damit ich mich auch wirklich anstrenge und keine Zeit damit verschwende, einer Beziehung hinterherzutrauern, die von vornherein zum Scheitern verurteilt war.«

»Du willst dich anstrengen. Das klingt ja sehr romantisch.«

»Für Romantik habe ich keine Zeit. Und außerdem bringt sie mich nicht weiter. Mit Fabian war es wirklich sehr romantisch, das weißt du ja.« Einen Augenblick gestatte ich mir einen inneren Rückblick auf unsere Anfangszeit, als Fabian mich mit Blumen überschüttet hat und wir uns auf romantischen Picknicks gegenseitig mit Erdbeeren gefüttert haben. Unwillkürlich schießen mir die Tränen in die Augen, doch ich blinzele sie energisch weg. »Aber das hat mir letzten Endes auch nichts gebracht.«

»Glaubst du allen Ernstes daran, dass du dich in einen Mann verliebst, nur weil irgendwelche Gene bei euch übereinstimmen?«

»Sie stimmen nicht überein, sondern sind im Gegenteil grundverschieden«, belehre ich Lydia. »Sie ergänzen sich also. Das ist es, was den Reiz ausmacht. Deshalb fühlt man sich zueinander hingezogen. Weil die Babys dann ein besonders starkes, weil vielseitiges Immunsystem bekommen.«

»Die Babys, soso.«

»Na klar. Letzten Endes geht es doch immer nur um Fortpflanzung.«

»Und warum hast du dich dann so sehr zu Fabian hingezogen gefühlt?«

»Keine Ahnung. Aber um so einen Fehler nicht noch einmal zu machen, gehe ich ja jetzt zu DreamTeam. Da werden die Männer schön vorsortiert, und zwar nach biologischen ebenso wie nach sozialen Gesichtspunkten. Und ich muss einfach nur abwarten, bis es mit einem von denen funkt.«

»Klingt fast zu schön, um wahr zu sein«, sagt Lydia ironisch, aber darauf gehe ich gar nicht ein.

»Es wird super, glaub mir. Bist du dabei?«

»Nein danke.« Energisch schüttelt sie den Kopf. »Halt mich für altmodisch, aber mithilfe eines Q-tips die Liebe zu finden, das ist nicht gerade mein Traum. Ich glaube, ich versuche es auf die herkömmliche Art und Weise.«

»In Kneipen auf dem Schulterblatt?«, frage ich und meine damit das Szeneviertel Hamburgs, wo man sich als Single die Nächte um die Ohren schlägt. Nicht ganz so abgerockt wie die Reeperbahn, aber immer noch ziemlich wild, und der Ort, an dem sich Lydia gerne ihre Traummänner in spe aufreißt, die am nächsten Morgen schneller verschwinden als der Kater der letzten Nacht. »Von den Typen weißt du doch überhaupt nichts. Die meisten suchen bloß was fürs Bett.«

»Wenn es der Richtige ist, wird es schon darüber hinausgehen«, antwortet Lydia, nun richtig bockig, und ich seufze tief.

»Na schön. Du musst es ja wissen. Aber sag Bescheid, wenn du es dir anders überlegst.«

Schade eigentlich, denke ich, als ich an diesem Abend im Bett liege. Mit Lydia würde die Suche nach dem Mann fürs Leben auf jeden Fall lustiger werden. So muss ich das eben alleine machen. Auch gut. Emma habe ich heute am Telefon noch das Versprechen abgenommen, mir eine neue Einladungskarte zu schicken. Für mich plus Begleitung. Sie hat schließlich eingewilligt, obwohl Julius im Hintergrund ganz schön rumgemosert hat wegen der teuren Japan-Seide. So ein Spinner. Als würde eine zusätzliche Einladung für fünf Euro ins Gewicht fallen, wenn man eine Riesenhochzeit mit hundertfünfzig Gästen im Atlantic, dem so ziemlich edelsten und teuersten Hotel am Platz, plant.

Ich jedenfalls werde mich jetzt mit doppelt so viel Elan in meine Arbeit bei DreamTeam stürzen. Denn schließlich handele ich auch in meinem eigenen Interesse. Mit jedem männlichen Neukunden vergrößert sich die Auswahl und damit auch die Chance auf meinen absoluten Traumpartner. Jemand, der meine Interessen teilt, aber nicht meine MHC-Gene. Dessen sexuelles Verlangen nach mir ein Leben lang lodert, und der das auch noch schwarz auf weiß bestätigt bekommt. Ich stelle mir vor, was das,

Biologie hin oder her, alleine psychologisch mit einem Menschen machen muss, wenn er jemandem gegenübersitzt, der wissenschaftlich erwiesen sein Traumpartner ist. Ein angenehmes Kribbeln durchläuft mich. Wie er wohl aussieht, mein Mister Perfect? Bestimmt dunkelhaarig, mit blauen Augen. So stelle ich mir das jedenfalls vor. Wenn unsere Gene sich so stark voneinander unterscheiden, dann sehen wir doch sicher auch ganz verschieden aus. Auch wenn mir Fabians blonde Haare immer gut gefallen haben, muss ich doch zugeben, dass er eigentlich nicht so wirklich meinem Beuteschema entsprach. Auch wenn ich diesen Ausdruck nicht leiden kann. Aber vielleicht hat er seine Existenzberechtigung. Vielleicht mag ich dunkelhaarige Männer wegen ihrer genetischen Andersartigkeit? Es wäre immerhin möglich. Und so ein Typ wie Johnny Depp oder Hugh Jackman könnte mir schon gefallen. Mit diesem angenehmen Gedanken schlummere ich selig ein.

Kapitel 6

Eine Woche später lädt die Firma DreamTeam zu einer großen Pressekonferenz ein. Ich sitze im hinteren Bereich des Au Quai, einer wunderschönen Location direkt an der Elbe. Von hier aus sehe ich der Pressesprecherin Leila Kloppe dabei zu, wie sie die Konferenz ebenso gut gelaunt wie eloquent leitet. Eine Kellnerin bietet mir ein Glas Champagner an. Anscheinend lässt sich mein Auftraggeber nicht lumpen, zumindest scheint er begriffen zu haben, dass man nicht am falschen Platz sparen sollte. Und die Hamburger Presse mit einem edlen Tropfen am Nachmittag zu bestechen, damit sie dann schöne, werbewirksame Artikel über DreamTeam schreibt, ist mit Sicherheit eine sehr gute Investition. Obwohl es erst kurz nach vier ist, genehmige ich mir ein Gläschen. Schließlich habe ich in den letzten Wochen rund um die Uhr gearbeitet. Ich genieße das Prickeln auf der Zunge und den einzigartigen Blick auf das bunte Treiben des Hamburger Hafens. Nachdem Leila über eine Stunde lang Fragen beantwortet und DreamTeam als die neue Generation der Partnersuche angepriesen hat, erklärt sie den offiziellen Termin für beendet und das Buffet für eröffnet. Ich sage ja, Herr Löffelstiel hat sich nicht lumpen lassen. Und so stürzen sich die Journalisten wie ausgehungerte Wölfe auf die Häppchen.

Wenn ich mich so umschaue, sehen sie alle sehr zufrieden mit sich, der Welt und damit auch meinem Auftraggeber aus. Kein Wunder. Die meisten PKs finden in irgendwelchen zugigen Räumen ohne Fenster statt, in denen einem vor lauter Staub die Zunge am Gaumen klebt, ohne dass man auch nur ein Mineralwässerchen bekommt. Mit dem mittlerweile dritten und, wie ich mir vornehme, letzten Champagner in der Hand spaziere ich hinaus auf die Außenterrasse und beobachte die vorbeiziehenden Containerschiffe. Die Maisonne scheint warm auf mich herab, am stahlblauen Himmel kein Wölkchen. Ein leichter Wind streichelt meine Haut. Ich atme tief ein, genau in diesem Moment weht mir eine Rauchwolke direkt ins Gesicht.

»Oh, Entschuldigung.« Mit der Hand versucht der neben mir stehende Mann, den Rauch von mir wegzuwedeln. »Ich wette, Sie sind Nichtraucherin.«

»Erraten«, sage ich hustend.

»Dann ist es nicht meine Schuld. Sie wissen doch, der Rauch zieht immer zum Nichtraucher.«

»Sie könnten sich einfach ein bisschen weiter wegstellen«, schlage ich vor.

»Ich würde lieber noch näher rankommen.« Er grinst und seine grünen Augen blitzen. »Darf ich?« Ich mustere ihn von oben bis unten. Er sieht eigentlich ganz sympathisch aus, trägt Turnschuhe, Jeans und eine blaue Adidas-Jacke und wirkt mit seinem schlaksigen, langen Körper und dem schelmischen Lächeln wie ein großer Junge. Lediglich sein fehlendes Haupthaar und die Fältchen um seine Augen herum deuten darauf hin, dass er sicher schon Ende dreißig ist.

»Aber nicht mit der Zigarette!« Bestürzt sieht er von mir zu seinem Glimmstängel und wieder zurück. »Na, wenn die Entscheidung so schwer fällt, dann bleiben Sie mal lieber da drüben«, sage ich und wende mich wieder dem Elbblick zu.

»Jetzt seien Sie mal nicht so kratzbürstig. Ich mache sie ja schon aus.« Er löscht die Zigarette an dem Holzgeländer, behält aber den Stummel in der Hand. »Ich bringe die nur schnell weg. Und darf ich Ihnen als Ausdruck meiner Reue ein Glas Champagner holen?«

»Wie großzügig«, sage ich grinsend. »Vor allem, weil er hier umsonst ist.«

»Ich habe ja nicht gesagt, dass ich ihn kaufe! Aber jetzt haben Sie mich herausgefordert. Ich bestehe darauf, dass Sie nach diesem Glas mit mir ins Docks gehen.« Das ist eine Bar direkt nebenan. »Und da werde ich Ihnen den teuersten Cocktail kaufen, den die auf der Karte haben.« Ich lächele wie die Sphinx.

»Wir werden sehen.«

»Ja, das werden wir. Bleiben Sie hier. Gehen Sie nicht weg.«

»Schon gut.«

»Ich bin gleich wieder da.«

»Bringen Sie sich einen Kaugummi mit. Oder ein tic tac oder so«, rufe ich ihm hinterher.

Im Gehen dreht er sich zu mir um und grinst unverschämt. »Wie nah denken Sie denn, dass ich Ihnen kommen will?«

Weitere zwei Gläser Champagner und einen Caipirinha später ist er mir jedenfalls sehr viel näher, als ich geplant hatte. Wir sitzen neben- oder besser gesagt aufeinander auf einer abgewetzten, dunkelroten Couch in der schummrigsten Ecke des Docks und knutschen wie die

Teenager. Hoppla, wie konnte denn das passieren? Laute Musik wummert aus den Boxen über uns, wir wälzen uns über das Sofa und ich verschwende höchstens ein oder zwei Gedanken daran, was die Leute um uns rum wohl davon halten. Mir doch egal. Ich kenne die ja gar nicht. Und mein Gegenüber strenggenommen auch nicht, sodass es egal ist, ob er mich möglicherweise für eine Schlampe hält, die einfach so mit einem wildfremden Typ rummacht. Ich fühle mich wild und gefährlich und zum ersten Mal seit Wochen richtig gut. Ich muss ihn ja nicht wiedersehen, wenn mir die Aktion morgen früh irgendwie peinlich sein sollte. Fred, so heißt mein Gespiele, macht aber so gar nicht den Eindruck, als würde er etwas Schlechtes über mich denken. Im Gegenteil, er scheint ziemlich begeistert von mir zu sein. Jedenfalls kann er seine Hände nicht von mir lassen und flüstert mir in den wenigen Atempausen, die wir uns zwischen den Küssen gönnen, immer wieder zu, wie aufregend und schön er mich findet. Ich weiß, er ist betrunken, aber trotzdem geht das runter wie Öl und pusht mein von der Sache mit Fabian doch ziemlich lädiertes Selbstbewusstsein in ungeahnte Höhen. Atemlos löse ich mich von Fred, greife nach meinem Cocktailglas und sauge am Strohhalm.

»Huch! Schon leer!«

»Nachschub«, grölt Fred dem Kellner hinter der Bar zu, aber ich schüttele den Kopf.

»Lieber nicht. Ich bin echt ganz schön betrunken.«

»Ach was. Noch nicht betrunken genug.«

»Doch, ich glaube schon.« Enttäuscht sieht er mich an. »Willst du etwa gehen?«

Ich wiege unschlüssig den Kopf hin und her. Besser wäre

es bestimmt. Andererseits hatte ich seit Ewigkeiten nicht mehr so viel Spaß.

»Ich sag dir was«, er erhebt sich und zieht mich mit sich hoch, »während du überlegst, gehen wir eine rauchen.«

»Ich rauche nicht«, erinnere ich ihn.

»Weiß ich doch.«

»Und warum sollen wir dann eine rauchen gehen?«

»Weil ich Lust auf 'ne Zigarette habe, dich aber nicht hier drinnen lassen will. Eine Frau wie du bleibt bestimmt nicht lange allein.«

»Oh, danke schön.« Ich spüre, wie ich rot anlaufe. Um es zu überspielen, lasse ich mich zurück auf die Couch fallen und verschränke die Arme vor der Brust. »Ich hab aber keine Lust, rauszugehen.« Fred schaut ein bisschen konsterniert auf mich runter.

»Jetzt komm schon. Hab dich nicht so.«

»Nein.« Nachdrücklich schüttele ich den Kopf. »Du könntest ja einfach auf deine Zigarette verzichten«, verführerisch lächle ich zu ihm hinauf, »im Gegenzug darfst du meine Gesellschaft genießen.«

»Ich will aber eine rauchen.«

»Tja, das geht jetzt wohl nicht. Wenn ich nicht raus will und du mich nicht alleine lassen willst …«

»Bis gleich.« Noch bevor ich meinen Satz zu Ende sprechen kann, ist er schon auf dem Weg nach draußen. Verblüfft sehe ich ihm nach. Was fällt dem denn ein? Stellt der allen Ernstes seine blöde Zigarette über meine Gesellschaft? Das ist doch die Höhe! So was von unhöflich! Ich greife nach seinem Cocktailglas, das noch zu einem Drittel mit Long Island Iced Tea gefüllt ist, und leere es in einem Zug. Schmeckt widerlich. Dann sehe ich mich in der gut gefüllten Bar um. Sie ist wirklich sehr gemütlich eingerichtet, mit lauter unterschiedlichen Sofas und Sesseln und niedrigen Tischen, an denen sich die Gäste gegenseitig ins Ohr schreien, um gegen die laute Musik anzukommen. Bloß mir schreit keiner ins Ohr. Ja, es knabbert nicht mal mehr jemand daran. Wie ein Mauerblümchen sitze ich hier rum. Das geht nicht. Weil meine Chancen, innerhalb der nächsten zwei Minuten einen neuen Knutschpartner zu finden, den ich dem Blödmann dann präsentieren könnte, wenn er von seiner heiligen Zigarettenpause zurückkommt, gegen null gehen, bleibt mir nur eine andere Möglichkeit: Ich haue ab. Wenn der glaubt, ich warte hier auf ihn, dann hat er sich geschnitten. Eigentlich schade, es war so ein schöner Abend. Aber egal. Ich angele auf dem Boden nach meiner Tasche und bin gerade dabei, meine Jacke überzuziehen, als Fred plötzlich wieder vor mir steht.

»Was machst du denn?«

»Wonach sieht es denn aus? Ich gehe.«

»Aber wohin denn?«

»Nach Hause.« Ich erhebe mich und will mich an ihm vorbeidrängeln, ohne ihn noch eines Blickes zu würdigen, aber er hält mich fest.

»Warte doch mal.«

»Worauf denn? Willst du vielleicht schon wieder eine rauchen?«, frage ich so cool wie möglich.

Er grinst. »Wow. Du bist ja 'ne richtige Kratzbürste.«

»Bin ich gar nicht«, begehre ich auf. »Aber wenn dir deine Zigarette wichtiger ist als ich …« Ich merke selbst, dass das jetzt ein bisschen albern ist.

»Du setzt dich allen Ernstes in Konkurrenz mit meiner Zigarette?« Okay, er hat es auch gemerkt. Mist.

»So'n Quatsch.« Fred drückt mich zurück auf die Couch und streift mir die Tasche von der Schulter.

»Jetzt bleib halt hier.«

»He, was soll denn das?«

»Hör auf, rumzuzicken!«

»Wie bitte?« Vor lauter Empörung bleibt mir die Luft weg, aber Fred nimmt seelenruhig mein Gesicht in seine Hände und sagt:

»Meine Zigaretten sind seit zwanzig Jahren in meinem Leben. Und du gerade mal seit drei Stunden. Und trotzdem habe ich die eben nicht mal halb aufgeraucht. Zufrieden?«

»Deine Hände stinken nach Nikotin«, beschwere ich mich halbherzig.

»Du spinnst. Ich hab sie doch gerade gewaschen.«

»Trotzdem«, beharre ich, obwohl mir eindeutig der Geruch von Seife in die Nase steigt.

»Du hast ja echt 'ne Macke«, grinst er und lehnt sich zu mir rüber, bis sein Gesicht ganz dicht vor meinem ist. »Ja, ich habe ein Pfefferminzbonbon gegessen. Bitte halt jetzt die Klappe.« Er küsst mich. Ich rieche sein Parfüm, schmecke die Mischung aus Minze, Alkohol und Zigaretten und finde sie einfach unwiderstehlich. Auch wenn ich das natürlich niemals zugeben würde.

Gegen elf bestehe ich darauf, dass es nun genug ist und ich nach Hause muss. Fred setzt seinen schönsten Dackelblick auf, aber ich bleibe standhaft. Immerhin ist morgen ein ganz normaler Arbeitstag und bis dahin möchte ich gerne wieder einigermaßen nüchtern sein. Deutlich missgelaunt folgt Fred mir, als ich aus dem Docks ins Freie trete. Die plötzliche Sauerstoffzufuhr haut mich auf der Stelle aus den Latschen. Ich taumele rückwärts und kralle mich an Fred fest, der zum Glück direkt hinter mir steht.

»Scheiße«, meine Zunge liegt plötzlich seltsam schwer in meinem Mund, »ich bin total betrunken. Hab ich gar nicht gemerkt.« Ich kichere albern, während ich von Fred gestützt die Treppe hinuntertaumele. »Oweiowei, das kam jetzt echt wie ein Schlag mit dem Hammer. Nutz das bloß nicht aus, du!« Um ein Haar piekse ich ihm meinen erhobenen Zeigefinger ins Auge. Er kann gerade noch ausweichen.

»Das kannst du nicht von mir verlangen«, antwortet er. »Das muss ich ausnutzen.«

»Musst du nicht.« Heftig schüttele ich den Kopf, was keine besonders gute Idee ist, weil die Große Elbstraße jetzt beginnt, unangenehm zu schwanken. »Das darfst du nicht!«

»Aber ich möchte es doch so gerne. Das kannst du mir nicht übel nehmen. Ich bin auch nur ein Mann.« Er zieht mich an sich und küsst mich. Mir wird schon wieder schwindelig, aber dieses Mal ist es ein angenehmes Gefühl. Dennoch mache ich mich nach einer Weile von ihm los.

»Nee, das geht wirklich nicht. Tut mir leid.« Suchend schaue ich die Straße hoch und runter. »Wo bekomme ich denn jetzt ein Taxi her?«

»Ich ruf dir eins. Morgen früh.« Er grinst mich an und ich haue ihm halbherzig auf den Oberarm.

»Witzig.«

»Ich weiß. Komm schon, es ist noch so früh. Wollen wir nicht wenigstens noch einen Kaffee trinken? Das nüchtert dich ein bisschen aus.« Ich zögere eine Sekunde, dann gebe ich mich geschlagen. Er hat ja recht. Der Abend war so schön, vielleicht können wir ihn noch eine Weile genießen.

»Okay. Und wo?«

»Ich wohne nur ein paar Straßen weiter«, sagt er, schnappt sich meine Hand und zieht mich hinter sich her.

»Von wegen. Das glaubst du doch wohl selbst nicht.«

»Es wird dir gefallen, versprochen.«

»Ach ja? Was genau wird mir denn gefallen?«

»Na, alles. Die Wohnung. Der Kaffee. Der Sex.«

»Ha! Du träumst wohl!« Er läuft zielstrebig weiter und zieht mich mit sich. »Ich werde auf keinen Fall mit dir schlafen. Damit wir uns da nicht missverstehen.«

»Okay. Wenn du meinst.«

»Das ist mein Ernst. Hörst du?«

Er bleibt stehen und sieht mich an. »Ja, ich höre dich. Und ich verspreche dir hoch und heilig, dass ich nichts tun werde, was du nicht willst. Okay?«

Ich nicke zufrieden. »Okay.«

»Aber ich sage dir was«, sein Gesicht ist ganz nah an meinem, »ich glaube, du bist verdammt lange nicht mehr gevögelt worden. Und noch länger bist du nicht mehr gut gevögelt worden.« Ich bin zu verdutzt, um empört zu sein. »Und solltest du deine Meinung heute Nacht noch ändern und einsehen, dass ich der Richtige dafür bin, diesen Zustand zu ändern …«

»Pah, da kannst du lange warten.« Endlich habe ich meine Sprache wiedergefunden.

»… dann stehe ich dir natürlich gerne zur Verfügung.«

»Natürlich. Wie großzügig von dir.«

»So bin ich. Allerdings«, er fährt mir mit seiner Hand durchs Haar, biegt meinen Kopf ein wenig zurück und küsst mein Ohrläppchen, »nur wenn du bitte sagst.«

Zwei Stunden später liege ich auf Freds Sofa und muss zugeben, dass er recht hatte: seine spartanisch eingerichtete Altbauwohnung gefällt mir ausgesprochen gut. Der Kaffee aus der sicher sündhaft teuren Espressomaschine aus glänzendem Chrom war exzellent. Und im Moment kann ich an nichts anderes denken, als mit diesem Mann Sex zu haben. Was natürlich außer Frage steht. Schließlich kennen wir uns überhaupt nicht. Und am ersten Abend mit einem Mann ins Bett zu gehen, nein, das kommt nicht infrage. Leider ist mein Körper ganz anderer Meinung und ich kann es ihm nicht einmal verübeln. Fred weiß nämlich ganz genau, was er tun muss, um mich an den Rand des Wahnsinns zu bringen. Aber zum Glück haben wir ja eine Abmachung. Solange ich nicht bitte sage, wird nichts passieren. Und darauf kann er lange warten. So weit kommt's noch. Fred bedeckt meinen Körper mit Küssen. Ohne dass ich es wirklich mitbekomme, zieht er mir ein Kleidungsstück nach dem nächsten aus, bis ich nackt vor ihm liege und sein Kopf weiter runterwandert. Zwischen meine Beine. O Gott! Fünf Minuten später rutscht er wieder an mir hoch und sieht mich mit blitzenden Augen an.

»Willst du gevögelt werden?« Ich nicke atemlos. »Ja?« Er grinst. »Ja, und weiter?«

»Du bist wirklich ein Mistkerl«, stelle ich fest.

»Ich weiß. Also?« Seine Hand wandert wieder spielerisch zwischen meine Beine. »Ja, und weiter?« Ich haue ihm auf den Oberarm, dann gebe ich mich geschlagen.

»Ja, bitte.«

Als ich am nächsten Morgen die Augen aufschlage, brauche ich einen Moment, um mich zu orientieren. Wo bin ich? Dieses Schlafzimmer mit dem breiten Bett, einem antiken Kleiderschrank und ansonsten völlig kahlen Wänden kommt mir überhaupt nicht bekannt vor. Dann kommt die Erinnerung an letzte Nacht zurück, und ich rekele mich wohlig. Sicher, ein bisschen zermatscht fühle ich mich schon, und der saure Geschmack in meinem Mund deutet darauf hin, dass ich einiges mehr an Alkohol zu mir genommen habe, als ich vertragen kann, aber meiner guten Laune tut das keinen Abbruch. Ich rolle mich auf die andere Seite und betrachte den schlafenden Mann neben mir. Schon komisch, gestern Nachmittag kannte ich ihn noch gar nicht. Das gute Mädchen in mir bekommt jetzt doch ein schlechtes Gewissen, dass ich schon am ersten Abend mit ihm geschlafen habe. Aber in der Erinnerung an den besten Sex meines Lebens befördert das böse Mädchen es mit einem gezielten Tritt in den Hintern auf den Mond. Und ich kann ihm da nur beipflichten. Es wäre wirklich schade gewesen, wenn ich mir das hätte entgehen lassen. Gott, dieser Mann weiß wirklich, was er tut. Wenn ich bedenke, wie lange es gedauert hat, bis ich mit Fabian zum ersten Mal einen Orgasmus hatte! Und gestern Nacht hatte ich drei. Eins ist sicher, davon will ich mehr. Viel mehr. Aber vielleicht nicht gerade jetzt. Erstens meldet sich durch ein dumpfes Klopfen in meinem Hinterkopf jetzt doch ein amtlicher Kater an, und zweitens scheint die Sonne schon ganz schön hell durchs Fenster. Wie spät mag es sein? Auf jeden Fall spät genug, um schleunigst nach Hause zu fahren und mich umzuziehen, denn ich kann ja wohl kaum in den Knitterklamotten von gestern ins Büro gehen. Dennoch kann ich mich nicht so recht entschließen, aufzustehen. Fred liegt noch immer neben mir und atmet ganz regelmäßig, eine Hand unter die Wange geschoben. Oh, diese Hand. Alleine bei dem Anblick durchläuft mich ein angenehmer Schauer. Ob ich diesen Mann lieben könnte, kann ich noch nicht sagen, aber eins ist sicher: Ich liebe seine

Hände. Sie sind groß, mit schmalen Fingern und schönen Nägeln. Und am besten ist, was er mit ihnen anstellen kann. Leise, um ihn nicht zu wecken, schlüpfe ich aus dem Bett. Ich öffne drei Türen, Küche, Wohnzimmer und endlich die zum Badezimmer. Über dem Waschbecken hängt ein handtellergroßer Spiegel, und der ist auch noch so hoch angebracht, dass ich mich auf die Zehenspitzen stellen muss, um auch nur die Hälfte meines Gesichts sehen zu können. Reicht aber schon. Ich sehe scheiße aus. Verquollene Augen, blasse Haut und meine Wimperntusche klebt überall, nur nicht auf den Wimpern. Unter der Dusche suche ich, während heißes Wasser auf mich niederprasselt, vergeblich nach einem Shampoo, bis mir einfällt, dass jemand ohne Haare natürlich kein Shampoo braucht. Logisch eigentlich. Notgedrungen wasche ich meine Haare und auch mein Gesicht mit Duschgel und trockne mich mit dem einzigen auf dem Haken hängenden Handtuch ab. Es ist nicht besonders groß und riecht ein bisschen muffig, aber heute scheint mir nichts die Laune verderben zu können. Vor mich hin lächelnd rubbele ich meinen Körper ab und entdecke dabei einen Knutschfleck auf meiner linken Brust. Versonnen streiche ich darüber, stelle mich dann wieder auf die Zehenspitzen und blicke in den Spiegel. Ich sehe schon besser aus, nur mein Gesicht spannt von dem Duschgel wie verrückt. Ohne große Hoffnung öffne ich das winzige an der Wand hängende Schränkchen. Vielleicht hat er ja wenigstens einen uralten Topf Nivea. Aber Fehlanzeige. Ich werde nie begreifen, wie Männer mit so wenig Kram im Badezimmer auskommen. Wenn ich da an meine vollgestopften Regale denke … Aber Fred ist ganz offensichtlich Purist. Rasierschaum, After Shave, Zahnpasta, ein Nachfüllbeutel Flüssigseife, eine Packung Paracetamol und Q-tips. Moment mal! Q-tips?

Nein, Franzi, nein, ermahne ich mich selbst, während ich wie ferngesteuert nach einem der Wattestäbchen greife. Das machst du nicht. Das kannst du nicht machen! Was du vorhast, ist nicht nur hochgradig unmoralisch, sondern auch illegal. Jedenfalls bin ich mir da ziemlich sicher. Also leg jetzt schön den Q-tip wieder hin, sammle deine Klamotten ein und geh zur Arbeit. Genau! Das wird das Beste sein. Im Wohnzimmer steige ich in meine zerknitterten Kleider. Dann gehe ich zurück ins Schlafzimmer und schaue auf den noch immer schlafenden Mann hinunter. Vorsichtig robbe ich auf dem Bauch an ihn ran und betrachte sein Gesicht, die langen, gebogenen Wimpern, die gerade Nase und die vollen Lippen, und ein wohliges Gefühl durchrieselt mich. Kein Zweifel, ich habe mich total verknallt. Der Q-tip in meiner Hand scheint regelrechte Stromstöße auszusenden. Unschlüssig betrachte ich ihn. So ganz durchringen kann ich mich noch nicht. Andererseits, möchte ich wirklich noch mal so auf die Nase fallen wie mit Fabian? Ganz sicher nicht! Fred murmelt etwas im Schlaf und rollt sich auf den Rücken. Ich zucke vor Schreck zusammen und fasse mein Wattestäbchen fester. Jetzt oder nie! Wenn er aufwacht, ist meine Chance dahin. Erst mal geht es ja nur darum, ihm eine Speichelprobe zu entnehmen. Ob ich die dann wirklich analysieren und mit meiner vergleichen lasse, muss ich ja gar nicht jetzt entscheiden. Obwohl das eine Milchmädchenrechnung ist, beruhigt es mich sofort. Über die moralische Verwerflichkeit mache ich mir später Gedanken, in diesem Moment geht es schließlich bloß um ein bisschen

Spucke. Da kann er doch eigentlich gar nichts gegen haben. Schließlich haben wir gestern reichlich Körperflüssigkeiten ausgetauscht. Was für ein Glück, dass das gute Mädchen von seinem Ausflug auf den Mond noch nicht zurückgekehrt ist. Es wäre mit Sicherheit dagegen. So aber fasse ich das Wattestäbchen fester und nähere mich mit angehaltenem Atem Freds Lippen. Vorsichtig und ganz langsam schiebe ich den Q-tip in seinen Mundwinkel, die Wange beult sich leicht nach außen. Allmählich wird mir die Luft knapp, aber ich wage noch immer nicht zu atmen. Sanft bewege ich das Stäbchen ein bisschen hin und her und hoffe, dass dabei genügend Zellen an seinem Wattekopf hängen bleiben. Okay, das müsste genügen. Jetzt vorsichtig wieder rausziehen. Es geht nicht. Ich ziehe ein bisschen fester, aber der Q-tip steckt fest. Freds eben noch entspannt aufeinander liegende Lippen sind zusammengepresst. Und jetzt schlägt er die Augen auf.

»Äääh … Guten Morgen«, sage ich und lächele unschuldig.

»Kannst du mir sagen, was du da machst?« Er klingt nicht besonders freundlich, aber wenigstens ist der Q-tip wieder frei. Möglichst unauffällig versuche ich, ihn hinter meinem Rücken zu verbergen, während ich gleichzeitig in meinem plötzlich wieder ziemlich schweren Kopf nach einer Erklärung suche. Vielleicht, wenn ich behaupte, ich hätte ihm meinen kleinen Finger in den Mund gesteckt? Ob er mir das abkauft? Ist vielleicht eine etwas merkwürdige Form der Kontaktaufnahme, aber Fred hat gestern Nacht schließlich auch so allerlei Dinge getan, mit denen ich nicht unbedingt gerechnet hätte. Und die mir trotzdem gefallen haben. Leider komme ich gar nicht mehr dazu, diese Lüge zu verzapfen, denn mit einer blitzschnellen Bewegung schnappt sich Fred mein Handgelenk und zieht es zu sich heran. Mitsamt des Corpus Delicti, das ich noch immer zwischen Daumen und Zeigefinger halte.

»Ähm, also, ich wollte mir gerade die Ohren …«, stottere ich, aber er lässt mich gar nicht ausreden.

»Hast du einen Knall?«, herrscht er mich an und lässt mein Handgelenk los.

»Nein, ich …«

»Nein? Ich glaube, doch!« Er springt aus dem Bett und trotz der peinlichen Situation entgeht mir nicht, dass er nackt ist. Und dabei unheimlich toll aussieht. Jetzt beginnt er aber leider damit, sich in Windeseile anzuziehen. Dann streckt er mir die offene Hand entgegen. »Los, gib das Ding her!«

»Was meinst du? Ach so, das …« Verlegen platziere ich das Stäbchen in seine Handfläche und sehe mit einem gewissen Bedauern, wie er es kopfschüttelnd in seiner Jeanstasche verstaut. Auch wenn ich es wahrscheinlich überhaupt nicht benutzt hätte – es wäre einfach schön gewesen, die Option zu haben. Mich zu vergewissern, dass Fred und ich kompatibel sind, bevor ich mich mal wieder Hals über Kopf in eine Sache mit ungeahntem Ausgang stürze. Zugegeben, das Kind ist ja eigentlich schon in den Brunnen gefallen, nachdem ich diese wilde und wunderschöne Nacht mit ihm verbracht habe. Dennoch könnte ich jetzt noch die Reißleine ziehen. Damit ich mir nicht wieder so wehtue wie beim letzten Mal, was sich, um bei dem Bild zu bleiben, tatsächlich anfühlte wie ein freier Fall aus zehntausend Metern Höhe. Samt Aufprall. Ich hätte einfach so gerne die Bestätigung gehabt, dass ich auf dem richtigen Weg bin. Ist das zu viel verlangt? Und überhaupt, ist das, nach allem, was ich erlebt habe, nicht absolut verständlich? Na gut, Fred weiß natürlich gar nicht, was ich erlebt habe. Aber wenn ich es ihm erzählen würde, hätte er gewiss Verständnis dafür. Und würde dann vielleicht auch nicht mehr so böse gucken.

»Es tut mir …«, leid, will ich sagen, aber da unterbricht er mich schon.

»Spar es dir. Mann, ich hab ja echt schon so einige verrückte Frauen abgeschleppt, aber das hier schlägt echt alles!«

»Moment mal, jetzt hör mir doch …«

»Kein Interesse!«

»Aber ich …«

»Ich hab gesagt, du sollst die Klappe halten.«

Empört schnappe ich nach Luft. Das ist ja wohl die Höhe. »Jetzt lass mich doch …«

»Okay!« Er kramt in seiner Hose nach dem Q-tip und wedelt damit vor meiner Nase herum. »Wolltest du mir eine Speichelprobe klauen, um diesen bescheuerten Test zu machen oder nicht? Hm?« Herausfordernd sieht er mich an. Lüg, Franzi, lüg, dass sich die Balken biegen.

»Schon«, gebe ich zu, »aber …«

»Das ist auf so viele Arten bescheuert und krank, dass ich gar nicht weiß, wo ich anfangen soll.«

»Ich weiß. Aber wenn du mich mal ausreden …«

»Und selbst wenn du dich heute Morgen nicht als komplett Wahnsinnige herausgestellt hättest, würde ich dich wahrscheinlich nicht noch einmal treffen. Da frage ich mich doch, warum du auswürfeln lassen willst, ob wir Babys mit Superkräften zeugen würden.« Moment mal.

»Du würdest mich nicht noch mal treffen wollen?«,

frage ich mehr verblüfft als wütend. »Wieso denn nicht? Also, von der Sache mit dem Q-tip jetzt mal abgesehen.«

»Warum denn doch?«, fragt er schulterzuckend. Also da würden mir auf Anhieb mindestens drei sehr triftige Gründe einfallen. Was soll das denn jetzt? Sagt er das nur, weil er sauer ist wegen der Speichelprobe, oder hatte er allen Ernstes nicht vor, mich wieder anzurufen? Wollte der etwa nur mit mir ins Bett? War das hier etwa, ich erhebe mich schnell von dem Bett, auf dem ich immer noch sitze, ein One-Night-Stand? Was für eine Frechheit! Ich habe keine One-Night-Stands. Und außerdem war es toll mit uns. Das muss er doch auch gemerkt haben. Aber ich werde mich natürlich hüten, ihn das zu fragen.

»Aber war es denn nicht toll heute Nacht?« Mist!

»Nicht toll genug, um so was hier zu rechtfertigen.« Schon wieder wedelt er mit dem vermaledeiten Wattestäbchen rum.

»Okay, aber wenn das jetzt nicht passiert wäre, dann …«

»Du nervst«, sagt er brüsk. »Verschwindest du jetzt freiwillig, oder muss ich dich rauswerfen?«

»Sag mal, spinnst du?«, fauche ich, denn so langsam werde ich auch wütend. Okay, ich habe mich nicht ganz korrekt verhalten, das gebe ich ja zu. Aber deshalb muss er mich doch nicht gleich so behandeln. Immerhin hatten wir gestern leidenschaftlichen Sex miteinander. Wunderschönen Sex, wie ich noch mal betonen möchte. Da kann er mir erzählen, was er will. Für ihn war es auch gut. Und selbst wenn nicht, der Kerl war in mir drin. Da kann ich doch wohl zumindest ein gewisses Maß an Respekt erwarten. Jedenfalls hat der mich nicht so einfach aus der Wohnung zu werfen. »Ich gehe, wann es mir passt.« Kämpferisch verschränke ich die Arme vor der Brust.

»Das werden wir ja sehen.« Um das Bett herum kommt er auf mich zu.

»Fass mich nicht an«, kreische ich hysterisch und schlage nach ihm.

»Dann geh freiwillig.« Er steht jetzt ganz dicht vor mir, und ich sehe zu ihm hoch. Ohne meine hohen Absätze bin ich einen ganzen Kopf kleiner als er. Kein Zweifel, da werde ich den Kürzeren ziehen.

»Ich wollte sowieso gerade gehen«, sage ich so würdevoll wie möglich und gehe hoch erhobenen Hauptes an ihm vorbei.

»Was für ein glücklicher Zufall«, grinst er und folgt mir auf dem Fuß. Er steht neben mir, während ich meine Jacke anziehe und hält mir sogar die Handtasche hin. Wütend entreiße ich sie ihm.

»Ist ja gut, ich gehe ja!«

Schwungvoll öffnet er die Wohnungstür. »Ich wünsche dir ein schönes Leben.«

»Ich dir nicht«, gebe ich schnippisch zurück. Als ich an ihm vorbeigehe, hält er mich am Oberarm fest und beugt sich zu mir runter. Was soll das denn jetzt? Will der mir jetzt vielleicht noch ein Abschiedsküsschen geben? Nicht mit mir!

Aber er will mich gar nicht küssen. Stattdessen raunt er mir ins Ohr: »Es war toll mit dir. Schade, dass du so komplett gestört bist. Sonst würde ich dich glatt noch mal vögeln!« Damit schiebt er mich ins Treppenhaus und knallt die Tür hinter mir zu.

Kapitel 7

Samenraub war gestern

Jungs, passt auf eure Gene auf

Die Verbissenheit, mit der Frauen Mitte dreißig sich heutzutage auf die Jagd nach einem Mann begeben, hat einen neuen Höhepunkt erreicht – unterstützt werden sie dabei von der Internet-Partnerbörse »DreamTeam«. Deren neue Geschäftsidee: Partnervermittlung durch Auswertung von DNA-Tests. DreamTeam behauptet von sich, diejenigen Menschen zusammenzubringen, die biologisch aufgrund unterschiedlicher Immunsysteme besonders gut zusammenpassen. Dies führe laut Aussage der Pressesprecherin dazu, dass das Paar besseren Sex und gesündere Kinder hat als nicht kompatible Partner. Spätestens hier stellen sich dem aufmerksamen Leser sicher die Nackenhaare auf. Oder bin ich der Einzige, der eine Verbindung in die dunkelste Zeit unserer Geschichte zieht, wenn Leute davon sprechen, erbgesunden Nachwuchs zu fördern? Aber davon mal abgesehen, Leute, wo soll das noch hinführen? Nicht nur, dass ich für diese sogenannten »Persönlichkeitstests« der Internet-Partnerbörsen mein Innerstes nach außen kehren muss, bevor die werten Damen der Schöpfung überhaupt in Erwägung ziehen, mit mir einen Kaffee zu trinken, nun soll ich auch meinen genetischen Code abliefern? Fehlt nur noch, dass ich meine letzten drei Gehaltsabrechnungen, Schufa-Auskunft und eine Beurteilung von meiner Ex einreichen muss. Den Vogel abgeschossen hat allerdings meine Eroberung der letzten Nacht. Stellt euch vor, ihr lernt eine süße Frau kennen, betrinkt euch mit ihr in einer Bar, habt einen tollen One-Night-Stand und wacht am nächsten Morgen davon auf, dass die Lady mit einem Q-tip in eurem Mund rumstochert. Fast wünschte ich, dass ich ihr die Genprobe überlassen hätte. Dass sie sie für teures Geld hätte analysieren lassen und möglicherweise herausgefunden hätte, dass wir beide ein »DreamTeam« sind. Und wenn sie dann vor meiner Tür gestanden hätte, das Testergebnis wie eine Trophäe vor sich her tragend, dann hätte ich ihr sagen können: »Sorry, Süße. So einfach ist es nicht!«

Nachtrag des Autors: Wahrscheinlich hätte ich sie vorher noch mal hereingebeten. Denn süß war sie schon. Und eine Granate im Bett.

Ich wünsche mir ein schönes, schwarzes Loch herbei, in das ich versinken kann.

»Ach komm, Süße, es weiß doch keiner, dass er von dir spricht«, versucht Lydia mich zu besänftigen, als sie am Abend auf meiner Couch sitzt. Da hat sie natürlich recht. Wirklich beruhigen kann mich das allerdings nicht. Selbstverständlich wusste ich, dass Fred Journalist ist. Was hätte er sonst auf unserer Pressekonferenz verloren gehabt? Aber dass er für das Machoblatt *Womanizer* den einzigen kritischen Artikel über DreamTeam geschrieben hat, damit hatte ich nicht gerechnet. Und dass er mich dabei auch noch in den Schmutz zieht, das finde ich wirklich alles andere als freundlich. Frustriert werfe ich die Pressemappe mit den gesammelten Artikeln auf den Couchtisch.

»Frauen Mitte dreißig. Was fällt dem ein?«

»Aber du bist doch Mitte dreißig.«

»Sehe ich etwa so aus?«

»Natürlich nicht«, beeilt sich Lydia zu sagen und greift nach der Mappe. »Aber guck doch mal, so viel Resonanz. Das muss dich doch eigentlich freuen. Jede Presse ist gute Presse.«

»Dieser Artikel ist bestimmt keine gute Presse.«

»Ach was.« Sie macht eine wegwerfende Handbewegung. »Die Einzigen, die mit deinem Fred ins gleiche Horn stoßen, sind irgendwelche bindungsunfähigen Typen, die durch die Gegend vögeln wollen. Die sind doch sowieso nicht eure Zielgruppe.«

»Das ist nicht mein Fred«, sage ich empört. »Na warte, wenn ich den noch mal in die Finger bekomme.«

»Offensichtlich hast du ja einigermaßen Eindruck gemacht. Immerhin sagt er, du bist eine Granate im Bett.«

»Soll ich das vielleicht als Kompliment auffassen?«

»Nicht die Dinge selbst, sondern unsere Einstellungen zu ihnen machen uns glücklich oder unglücklich«, zitiert Lydia altklug und duckt sich schnell, um meinem Sofakissen auszuweichen.

An diesem Abend liege ich im Bett und starre auf das kleine Foto von Fred am unteren Rand seines Artikels. In seine blitzend grünen Augen, den zu einem ironisch anmutenden Lächeln verzogenen Mund. Noch immer bin ich wütend auf ihn. Für mich war diese Nacht etwas ganz Besonderes. Und er zerrt sie erst an die Öffentlichkeit und dort vor aller Augen in den Dreck. Was soll denn das?

»Sorry, Süße! So einfach ist es nicht!«, lese ich wieder und wieder. Als ob ich das nicht wüsste. Ich ärgere mich maßlos darüber, dass er mich einerseits als dummes Betthäschen hinstellt und andererseits als eine Frau, die dermaßen verzweifelt auf der Suche ist, dass ihr jedes Mittel recht ist. Das Schlimmste ist: Wenn ich den Artikel mit ein bisschen Abstand lese, dann finde ich die Sache mit dem Q-tip selbst absurd. Aber darauf bin ich doch bloß gekommen, weil die Nacht mit Fred so unvergleichlich toll war. Und der Abend davor. Das war ja nicht bloß Sex, wir haben uns auch großartig verstanden. Und viel zusammen gelacht. Ich wollte mich doch nur vergewissern, ob ich meinen Gefühlen dieses Mal wirklich trauen kann. Verärgert lege ich die Pressemappe auf meinen Nachttisch und lösche das Licht. Wie sich gezeigt hat, habe ich mich ja mal wieder gründlich geirrt.

Nachdem die Kampagne für DreamTeam erfolgreich umgesetzt ist und mich nur noch am Rande beschäftigt, wende ich mich in der Agentur wieder anderen Aufgaben zu, nicht bevor ich mich selbst bei der Partnerbörse angemeldet habe – zum Mitarbeitertarif, versteht sich. Das hat überhaupt nichts damit zu tun, dass ich Mitte dreißig oder verzweifelt auf der Suche bin. Aber irgendwo muss man schließlich anfangen. Und Internet-Dating ist mittlerweile absolut gesellschaftsfähig. Immer mehr Paare lernen sich im Internet kennen, und ich finde es allemal gemütlicher, zu Hause vor meinem Computer zu sitzen, als mich in irgendeiner Bar an den Tresen zu pflanzen. Da ist man den Massen ja sozusagen schutzlos ausgesetzt. Okay, das klingt jetzt ein bisschen so, als bräuchte ich mich nur irgendwo hinzusetzten und schon würden Scharen von

Männern mich überrollen, wie in dieser Szene am Ende von *Das Parfum*. So ist es natürlich nicht. Was ich sagen will: In der virtuellen Welt sind die potenziellen Partner hübsch gefiltert. Zum Beispiel in die Kategorien: »Suche Seitensprung«, »Suche One-Night-Stand« und »Suche Beziehung«. Das allein ist meiner Meinung nach schon mal ein unschätzbarer Vorteil. Wenn nämlich Fred, dieser Schmierfink, einen Stempel mit der Aufschrift »Suche One-Night-Stand« auf der Stirn getragen hätte, dann wäre der Abend ganz anders verlaufen.

Beim ersten Anlauf erhalte ich von DreamTeam sieben Partnervorschläge und bin zunächst ein bisschen enttäuscht. Bloß sieben? Aber würde ich mich wirklich besser fühlen, wenn ich mich jetzt durch hundert Profile kämpfen müsste, um dann selbst dreiundneunzig der potentiellen Kandidaten auszumustern? Weil der eine nur in Fan-Bettwäsche vom HSV einschlafen kann, der Nächste zwei Pitbulls mit den klangvollen Namen Rudi (wie Hess) und Adi (wie wer wohl?) hat und ein weiterer Frutarier ist. Das sind die Menschen, die sich nur von pflanzlichen Produkten ernähren, die von selbst und somit »freiwillig« vom Baum gefallen sind. Man kann sich das Leben auch wirklich schwermachen! Nein, da bin ich DreamTeam schon dankbar, dass es für mich so eine gründliche Vorauswahl getroffen hat. Denn Zeit ist ja schließlich Geld. Neugierig sehe ich mich auf den Profilen der potenziellen Kandidaten um. Sie leben alle in einem Umkreis von maximal hundert Kilometern, sind zwischen 28 und 45 Jahre alt und haben volles Haupthaar. Dieses Kriterium habe ich hinzugefügt, um Fred eins auszuwischen. Albern, ich weiß. Vor allem, weil er es ja noch nicht einmal mitbekommt. Ferner stimmen wir in den wichtigsten Punkten wie politische Ausrichtung, Freizeitgestaltung, Zukunftsplanung im Wesentlichen überein und die genetische Kompatibilität liegt bei mindestens siebzig Prozent. Das muss man sich mal vorstellen: In der Datenbank finden sich auf Anhieb sieben Männer, mit denen ich biologisch großartig zusammenpasse – und da suche ich mir ausgerechnet einen wie Fabian, mit dem ich es auf läppische 23 Prozent bringe. Also wirklich. Allen Skeptikern sei gesagt, dass ich jeden Einzelnen der Männer zumindest auf dem Foto tatsächlich relativ attraktiv finde, obwohl sie sich ziemlich stark voneinander unterscheiden. Also beginne ich, mir mit jedem von ihnen E-Mails zu schreiben, allerdings war ich darin noch nie besonders gut. Mailen ist ganz nett, aber wirklich kennenlernen kann man sich auf diese Art meiner Meinung nach nicht. Überhaupt ist meine Zeit kostbar und meine neuen sieben Brieffreundschaften eine zeitaufwendige Geschichte. Also schlage ich allen ein baldiges Treffen vor. Nicht gemeinsam natürlich, sondern hübsch nacheinander. Heino hat offensichtlich schon an seinem Rechner auf Nachricht von mir gewartet, denn keine dreißig Sekunden später landet seine Antwort in meinem Posteingang.

Von: Heino S.
Betreff: Re: Baldiges Treffen
An: Franziska M.

Liebe Franzi,
natürlich möchte ich Dich sehr gerne treffen. Ich habe mich mit dem Vorschlag zurückgehalten, da ich nicht zu stürmisch erscheinen wollte. Aber nun gibt es für mich natürlich kein Halten mehr! Wenn Dir der Freitagabend

genehm ist, würde ich Dich sehr gerne zum Essen in eins meiner Lieblingsrestaurants, das Restaurant Fischereihafen in der Großen Elbstraße, ausführen! Es wäre mir eine große Freude, Dich dort um halb acht zu sehen! Bitte sag mir Bescheid, ob es Dir passt!
In erwartungsvoller Freude,
Heino

Ich weiß, seine Ausdrucksweise ist ein wenig steif, und bei dem Namen Heino war ich am Anfang auch kurz versucht, gar nicht erst Kontakt zu ihm aufzunehmen, aber dann habe ich es mir anders überlegt. Für seinen Namen kann der arme Kerl ja nun wirklich nichts. Außerdem sieht er überhaupt nicht aus wie ein Heino. Sondern eher wie ein Mario oder so. Ich rufe noch einmal Heinos Profil bei DreamTeam auf und sehe mir sein Foto an. Doch, er sieht ziemlich toll aus, mit sehr dunklen Haaren und braunen Augen, ist 45 Jahre alt und von Beruf Richter. Klingt doch alles ganz gut. Außerdem haben wir eine Kompatibilität von 82 Prozent. Kurzentschlossen schreibe ich zurück:

Von: Franziska M.
Betreff: Re: Re: Baldiges Treffen
An: Heino S.

Lieber Heino,
...

Hier stocke ich kurz. Falls das mit uns etwas wird, muss ich mir möglichst schnell einen Spitznamen für ihn ausdenken. Allein diesen fürchterlichen Namen zu schreiben, verursacht mir Gänsehaut. Ich darf mir gar nicht vorstellen, wie es sich anfühlen würde, ihn auszusprechen. »Ja, Heino, genau da, Heino! Hör nicht auf, Heino!« Brrr. Aber so weit sind wir noch nicht. Also weiter im Text:

...
das klingt wunderbar! Ich werde da sein und freue mich auch!
Herzliche Grüße,
Franzi
PS: Sag mal, hast Du eigentlich einen Spitznamen? Na, den kannst du mir ja dann beim Essen verraten!

Um kurz vor halb acht parke ich meinen Wagen in der Großen Elbstraße und ärgere mich über mich selbst, weil ich auf dem gesamten Weg hierher über Fred nachgedacht habe. Kein Wunder, schließlich haben wir uns keine fünfzig Meter Luftlinie von hier entfernt kennengelernt. Seit wann ist der Hamburger Hafen eigentlich so beliebt, dass ich jetzt schon zum zweiten Mal innerhalb kurzer Zeit hier bin? Die Antwort bekomme ich, als ich das Restaurant Fischereihafen betrete und es mir kurzzeitig die Sprache verschlägt. Alle Achtung, das kann sich sehen lassen! Das ganz in Rot und Dunkelbraun gehaltene Mobiliar strahlt edle Gemütlichkeit aus, warmes Kerzenlicht sorgt für eine angenehme Atmosphäre, und die Luft riecht nach frischen Kräutern und schwerem Wein. Ich kann mich nicht erinnern, wann ich das letzte Mal in einem so schicken Restaurant gewesen bin. Besorgt zähle ich im Geiste nach, wie viel Geld ich bei mir habe. Weil meine Handtasche so winzig ist, habe ich nämlich mein Portemonnaie und damit auch meine ec-Karte zu Hause gelassen und lediglich ein paar Scheine eingesteckt. Vierzig Euro, was für ein normales Abendessen in einem durchschnittlichen Restaurant mehr als genug wäre. Hier bin ich mir nicht so sicher. Andererseits, Heino hat doch explizit gesagt, dass er mich einladen will, oder? Nein, »ausführen« war das von ihm verwendete Wort, aber das werde ich jetzt einfach mal so interpretieren. In diesem Moment kommt ein Kellner auf mich zu.

»Guten Abend, kann ich Ihnen helfen?« Sein Kopf ruckt beim Sprechen vor und zurück und erinnert an einen Pinguin, was durch die schwarze Kellnerkluft noch verstärkt wird.

»Ich bin hier verabredet.«

»Haben Sie reserviert?« Er lächelt und entblößt blitzend weiße Zähne.

»Ich denke schon. Strehse ist der Name!«

»Natürlich. Der Herr ist schon da. Wenn Sie mir bitte folgen würden?« Mit einem angedeuteten Diener wendet er sich um und watschelt voran. Die Hände um mein klitzekleines schwarzes Täschchen gekrallt, stakse ich hinter ihm her und bin froh, dass ich mein Outfit betreffend nicht auf Lydias Rat gehört habe. Die fand nämlich, dass Jeans und ein schönes Top genau das Richtige für ein erstes Date wären. »Du sollst dich doch wohlfühlen, das ist das Wichtigste.« Eben. Und in Jeans wäre ich jetzt komplett underdressed, was mein Wohlbefinden bestimmt nicht steigern würde. Zum Glück habe ich mich für eine weiße, ärmellose Bluse, meinen schwarz-weiß gepunkteten Petticoat und hochhackige Riemchensandalen entschieden. Sonst bin ich mit modischen Experimenten vorsichtiger, aber dieser Rock hat es mir angetan. Er raschelt bei jeder Bewegung und schwingt so schön um meine Beine herum, während ich das Restaurant bis ganz nach hinten durchquere. An einem Ecktisch direkt am Fenster und mit einem phänomenalen Ausblick auf den Hamburger Hafen sitzt ein dunkelhaariger Mann mit dem Rücken zu uns. Das muss er sein. Heino. Mein Herz beginnt vor Aufregung schneller zu schlagen.

»So, da wären wir.« Wir treten an den Tisch. »Ihre Begleitung ist eingetroffen.« Wie von der Tarantel gestochen springt Heino auf und strahlt mich an. Und ich muss mich schwer zusammennehmen, damit mir nicht sämtliche Gesichtszüge entgleisen.

Nachdem Heino mir sehr galant den Stuhl zurechtgerückt hat, sitzen wir einander gegenüber.

»Du bist noch viel hübscher als auf deinem Foto«, sagt er anerkennend. »Eine echte Schönheit.«

»Dankeschön!« Ich lächele bemüht.

»Und dein Kleidungsstil. Einfach toll«, schwärmt er. »Es gibt so wenige Frauen, die sich heutzutage noch wie eine Frau anziehen. Immer diese Arbeiterhosen …«

»Jeans?«, frage ich.

»Jeans, genau, Blue Jeans.« Er nickt. »Kleider schmeicheln den weiblichen Formen doch viel mehr.«

»Hm«, mache ich unbestimmt und starre ihm weiter ins Gesicht. Das kann doch nicht sein. Es kann einfach nicht wahr sein.

»Darf es schon etwas zu trinken sein?« Unbemerkt ist ein weiterer Kellner an unseren Tisch getreten.

»Wein?«, erkundigt sich Heino bei mir.

»Unbedingt«, nicke ich. »Rot bitte!«

»Dann nehmen wir eine Flasche Chianti und dazu Mineralwasser, bitte!«

»Kommt sofort, der Herr!«

»Hier! Möchtest du in die Karte schauen? Oder soll ich für dich auswählen? Das wäre dann gleich mal eine erste Prüfung!«

»Prüfung?«, frage ich irritiert, denn ich bin immer noch abgelenkt von seinem – Erscheinungsbild.

»Na, ob wir zusammenpassen. Und ob ich deinen Geschmack treffe. Also, was meinst du?« Er wedelt mit der Speisekarte und ich zucke mit den Schultern.

»Ja, okay, warum nicht? Von mir aus!« Er vertieft sich in die Speisekarte und eröffnet mir damit den Blick auf seinen von vielen grauen Strähnen durchzogenen Haarschopf. Ich blinzele. Eigentlich hat er sogar mehr graue als braune Haare, wenn ich es recht betrachte. Das war auf seinem Foto noch nicht so, da bin ich mir ganz sicher. Er sieht zu mir auf. Ja, die Augen sind genau so wie auf dem Bild, aber nicht die Tränensäcke darunter. Überhaupt sieht sein Gesicht aus, als wäre es insgesamt ein bisschen nach unten gerutscht. Seine Wangen hängen wie bei dieser Hunderasse, deren Name mir gerade nicht einfällt. Der Kellner bringt unsere Getränke, und nachdem Heino den Wein fachmännisch geprüft hat, stoßen wir an. Die Gläser klirren aneinander.

»Auf einen unvergesslichen Abend!« Das wird er, so viel ist sicher!

»Du, Heino«, sage ich vorsichtig und komme mir merkwürdig vor, diesen Mann zu duzen. Ein weiteres Indiz dafür, dass hier etwas nicht stimmt.

»Richtig, du hattest nach meinem Spitznamen gefragt«, unterbricht er mich, »aber ich habe leider keinen. Meine Mutter hat mich Heinerli genannt, aber das möchte ich mir doch gerne verbitten.« Er lacht fröhlich, und irgendwie tut er mir leid. Denn er ist eigentlich ein ganz sympathischer Kerl. Höflich und humorvoll. Und leider ein unverfrorener Lügner.

»Ich könnte dich Hieronymus nennen«, schlage ich vor und bin ungemein stolz auf meine Allgemeinbildung. »Hieronymus Karl Friedrich.«

»Hm?« Ratlos guckt er mich an. Alter schützt eben vor Torheit nicht.

»Wie Baron Münchhausen«, helfe ich ihm auf die Sprünge.

»Das verstehe ich nicht. Ich wäre dann aber so weit mit der Auswahl. Soll ich …?«

»Heino«, unterbreche ich ihn, »glaubst du allen Ernstes, dass ich es nicht weiß?«

»Dass du was nicht weißt?« Unschuldig sieht er mich aus seinen braunen Augen an. Ein Unterlid hängt schon ein bisschen herunter. Beagle, fällt mir in dem Moment ein, er sieht aus wie ein Beagle. Oder auch wie ein ehemals sehr attraktiver Kerl, an dem der Zahn der Zeit genagt hat.

»Dass du sehr viel älter bist als fünfundvierzig Jahre«, konfrontiere ich ihn mit der grausamen Wahrheit. Schockiert lässt er die Speisekarte sinken, fasst sich aber schnell wieder.

»So ein Unsinn.«

»Unsinn? Du willst mir allen Ernstes weismachen, dass du erst fünfundvierzig bist?«

»Natürlich.«

»Dann zeig mir deinen Ausweis«, fordere ich ihn auf.

»Den habe ich nicht dabei.«

»Natürlich nicht.«

»Hat dir schon mal jemand gesagt, dass es ganz schön

unhöflich ist, jemanden nach seinem Alter zu fragen? Das mache ich bei dir doch schließlich auch nicht.«

»Das musst du auch nicht. Mein Alter steht nämlich in meinem Profil bei DreamTeam. Und in meinem Fall ist es sogar die Wahrheit.«

»Ach komm, du willst mir doch nicht allen Ernstes erzählen, dass du nicht auch ein bisschen geschummelt hast. Du bist doch nie im Leben erst vierunddreißig.« Er zwinkert mir vertraulich zu. Alle Achtung, Angriff ist tatsächlich die beste Verteidigung. Mir hat es jedenfalls kurzzeitig die Sprache verschlagen. »Jeder schwindelt doch ein bisschen mit seinem Alter, das ist ganz normal und auch überhaupt nicht verwerflich«, fährt er fort.

»Ich bin aber vierunddreißig«, sage ich sehr bestimmt.

»Da siehst du es, wie wenig das wahre Alter über uns aussagt. Es kommt doch darauf an, wie jung man sich fühlt. Und natürlich, wie jung man aussieht. Mich hat noch nie jemand älter als höchstens Mitte vierzig geschätzt!« Irrtum! Ich zum Beispiel habe ihn beim ersten Augenkontakt auf Anfang sechzig geschätzt. Aber damit kann ich mich im Moment nicht aufhalten, viel zu sehr bin ich mit der Beleidigung beschäftigt, die er mir da eben geschickt verpackt an den Kopf geworfen hat.

»Willst du mir sagen, ich sehe nicht aus wie vierunddreißig?«

»Na ja.«

»Älter?«

»Ich habe doch gesagt, dass ich dich wunderschön finde.« Er streckt die Hand aus, um meine beruhigend zu tätscheln. Dabei fallen mir die blauen Adern und braunen Flecken auf seinem Handrücken auf. Mitte vierzig, dass ich nicht lache. »Manche Leute sehen eben reifer aus und andere jünger, so ist das im Leben. Und uns beiden als Paar würde das doch sehr entgegenkommen.« Ungläubig starre ich ihn an. Der glaubt immer noch allen Ernstes, dass aus uns etwas werden könnte? Obwohl ich beleidigt bin, kann ich ein Kichern nur schwer unterdrücken.

»Von wann ist denn dein Profilbild?«, erkundige ich mich in bemüht neutralem Tonfall. Ich frage mich, ob ich zum Zeitpunkt der Aufnahme wohl schon volljährig war.

»So alt ist das noch gar nicht«, behauptet er, »ich habe einfach irgendein Bild rausgekramt, da steckte gar keine Absicht dahinter. Ich habe mich in den letzten zwanzig Jahren sowieso kaum verändert.« Oho, so langsam kommen wir des Rätsels Lösung näher. »Bis auf die paar grauen Haare sehe ich doch noch genauso aus.« Irrtum, mein lieber Heino. Auf dem Foto siehst du aus wie ein griechischer Gott. Heute hast du sehr viel mehr Ähnlichkeit mit einem englischen Jagdhund. Und obwohl ich das nicht laut ausspreche, stellt mein Gegenüber plötzlich einen ziemlich grimmigen Gesichtsausdruck zur Schau. »Es ist wirklich sehr unhöflich von dir, so auf meinem Alter herumzureiten«, beschwert er sich. Ich weiß nicht, ob ich lachen oder weinen soll. »Du solltest vielleicht wissen, dass dein eigenes Alter für mich auch nur ganz knapp unterhalb der Schmerzgrenze liegt.«

»Wie bitte?«

»Wie du ja meinem Profil entnehmen konntest, suche ich eine Frau, um mit ihr Kinder zu bekommen. Trotzdem möchte ich eine Partnerschaft in aller Ruhe aufbauen. Ich finde es wichtig, dass man einander erst einmal gut kennenlernt, bevor man zusammen die Verantwortung für eine Familie übernimmt.«

»Ja, und?«

»Frauen in deinem Alter sind da sehr ungeduldig. Die biologische Uhr tickt, und deshalb muss immer alles ganz schnell gehen. Die wollen sofort heiraten und mich zum Vater ihrer Kinder machen. Deshalb schaue ich mich normalerweise lieber im Endzwanziger-Bereich um. Die sind entspannter.«

»Und trotzdem hast du dich mit mir getroffen? Wie komme ich denn bloß zu dieser Ehre?«

»Nun, glaub mir, ich habe ein wenig gezögert.« Nee, ist klar! Deshalb hat es auch dreißig Sekunden gedauert, bis seine Mail zurückkam. »Aber wie schon gesagt, ich finde dich sehr attraktiv. Außerdem ist eine Kompatibilitätsquote von 82 Prozent nicht so häufig. Ich dachte, das gleicht deine sinkende Fruchtbarkeit ein bisschen aus.« Sinkende Fruchtbarkeit? Ich verschlucke mich an dem Schluck Rotwein, den ich gerade genommen habe, und ringe keuchend nach Luft. Das ist doch wohl die Höhe! Heino klopft mir mit seinen Altherren-Händen auf den Rücken. »Geht's wieder?«

»Ja, schon gut.«

»Nachdem wir das geklärt haben, sollen wir dann mal bestellen? So ein reinigendes Gewitter ist doch gar nicht so verkehrt. Aber jetzt werden wir zwei Hübschen bestimmt noch einen schönen Abend haben!« Er lächelt mich, wie ich fürchte, verführerisch an. »Herr Ober?« Ich hasse es, wenn jemand den Kellner mit »Herr Ober« anspricht.

»Moment noch!« Ich winke ihn wieder weg. »Heino, jetzt hör mir mal zu.«

»Was ist denn noch?« Gütig lächelnd sieht er mich an und ich frage mich, wie aus meinem ersten Internet-Date, in das ich zugegebenermaßen einige Hoffnung gesetzt hatte, das hier werden konnte. Was habe ich bloß falsch gemacht?

»Heino, du brauchst dir keine Sorgen zu machen. Auch wenn ich für deinen Geschmack schon ein bisschen alt bin, bin ich sicher nicht darauf aus, dich zum Vater meiner Kinder zu machen.«

»Nicht so bald, meinst du.«

»Nein, überhaupt nicht.«

»Oh.«

Ich nicke bekräftigend. »Und weißt du auch, warum?«

»Nein.« Er sieht ein bisschen verletzt aus, aber da muss er jetzt durch.

»Weil du *mein* Vater sein könntest. Darum.«

»Also, da übertreibst du jetzt aber wirklich maßlos!«

»Ich denke nicht.«

»Ich sehe schon, du bist gekränkt, weil ich gesagt habe, dass du älter aussiehst, als du bist. Frauen!« Verärgert nimmt er einen Schluck Wein. »Immer muss man ihnen das Blaue vom Himmel herunter lügen. Und sie selbst denken, sie könnten einen nach Herzenslust beleidigen. Als hätten wir Männer keine Gefühle.«

»Ich beleidige dich nicht«, sage ich mit erhobener Stimme, »ich sage nur die Wahrheit. Du hast mit deinem Foto nicht mehr Ähnlichkeit als mit Antonio Banderas.«

»Man hat mir schon oft gesagt, dass ich und Antonio …« Gott, lass Hirn vom Himmel regnen!

»Dein Foto ist mindestens zwanzig Jahre alt. Ein Date mit meiner Mutter wäre angemessener, als dich mit mir zu treffen.«

»Ich soll mit einer alten Frau ausgehen?«

»Meine Mutter ist neunundfünfzig. Und du?«

Heino springt auf und stürzt, ohne mich eines weiteren Blickes zu würdigen, in einem für sein Alter beachtlichen Tempo davon. Ziemlich verdattert sitze ich da und sehe ihm hinterher. Dann fällt mein Blick auf die noch zu zwei Dritteln volle Weinflasche auf dem Tisch und ich ziehe ahnungsvoll die Speisekarte zu mir heran. Aber was kann so ein Fläschchen schon kosten, versuche ich mich selbst zu beruhigen, während ich darin blättere. Dreißig, vielleicht fünfunddreißig Euro? Plus das Wasser, da werde ich mit meinen vierzig Euro doch wohl knapp hinkommen. Aber leider kostet der Wein ganze neunundfünfzig Euro. Fassungslos starre ich auf die Zahl. Das muss man sich mal vorstellen. Für ein bisschen Flüssigkeit. So ein Mist. Was mache ich denn jetzt? Eine Frechheit von Heino, erst so einen teuren Wein zu bestellen und mich dann mit der Rechnung sitzenzulassen. Im Geiste gehe ich meine Optionen durch. Vielleicht sollte ich aufstehen und ebenfalls gehen. Einfach die Zeche prellen. Aber noch bevor ich den Gedanken zu Ende gedacht habe, weiß ich, dass ich dafür nicht die Nerven habe. Und vielleicht irre ich mich, aber es kommt mir so vor, als hätte unser Kellner mich seit Heinos Abgang irgendwie im Auge. Ich sehe mich schon auf meinen hochhackigen Schuhen die Treppe runterkugeln, während eine Meute von Pinguinen hinter mir her ist. »Haltet sie auf! Sie darf nicht entkommen!« Diese Option scheidet aus.

»Möchten Sie bestellen?«, erkundigt sich der Kellner und sieht ein wenig konsterniert auf den leeren Stuhl mir gegenüber. »Kommt der Herr gleich zurück?«

»Würde ich nicht drauf wetten. Sagen Sie, er hat nicht zufällig beim Rausgehen noch schnell den Wein bezahlt?« Oh, was kann der Pinguin böse gucken.

»Nein.«

»Wäre ja auch zu schön gewesen«, seufze ich. »Könnten Sie mir eventuell nur die beiden Gläser berechnen und die Flasche wieder mitnehmen?« Er sieht mich an wie etwas, das die Katze von draußen reingetragen hat.

»Bedaure«, sagt er frostig, »wie würden Sie es denn finden, wenn ich Ihnen Wein aus einer Flasche kredenzt hätte, die sich vorher schon auf einem anderen Tisch befunden hat?«

»Da hätte ich wirklich überhaupt kein Problem mit«, beteuere ich. »Warum auch?«

»Sie hätten schließlich in den Wein gespuckt haben können.«

»Na, Sie haben aber eine schmutzige Fantasie«, rüge ich ihn milde. »Aber gut, dann eben nicht.«

»Wünschen Sie zu speisen?«

»Nein, danke, ich bleibe beim Wein.«

»Wie Sie wünschen!«

»Ach, aber könnten Sie mir noch mehr Brot bringen bitte?« Ich deute auf das noch völlig unberührte Körbchen vor mir. Er verzieht keine Miene.

»Selbstverständlich.«

»Dankeschön.« Ich schenke mir nach und lasse mich aufatmend in meinen Stuhl zurücksinken. Schön, dann läuft der Abend eben etwas anders als geplant. Dann sitze ich hier eben alleine, beobachte die zahllosen Lichter, die sich in der nächtlichen Elbe spiegeln, und betrinke mich mit teurem Rotwein. Es gibt Schlimmeres. Zwar habe ich noch immer einen Zwanziger zu wenig in meiner Tasche, ganz zu schweigen von noch mal zwanzig Euro, die ich für die Taxifahrt nach Hause brauchen werde, aber darüber mache ich mir später Gedanken. Ich werde einfach meinen Führerschein hinterlegen und die Rechnung morgen begleichen, wenn ich das Auto hole.

»Ihr Brot.« Lustlos knallt mir der Kellner einen zweiten vollen Brotkorb vor die Nase.

»Vielen Dank.« Ich schenke ihm mein strahlendstes Lächeln. »Und wenn Sie vielleicht noch Olivenöl und Salz für mich hätten?«

»Selbstverständlich.« Mit eisigem Gesichtsausdruck bringt er mir das Gewünschte. Ich träufele das edle Öl, von dem eine Flasche wahrscheinlich nicht viel billiger ist als der Chianti, auf eine Scheibe Weißbrot, gebe ein bisschen grobes Meersalz oben drauf und beiße hinein. Dann ein Schluck Wein. Köstlich. Mehr braucht es nicht für einen gelungenen Abend. Zufrieden lasse ich meinen Blick durch das Restaurant gleiten – und bleibe an dem eines Mannes hängen, der mit sechs anderen Personen an einem Tisch am anderen Ende des Raumes sitzt und zu mir herübersieht. Er grinst unverschämt und ich stöhne unterdrückt auf. Wieso ich? Was habe ich getan?

Kapitel 8

Wenige Sekunden später steht Fred vor mir und schaut auf mich herunter. Ihm scheint es übrigens nichts auszumachen, in abgewetzten Jeans und T-Shirt in ein schickes Restaurant zu gehen.

»Na, ganz alleine hier?«

»Wie du siehst.«

»Was war denn mit deinem Vater, dass er so plötzlich weg musste?« Offensichtlich beobachtet mich der Herr schon eine ganze Weile.

»Eben! Er hätte mein Vater sein können. Meine Rede«, sage ich, obwohl ich nicht die geringste Lust verspüre, mich mit Fred zu unterhalten.

»War er aber nicht?«

»Nein. Wenn du es genau wissen willst, er war der Fehlgriff einer Mittdreißigerin auf ihrer verzweifelten Suche nach einem Kerl.«

Er grinst und setzt sich mir gegenüber. »Du hast meinen Artikel gelesen«, stellt er fest.

»Dein Scharfsinn ist bewundernswert. Habe ich dir erlaubt, dich zu mir zu setzen?«

»Glaubst du wirklich, ich brauche deine Erlaubnis dafür?« Herausfordernd grinst er mich an und ich gebe mich geschlagen.

»Wenn's dir Spaß macht.«

»Erzähl doch mal, wie kamst du auf die Idee, dich mit dem Typ zu verabreden? Der ist doch viel zu alt für dich.«

»Was du nicht sagst? Zu deiner Information: Ich habe Heino über DreamTeam kennengelernt …«

»Heino?«

»Ach weißt du, Friedhelm«, sage ich langsam und betont, »meine Großmutter würde jetzt sagen: Wer im Glashaus mit Steinen wirft, fällt selbst hinein! Jedenfalls hat er ein zwanzig Jahre altes Profilbild eingestellt und behauptet, er wäre fünfundvierzig. Und früher sah er mal richtig gut aus, das kannst du mir glauben!«

»Soso. Und im Q-tip-Test hatte er wahrscheinlich die volle Punktzahl, hm?« Seine grünen Augen mustern mich spöttisch, und ich seufze. War ja klar, dass er dieses leidige Thema noch mal aufwärmen würde.

»Hör zu, es tut mir leid, dass ich dir eine Genprobe rauben wollte«, überwinde ich mich zu sagen. »Es war eine Schnapsidee, okay?«

»Wow!« Überrascht sieht er mich an. »Sollte das etwa eine Entschuldigung sein?«

Das mittlerweile zweite Glas Wein stimmt mich friedfertig. »So was in der Art, ja.«

»Ich nehme die Entschuldigung an.«

»Wie großzügig.« Erwartungsvoll sehe ich ihn an. »Und? Hast du mir vielleicht auch irgendwas zu sagen?«

»Wer? Ich?«

»Ja, du.«

»Hm. Du siehst echt heiß aus heute.«

»Das weiß ich selber«, sage ich schnippisch, obwohl mich das Kompliment freut. »Willst du dich nicht vielleicht auch bei mir entschuldigen?«

»Wofür denn?« Er zuckt ratlos mit den Schultern und bedient sich an meinem Weißbrot.

»Zum Beispiel dafür, dass du mich mit deinem unsäglichen Geschmiere im *Womanizer* verunglimpft hast«, schlage ich vor.

»Ich habe nichts geschrieben, was nicht der Wahrheit entsprochen hat. Für die Verunglimpfung hast ganz alleine du mit deinem Verhalten gesorgt, meine Schöne!«

»Ich bin nicht deine Schöne, und das war doch total aus dem Zusammenhang gerissen«, begehre ich auf und nehme wütend noch einen Schluck Wein. »Zum einen war ich geistig noch ziemlich umnachtet von dem tollen Sex …« Ups, das ist mir jetzt so rausgerutscht. Wütend auf mich selbst registriere ich das selbstgefällige Grinsen, das sich auf dem Gesicht meines Gegenübers ausbreitet.

»War gut, ne?«

»Es war okay«, räume ich widerstrebend ein. »Zum anderen hatte mich mein langjähriger Freund gerade erst verlassen, weil unsere genetische Kompatibilität bloß bei 23 Prozent liegt. Deshalb wollte ich einfach sichergehen, bevor ich irgendwelche Gefühle in dich investiere. Ist das so schwer zu begreifen?«

»Das mit deinem Freund tut mir leid«, sagt er nach einer kurzen Pause, und es klingt, als würde er es sogar so meinen. »Ich verstehe nur nicht, dass ihr Frauen immer gleich mit euren Gefühlen dabei seid. Warum muss aus allem immer gleich was werden? Warum kann eine schöne Nacht nicht einfach das bleiben, was sie ist – eine schöne Nacht? Warum muss man immer direkt an die Leine gelegt werden?« Ich hasse Männer, die so reden. Lass uns den Augenblick genießen. Komm, ich vögele dich die ganze Nacht und morgen früh weiß ich nicht mehr, wie du heißt.

»Musst du nicht mal wieder zurück zu deinen Freunden?«

»Willst du mich loswerden?«

»Liebend gerne. Aber weil du ja doch nicht gehen wirst, kann ich dir genauso gut antworten: Es wird wohl daran liegen, dass Männer Sex und Liebe trennen können. Und Frauen eben nicht.«

»Das ist doch ein Klischee. Ich …«

»Ja, schon klar«, unterbreche ich ihn, »du kennst natürlich tausend Frauen, die fröhlich mit einem Kerl nach dem nächsten ins Bett hüpfen und dann gelassen weiterziehen, ohne noch einen Gedanken an den Typ zu verschwenden.«

»Nein, kenne ich nicht«, gibt er zu. »Aber ich kenne auch wirklich nur eine Handvoll Typen, die mit einer Frau schlafen würden, für die sie rein gar nichts empfinden. Es ist nämlich überhaupt nicht so, dass Männer Gefühl und Sex strikt trennen. Wenn ich mit einer Frau ins Bett gehe, dann mag ich sie natürlich. Aber ich verrenne mich nicht komplett in dieses Gefühl und erkläre es nach einer einzigen Nacht zu Liebe, nur weil ich mit ihr geschlafen habe. Das ist der Unterschied.«

»Und du glaubst, dass ich das getan habe?«, frage ich spöttisch, um zu überspielen, dass er ins Schwarze getroffen hat. »So gut bist du nun auch wieder nicht.«

»Doch. Bin ich. Und du übrigens auch.« Er lächelt mich an, und obwohl ich ihn verabscheue, finde ich ihn gerade irgendwie auch ganz süß. »Was ist, wollen wir den Wein gemeinsam austrinken?«

Ich blicke auf die halbleere Flasche.

»Würdest du ihn vielleicht auch bezahlen? Ich hab nämlich gar nicht genug Geld dabei.« Zerknirscht und, wie ich hoffe, Mitleid erregend sehe ich Fred an. Er lacht.

»Und wie wolltest du aus der Nummer rauskommen? Tellerwaschen?«

»Du weißt doch, wie wir Mädchen sind«, sage ich achselzuckend, »ich war mir sicher, dass ein Prinz auftaucht, der mich aus meiner misslichen Lage befreien würde. Und mit dem könnte ich dann auch gleich glücklich und zufrieden leben, bis ans Ende unserer Zeit.« Er verzieht das Gesicht. »Keine Sorge, du bist nicht gemeint«, spotte ich. »Ich hätte einfach meinen Führerschein hinterlegt und wäre morgen wiedergekommen. Aber ein bisschen peinlich ist das natürlich schon, deshalb wäre es sehr nett, wenn du mir das ersparen würdest.«

»Na klar, mache ich. Was kostet denn der Spaß?«

»Neunundfünfzig Euro«, sage ich schnell und füge, als ich seinen entsetzten Blick sehe, entschuldigend hinzu: »Den habe ja nicht ich bestellt.«

»Sondern Heino.«

»Genau. Für mich tut es auch der Hauswein.«

»Gut zu wissen.« Er erhebt sich. »Dann sag ich mal eben meinen Freunden Bescheid.«

»Okay.« Ich sehe ihm hinterher und wundere mich, dass der Abend jetzt schon zum zweiten Mal eine völlig neue Richtung nimmt. Aber es könnte schlimmer sein. Immerhin muss ich mich jetzt nicht mit dem Pinguin auf eine Diskussion einlassen. Und auch wenn Fred ein Schmierfink und ein Macho ist, hat er einen gewissen Unterhaltungswert. Ich beobachte, wie er sich bei seinen Freunden über den Tisch lehnt und zu mir herüberdeutet. Sechs Augenpaare starren wie auf Kommando in meine Richtung und dann scheint plötzlich eine lebhafte und vor allem amüsante Diskussion loszubrechen. Mich überkommt ein ungutes Gefühl, das sich manifestiert, als einer seiner Kumpels Fred anerkennend auf den Arm haut und mir dabei einen vielsagenden Blick zuwirft. Dieser Mistkerl! Ich spüre, wie mir das Blut in den Kopf schießt, weil ich plötzlich weiß, was er den Leuten da gerade über mich erzählt. Nämlich, dass ich die Durchgeknallte mit dem Q-tip bin. Und so verständnisvoll, wie seine Kumpels nicken, soll ich wohl heute noch mal das Opfer seiner Eroberungskünste werden. Na warte! Kurz entschlossen stehe ich auf und umfasse den Hals der Weinflasche so fest, dass meine Knöchel weiß hervortreten. Strammen Schrittes marschiere ich durch den Raum auf den Tisch von seinen Freunden zu.

»Hallo«, sage ich fröhlich, »ihr habt es ja schon gehört. Der gute Fred hat heute die Spendierhosen an und möchte euch gerne mal zu einem richtig feinen Wein einladen.« Damit knalle ich die Flasche in die Tischmitte, dass die Gläser leise klirren. »Klar, die hier ist nur noch halb voll, aber er bestellt euch sicher gerne noch eine zweite Flasche. Also, viel Vergnügen!« Ohne Fred eines weiteren Blickes zu würdigen, rausche ich an ihm vorbei in Richtung Garderobe, wo mir Pinguin Nummer eins meinen Mantel reicht. »Danke«, sage ich würdevoll. »Übertragen Sie die Rechnung für unseren Tisch bitte auf den dort hinten. Geht alles auf den Herrn ohne Haare.«

»Halt, warte!«, höre ich Fred über die gesamte Elbstraße brüllen, während ich mit meinen hohen Hacken über das Kopfsteinpflaster auf mein Auto zubalanciere. Da Fred sehr viel bequemeres Schuhwerk trägt, hat er mich eingeholt, als ich gerade meinen Mini erreiche. »Was war denn das jetzt?«, fragt er atemlos und hält sich die Seite. Ich tue so, als wäre er gar nicht da, sondern öffne die Fahrertür. »He, nix da. Du willst doch jetzt nicht Auto fahren. Das lasse ich nicht zu.«

Er ist nicht da. Einfach ignorieren. Das ist allerdings nicht so einfach, weil er mit seinem Arm meine Taille umschlingt, um mich am Einsteigen zu hindern. Einige Sekunden kämpfen wir verbissen und schweigend. »Du bist doch betrunken.«

»Ich hatte nicht mal zwei Gläser Wein!«

»So wie du eben die Straße runtergewankt bist, halte ich das aber für eine glatte Lüge.« Frechheit!

»Ich trage hohe Schuhe. Ich bin nüchtern.« Endlich lässt er mich los, allerdings nur, um das Überraschungsmoment für sich zu nutzen und mir die Autoschlüssel wegzuschnappen.

»Gib her!«

»Es ist nur zu deinem Besten.«

»Ich bin erwachsen und kann sehr gut auf mich selbst aufpassen.«

»Das wage ich zu bezweifeln. Du bist völlig unberechenbar.« Ungerührt steckt er meinen Autoschlüssel nebst allen anderen Schlüsseln in seine Hosentasche. »Eben gerade zum Beispiel: erst sanft wie ein Lamm und dann wieder kratzbürstig wie eh und je.«

»Sanft wie ein Lamm, ja?«, frage ich spöttisch.

»Sag schon, was habe ich getan?«

»Du hast deinen Freunden erzählt, dass du mit mir geschlafen hast. Und es heute Abend wieder tun willst.« Jetzt wirkt er ehrlich beeindruckt.

»Du kannst Lippenlesen?«

»Nein, aber ich bin nicht vollkommen bescheuert.«

»Offensichtlich nicht.« Er grinst mich an. »Und? Was hältst du von der Idee?«

»Von welcher Idee?«

»Na, mit mir zu schlafen. War doch super beim letzten Mal.« Bei so viel Dreistigkeit verschlägt es mir die Sprache. »Wir könnten zu mir gehen. Oder zu dir. Dann schlägst du gleich vier Fliegen mit einer Klappe.«

»Vier?« Vielleicht sollte ich Fred mal mit meiner Großmutter bekannt machen.

»Ich fahre dein Auto nach Hause, und dazu gibt es noch drei Orgasmen gratis.«

»Drei?« Ich lache gönnerhaft. »Hast du dir da nicht ein bisschen viel vorgenommen?«

»Mir kannst du nichts vormachen. Ich kann zählen!« Damit legt er mir eine Hand in den Nacken, zieht mich zu sich heran und küsst mich so, dass mir die Knie weich werden. Dieser Mistkerl. Er löst sich von mir, sieht mich von oben herab prüfend an und wirkt dabei ungemein siegessicher.

»Du würdest also mein Auto nach Hause fahren?«

Das Grinsen vertieft sich. »Na klar.«

»Hast du überhaupt einen Führerschein?« Beleidigt sieht er mich an. Richtig, was ihre Fahrkünste angeht, sind Männer ja äußerst empfindlich. Da scheint dieser hier keine Ausnahme zu sein.

»Natürlich habe ich einen Führerschein. Also, fahren wir?«

»Von mir aus gerne.« Ich steige auf der anderen Seite ein und beobachte amüsiert, wie Fred sich ächzend auf den Fahrersitz faltet. Mit dem Kopf stößt er fast oben an der Decke an. »Warte mal, hast du den Wein bezahlt?«, erkundige ich mich, gerade als er den Schlüssel ins Zündschloss steckt. Schließlich will ich nicht, dass mein Auto unfreiwillig zum Fluchtwagen wird.

»Habe ich«, beruhigt er mich und fügt mit einem schiefen Seitenblick hinzu: »Zwei Flaschen.«

»Da haben sich deine Freunde bestimmt gefreut.«

»Es sei ihnen gegönnt. Für sie der tolle Wein, für mich die tolle Frau.« Er lässt den Motor aufheulen und schießt aus der Parklücke, während ich mich von dieser Ansage erhole. Der hat sie doch wohl nicht mehr alle. »Und für dich …«

»Ich weiß, ich weiß«, sage ich und lächele undurchsichtig, »vier Fliegen auf einen Streich.«

»Vielleicht auch fünf.« Er zwinkert mir zu. Eins muss man ihm lassen, selbstbewusst ist er.

»Wir werden sehen«, sage ich abwägend und deute auf die Straße. »Erst mal müssen wir lebend ankommen. Würdest du also bitte nach vorne schauen?« Unauffällig schiele ich auf den Tacho. »Außerdem ist hier fünfzig.«

Er verdreht die Augen. »Ich fahre fünfundfünfzig.«

»Sag ich doch. Du darfst aber nur fünfzig«, wiederhole ich.

»Wer in der Stadt fünfzig fährt, der behindert den Verkehr. Zeig mir einen, der sich genau an die Geschwindigkeitsbegrenzung hält.«

»Ich. Ich mache das.«

»Hab ich mir jetzt fast gedacht. Und der Typ da vorne auch. Mann, Alter, gib Gas!«, motzt er und fährt dem schwarzen Golf so dicht auf, dass ich mich unwillkürlich am Türgriff festklammere. Dann schert er aus und überholt mit quietschenden Reifen. »Siehst du?«, fragt er betont harmlos. »Verkehrsbehinderung.« Ich spüre, wie meine Halsschlagader zu pochen beginnt, während Fred mit

Vollgas auf eine rote Ampel zurast und dann so scharf bremst, dass ich in meinen Sitz gepresst werde.

»Ist mir egal«, sage ich. »Ich will, dass du Strich fünfzig fährst und ausreichend Abstand hältst.« Bevor er den Mund aufmachen kann, füge ich hinzu: »Das hier ist *mein* Auto!«

»Schon gut.« Er tritt auf die Bremse und schleicht mit fünfunddreißig Stundenkilometern über die Max-Brauer-Allee. »Ist es so besser?«

»Zumindest besser als vorher.« Ein Taxifahrer fährt wild hupend und mit den Händen fuchtelnd an uns vorbei, und Fred wirft mir einen vorwurfsvollen Blick zu. Offensichtlich fühlt er sich von mir entmannt, weil ich ihm nicht erlaube, sich mit dem Typ ein kleines Rennen zu liefern.

»Denk nicht mal dran«, sage ich kopfschüttelnd, und er stöhnt zum Gotterbarmen.

»Im Bett bist du lustiger.«

»Danke. Da vorne müssen wir rechts.«

In acht Zügen parkt Fred in einer Parklücke ein, für die ich maximal drei gebraucht hätte und erklärt dies damit, dass mein Auto extrem unübersichtlich wäre.

»Na, wenn du meinst«, sage ich achselzuckend und nehme die Schlüssel an mich. Dann krame ich in meiner Handtasche nach Kleingeld und drücke ihm ein Zwei-Euro-Stück in die Hand. »Also dann, danke fürs Fahren. Da vorne ist eine Bushaltestelle!«

Kapitel 9

»Also hattest du gar nicht vor, ihn mit zu dir zu nehmen?«, fragt Lydia, nachdem ich meinen Bericht beendet habe. Es ist zwar erst Sonntag, aber seit Fabian weg ist, kommt meine Freundin sehr viel häufiger vorbei. Kim dagegen schafft es wegen ihres Babys nach wie vor nur freitags, und auch dann verschläft sie normalerweise den ganzen Abend.

»Natürlich nicht.« Heftig schüttele ich den Kopf. »Der Typ ist doch vollkommen unerträglich. Er ist unverschämt, bindungsunfähig, selbstgefällig und ein miserabler Autofahrer.«

»Aber gutaussehend und toll im Bett«, gibt Lydia zu bedenken.

»Das reicht mir nicht.«

»Mir meistens schon«, seufzt sie und lehnt sich mit einem höchst mitleiderregenden Gesichtsausdruck in die flauschigen Kissen meines Sofas zurück. »Du bist ja noch nicht so lange Single, aber ich kann dir sagen, nach ein paar Jahren wird man da genügsamer. Schließlich hat man so seine Bedürfnisse.« Ein wenig überrascht sehe ich sie an.

»Ehrlich? Du gehst mit manchen von den Typen nur ins Bett, um deinen, äh, nun ja, Trieb zu befriedigen?«

»Wie du das schon wieder sagst. Echt mal, deine Mutter hat wirklich immer noch viel zu viel Einfluss auf dich.«

»Was hat denn meine Mutter damit zu tun?«

»Die würde sicher die Hände über dem Kopf zusammenschlagen, wenn du einfach nur so aus Spaß mit jemandem ins Bett gehen würdest.«

Ich stelle mir kurz die Reaktion meiner Mutter vor und muss grinsen. »Wahrscheinlich würde sie in Ohnmacht fallen. Und sich endgültig damit abfinden, dass ihre älteste Tochter vollkommen verkorkst ist.«

Mit schief gelegtem Kopf sieht Lydia mich forschend an. »Also hast du es ihretwegen nicht getan? Wegen deiner Mutter?«

»So ein Quatsch.«

»Bist du sicher?«

»Der Typ geht gar nicht, hast du mir denn eben nicht zugehört?«

»Doch, schon. Ich habe verstanden, dass er sich als potenzieller Partner nicht eignet. Aber sehr wohl, um dir eine aufregende Nacht zu bescheren. Und ich frage mich nur, ob du einfach keine Lust hattest oder ob es darum ging, Mamas liebes Mädchen zu sein.«

»Das sind ja beeindruckende psychologische Theorien«, sage ich übellaunig. »Ich wollte einfach nicht mit ihm ins Bett. Der Typ geht gar nicht. Der hatte sich schon eine imaginäre Kerbe in seinen Bettpfosten gemacht, bevor er überhaupt zu mir rübergekommen ist. Ich bin einfach nicht scharf drauf, eine seiner Trophäen zu werden.«

»Das kann ich total gut verstehen«, pflichtet mir Lydia bei, »ich wollte ja nur sichergehen. Übrigens, ich hoffe, dir ist klar, dass du den Mann nicht zum letzten Mal gesehen hast.«

»Wie kommst du denn darauf? Du hättest ihn sehen sollen.« Bei der Erinnerung daran kichere ich in mich hinein. »Erst hat er geguckt wie ein Auto. Und als er merkte, dass es mir ernst ist, hat er geschimpft wie ein Rohrspatz. Es war zum Piepen, ehrlich. Wie ein kleiner Junge, dem man sein Spielzeug weggenommen hat.«

»Eben.« Sie nickt. »Und ich könnte mir vorstellen, dass er nicht ruhen wird, ehe er das zurückbekommt.«

Wenn Lydia recht hat, habe ich mich also durch diese Aktion selber zum Reh gemacht, das Fred, der Jäger, jetzt unbedingt vor seine Flinte, also …, ich meine …, ach, lassen wir das. Eigentlich habe ich mich schon viel zu lange mit diesem Mann befasst. Dabei habe ich doch wirklich anderes zu tun. Zuallererst mal, eine Begleitung für Emmas Traumhochzeit zu finden. Und im Idealfall für meinen restlichen Lebensweg gleich mit. Leider war ja Heino ein Totalausfall. Als ich mich wieder bei DreamTeam einlogge, sehe ich, dass er den Kontakt zu mir blockiert hat. So ein Spinner! Befürchtet er wirklich allen Ernstes, ich hätte Interesse daran, ihn zu stalken? Für einen Moment denke ich ernsthaft darüber nach, eine Beschwerde-Mail an die Supportgruppe zu schreiben. Aber da ich ja weiß, dass die aus ein paar Halbtageskräften mit null Ahnung besteht, nehme ich von der Idee Abstand.

An meine verbliebenen sechs Brieffreunde schreibe ich jeweils eine kurze Mail, in der ich sie bitte, mir kurz zu bestätigen, dass ihr angegebenes Alter von ihrem tatsächlichen Alter nicht gravierend abweicht und dass ihr Foto sie selbst darstellt. Eine halbe Stunde später sind Thomas M. und Michael G. unauffindbar. Blockiert! Unfassbar! Also zwei weitere Lügenbarone. Mir ist völlig unbegreiflich, wie man so etwas tun kann. Denken die allen Ernstes, dass sie damit durchkommen? Spätestens beim ersten Treffen fliegt das doch sowieso auf. Oder glaubten die, mich mit ihren E-Mails dermaßen betört zu haben, dass ich über Hinkebein und Buckel einfach so hinwegsehen würde? Wobei ich hier mal klarstellen möchte, dass ja gar nicht das Hinkebein an sich das Problem wäre. Das eigentliche Problem ist doch die Lüge. Wobei ich zugebe, dass der Grat zwischen »Ich zeige mich von meiner Schokoladenseite« und »Lüge« ein schmaler ist. Ich selbst habe zum Beispiel mein Profilbild auch mit Photoshop ein bisschen bearbeitet. Nicht viel, nur ein, zwei Pickelchen verschwinden lassen und meinen Hautton etwas wärmer gestaltet. Schließlich war die Aufnahme im Winter gemacht worden, und ich wollte nicht, dass potenzielle Partner sich fragen, ob ich möglicherweise in einem Sarg schlafe und mich von Blut ernähre. Aber immerhin bin ich von diesem Bild nur einen Besuch im Solarium sowie eine gesündere Ernährungsweise entfernt. Heino dagegen bräuchte mindestens die Hilfe eines begnadeten Schönheitschirurgen. Eben. Das ist der Unterschied. Sich von seiner Schokoladenseite zeigen: Ja. Dreist lügen: Nein. Deshalb weine ich Michael und Thomas auch keine Träne hinterher, obwohl ich kurz wehmütig an die stahlblauen Augen des Letzteren zurückdenke. Aber das waren ja vermutlich sowieso nicht seine eigenen.

Da waren es also nur noch vier. Lars fragt neugierig nach, und wir verstricken uns in einen ziemlich amüsanten E-Mail-Austausch, in dem er mir seinerseits von ein paar verkorksten Dates erzählt. Nach einigem Hin und Her fragt er mich, ob ich Lust habe, mich mit ihm zu treffen. Und ob ich Lust habe!

Am Montagabend mache ich mich gleich nach Feierabend auf den Weg ins Schanzenviertel, wo ich mit Lars im Saal II verabredet bin, einem etwas schrammeligen Laden mit hohen Decken, blau-weiß gekachelten Wänden und wackeligem, marodem Holzmobiliar. Kaum habe ich die Tür geöffnet, werde ich von einem zerzausten Kellner freundlich begrüßt. Sofort spüre ich, wie sich mein Körper entspannt. Dies ist definitiv ein besserer Treffpunkt für ein erstes Date als das vornehme Fischereihafen. Nicht dass ich etwas gegen schicke Restaurants hätte, aber hier ist es einfach ungezwungener. Außerdem fühle ich mich in Jeans und Top tatsächlich am wohlsten. Suchend sehe ich mich um und entdecke Lars sofort an einem Zweiertisch am Fenster. Eine ungeheure Erleichterung macht sich in mir breit, einfach nur, weil er genauso aussieht wie auf seinem Foto. Wie genügsam man doch wird. Als er mich sieht, springt er auf. Schnell lasse ich meinen Blick über seine Turnschuhe, die ausgeblichene Jeans, über sein hellgrünes T-Shirt bis zu seinem Gesicht gleiten, das ein Drei-Tage-Bart ziert. Mittelgroß, mittelschlank, mittelattraktiv, fälle ich mein Urteil und schäme mich ein bisschen dafür. Aber als ich bei seinen mittelblauen Augen ankomme, bemerke ich, dass er mich ebenfalls von oben bis unten mustert. Da bin ich ja froh, dass ich nicht als Einzige so oberflächlich bin. Ich lächele und strecke ihm meine Hand entgegen. Auch wenn Lars mich jetzt nicht gerade aus den Latschen haut, so ist er mir zumindest auf Anhieb sympathisch. Und gänzlich unattraktiv ist er auch nicht.

»Hallo, ich bin Franzi.« Er greift nach meiner Hand und hält sie fest.

»Ich bin Lars«, sagt er, den Blick noch immer auf mich geheftet. Er kommt einen halben Schritt auf mich zu, seine Augen scheinen sich quasi an meinen festzusaugen. Nach vielleicht dreißig Sekunden wird mir die Sache unheimlich. Mindestens eine unserer beiden Hände, die noch immer ineinander liegen, beginnt jetzt ziemlich zu nässen, und egal, ob es sich dabei um seine oder meine eigene handelt, ist mir das doch äußerst unangenehm. Lars starrt mir weiter tief in die Augen, ohne auch nur ein einziges Mal zu blinzeln. Unwillkürlich werden meine Augen staubtrocken. Wild zwinkernd, um sie wieder zu befeuchten, entwinde ich meine Hand seinem Griff und lache verlegen, während ich sie unauffällig an meinem Hosenbein trocken wische. Endlich löst sich auch Lars aus seiner merkwürdigen Starre und sieht plötzlich wieder ganz entspannt und – mittelmäßig aus. Pfui, Franzi, jetzt hör aber endlich auf damit, hier so vorschnell über den armen Kerl zu urteilen, den du erst vor drei Minuten kennengelernt hast, von denen die letzte ja nun alles andere als durchschnittlich war.

»Wollen wir uns setzen?«, frage ich, während ich mich auf dem freien Stuhl niederlasse, der seinem gegenübersteht.

»Nein, ich denke, das ist nicht nötig.« Er schaut auf mich herunter und schüttelt mit einem Ausdruck des Bedauerns den Kopf.

»Nicht?«

»Nein.«

»Aber warum denn nicht?«

»Weil aus uns nichts werden wird.«

»Aha?« Verwirrt sehe ich zu ihm auf.

»Weißt du, es ist wissenschaftlich erwiesen, dass die ersten zwanzig Sekunden darüber entscheiden, ob man sich in jemanden verlieben kann oder nicht. Man weiß es also fast sofort. Und bei dir«, er hebt entschuldigend die Schultern, »sorry, aber es funkt einfach nicht.«

»Was du nicht sagst.«

»Also, bei mir jedenfalls nicht«, schiebt er hinterher und sieht jetzt richtig mitleidig aus. »Tut mir leid, falls es bei dir anders ist. Aber dazu gehören nun einmal zwei.« Jetzt legt er mir auch noch kumpelhaft die Hand auf die Schulter. »Kopf hoch. Vielleicht klappt es ja beim nächsten Mal.« Kopf hoch? Wieso Kopf hoch? Denkt der wirklich, dass ich gerade einen herben Verlust erlitten habe, weil Mister Mittelmäßig sich nicht auf der Stelle in mich verknallt hat?

»Bei mir hat es auch nicht gefunkt«, sage ich viel zu schnell und viel zu schrill, als dass es sich auch nur annähernd glaubwürdig anhören könnte. »Echt, du bist überhaupt nicht mein Typ. War von der ersten Sekunde an klar«, schiebe ich nach und mache es damit noch schlimmer.

»Irgendwo da draußen wartet schon der Richtige auf dich.« Es klingt, als würde er mit einem kranken Gaul sprechen. »Nur nicht den Mut verlieren. Also, mach's gut!« Zum Abschied tätschelt er mir ein weiteres Mal die Schulter, bevor er sich zum Gehen wendet. Mein Blick fällt auf das leere Latte-Macchiato-Glas vor mir auf dem Tisch und schon schnellt meine Hand vor und packt seinen Unterarm.

»Moment mal. Nicht so schnell!«

»Was ist denn noch?« Er sieht mich an, als wäre ich eine lästige Fliege.

»Wenn du glaubst, du kannst mich jetzt hier mit der Rechnung sitzenlassen, dann hast du dich getäuscht.« Endlich stehe ich auch wieder auf, damit er nicht mehr auf mich runtergucken kann. Was fällt dem ein? Diesem … Durchschnittsbürger? Was fällt den Männern im Allgemeinen ein? Mich zu irgendwelchen Orten zu bestellen, um dann aus welchen Gründen auch immer vorzeitig abzuhauen und mich für ihre Getränke aufkommen zu lassen?

»Wie kommst du denn auf die Idee?« Kopfschüttelnd sieht Lars mich an, während er aus seiner Jeanstasche einen zerknitterten Fünf-Euro-Schein hervorfriemelt und ihn dem Kellner in die Hand drückt. »Stimmt so.«

»Dankeschön.« Der Zausel grinst.

»Oh«, sage ich und komme mir dumm vor. Bevor es noch peinlicher wird, nehme ich die Beine in die Hand und verlasse fluchtartig das Café.

Zu Hause fahre ich als erstes meinen Rechner hoch und rufe das Profil von Lars bei DreamTeam auf. Noch einmal sehe ich in seine wasserblauen Augen unter dem straßenköterblonden Haar und wundere mich darüber, dass die Ablehnung dieses Menschen, den ich überhaupt nicht kenne und zu dem ich mich kein bisschen hingezogen fühlte, meinem Ego einen Knacks versetzen konnte. Das entbehrt doch jeder Logik. Mit der Computermaus bewege ich den Cursor über den Bildschirm und lasse mich hinreißen. Klick. »Wenn Sie den Teilnehmer blockieren, kann er Ihnen keine Nachrichten mehr senden und auch Ihr DreamTeam-Profil nicht mehr einsehen. Wollen Sie diesen Teilnehmer wirklich blockieren?« Franzi, sei nicht albern. Tu es nicht. Er wird denken, dass du beleidigt bist. Und dass du ihn doch toll fandest. Wenn du wahre Größe zeigen willst, dann lass die Sache auf sich beruhen. Ein paar Sekunden liefern sich Vernunft und Ego ein wütendes

Gefecht, aus dem die Vernunft schließlich schnaufend, mit einem deutlichen Schmiss auf der Wange, aber siegreich hervorgeht und mich veranlasst, die Schaltfläche mit »Nein« zu klicken. Eine Fehlermeldung erscheint. Ich lade die Seite neu. »Die Seite kann nicht gefunden werden.« Ich gehe zurück auf mein Profil und lasse mir die Liste meiner Kontakte anzeigen. Lars ist spurlos verschwunden. Es dauert eine ganze Weile, bis es mir dämmert: Offensichtlich sitzt der Herr ebenfalls an seinem Rechner. Und hat mich in der Sekunde meines Zögerns selbst blockiert. Ich verfluche erst ihn, dann die Vernunft und dann dieses blöde Internet-Dating im Allgemeinen und DreamTeam im Speziellen. Mein Traumpartner – für mich bestimmt. Dass ich nicht lache. Da bin ich dann wohl auf meinen eigenen Werbeslogan reingefallen. Wo ist er denn nun, der blöde Prinz auf seinem bescheuerten Gaul? Bis jetzt nur Nieten, und das trotz Kompatibilitätsquoten von 82 und immerhin 79 Prozent. Scheint ja ein geniales System zu sein.

»Du wirst doch nicht nach läppischen zwei Versuchen aufgeben wollen«, springt ausgerechnet Lydia für DreamTeam in die Bresche.

»Nanu, das sind ja ganz neue Töne. Woher der plötzliche Sinneswandel?«

»Zum einen finde ich deine Geschichten über missglückte Dates ziemlich unterhaltsam …«

»Na, vielen Dank auch. Freut mich, dass mein Unglück dich zu erheitern vermag«, werfe ich beleidigt dazwischen.

»… und zweitens kann das mit uns beiden so nicht weitergehen. Nichts gegen dich, Süße, oder unsere gemeinsamen Abende hier auf der Couch, aber es muss doch noch mehr im Leben geben als Pizza und Fernsehserien. Wenn nicht bald wenigstens eine von uns wieder einen Freund hat, dann wird das noch ein böses Ende nehmen. Und in fünfzig Jahren findet dann die Feuerwehr unsere verfetteten Leichen, weil sich ein Nachbar über den üblen Geruch aus der Wohnung beschwert hat.«

»Hör auf damit! Das ist doch bloß eine Phase!«

»Das habe ich auch mal behauptet.« Lydia starrt düster vor sich hin. »Und schwupps ist es sechs Jahre später und ich sitze noch immer ohne Mann hier.«

»Aber ich bin doch eigentlich in der Rekonvaleszenz«, gebe ich zu bedenken. »Ich bin sicher, jeder Therapeut würde mir raten, mit der nächsten Beziehung noch eine Weile zu warten, damit ich die Trennung von Fabian in Ruhe verarbeiten kann.«

»Du hast aber keine Zeit.« Streng sieht Lydia mich an. »Die Hochzeit deiner Schwester ist in sechs Wochen. An deinem Geburtstag. Willst du da wirklich am Katzentisch sitzen?«

»Nein, will ich nicht.«

»Ich sag dir was: Wenn ich richtig gezählt habe, sind doch drei Kandidaten übrig, richtig?« Ich nicke. »Gut. Dann würde ich vorschlagen, mit denen triffst du dich noch. Wenn der Traummann nicht dabei ist, sehen wir weiter.«

»Okay«, gebe ich mich geschlagen, denn die Erwähnung von Emmas Hochzeit zeigt Wirkung. Vielleicht finde ich wenigstens jemanden, der mich dorthin begleitet. Es muss ja gar nicht die große Liebe sein. Alternativ würde mir nur noch einfallen, mir einen Mann von einem Eskortservice zu buchen, und so weit unten bin ich nun doch noch nicht. Hoffe ich zumindest.

»Super!« Lydia freut sich offensichtlich schon auf mein nächstes Date. Wenigstens eine. »Dann zeig mal her, die Kandidaten.« Seufzend fahre ich meinen Laptop hoch und zeige ihr Ludwig, Kai und Nils. »Der ist ja süß.« Mit einem fettigen Zeigefinger tatscht sie auf Nils' Gesicht und meinen Bildschirm.

»Der ist gerade in Neuseeland.«

»Der Glückliche.«

»Ich weiß. Und dabei hab ich mit ihm die höchste Quote. 93 Prozent.«

»Na, der hier ist doch auch ganz niedlich. Wie heißt er? Kai?«

»Findest du?« Mit einem Taschentuch wische ich notdürftig den Monitor sauber und betrachte den dunkelhaarigen Mann genauer. Schokobraune Augen und ein niedliches Grübchen im Kinn. Na schön. Warum eigentlich nicht?

Am folgenden Freitag um kurz nach sieben und damit für meine Verhältnisse geradezu überpünktlich betrete ich das Abaton-Café, das dem gleichnamigen Kino angeschlossen ist und sich praktischerweise ganz in der Nähe meiner Wohnung befindet. Sollte das Treffen mit Kai sich ebenfalls als Reinfall entpuppen, muss ich wenigstens nur ein paar Meter die Straße rauf. Noch mal will ich jedenfalls nicht eine Viertelstunde Fußmarsch in die Schanze auf mich nehmen, um dann nach zweieinhalb Minuten abserviert zu werden. Bei dem Gedanken an Lars kommt mir schon wieder die Galle hoch, aber ich reiße mich zusammen. Immerhin könnte es ja sein, dass Kai ein ganz toller Typ ist. Ich sollte ihm eine Chance geben und nicht so schrecklich voreingenommen sein. Schlimm genug, dass ich Lydia beauftragt habe, mich um viertel nach sieben mit einem angeblichen Notfall auf dem Handy anzurufen, sodass ich, falls der Mann ein Totalausfall ist – zum Beispiel noch nicht volljährig oder Rentner oder Borderliner –, das Weite suchen kann. Jemandem meine Ablehnung nämlich einfach so um die Ohren zu hauen, wie Lars es mit mir gemacht hat, nein, das liegt mir nicht. Warum jemanden unnötig verletzen, wenn es eine kleine Notlüge auch tut? Und danach kann ich ihn ja blockieren. O ja, so langsam kapiere ich das Spiel! Aber jetzt lasse ich erst mal alle Vorurteile los und hoffe das Beste. Mit einem breiten Lächeln stoße ich die Tür des Abaton auf, erklimme die kurze Treppe, die in den Gastraum führt, und lasse meinen Blick über die Tischreihen gleiten. Ganz hinten in der Ecke sitzt ein einzelner Mann mit dunkelbraunem Lockenkopf. Unsere Blicke treffen sich, und auf sein Gesicht tritt ein so breites Grinsen, dass ich selbst auch lächeln muss. Er hebt die Hand und winkt mir ein bisschen ungelenk zu. Ich gehe hin, und als ich nur noch zwei Meter von ihm entfernt bin, erhebt er sich von seinem Platz.

»Franzi?«, erkundigt er sich erfreut.

»Kai?«, frage ich ebenso erfreut zurück. Er nickt, und ich bin plötzlich sehr froh, dass Lydia mich überredet hat, zu diesem Date zu gehen. Kai ist mir auf Anhieb total sympathisch. Außerdem sieht er wirklich gut aus. Noch viel besser als auf dem Foto. Unter seinem blauen Langarm-Shirt zeichnet sich sehr schön, aber nicht zu üppig, die Brustmuskulatur ab. Und noch immer strahlt er von einem Ohr zum anderen. Süß.

»Ich freu mich total.«

»Ja«, nicke ich und bin selbst überrascht. »Ich mich auch.«

»Also, hallo erst mal.« Damit macht er einen Schritt auf mich zu, ein bisschen unsicher, aber auch herzlich, legt einen Arm um mich und küsst mich auf beide Wangen, was mir überhaupt nicht unnatürlich vorkommt. Dann sieht er mich an, seine schokoladenfarbigen Augen dicht vor meinen, und sagt: »Schön, dich kennenzulernen.« Leider hat er den schlimmsten Mundgeruch, den man sich vorstellen kann.

Ein bisschen angeschlagen lasse ich mich auf den Stuhl ihm gegenüber fallen, und das ist zum einen seinem sauren Atem geschuldet, zum anderen aber auch der maßlosen Enttäuschung, die mich plötzlich überfällt. Schon wieder eine Niete. Und dabei waren die ersten zwanzig Sekunden doch so überaus positiv verlaufen. Ja, ich würde mich sogar so weit aus dem Fenster lehnen, zu behaupten, dass es gefunkt hat. Aber so groß ist die Anziehung dann doch nicht, dass ich über den Gestank hinwegsehen beziehungsweise hinwegriechen kann, der in einem jetzt permanenten Strom aus dem Mund meines Gegenübers zu quellen scheint, während der mich weiterhin arglos anlächelt und munter beginnt drauflos zu plaudern. Was natürlich zwangsläufig von weiterem Ausatmen begleitet wird.

»Wow, also, das war jetzt wirklich mal ein erfreulicher erster Eindruck«, sagt Kai, nachdem wir bei der Kellnerin zwei Apfelschorlen bestellt haben, und beugt sich über den Tisch zu mir herüber. Ich muss ihm recht geben. Der erste Eindruck war tatsächlich super. Es war der zweite, der leider alles vermasselt hat. »Ich gebe zu, ich bin schon ein alter Hase im Online-Dating«, fährt er arglos fort, während ich mich so unauffällig wie möglich auf meinem

Stuhl nach hinten lehne. Wie kann ein Mensch so riechen? Als hätte er sich seit Wochen nur noch von Kaffee und Zigaretten ernährt. Und vielleicht noch von ranziger Milch. »Aber so sympathisch wie du war mir auf Anhieb noch keine. Na ja …« Er lacht. O Gott. »… das versteht sich ja eigentlich von selbst. Sonst säße ich vermutlich gar nicht hier. Nicht wahr?«

»Hm«, nicke ich. O Gott, der arme Mann. Er muss irgendeine schlimme Magenkrankheit haben, denn dieser Geruch ist ganz sicher nicht normal. Wieso sagt ihm das niemand? Hat er denn keine Freunde? Arbeitskollegen? Oder wenigstens eine Mutter wie meine, die ihm nach dem Begrüßungsküsschen mit verkniffenem Lächeln ein tic tac reicht?

»Also, jedenfalls freue ich mich total, dass das geklappt hat. Aber eines möchte ich gleich zu Anfang hinter mich bringen. Ich muss dir nämlich etwas gestehen. Ich … war nicht ganz aufrichtig zu dir.« Reumütig sieht er mich an, während ich gerade die rettende Idee hatte und hektisch nach einem Kaugummi krame.

»Aha?«

»Ja. Und ich weiß ja, dass dir Aufrichtigkeit sehr wichtig ist, du hattest von diesem anderen Mann geschrieben, der wegen seines Alters gelogen hat.«

»Ja, stimmt.« Ich stoße auf den Grund meiner Tasche vor.

»Aber ich wollte dir das lieber persönlich sagen, nicht per E-Mail. Ich hoffe, das ist in Ordnung.«

»Na klar.« Ah, da, endlich. Ich ziehe ein etwas zerknautschtes Päckchen Doublemint hervor, fummele einen Streifen heraus und halte ihm freundlich lächelnd die Packung hin. »Auch eins?« Er sieht erst den Kaugummi und dann mich an und … Nein! Bitte nicht! Er schüttelt den Kopf.

»Nein danke.«

»Okay.« Ergeben lasse ich es zurück in meine Handtasche fallen. Wahrscheinlich hätte es eh nicht viel genützt. Der Mann könnte eine Familienpackung Mundspülung austrinken und würde immer noch nach Verwesung riechen. Im Rhythmus seines Ein- und Ausatmens schwenkt mein Mitgefühl zwischen ihm und mir selbst hin und her. Er atmet ein: Der arme Kerl, der wird nie eine Frau finden. Er atmet aus: O Gott, ich will hier weg. Ein: Wahrscheinlich ist er ernsthaft krank, vielleicht hat er Magengeschwüre, ich muss es ihm unbedingt … Aus: Mir egal. Lydia, ruf endlich an!

»Also, wo war ich? Ach ja, das Geständnis. Also, kurz und schmerzlos: Ich habe einen Sohn. Er ist fünf.« Verblüfft sehe ich ihn an. Eine Frau hat ihn tatsächlich so nah an sich rangelassen, dass er sie begatten konnte? Das wundert mich jetzt. Lässt aber auch hoffen, dass er diesen Mundgeruch noch nicht sein Leben lang hat. Und möglicherweise davon geheilt werden kann. Nicht dass ich dann noch Interesse an ihm gehabt hätte, nein, die Kuh ist in den Brunnen gefallen, wie Omi sagen würde. Aber ich wünsche ihm wirklich von Herzen, dass er sein Problem loswird. Und eine Frau findet. Seine Stirn legt sich in sorgenvolle Falten. »Das hab ich befürchtet. Mein Sohn ist ein Problem für dich, richtig?« Bekümmert schüttelt er den Kopf. Ich bringe es einfach nicht über mich, jetzt einfach Ja zu sagen und zu gehen. Obwohl das die einfachste Lösung wäre. »Mit der Mutter bin ich natürlich nicht mehr zusammen.«

»Oh, na ja, also, davon war ich jetzt mal ausgegangen.«

»Ach so, ja.« Er sieht total unglücklich aus. Was mache ich denn bloß? Und warum bin ich überhaupt in diese Situation geraten, wenn der Kerl eine Exfrau hat? Bei so einer Scheidung wirft man sich doch gegenseitig alles Mögliche an den Kopf. Da hätte sie nicht mal sagen können: »Und im Übrigen stinkst du aus dem Maul wie 'ne Kuh aus dem Arsch!« Oder sein Sohn? Was ist denn mit dem Kindermund, der Wahrheit kundtut? In diesem Moment klingelt mein Handy. Nanu? Seit wann ruft Lydia mit unterdrückter Nummer an?

»Entschuldige bitte.«

»Na klar.« Ergeben zuckt er mit den Schultern und sinkt auf seinem Stuhl förmlich in sich zusammen, während ich das Telefonat annehme.

»Hallo?«

»Hallo? Franzi?«

»Äh, ja«, bestätige ich, überrascht über die männliche Stimme am anderen Ende der Leitung.

»Hier ist Fred.«

»Ach.« Jetzt bin ich zugegebenermaßen perplex. Wo hat der denn meine Nummer her?

»War gar nicht so einfach, deine Nummer rauszufinden.«

»Es passt gerade gar nicht«, sage ich kühl und werfe Kai einen entschuldigenden Blick zu. Er beugt sich zu mir rüber und flüstert: »Kein Problem. Mach ruhig.« Sein Mundgeruch treibt mir die Tränen in die Augen.

»Tut mir leid. Ich rufe dann einfach noch mal an. Wann würde es denn besser … ?«

»Was?«, frage ich entsetzt. »Du meine Güte, ist dir was passiert?«

»Wie bitte?«, kommt es irritiert zurück.

»Gott sei Dank, da hast du ja wirklich noch mal Glück im Unglück gehabt«, schauspielere ich weiter, »aber natürlich, ich komme sofort, ist doch klar. In welchem Krankenhaus bist du denn?«

»Sag mal, kann es sein, dass du gerade mal wieder eins von deinen Katastrophen-Dates hast?«, folgert Fred scharfsinnig, und ich kann sein spöttisches Grinsen förmlich vor mir sehen.

»Ich bin in zwanzig Minuten da.« Damit lege ich den Hörer auf und sehe Kai bedauernd an. »Du, es tut mir echt leid«, setze ich an, aber er winkt müde ab.

»Schon klar. Deine Freundin hatte einen Unfall, richtig? Sie hat sich nichts gebrochen, aber der Wagen ist Schrott und nun muss jemand sie aus dem Krankenhaus abholen.«

»Äh. Genau«, sage ich ertappt.

»Und wenn ich dir jetzt anbiete, dich hinzufahren, sagst du, dass du lieber dein eigenes Auto nimmst, und wenn ich zu Hause ankomme, ist dein Profil bei DreamTeam für mich nicht mehr einsehbar.« Ich spüre, wie ich knallrot anlaufe.

»Nein, ich …«

»Nein?« Aus seinen schönen, braunen Knopfaugen sieht er mich verletzt an. »Glaubst du wirklich, dass ich dir die Geschichte abkaufe? Nur zu deiner Information: Sie ist nicht sehr originell.« Offensichtlich nicht. Ich ärgere mich, dass er mich so leicht durchschaut hat, aber vor allem tut er mir schrecklich leid. Scheinbar bin ich nicht die Erste, die ihn auf diese schnöde Art sitzenlässt. Frauen können so grausam sein. Andererseits bringe ich es einfach nicht über mich, ihm den wahren Grund für meinen überstürzten Aufbruch zu nennen.

»Es tut mir leid, ehrlich. Ich muss jetzt los. Aber ich melde mich. Versprochen.«

»Ja, ja, schon klar.« Er sitzt da wie ein Häufchen Elend, während ich in meiner Tasche hektisch nach Kleingeld für meine Apfelschorle krame. »Schon gut, geh ruhig. Ich lade dich ein.«

»Ehrlich?«

»Ja.«

»Danke«, sage ich beschämt.

»Also, dann alles Gute.«

»Dir auch!« In diesem Moment klingelt mein Telefon erneut. Lydia. Ich drücke sie weg und verlasse fluchtartig das Abaton.

Auf dem kurzen Nachhauseweg könnte ich mich selbst in den Hintern treten. Bei dem Gedanken an Kais letzten Blick, den er mir hinterhergeworfen hat, bricht mir beinahe das Herz. Andererseits war sein Mundgeruch, so gemein das auch klingen mag, einfach nicht auszuhalten. Und aus Höflichkeit sitzenzubleiben, hätte die Sache auch nicht besser gemacht. Eher schlimmer. Denn Kai ist ja tatsächlich ein netter Kerl, wir hätten uns wahrscheinlich ganz gut unterhalten, was ihn möglicherweise zum Ende des Dates hin dazu bewogen hätte, mich zum Abschied küssen zu wollen. Und bei dieser Vorstellung, Mitgefühl hin oder her, bin ich jetzt doch sehr erleichtert, dass ich mich aus dem Staub gemacht habe.

Als ich in meinen Hauseingang einbiege, stolpere ich über die langen Beine eines auf dem Treppenabsatz sitzenden Mannes.

»Ups, Verzeihung, ich … Was machst du denn hier?«

»Ich hab auf dich gewartet.« Von unten herauf grinst Fred mich an, bevor er auf die Füße kommt und mir, ehe ich es verhindern kann, einen Kuss auf den Mund drückt. Unwillkürlich registriere ich seinen angenehmen Geruch. Und den Hauch von Cola auf seinen Lippen. Ich blinzele zu ihm hoch, begegne seinem siegessicheren Blick und schiebe ihn von mir. Dann wische ich mir betont mit dem Handrücken über den Mund.

»Scheint ja echt ein beschissenes Date gewesen zu sein«, kommentiert er trocken.

»Immer noch besser als eins mit dir.«

»Ich gehe nicht auf Dates.«

»Das dachte ich mir schon. Woher weißt du überhaupt, wo ich wohne?«

»Du bist am Samstag in diesem Hauseingang verschwunden. Ich hatte dich hergefahren. Schon vergessen?«

»Richtig. Das war sehr nett von dir.«

»Gern geschehen.«

»Das bezweifle ich. Du wolltest doch bloß mit mir ins Bett.«

»Da hast du allerdings recht.« Nachdenklich sehe ich ihn an, wie er so vor mir steht und mich entwaffnend anlächelt. Natürlich ist mir klar, dass er nur aus einem einzigen Grund angerufen hat und jetzt bei mir auf der Matte steht. Lydia hat schon recht mit ihrer Theorie vom Mann, dem Jäger. Aber irgendwie ist es mir egal. Und plötzlich bekomme ich Lust, etwas für mich vollkommen Verrücktes zu tun. Ich drängle mich an Fred vorbei und schicke mich an, die Haustür aufzuschließen.

»He, warte doch mal«, versucht er, mich zurückzuhalten. »Wie wäre es, wenn wir zusammen was trinken gehen?« Ich drehe mich zu ihm um und lächele freundlich.

»Nein danke. Ich habe eine Flasche Weißwein im Kühlschrank.« Eine Sekunde lang genieße ich den enttäuschten Ausdruck in seinem Gesicht, dann schiebe ich betont locker hinterher: »Kommst du?«

Kapitel 10

In meiner Wohnung angekommen, schließe ich die Tür und lehne mich mit dem Rücken dagegen.

»Ich hoffe, du bist jetzt nicht wirklich für den Wein mit nach oben gekommen?« Herausfordernd sehe ich Fred an, der im ersten Moment ziemlich irritiert aussieht. Damit er es endgültig kapiert und ehrlich gesagt auch, um mich selbst daran zu hindern, doch noch einen Rückzieher zu machen, ziehe ich mir das T-Shirt über den Kopf und streife meine Ballerinas von den Füßen. »Schlaf mit mir«, sage ich und füge verschmitzt hinzu: »Bitte.« Mit zwei langen Schritten ist er bei mir, drückt mich gegen die Wand, seine Hände und Lippen sind plötzlich überall.

»Aua«, jammere ich ein paar Minuten später, »das geht so nicht. Ich scheuere mir gerade sämtliche Wirbel auf.«

»Frag mich mal. Ich hab morgen bestimmt blaue Knie«, ächzt Fred, stützt sich auf seine Ellbogen und grinst mich von oben herab an. »Wer hätte gedacht, dass du es so nötig hast, dass wir es nicht mal bis ins Schlafzimmer schaffen?«

»Jaja«, sage ich friedfertig, schiebe ihn von mir herunter und klaube mich mühsam vom Boden auf. Ich weiß schon, warum ich Sex lieber in einem gemütlichen, weichen Bett habe als im Flur. Leidenschaft hin oder her. »Komm, wir gehen rüber.«

»Nanu, du bist ja offensichtlich tiefenentspannt, wenn ich dich nicht mal mehr ärgern kann. Bin ich wirklich so gut?«

»Ja, du bist so gut. Was ist, kommst du jetzt mit?«

Eine Stunde später liegen wir verschwitzt und schweigend nebeneinander im Bett und trinken nun doch noch den Weißwein aus meinem Kühlschrank. Der Sex mit Fred ist wirklich phänomenal. Schade eigentlich, dass er ansonsten so ein Mistkerl ist. Dabei fällt mir ein: »Wenn ich über diesen Abend auch nur die kleinste Andeutung im *Womanizer* lese, dann kannst du was erleben, verstanden?« In seinen Augen blitzt es auf und eine Sekunde lang mache ich mir Sorgen, ihn mit dieser Drohung erst auf die Idee gebracht zu haben, aber dann schüttelt er den Kopf.

»Keine Sorge.«

»Gut.«

»Sollte dich irgendwas hieran erinnern, dann kannst du sicher sein, dass von einer anderen Frau die Rede ist. So was passiert mir schließlich andauernd.«

»Da bin ich sicher«, spotte ich. Er dreht sich auf die Seite, stützt den Kopf in eine Hand und sieht mich nachdenklich an.

»Du bist echt cool heute. Was ist passiert?«

»Nichts. Wieso?« Unschuldig lächele ich ihn an.

»Erzähl mir von deinem Date!«, fordert er mich auf und sofort entweicht das Gefühl herrlicher Entspannung aus mir wie aus einem angepieksten Luftballon.

»Wieso hast du ihm nicht einfach die Wahrheit gesagt?«, fragt Fred kopfschüttelnd, nachdem ich ihm alles erzählt habe.

»Was hätte ich denn sagen sollen?«

»Wie wäre es mit: Tut mir leid, dass ich dir das sagen muss, aber du hast unerträglichen Mundgeruch. Geh mal zum Arzt.« Entsetzt sehe ich ihn an.

»So was kann man doch niemandem ins Gesicht sagen.«

»Warum nicht? Dem armen Kerl würde es jedenfalls helfen.«

»Ja, aber ...« Ich halte einen Augenblick inne und male mir diese Situation aus. Sofort wird mir unfassbar schlecht und ich schüttele heftig den Kopf. »Das geht doch nicht.«

»Natürlich geht das!«

»Wie fändest du es denn, wenn ich dir so etwas an den Kopf werfen würde?«

»Probier es doch mal aus.« Seine Augen blitzen herausfordernd.

»Aber du hast ja keinen Mundgeruch.«

»Na, irgendwas wird dir schon einfallen. Na los, raus damit!« Es ist nicht so, als würden mir nicht ein paar unangenehme Wahrheiten über ihn einfallen, trotzdem ist meine Kehle wie zugeschnürt.

»Ich habe aber keine Lust«, sage ich und lehne mich in die Kissen zurück.

»Ich verstehe. Du stammst wohl aus so einer Familie, in der alles immer schön unter den Teppich gekehrt wird, hm? Nach außen hin eitel Sonnenschein, aber innen drin brodelt's! Jetzt wird mir natürlich einiges klar.«

»Ach ja? Was denn zum Beispiel?«

»Warum du so verzweifelt auf der Suche nach einem Kerl bist, zum Beispiel. Nämlich um Mamis Vorstellung von einem guten Leben endlich gerecht zu werden. Lass mich raten, wahrscheinlich hast du eine Schwester, die längst verheiratet und Mutter ist, und statt dein Leben zu genießen, hechelst du einem Ideal hinterher, das nicht dein eigenes ist.«

»Du bist wirklich … abscheulich.« Ich steige aus dem Bett und raffe die Decke an mich. »Verschwinde!« Aber Fred denkt gar nicht daran, sich zu erheben. Splitternackt liegt er vollkommen entspannt in meinem Bett, verschränkt die Hände hinter dem Kopf und sagt: »Da scheine ich ja mitten ins Schwarze getroffen zu haben.«

»Überhaupt nicht. Meine Schwester hat keine Kinder. Sie ist noch nicht einmal verheiratet. Du weißt nichts von mir«, ich greife nach einem Kopfkissen und schlage damit nach ihm, »und bevor du über mich urteilst, solltest du vielleicht mal vor deiner eigenen Tür kehren.«

»Ach ja?« Mit einer schnellen Bewegung entwindet er mir das Kissen.

»Du vögelst dich durch die Betten und findest dich auch noch wahnsinnig cool dabei. Mit fast vierzig! Da frag ich mich doch, was in deiner Familie schiefgelaufen ist.«

»Tja, vermutlich so einiges, oder?«

»Ich kann nicht glauben, dass ich tatsächlich noch mal auf dich reingefallen bin«, sage ich wütend.

»Moment mal, wer hat denn hier wen in seine Wohnung geschleppt?«

»Ach, tu doch nicht so, als wäre nicht genau das deine Absicht gewesen. Du bist einfach nur beziehungsgestört und schwanzgesteuert, und das ist eine ziemlich schlechte Kombination.« Voller Selbstgefälligkeit grinst er mich an.

»Bravo. Und? War das jetzt so schwer?«

»Was?«, frage ich einen Augenblick lang irritiert.

»Mir die Wahrheit zu sagen. War doch ganz leicht, oder?«

»Du bist nicht mein Therapeut«, herrsche ich ihn an, »und außerdem ist das nicht dasselbe. Kai hätte ich mit der Wahrheit verletzt. Aber du bist ja offensichtlich sogar noch stolz auf dein Verhalten.«

»Wieso auch nicht?« Ich verspüre in mir das dringende Bedürfnis, ihm sein überhebliches Grinsen aus dem Gesicht zu schlagen und bin ehrlich erschrocken über mich selbst. So kenne ich mich nämlich überhaupt nicht. »Ich lebe eigentlich ganz gut damit.«

»Das glaube ich dir. Und wahrscheinlich ist es dir ganz egal, ob du irgendjemandem dabei wehtust.«

»Was soll das denn heißen? Ich bin immer aufrichtig, was meine Absichten angeht.«

»Ja. Hinterher«, sage ich höhnisch. »Ich kann mich jedenfalls nicht daran erinnern, dass du mir vor unserer ersten Nacht gesagt hast, dass du nur an einem One-Night-Stand interessiert bist.«

»Ach so. Daher weht der Wind.« Er steht jetzt ebenfalls vom Bett auf. Nackt stehen wir voreinander und starren uns feindselig an. »Du bist einfach nur beleidigt, weil ich mit dir keine Beziehung möchte. Und die Aktion von heute, ist das vielleicht nur ein Trick gewesen? Guck mal, Fred, wie cool und entspannt ich bin, ich will nur Sex und nichts weiter. Glaubst du allen Ernstes, dass ich mich in dich verliebe, nur weil du mir hier so ein Theater vorspielst?«

Einen Moment lang bin ich zu verblüfft, um wütend zu sein. Aber dieser Moment währt zum Glück nur kurz.

»Du bist ja vollkommen geisteskrank«, werfe ich ihm, zusammen mit seinen Klamotten, die ich vom Boden aufklaube, an den Kopf. »Glaubst du allen Ernstes, dass irgendeine Frau, die dich länger als fünf Minuten kennt, ernsthaftes Interesse an dir haben könnte? An einem bindungsunfähigen Macho, der nicht einsehen will, dass er keine zwanzig mehr ist? Ich sag dir eins: Noch bist du vielleicht cool, aber fünf Jahre weiter, und du bist einfach nur erbärmlich.« Sein herablassendes Grinsen verrutscht, und ich kann sehen, wie seine Kiefermuskulatur sich anspannt. »Aha«, sage ich triumphierend. »Da habe wohl diesmal *ich* ins Schwarze getroffen, was?« Aber schon hat er sich wieder gefangen und lächelt umso arroganter vor sich hin, während er beginnt, sich anzuziehen.

»Wenn es anfängt, erbärmlich zu wirken, dann nehm ich mir halt eine.«

»Viel Glück dabei.«

»Brauch ich nicht. Ihr Frauen Mitte dreißig seid ja nicht mehr besonders wählerisch, sondern einfach nur überglücklich, wenn ihr überhaupt noch einen abkriegt.« Vor lauter Empörung bleibt mir die Luft weg. Was bildet der Typ sich eigentlich ein?

»Raus«, knirsche ich zwischen den Zähnen hindurch, die Bettdecke fest um meinen Körper gewickelt. Er ist mittlerweile wieder vollständig angezogen.

»Bist du sicher?«, fragt er und kommt einen Schritt auf mich zu. »Ich wäre unter Umständen bereit für eine zweite Runde. Natürlich nur, wenn du bitte sagst.«

»Du träumst wohl.«

»Ach komm, jetzt hab dich doch nicht so.« Er greift nach mir, und bevor ich realisiere, was ich tue, klatscht meine Hand mit voller Wucht in sein Gesicht.

»Du hast ihm wirklich eine runtergehauen?«, staunt Lydia, als ich ihr am nächsten Tag am Telefon davon erzähle.

»Eine reingehauen trifft es eher«, sage ich zerknirscht,

»ich habe ihn ziemlich ungünstig an der Nase getroffen, und er hat sofort angefangen zu bluten.«

»Nein!«

»Doch.«

»Und was ist dann passiert?«

»Dann ist er abgehauen, ohne ein weiteres Wort zu sagen. Aber er hat eine richtige Spur hinter sich hergezogen. Ich hab sogar unten vor der Haustür noch Blutstropfen gefunden.«

»Krass!«

»Ich weiß. Aber was fängt der auch an, mich anzugrabschen?«

»Warte mal, du meinst doch nicht etwa … Glaubst du, er wollte dir was tun?« Das Entsetzen in Lydias Stimme ist deutlich zu hören.

»Nein, das glaub ich nicht«, wiegele ich ab. »Er ist zwar ein unerträglicher Macho, aber so, wie ich ihn einschätze, geht es gegen seinen Stolz, sich einer Frau aufzudrängen. Ich hätte ihm bestimmt nicht die Nase zu Brei schlagen müssen, damit er aufhört. Wer weiß, vielleicht war dieser ganze Streit für ihn eine merkwürdige Art des Vorspiels. Keine Ahnung. Ist ja auch egal. So viel steht fest. Den sehe ich nie wieder!«

»Und diesen Kai auch nicht«, seufzt Lydia. »So was Dummes!«

Von: Kai W.
Betreff: Woran liegt's?
An: Franziska M.

Hallo Franzi,
zugegebenermaßen war ich etwas erstaunt, dass Du mich

bei DreamTeam nicht blockiert hast. So haben es nämlich in den letzten vier Wochen die anderen fünf Frauen gemacht, deren beste Freundinnen, genau wie deine, einen bedauerlichen Autounfall hatten, während sie mir gegenübersaßen. Nun habe ich mich allen Ernstes kurz gefragt, ob deine Freundin möglicherweise tatsächlich …??? Aber das ist natürlich albern. Ich nehme an, dass du, genau wie deine Vorgängerinnen, die Flucht ergriffen hast. Ich würde dich nur herzlich bitten, mir zu sagen, was so abschreckend an mir wirkt, dass keine Frau es länger als fünf Minuten in meiner Nähe auszuhalten scheint. War es die Tatsache, dass ich einen Sohn habe? Sollte ich in Zukunft mit dieser Eröffnung warten? Ich kann verstehen, dass es für eine Frau schwierig sein kann, wenn der Mann schon mal eine Familie hatte, aber andererseits frage ich mich: Was erwartet ihr denn eigentlich? Wir sind doch alle keine zwanzig mehr. Ich habe eine Vergangenheit. Aber ich möchte dich hier nicht angreifen, sondern bitte dich ganz ehrlich um deine Meinung.
Beste Grüße,
Kai

Von: Franziska M.
Betreff: Re: Woran liegt's?
An: Kai W.

Hallo Kai,
es tut mir ehrlich leid, dass ich diese äußerst einfallslose Ausrede benutzt habe, um unser Treffen vorzeitig zu beenden. Nein, es lag nicht daran, dass du einen Sohn hast. Bei mir nicht und, wenn ich die Situation richtig einschätze, auch bei deinen anderen Dates nicht. Die Wahrheit ist …

Du hast fürchterlichen Mundgeruch. Nicht solchen, den man durch den Verzehr von zu viel Knoblauch oder Zwiebeln hat. Ich würde dir empfehlen, deswegen zum Arzt zu gehen. Es tut mir leid, dass ich dir das sagen musste, aber du hast gefragt.
Beste Grüße,
Franzi

Wieder und wieder lese ich den mittlerweile zehnten Entwurf meiner Nachricht an Kai, aber ich kann mich noch immer nicht durchringen, sie abzuschicken. Dabei komme ich mir selbst langsam albern vor. Schließlich wird ihm meine Offenheit auf lange Sicht helfen. Trotzdem finde ich es unfair, dass ausgerechnet ich es sein muss, die ihm diese unangenehme Wahrheit sagen soll. Womit hab ich das verdient? Ich mag mir gar nicht ausmalen, wie er sich fühlt, wenn er meine Mail durchliest. Wahrscheinlich wird er im Erdboden versinken. Ich würde mich jedenfalls in Grund und Boden schämen. Um ihm und der Frauenwelt aber weitere erfundene Autounfälle zu ersparen, hole ich tief Luft und drücke auf Senden.

Ziemlich desillusioniert mache ich mich in der folgenden Woche auf den Weg zu meiner Verabredung mit Ludwig. Der Einfachheit halber treffe ich auch ihn im Abaton, denn der kurze Heimweg hat sich ja schon einmal als nützlich erwiesen. Umso erstaunter bin ich, dass Ludwig sich als ausgesprochen unterhaltsamer Gesprächspartner entpuppt, der im echten Leben sogar noch besser aussieht als auf seinem Profilbild. Nach drei Stunden, die wie im Fluge vergehen, erkläre ich schließlich mit einigem Bedauern:

»Es ist gleich elf. Ich sollte jetzt wirklich mal nach Hause.«

»Ich bring dich«, bietet er wie aus der Pistole geschossen an.

»Nicht nötig.« Ich winke ab. »Ich wohne hier gleich um die Ecke.«

»Na schön. Dann begleite ich dich wenigstens noch bis zu deiner Haustür.«

»Okay.« Nachdem wir bezahlt haben, machen wir uns auf den Weg und stehen zwei Minuten später vor meinem Haus. »Da sind wir schon. Hier wohne ich.« Ein wenig unschlüssig stehen wir voreinander, er hat die Hände in seinen Taschen vergraben und sieht mich mit schief gelegtem Kopf so erwartungsvoll an, dass ich lachen muss. »Es war ein sehr schöner Abend«, sage ich.

»Nicht wahr?« Er nickt eifrig. »Das fand ich auch. Sehr schön.«

»Ja. Also dann …«

»Warte. Darf ich … Ich meine, wäre es okay, wenn ich dich küsse?« Er grinst verlegen. »Ich weiß, das ist vielleicht etwas komisch, vorher zu fragen, aber …«

»Nein, nein, das ist schon okay. Du willst dir keine blutige Nase holen, das kann ich verstehen«, sage ich, weil ich plötzlich an Fred denken muss.

»Äh, was?«

»Nichts. Schon gut. Ja, du darfst mich küssen.« Er streicht sich eine seiner blonden Locken aus der Stirn und macht einen Schritt auf mich zu.

»Okay. Cool. Also, das mach ich dann jetzt mal, okay?« Er ist wirklich sehr niedlich.

»Ja, mach das doch mal.« Erwartungsvoll halte ich ihm mein Gesicht entgegen und er küsst mich ganz zart auf die Lippen. Dann biegt er den Kopf nach hinten und sieht mit halbgeschlossenen Augen auf mich herunter.

»Darf ich noch mal?«

»Hmmm«, mache ich. Und das macht er. Diesmal nicht ganz so zart, sondern ziemlich leidenschaftlich. Seine Arme umfassen meinen Körper, ich schlinge meine um seinen Nacken, während er mich mit dem Rücken gegen die Haustür drängelt. Mein lieber Schwan, seine anfängliche Schüchternheit scheint er schnell überwunden zu haben. Aber weil es tatsächlich sehr schön ist, lasse ich ihn gewähren und knutsche mit, bis mir die Luft knapp wird und ich ihn, nach Atem ringend, ein Stück von mir weg schiebe. »Wow«, keuche ich.

»Ja.« Seine Stimme klingt ganz rau und er verschlingt mich buchstäblich mit seinen Augen. »Wow.«

»Tja, also …« Meine Nummer hast du ja, will ich eigentlich sagen, aber ich komme nicht dazu, weil seine Lippen auf meinen mich am Reden hindern. »Heee, mmmntt mmmll«, versuche ich mich verständlich zu machen. Er gibt mich tatsächlich frei, aber nur, um jetzt meinen Hals mit Küssen zu bedecken.

»Äh, warte mal bitte kurz«, versuche ich zaghaft und erfolglos, mir Gehör zu verschaffen.

»Ich kann nicht glauben, dass das mit dem Gentest wirklich funktioniert. Ich war noch nie so scharf auf eine Frau, ehrlich«, raunt er, während er an meinem Hals saugt, als wäre er Dracula persönlich.

»Ähm, das freut mich, aber … Huch!« Etwas ziemlich Großes und Hartes presst sich an meinen Hüftknochen. Ludwig taucht von meinem Hals auf und grinst mich an.

»Ich sag doch, ich bin total scharf auf dich.«

»Äh, ja, das merke ich.« Sein Grinsen vertieft sich, während er den Druck seiner Erektion auf meine Hüfte verstärkt und damit beginnt, sich an mir zu reiben.

»Komm, wir gehen hoch in deine Wohnung.«

»Nein.«

»Komm schon.«

»Tut mir leid.« Bin ich bescheuert, dass ich mich dafür bei ihm entschuldige? Eindeutig ja. Andererseits stelle ich mir vor, dass ein Mann, der einem gerade seine Erektion *offenbart* hat, möglicherweise in einem verletzlichen, emotionalen Zustand ist und eine harsche Zurückweisung nur schlecht verkraftet. »Es liegt nicht an dir«, sage ich deshalb. »Sondern an mir. Ich schlafe nicht am ersten Abend mit einem Mann.« Normalerweise jedenfalls nicht, füge ich ihm Geiste hinzu. Fred war eine Ausnahme. Und wir wissen ja, wohin das geführt hat.

»Ach komm. Willst du nicht mal eine Ausnahme machen? Es wird dir gefallen, versprochen.« Treuherzig sieht er mich an und küsst mich erneut.

»Das würde es ganz bestimmt«, stimme ich ihm zu, um sein Ego ein bisschen zu streicheln. »Aber nein.«

»Bist du sicher?« Er greift nach meiner Hand und legt sie, ehe ich es verhindern kann, auf seinen Schritt. Dabei sieht er so stolz aus, dass ich den Impuls unterdrücke, sie sofort wieder wegzuziehen. Warum nur denken Männer immer, dass es nichts mehr braucht als einen imposanten Penis, um uns Frauen lang hinschlagen zu lassen? »Na? Ist das was?«, fragt er jetzt auch noch und ich muss mir plötzlich auf die Lippe beißen, um nicht laut loszulachen. Obwohl meine Situation, den Türgriff im Rücken, die Hand an Ludwigs erigiertem Geschlechtsteil, mir inzwischen ausgesprochen unangenehm ist, entbehrt das Ganze nicht einer gewissen Komik.

»Beeindruckend«, sage ich mit allem Ernst, den ich aufzubringen vermag.

»Na also.« Er beginnt, meine Hand mit seiner auf und ab zu bewegen, was jetzt für mich das klare Signal ist, verletzter Stolz hin oder her, mich ihm mit einem Ruck zu entziehen. Prompt verfinstert sich seine Miene. »He!«

»Es tut mir leid, aber ich möchte nicht mit dir schlafen.« Warum nur entschuldige ich mich die ganze Zeit?

»Was?« Völlig entgeistert sieht er mich an.

»Ich will nicht mit dir schlafen«, wiederhole ich bestimmt. »Und es tut mir nicht leid.«

»Das kannst du doch nicht machen.«

»Wie bitte?«

»Du hast mich den ganzen Abend heiß gemacht«, beschwert er sich. »Ich hab 'ne Mega-Latte.« Schon wieder grabscht er nach meiner Hand, aber diesmal bin ich schneller und entziehe mich ihm.

»Danke, ich hatte schon das Vergnügen.«

»Hast du schon mal was von blauen Eiern gehört?« Womit habe ich das verdient? »Weißt du, wie schmerzhaft das für einen Mann ist, wenn du ihn erst scharf machst und dann einfach so abblitzen lässt?«

»Moment mal …«

»Das ist doch echt mal wieder typisch Frau.«

»Jetzt mach mal einen Punkt«, sage ich so energisch, dass er tatsächlich die Klappe hält. »Ich habe dich nicht scharf gemacht. Ich habe lediglich meine Einwilligung zu einem Abschiedskuss gegeben. Mehr nicht.«

»Aber …«

»Und ich habe dir gleich gesagt, dass ich nicht am ersten Abend mit dir schlafen werde. Wenn du das akzeptiert hättest, statt hier ungefragt über mich herzufallen, dann hättest du jetzt auch keine … blauen Eier«, überwinde ich mich zu sagen.

»Ich dachte halt, du bist eine von den Frauen, die Nein sagen, wenn sie Ja meinen«, antwortet er und wirkt jetzt sogar einigermaßen schuldbewusst.

»Das ist auf so viele Arten brüskierend, dass ich darauf nicht einmal antworte.« Damit wende ich ihm den Rücken zu und krame nach meinem Haustürschlüssel.

»Tut mir leid.« Ein bisschen überrascht drehe ich mich wieder zu ihm um. Das hatte ich jetzt nicht erwartet.

»Wirklich?« Er sieht richtig zerknirscht aus und fährt sich mit den Fingern durch seinen wuscheligen Lockenkopf.

»Ja. Ich möchte mich entschuldigen. Das war echt blöd von mir.« Ein paar Sekunden lang lasse ich ihn zappeln, dann nicke ich gnädig.

»Okay. Ist vergessen.«

»Danke.« Er strahlt. »Freunde?«

»Freunde!«

»Hand drauf?« Er hält mir die Hand hin und weil ich so froh bin, dass es diesmal nicht sein Penis ist, und wahrscheinlich auch, weil ich eben doch ein harmoniebedürftiger Mensch bin, schlage ich ein. Ausgiebig schüttelt er meine Hand, beugt sich dann zu mir runter und hält kurz vor meinem Gesicht inne. »Kuss drauf?« Eigentlich habe ich keine große Lust dazu, dennoch zucke ich mit den Schultern.

»Von mir aus.« Er küsst mich. Zärtlich. Federleicht. Ohne mich zu bedrängen. Na also, geht doch. Ich lächele ihn an. »Gute Nacht.« Er lächelt ebenfalls und lässt meine Hand nicht los.

»Kann ich nicht doch noch kurz mit hochkommen?«

»Nein.«

»Wir müssen ja nicht miteinander schlafen.«

»Nein.«

»Ich verspreche es dir. Aber vielleicht könntest du ja wenigstens … nur mit der Hand? Weißt du, das mit den blauen Eiern, das ist keine Legende. Das tut echt weh!«

Kapitel 11

An: Nils R.
Betreff: Re: Zurück aus Neuseeland! Treffen???
Von: Franzi M.

Hallo Nils,
vielen Dank für Deine Mail! ~~Es freut mich wirklich sehr, dass Du Dich mit mir treffen willst, aber~~ Leider kann ich mich nicht mit Dir treffen, ~~weil in meiner Firma gerade drei Kollegen krank geworden sind, deren Arbeit ich jetzt mitmachen muss, weil ich gerade im Job wahnsinnig viel zu tun habe,~~ weil meine Freundin kürzlich einen Autounfall …

Entnervt lösche ich die Mail und fange noch mal von vorne an. Das kann doch nicht so schwer sein. Schließlich kenne ich diesen Nils bis auf unseren sporadischen E-Mail-Wechsel überhaupt nicht. Und er wird die Wahrheit schon verkraften.

An: Nils R.
Betreff: Re: Zurück aus Neuseeland! Treffen???
Von: Franzi M.

Hallo Nils,
vielen Dank für Deine Mail. Bitte nimm es mir nicht übel,

aber ich glaube, dass dieses ganze Online-Dating nichts für mich ist. Jedenfalls hatte ich noch nicht ein einziges Treffen, das nicht in irgendeiner Weise katastrophal geendet hätte. Ich denke nicht, dass du in Wahrheit ein alternder Gigolo bist, ein gravierendes, medizinisches Problem hast oder deine Verführungskünste darin bestehen, einer Frau etwas von »blauen Eiern« zu erzählen. Ich denke, du bist wahrscheinlich ein ziemlich netter Kerl. Leider werde ich das aber nicht mehr herausfinden, denn ich habe einfach die Nase voll. ~~Es tut mir leid.~~ Ich wünsche Dir alles Gute!
Franzi

Ich klicke auf Senden und bin mit einem Mal sehr erleichtert. Auch wenn ich jetzt immer noch keine Begleitung für Emmas Hochzeit gefunden habe, das ständige Hoffen, jedes Mal gefolgt von einer Enttäuschung, war doch kräftezehrender, als ich mir eingestanden hatte. Außerdem kam ich mir langsam selbst vor wie eine »verzweifelte Frau Mitte dreißig auf der Suche«. Gerade, als ich die Seite von DreamTeam verlassen will, öffnet sich das Chat-Fenster am rechten unteren Rand des Monitors.

```
NILS:   Ich bin wirklich ein ziemlich netter
        Kerl… :)
NILS:   Dazu noch frisch und knackig! 38 Jahre
        jung – ehrlich!
NILS:   Ich zeig dir auch meinen Perso…
NILS:   Wenn du dich mit mir triffst!
FRANZI: Es tut mir ehrlich
```

Mist! Ich muss mir wirklich mal abgewöhnen, mich ständig für alles und jedes zu entschuldigen! Und jetzt habe ich auch noch aus Versehen die Return-Taste gedrückt und die Nachricht abgeschickt, statt sie zu löschen.

FRANZI: Ich meine, es geht leider nicht!
NILS: Ich bin in einem guten Zustand! War gerade erst beim Arzt zum Gesundheitscheck! Das kannst du auch gerne schriftlich bekommen!
NILS: Wobei mich interessieren würde, was das für ein gesundheitliches Problem war?!?
NILS: Ich hoffe doch wohl, kein Tripper? Dann glaube ich, würde ich auch lieber auf ein Treffen verzichten.
FRANZI: Ja, doch, es war ein Tripper! Sorry!
NILS: Das ist doch gelogen :)
FRANZI: Stimmt!
NILS: Und selbst wenn: Deshalb hättest du ja keinen.
FRANZI: Ach nein? Und woher weißt du das?
NILS: Ich sag nur »blaue Eier«…
FRANZI: Haha!
NILS: Tut mir leid, dass du solche Nieten gezogen hast! Wenn ich gewusst hätte, dass mir durch meinen dummen Neuseeland-Urlaub meine Traumfrau durch die Lappen geht, dann wäre ich hiergeblieben.
FRANZI: Ach, jetzt hör aber auf.
NILS: Warst du schon mal in Neuseeland?
FRANZI: Nein.
NILS: Da sollten wir unbedingt mal zusammen hin!

FRANZI: Ja, schon klar. Ich muss jetzt leider los. Mach's gut!

NILS: WARTE!

NILS: BITTE!

NILS: Ich bin anders als die anderen. Ehrlich!

FRANZI: ~~Tut mir~~ Das mag ja sein. Aber ich habe mich nun mal entschieden, erst mal keine Dates mehr zu haben.

NILS: Erst mal? Das heißt, ich darf hoffen?

FRANZI: Wenn du wirklich so nett bist, dann hast du doch bis dahin längst eine andere gefunden!

NILS: Vielleicht sind wir aber auch füreinander bestimmt? 93%! Das ist kein Pappenstiel!

FRANZI: ~~Das ist doch alles Humbug!~~

Gerade noch rechtzeitig fällt mir ein, dass DreamTeam immernoch ein Kunde von uns ist und ich mich deshalb mit solchen Äußerungen vielleicht besser zurückhalten sollte.

NILS: So eine Quote hattest du mit keinem anderen. Wetten?

FRANZI: Stimmt. Hatte ich nicht.

NILS: Ich auch nicht. Wir müssen uns einfach sehen!

FRANZI: Ich muss gar nichts.

NILS: Natürlich nicht.

War ich zu harsch? Ist er jetzt beleidigt? Eigentlich könnte mir das ja egal sein. Ist es aber nicht. Denn der Chat mit

Nils gefällt mir. Er fühlt sich so mühelos an und gar nicht verkrampft. Ah, da kommt die nächste Nachricht.

NILS: Ich wollte dich nicht bedrängen. Tut mir leid.

FRANZI: Nein, schon gut.

NILS: Nur eine Sache noch.

FRANZI: Ja?

NILS: Wollte ich dir eigentlich erst sagen, wenn wir uns treffen…

FRANZI: Du hast fünf Kinder?

FRANZI: Oder bist bloß 1,50?

NILS: Mann, dir haben sie wirklich übel mitgespielt! Nein, was ich sagen wollte: Du hast echt die niedlichste Himmelfahrtsnase, die ich je gesehen habe!

»Wenn du ihn nicht willst, dann nehme ich ihn«, verkündet Lydia, nachdem ich ihr meine Chat-Unterhaltung mit Nils vorgelesen habe. »Los, gib mir seine Nummer!« Sie grabscht nach dem Laptop auf meinem Schoß, aber ich drücke ihn schützend an mich.

»Ich habe seine Nummer gar nicht.«

»Dann schreib ihm eine Nachricht und sag ihm, dass deine Freundin sich wahnsinnig gerne mit ihm treffen würde.«

»Das geht doch nicht!«

»Natürlich geht das. Wieso denn nicht? Wenn du zu doof bist, ihn dir zu krallen, dann gönn ihn wenigstens mir. Deiner besten Freundin!« Sie klimpert mit ihren unverschämt langen, gebogenen Wimpern. »Die schon so lange einsam und allein durch ihr Leben wandelt. Zeig mir noch mal sein Foto.« Ich halte ihr den Monitor mit Nils' Bild unter die Nase, und sie seufzt verzückt. »Er sieht wirklich sehr gut aus.«

»Ja, stimmt«, gebe ich zu und betrachte noch einmal sein sonnengebräuntes Gesicht unter dem dunkelbraunen, krausen Haarschopf. »Aber das war bei den anderen auch so.«

»Also los, jetzt schreib ihm schon, dass ich ihn kennenlernen will!«

»Warum meldest du dich nicht selber bei DreamTeam an?«

»Nach dem, was dir so alles passiert ist? Nein danke! Aber stell dir mal vor, das mit Nils und mir würde was werden. Das ist mal eine Geschichte!«

»Aber Nils kennt dich doch überhaupt nicht. Und er mag nun mal mich. Und meine Himmelfahrtsnase«, sage ich nicht ohne einen gewissen Stolz. »Deine Nase ist schnurgerade.« Mit zusammengekniffenen Augen begutachte ich Lydias perfektes Profil. »Die wird ihm sicher nicht gefallen.«

»Das weißt du doch gar nicht.« Sie ist nicht im Mindesten beleidigt. Aber warum sollte sie auch? Schließlich ist Lydia wunderschön. Und um ihr perfektes kleines Näschen habe ich sie immer glühend beneidet, wenn mir die Jungs auf dem Schulhof Steckdose hinterherriefen (weil man ein ganz kleines bisschen in meine Nasenlöcher reingucken kann). »Lass es mich wenigstens mit ihm versuchen.«

»Das geht nicht«, sage ich störrisch.

»Und warum nicht?«

»Weil …«, ich zucke hilflos mit den Schultern, »was ist denn, wenn er doch der Richtige für mich ist? Irgendwie ist es so einfach, sich mit ihm zu unterhalten. Zumindest im Chat. Wir haben den gleichen Humor und … auch eine sehr hohe Kompatibilitäts-Quote.«

»Ich dachte, du glaubst da nicht mehr dran.«

»Tue ich auch nicht. Aber irgendwas Wahres wird ja wohl dran sein. Und wenn du jetzt mit ihm was anfängst …«

»Wenn er dein Mann ist, dann werdet ihr auch zusammenkommen.«

»Ja, aber um welchen Preis? Du bist meine beste Freundin. Ich kann dir nicht den Freund ausspannen. Selbst wenn er mein Seelenpartner ist.«

»Also, du kommst ja vielleicht auf Ideen. Aber ich muss sagen, ich bin gerührt.«

»Stell dir das bloß mal vor«, steigere ich mich in meine Fantasie hinein, »ich würde mein Leben lang alleine bleiben, meine große Liebe unserer Freundschaft opfern. Da könnte man glatt einen Roman drüber schreiben.«

»Aber vielleicht würde ich ja auch jung sterben und euch auf dem Totenbett meinen Segen geben!«

»Sag so was nicht.« Ich haue ihr auf den Unterarm. »Das ist nicht witzig. Klopf auf Holz, aber sofort.«

»Schon gut«, mit den Fingerknöcheln pocht sie ein bisschen uninspiriert auf meinen Couchtisch, »ich dachte, wir erfinden Geschichten.«

»Aber keine, in denen du stirbst.«

»Dass du dein Leben lang alleine bleibst, ist auch keine viel schönere Vorstellung!«, gibt sie kopfschüttelnd zurück. »Deshalb denke ich, dass du diesem Nils eine Chance geben solltest.«

»Aber selbstredend!«, findet auch Omi Anni, als ich ihr

beim Samstagskaffee davon erzähle. »Du musst die Kuh melken, solange sie fliegt.«

»Hä?«

»Kind, jetzt stell dich nicht dumm. Nur, weil die anderen, wie nennt man Rendezvous noch mal auf Neudeutsch?«

»Date«, wirft mein Opa Hinrich gutmütig ein.

»Richtig, weil die anderen Dates eine Katastrophe waren, willst du die Flinte in den Sack werfen?«

»Das nicht. Ich brauche nur eine Pause von all den Enttäuschungen«, schwäche ich ab.

»Nun stell dich doch nicht so an. Was kann denn dieser arme Mann dafür, dass die anderen Idioten waren?«

»Vielleicht hast du recht.«

»Klar hab ich. Was willst du tun? Den Kopf in die Tinte stecken?«

»Ganz bestimmt nicht.« Ich schüttele den Kopf und beiße mir auf die Unterlippe, um nicht loszulachen. Heute dreht meine Großmutter aber mal wieder voll auf mit ihren verhunzten Redewendungen.

»Wenn du ohne Mann glücklicher bist, fein«, sagt sie jetzt. »Glaub mir, manchmal wäre ich das auch.«

»He«, mein Großvater macht ein entrüstetes Gesicht und sie lächelt ihn verschmitzt an.

»Aber nur sehr selten.« Sie wirft ihm einen Luftkuss zu und wendet sich wieder an mich. »Was ich sagen will: Für mich musst du keinen Mann finden. Ich weiß, deine Mutter sieht das ein bisschen anders. Ich dagegen halte eine Frau auch ohne Ring am Finger für einen vollwertigen Menschen. Aber wenn du eigentlich gerne jemanden an deiner Seite hättest, solltest du dich von solchen Rückschlägen nicht abhalten lassen.«

»Ja, ja, schon gut«, murre ich, »wenn Nils wirklich der Mann für mich ist, dann wird er in ein paar Wochen auch noch da sein.«

»Oh, oh, wenn du dich da mal nicht täuschst.« Sie wirft meinem Opa einen bedeutungsschweren Blick zu. »Das hat dein Großvater nämlich auch mal gedacht.«

»Ich wusste, dass du heute noch darauf herumreiten wirst«, stöhnt dieser. Neugierig sehe ich von einem zum anderen.

»Wie du ja weißt, kennen Hinrich und ich uns schon seit der Schulzeit«, beginnt Omi zu erzählen, und ich lehne mich entspannt auf dem durchgesessenen Sofa zurück. Ich liebe es, ihren Geschichten von früher zu lauschen. »Nach unserem Abschluss habe ich eine Ausbildung bei der Hamburg-Amerika-Linie gemacht und er hat Medizin studiert. In Bremen.«

»Da konnte ich doch nichts für. Ich konnte mir das damals doch nicht aussuchen«, verteidigt sich mein Großvater.

»Natürlich nicht. Dagegen hatte ich ja auch nichts. Ich hatte vielmehr etwas dagegen, dass du dich mehr für die Anatomie deiner einzigen weiblichen Mitstudentin interessiert hast als für die des Menschen im Allgemeinen.«

»Ich versuche dir seit sechzig Jahren klarzumachen ...«

»Und genauso lange versuche ich dir klarzumachen, dass ich nicht mit Blindheit geschlagen bin. Oder war.«

»Es war nur ein harmloser Flirt«, sagt Opa Hinrich in meine Richtung und hebt entschuldigend die Schultern.

»Ein Flirt, der ihn leider kurzzeitig hat vergessen lassen, dass er in Hamburg schon eine Freundin hatte.« Mit offenem Mund sehe ich von einem zum anderen. Da tun sich ja plötzlich Abgründe auf. Ich habe meine Großeltern immer für das absolute Traumpaar gehalten und konnte mir nicht vorstellen, dass sie sich jemals über etwas Wichtigeres als vielleicht eine nicht zugeschraubte Zahnpastatube gestritten haben.

»Wir haben nur zusammen gelernt, Luise und ich.«

»Ja, so kann man es auch nennen«, unterbricht ihn Omi trocken. »Ich jedenfalls habe mir das eine Weile mit angeguckt und mich dann anderweitig verlobt.«

»Du hast *was?*«, frage ich entsetzt.

»Vielen Dank, liebste Enkeltochter«, mein Großvater nickt heftig, »so ungefähr habe ich auch geguckt, als ich davon erfahren habe.« Zuckersüß lächelt Omi ihn an, um dann in meine Richtung fortzufahren: »Erst war er ziemlich lange beleidigt. Ich glaube, wir haben sicher drei Monate nichts voneinander gehört.«

»Ich stand direkt vor dem Physikum!«

»Das muss doch ein Spaziergang gewesen sein, so viel, wie du mit Luisa zusammen *gelernt* hast.«

»Sie hieß Luise.«

»Richtig, richtig, mein Fehler.«

»Und wie ging es weiter?«, frage ich neugierig und vergesse vor lauter Aufregung glatt, meinen Tee zu trinken.

»Ich habe einen Hochzeitstermin festgelegt und dafür gesorgt, dass Hinrich davon erfährt«, erklärt Omi triumphierend.

»Und daraufhin bin ich mit dem Fahrrad von Bremen nach Hamburg gefahren.«

»Wieso denn mit dem Rad?«, frage ich verständnislos.

»Ich war ja Student damals und bettelarm. Ich konnte mir entweder die Zugfahrkarte leisten – oder den Verlobungsring.«

»Oooh«, quietsche ich. Wie romantisch ist das denn bitteschön? »Fast sieben Stunden bin ich unterwegs gewesen.« Er wirft sich stolz in die Brust.

»Und du sahst wirklich ziemlich mitgenommen aus.«

»Du warst es wert.«

»Das will ich meinen.« Zärtlich sehen sie einander an, und ich muss vor lauter Rührung schlucken. »Du hättest ihn sehen sollen. Er starrte vor Schmutz und gerochen hat er auch nicht besonders gut.«

»Aber du hast ja gesagt.«

»Natürlich.«

»Und der andere?«, fällt mir in diesem Moment ein. »War er nicht schrecklich verletzt?«

»Wilhelm? Das mit uns wäre sowieso nicht gut gegangen. Und er hat sich ziemlich schnell getröstet. Wie hieß sie noch gleich?«

»Lore«, wirft mein Opa hilfreich ein.

»Ja, dein Namensgedächtnis ist bewundernswert«, sagt sie mit leisem Spott. »Genau. Lore. Das war eine ganz merkwürdige Person. Aber ihm schien sie zu gefallen. Wie ich immer sage: Auf jeden Topf passt eine Faust.«

Ganz schön aufregend, denke ich, während ich an diesem Abend gemütlich die Elbchaussee entlang nach Hause tuckere. Ich kenne meine Großeltern schon so lange als glückliches Ehepaar, dass ich mir nie überlegt habe, dass sie auch mal jung waren und es vielleicht nicht immer so klar und harmonisch zwischen ihnen lief wie heute. Natürlich denke ich auch über Nils nach. Und wenn wir wirklich füreinander geschaffen sind? Ich will jetzt nicht wieder auf den 93 Prozent herumreiten, aber vielleicht sollte ich ihn mir wenigstens mal ansehen? In diesem Moment unterbricht der Radiomoderator von *Oldie 95* meine Gedanken:

»*Oldie 95!* Gute-Laune-Hits der 60er, 70er und 80er! Guten Abend! Und was für ein Abend ist das, hier im sonnigen Hamburg. Das war ›Eye of the Tiger‹ von Survivor, bekannt aus dem Film ›Rocky III‹ von 1982. Jetzt kommt eine der populärsten Musikgruppen der siebziger Jahre. Unter anderem gewannen sie den Eurovision Song Contest des Jahres 1974. Sie wissen schon, von wem ich spreche. Hier sind Abba und ihr Hit ›Take a chance on me‹«.

»If you change your mind, I'm the first in line. Honey, I'm still free, take a chance on me«, erklingt es vierstimmig aus meinen Lautsprecherboxen, während mir durch das geöffnete Fenster der warme Fahrtwind um die Nase weht und ich mich ernsthaft frage, ob mir da oben gerade irgendjemand einen dezenten Hinweis mit dem Zaunpfahl geben will.

Zu Hause angekommen schleiche ich um meinen Computer herum, ohne mich recht zu einer Entscheidung durchringen zu können. Trotzdem gehe ich noch mal auf die Seite von DreamTeam. Es schadet schließlich nicht, mir Nils noch einmal anzuschauen. Wenn er mich nicht inzwischen blockiert hat, fällt mir plötzlich siedend heiß ein. Einen Nils R. in einer Großstadt wie Hamburg wiederzufinden, dürfte ziemlich schwierig werden. Dagegen war selbst die 120-Kilometer-Fahrradtour von Opa Hinrich ein Klacks. Erleichtert stelle ich fest, dass ich Nils' Profilseite weiterhin problemlos besuchen kann. Außerdem habe ich eine neue Nachricht in meinem Postfach.

Von: Nils R.
Betreff: Himmelfahrtsnase
An: Franzi M.

Hallo Franzi,
ich will ehrlich zu dir sein: Eigentlich interessierst du mich gar nicht. Es geht mir viel mehr um deine Nase. Sie ist einfach wirklich süß und ich möchte sie gerne kennenlernen. Leider liegt es in der Natur der Sache, dass es euch beide nur im Doppelpack gibt. Es wäre einfach nett, wenn du uns die Möglichkeit geben würdest, einander zu treffen. Ich verspreche auch, mich lediglich mit ihr zu unterhalten und sämtliche deiner anderen Körperteile komplett zu ignorieren. Und? Was hältst du davon?
Liebe Grüße,
Nils

Vor mich hin grinsend lese ich die Nachricht ein weiteres Mal. So ein Spinner! Aber vielleicht sollte ich meine hinreißende Nase tatsächlich auf ein Date mit ihm schicken. Was kann schon groß passieren? Gerade setze ich dazu an, ihm eine Antwort zu schreiben, als es an der Tür klingelt.

»Hallo?«, frage ich in den Hörer der Sprechanlage.

»Pizzaservice!«

»Ich habe keine Pizza bestellt.«

»Pizzaservice.«

»Ja, ich habe Sie gehört. Aber ich habe nichts bestellt.«

»Ist eine Promotion-Aktion.«

»Was, ehrlich?«, frage ich erfreut, weil ich sowieso für heute Abend noch Pizza bestellen wollte. Um mich damit auf die Couch zu fläzen und mir zum gefühlt fünfzigtausendsten Mal »Wie ein einziger Tag« anzuschauen. Ja, ich gebe es zu, besonders wild und gefährlich ist meine Samstagabend-Gestaltung nicht. »Das ist aber nett. Kommen Sie rauf.« Damit drücke ich den Türöffner. Schnellen Schrittes erklimmt jemand die Stufen zu meiner Wohnung. Eins steht fest: Dieser Pizzabote ist definitiv kein Asthmatiker. Was wohl drauf ist auf der Pizza? Ich esse ja am liebsten Schinken und Ananas. Und wieso sollte mir das Universum, das es ja heute offensichtlich sehr gut mit mir meint, diesen Gefallen nicht tun? Als der Mann die letzten Treppenstufen nimmt, klappt mir die Kinnlade herunter.

»Du?«

»Hallo«, sagt Fred und grinst irgendwie verlegen. »Pizza gefällig?« Damit hält er mir den riesigen Karton entgegen.

»Haben sie dich beim *Womanizer* rausgeworfen?«, erkundige ich mich spöttisch.

»Die können mich gar nicht rauswerfen, weil ich freiberuflich arbeite. Ich schreibe übrigens auch für den *Focus*.«

»Gratuliere. Das erklärt immer noch nicht, warum du mir Pizza bringst.«

»Ach, nur so. Beim letzten Mal hab ich die vielen Kartons in deinem Flur gesehen. Deshalb dachte ich, mit Pizza könnte man dir vielleicht eine Freude machen.«

»Soso.« Ich muss wirklich dringend mal wieder zum Altpapiercontainer.

»Darf ich reinkommen?«

»Nein.«

»Komm schon.«

»Nein!«

»Okay, dann eben nicht. Nimm wenigstens den Karton. Es ist nämlich gar keine Pizza drin. Sondern eine Vorladung.« Damit drückt er mir den Karton in die Hand. Ich muss wohl oder übel zugreifen, damit er nicht herunterfällt.

»Hä?« Verständnislos sehe ich ihn an.

»Du musst vor Gericht! Wegen schwerer Körperverletzung«, erklärt er mir mit unbewegter Miene. »Ich habe nach deinem Fausthieb so viel Blut verloren, dass ich eine Transfusion brauchte.«

»Aber ich habe gar nicht mit der Faust zugeschlagen. Es war nur ein Reflex. Das kann doch nicht dein Ernst sein«, sage ich nun doch ziemlich entsetzt.

»Natürlich nicht. Das war ein Witz!«

»Du bist so ein Blödmann.« Obwohl ich nicht mal die Hand erhebe, weicht er vor mir zurück und hebt schützend die Arme vor sein Gesicht.

»Nein, bitte nicht wieder schlagen.«

»Wirklich komisch.«

Er lässt die Hände sinken und lächelt verschmitzt.

»Lässt du mich jetzt bitte rein? Nur ein paar Minuten. Ich muss dir was sagen! Außerdem wird die Pizza kalt.« Noch immer ein wenig unentschlossen wiege ich den Kopf hin und her.

»Welche Sorte ist es denn?«

»Hawaii. Die isst du doch immer, oder?«

»Du hast meinen Altpapierstapel ja ziemlich genau unter die Lupe genommen, was? Na schön. Komm rein.«

Ich gehe voran ins Wohnzimmer und schließe im Vorbeigehen noch schnell meinen Laptop, um Fred nicht eine weitere Gelegenheit zu geben, mich zu verspotten.

»Willst du auch ein Stück?«

»Nein danke. Ich hab schon gegessen. Außerdem bin ich Vegetarier.«

»Ehrlich?« Ich werfe ihm einen erstaunten Blick zu. »Ich hätte geschworen, dir geht nichts über ein blutiges Steak. Gehört das nicht zum Mannsein dazu?«

»Durchaus nicht«, übergeht er meinen provokativen Unterton, »für mich hat es überhaupt nichts mit Männlichkeit zu tun, eine Industrie zu unterstützen, die Tiere quält, die Umwelt zerstört und nicht zuletzt auch die Menschen selbst krank macht.«

»Bestimmt nicht kränker als Zigaretten!«

»Na schön«, gibt er zu, »da hast du wahrscheinlich recht. Aber die Grausamkeit gegen die armen Tiere reicht als Argument auch vollkommen aus. Hast du mal gehört, wie ein Schwein in Todesangst schreit?«

»Danke für den Vortrag.« Konsterniert sehe ich auf das angebissene Pizzastück in meiner Hand. »Du verstehst es wirklich, einem den Appetit zu verderben.«

»Das war nicht meine Absicht. Aber du hast schließlich gefragt.«

»Jetzt sag endlich, warum du hier bist.« Ich beginne, die Schinkenstücke von der Pizza herunterzupflücken. »Ich habe noch was anderes vor.«

»Ja, ich sehe schon.« Grinsend hält er die Hülle von »Wie ein einziger Tag« in die Höhe.

»Na komm, spuck's aus«, sage ich gottergeben. »Dazu hast du doch bestimmt auch wieder einen blöden Spruch auf Lager.«

»Den Film fand ich super. Sehr bewegend. Ich hab noch nie so geheult im Kino.«

»Du hast geheult?« Misstrauisch sehe ich ihn an. Der will mich doch auf den Arm nehmen.

»Wie ein Schlosshund. Also, was ich sagen wollte«, wechselt er übergangslos das Thema, »es tut mir ehrlich leid wegen neulich.« Vor Überraschung bleibt mir fast der Bissen im Halse stecken. Aber es wird noch besser: »Ich gebe zu, dass ich dich provozieren wollte, aber ich bin da wohl zu weit gegangen. Und dass ich dich dann … angefasst habe, …obwohl du nackt warst und so, also … das war einfach nicht … Was ich sagen will: Ich kann total verstehen, dass du mir eine reingehauen hast.« Sichtlich befreit sieht er mich an. »Verzeihst du mir?« Ich bin zu verblüfft, um irgendetwas zu sagen. »Ich weiß, das war unmöglich von mir. Aber du musst mir glauben, ich wollte dir nichts tun. Ehrlich nicht. Das würde ich niemals. Schon gar nicht, wenn die Frau so einen rechten Haken hat.« Er grinst und fasst sich vorsichtig an die Nase.

»Mir tut's auch leid.«

»Es war verdient. Also?«

»Dir ist vergeben«, sage ich grinsend.

»Danke. Das erleichtert mich ungemein. Und ich habe auch ein Geschenk mitgebracht. Als Zeichen meiner Reue.« Damit öffnet er den Reisverschluss seiner Jacke. Erst jetzt fällt mir auf, dass er darunter irgendwie unförmig aussieht. Heraus purzelt ein Teddybär. »Hoppla, hiergeblieben.« Mit einem schnellen Griff bewahrt Fred ihn vor dem Absturz von meinem Sofa und hält ihn mir hin. Aus großen Knopfaugen schielt der Teddy zu mir hoch, auf seinen Ohren prangen altmodische, dunkelgrüne Kopfhörer.

»Der ist ja süß.« Ich muss zugeben, dass ich ein bisschen gerührt bin.

»Er heißt Freddy.«

»Klar. Wie auch sonst?« Spöttisch sehe ich Fred an, kann aber nicht widerstehen, nach dem Stoffbären zu greifen. Er ist so flauschig wie ein junges Kätzchen. »Und Freddy steht wohl nicht auf etwas unauffälligere Kopfhörer?«

»Er hört den ganzen Tag lang Queen. Deshalb auch sein Name. Nach Freddy Mercury. Was dachtest du denn? Etwa, dass ich ein Egomane bin?«

»Selbstverständlich nicht«, sage ich ironisch.

»Queen kommt nur mit solchen Kopfhörern richtig gut.«

»Und was hört er gerade?« Ich halte mein Ohr an die Kopfhörer.

»Love me like there's no tomorrow«, erklärt Fred wie aus der Pistole geschossen.

»Ehrlich? Nicht ›Love kills‹?«

»Oh, du kennst dich aus mit Queen. Das ist gut. Dann werdet ihr euch gut verstehen. Aber daran hatte ich sowieso nicht gezweifelt. Ihr seid ein Dream-Team. Du kannst ihm die Ohren vollquaken, und er bleibt immer ganz entspannt.«

»Ich dachte, du wolltest dich entschuldigen. Stattdessen beleidigst du mich.«

»Du hast recht. Das nehme ich zurück. Ihr seid ein Dream-Team, weil ihr beide so niedlich seid. Und euch verdammt gut anfühlt. Jeder auf seine Art.« Damit lässt er sich auf die Couch zurücksinken und nimmt wieder die DVD-Hülle in die Hand. »Was dagegen, wenn ich mitgucke?«

»Wie ein einziger Tag« ist mein Lieblingsfilm, dennoch fällt es mir heute schwer, mich auf die Liebesgeschichte zwischen Ally und Noah zu konzentrieren. Fred hat nämlich seinen Arm um mich gelegt, mein Kopf ruht auf seiner Brust und hebt sich bei jedem Schluchzer. Nicht meinem! Seinem! Der Mann heult tatsächlich wie ein Schlosshund. Irgendwie finde ich das ja rührend. Aber auch ziemlich komisch. Als er jetzt auch noch einen wimmernden Laut von sich gibt, als Ally Noah scheinbar für immer verlässt, ist es um meine Selbstbeherrschung geschehen. Ich schütte mich regelrecht aus vor Lachen.

»Worüber lachst du denn?«, nuschelt Fred nasal. »Das ist doch schrecklich traurig.«

»Oh, oh«, keuche ich und halte mir die Seite. »Ich habe mir gerade vorgestellt, was deine Leser vom *Womanizer* sagen würden, wenn sie dich jetzt sehen könnten.«

»Das ist doch wieder typisch«, schnieft er, »da zeigt man als Mann mal Gefühle und schon wird man ausgelacht.«

»Tut mir leid«, sage ich, immer noch kichernd, und reiche ihm ein Taschentuch, »aber es ist einfach zu komisch.«

»Ich bin kein Klotz.« Geräuschvoll putzt er sich die Nase und trocknet seine Tränen.

»Das hast du bisher ziemlich gut verborgen.«

»Du bist ja ganz schön frech«, bemerkt er und zieht mich zu sich heran.

»He, was wird das denn?« Er nähert sich meinem Gesicht und hält kurz inne, bevor sich unsere Lippen treffen.

»Na, was glaubst du wohl?«

»Du willst mich küssen?«, frage ich unschuldig.

»Kluges Mädchen! Jetzt mach mal schön deine Augen zu!« Aber ich denke gar nicht daran. Stattdessen sehe ich ihn herausfordernd an.

»Ich will aber nicht mit dir schlafen.«

»Das musst du ja auch nicht.«

»Diesmal meine ich es ernst«, warne ich ihn, »beklag dich hinterher bloß nicht über … blaue Eier.«

»Blaue Eier?« Er lehnt sich ein Stück zurück und sieht mich mit hochgezogenen Augenbrauen an.

»Ja, blaue Eier. Es gibt Geschlechtsgenossen von dir, die

glauben, dass sie bei einer Frau zum Zug kommen, indem sie über ihre blauen Eier jammern. Vielleicht solltest du da mal eine Kolumne drüber schreiben.«

»Also, ich verspreche, meine blauen Eier stumm zu erdulden. Darf ich dich jetzt endlich küssen?«

Wir knutschen ungefähr eine Stunde lang, ohne dass Fred auch nur meine Brüste berührt. Dann geht er runter und holt an der Tankstelle eine Flasche Rotwein und Kartoffelchips. Wir trinken und knuspern und reden und knutschen bis tief in die Nacht hinein.

»Ich muss ins Bett«, sage ich um halb vier, als mir zum wiederholten Mal die Augen zufallen, und warte auf den sowieso schon längst überfälligen schlüpfrigen Kommentar. Aber Fred erhebt sich sofort brav von meinem Sofa.

»Das war ein schöner Abend.«

»Ja, fand ich auch.«

»Sollen wir das morgen wiederholen? Wir könnten ins Kino gehen.«

»Äh. Okay.«

»Also dann.« Er schnappt sich seine Jacke und geht voraus in den Flur. Ich greife mir Freddy und folge ihm ein bisschen irritiert. »Bis morgen.« Er beugt sich zu mir runter und küsst mich leicht auf den Mund.

»Ha! Jetzt verstehe ich«, platzt es aus mir heraus.

»Was verstehst du?«

»Das ist wieder so eine Masche von dir, stimmt's? Der sensible Frauenversteher.«

»So ein Quatsch!«

»Aber warum bist du sonst heute so anders? So nett?« Er zuckt mit den Schultern und nimmt mein Gesicht in beide Hände. »Vielleicht mag ich dich einfach?«

Kapitel 12

Eine Stunde vor meiner Verabredung mit Fred bin ich so nervös, dass es sich anfühlt, als würden Heerscharen von Ameisen über meinen Körper laufen. Und dann bekomme ich auch noch wie aus heiterem Himmel einen allergischen Anfall. Nachdem ich fünfzehn Mal am Stück geniest habe, hat sich meine sorgfältig aufgetragene Wimperntusche in meinem ganzen Gesicht verteilt, und ich sehe mir aus verquollenen, roten Kaninchenaugen im Spiegel entgegen. Das sind ja tolle Aussichten. Hektisch krame ich in meiner Medikamentenschublade nach einem Anti-Histamin. Während ich auf die Wirkung warte, schminke ich mich ab, um dann wieder von vorne zu beginnen. Schon ereilt mich ein weiterer Niesanfall, außerdem jucken meine Augen unerträglich. Merkwürdig. Normalerweise wirken die Medikamente sofort. Prüfend nehme ich den Tablettenstreifen in die Hand. Verdammt. Das darf doch nicht wahr sein. Wie dumm kann ein Mensch sein? Aber sosehr ich die Packung auch drehe und wende, es ist unbestreitbar: Statt meines Allergie-Medikaments habe ich eine doppelte Dosis von dem Schlafmittel eingenommen, das ich mir nach der Trennung von Fabian in der Apotheke gekauft hatte. Das darf doch nicht wahr sein. Was mache ich denn jetzt? Okay, Franzi, ganz ruhig. Eins nach dem anderen. Als Erstes nehme ich jetzt mal das Anti-Histamin. Und dann mache ich mir einen starken Espresso. Das wird schon gehen. Vielleicht ist dieses Missgeschick ja sogar eine glückliche Fügung des Schicksals. Die Nervosität, die mich den ganzen Tag über fest im Griff hatte, scheint auf jeden Fall mehr und mehr aus meinem Körper herauszusickern. Wahrscheinlich hat das Zeug einfach eine entspannende Wirkung auf mich, und das kann ja nicht schaden. Ich verstehe sowieso nicht, warum mich die Aussicht auf eine Verabredung mit Fred so dermaßen aus den Schuhen haut. Schließlich kann ich ihn nicht mal besonders gut leiden. Also, ein bisschen schon, irgendwie. Er ist unbestritten unterhaltsam und zudem ziemlich gutaussehend mit diesen schönen grünen Augen und dem schlanken Körper. Außerdem ist er toll im Bett und offensichtlich, den Beweis hat er ja gestern erbracht, sehr viel sensibler, als man zunächst vermuten würde. Und dass er mir Freddy geschenkt hat, der mittlerweile seinen Platz auf meinem Nachttisch eingenommen hat, war ja wirklich süß von ihm. Gerade noch rechtzeitig, bevor ich richtig ins Schwärmen komme, meldet sich zum Glück eine andere Stimme in meinem Kopf und erinnert mich daran, dass Fred einen ausgesprochen niederträchtigen Artikel über mich im *Womanizer* veröffentlicht hat. Außerdem gab es doch noch tausend andere Gründe, weshalb ich ihn blöd fand. Dummerweise kann ich mich an die bloß gerade nicht erinnern. Ich bin nämlich müde. Todmüde. Du meine Güte, das Zeug hat es aber wirklich in sich. Ich schleppe mich zur Espressomaschine und trinke zwei Tassen auf ex. Es nützt leider kaum etwas. Mit schwerer Hand und noch schwereren Lidern vollende ich mein Make-up und will mich gerade noch mal für fünf Minuten auf die Couch legen, als es an der Tür klingelt. Ich bin so vollgepumpt, dass mein Herz, das vorhin von einem Salto mortale in den nächsten gehechtet ist, sich nicht einmal mehr zu einem erregten, kleinen Hüpfer aufrappeln kann. Der Weg bis in meinen Flur ist endlos. Jetzt vier Stockwerke runterzugehen, übersteigt nicht nur meine Vorstellungskraft.

»Fred?«, frage ich mit schleppender Stimme in den Hörer der Gegensprechanlage.

»Hallo!« Er klingt munter. Geradezu aufgedreht. Oje. »Kommst du runter?«

»Äh, nein, ich …, würdest du bitte mal hochkommen?«

»Na klar. Aber der Film fängt bald an.«

»Ich weiß.« Eine Minute in einem dunklen Raum, und ich falle in einen hundertjährigen Schlaf. So viel ist sicher. Ich öffne die Wohnungstür und höre zu, wie Fred dynamisch, immer zwei Stufen auf einmal nehmend, die Treppen erklimmt. Eine Minute später steht er vor mir. Er lächelt strahlend, als würde er sich richtig freuen, mich zu sehen. Aber ich bin viel zu müde, um das jetzt irgendwie zu interpretieren.

»Wie siehst du denn aus?« Sein Lächeln weicht einem Ausdruck von Besorgnis. »Geht's dir nicht gut?« Mein erster Impuls ist, ihm was von Migräne zu erzählen. Aber das klingt so abgedroschen und offensichtlich nach Ausrede, dass ich es nicht über mich bringe. Also sage ich ihm die Wahrheit. Wie nicht anders zu erwarten, lacht er mich erst mal ein bisschen aus. Dann zieht er ganz selbstverständlich seine Jacke aus, hängt sie über meine Garderobe und schiebt mich in Richtung Wohnzimmer. »Ist doch kein Problem. Dann legst du dich jetzt einfach ein bisschen hin und schläfst 'ne Runde, und vielleicht schaffen wir es ja noch in die Spätvorstellung.«

»Das geht doch nicht«, protestiere ich halbherzig, während er mich mit sanfter Gewalt auf das Sofa drückt. »Und was machst du in der Zwischenzeit?«

»Ich finde in deinem DVD-Regal bestimmt irgendeine Liebesschnulze, mit der ich mir die Zeit vertreiben kann.« Er greift nach der Kuscheldecke, die über der Sofalehne hängt, und deckt mich sorgfältig damit zu. Erleichtert schließe ich die Augen und spüre, wie er sich über mich beugt und sagt: »Oder ich sitze einfach hier und wache über deinen Schlaf.« Gut möglich, dass ich den letzten Teil nur geträumt habe.

Als ich wieder aufwache, ist es stockdunkel im Zimmer, und ich brauche einen Moment, um mich zu orientieren. In der Wohnung ist es vollkommen still.

»Fred?« Mühsam richte ich mich halb auf und spüre, wie etwas von meiner Brust hinunterkullert. Auf dem Holzboden liegend, alle viere von sich gestreckt, sieht Freddy vorwurfsvoll zu mir hoch. »'tschuldigung.« Ich hebe ihn auf und sehe auf die digitale Zeitanzeige des DVD-Recorders. Es ist vier Uhr in der Nacht. Von Fred keine Spur. Nicht mal ein Zettel auf dem Couchtisch. Ich spüre, wie die Enttäuschung in mir hochkriecht. Außerdem könnte ich mir nun, da ich ausgeschlafen und wieder voller Energie bin, für die dumme Schlafmittel-Aktion in den Hintern treten. Wie kann man bloß so dämlich sein? Jetzt kann ich es ja zugeben: Ich hatte mich auf den Abend mit Fred gefreut. Warum, ist mir selbst immer noch nicht klar, aber so war es. Und nun habe ich die Chance im wahrsten Sinne des Wortes verpennt. Wie lange Fred wohl neben mir ausgeharrt hat, bis er gemerkt hat, dass mit mir Murmeltier heute nichts mehr anzufangen ist? Auf dem

Tisch vor mir liegen die DVD-Hüllen von »P.S. Ich liebe Dich« und »Die Frau des Zeitreisenden«. Daneben diverse zerknüllte Taschentücher. Da hat der Herr wohl auch ohne mein Zutun einen emotionalen Abend verlebt. »Und hat er mit dir gekuschelt?«, frage ich Freddy und lache bei der Vorstellung leise in mich hinein. Der Ausdruck »harte Schale, weicher Kern« bekommt bei Fred eine vollkommen neue Dimension. Steifbeinig erhebe ich mich und wanke ins Schlafzimmer. Aber da liegt schon einer. Quer über das Bett hingegossen, die Bettdecke zu einem Wulst an seinen Füßen zusammengeschoben und nur mit blau-weiß-gestreiften Boxershorts bekleidet. Ich freue mich so, ihn zu sehen, dass ich mit einem Satz neben ihm lande. Aber meine Zielsicherheit scheint durch die Medikation noch stark beeinträchtigt zu sein. Jedenfalls stößt Fred einen Schmerzensschrei aus und ein paar Rippen knacken bedrohlich.

»Uff! Willst du mich umbringen?«, stöhnt er.

»Stell dich nicht so an.« Seine körperliche Nähe macht mich nun vollends wach, und ich rolle mich auf ihn. Seine Hände umfassen meine Taille.

»Na, ausgeschlafen, Dornröschen?«

»Klar. Jetzt bin ich fit.«

»Kann ich von mir nicht behaupten.«

»Ach, das wird schon.« Ich setze mich auf ihn und knöpfe langsam meine Bluse auf.

»He, was machst du denn da?«

»Wonach sieht es denn aus? Ich ziehe mich aus!« Die Bluse gleitet von meinen Schultern, dann löse ich die Schleife, die meinen Wickelrock zusammenhält, und halte ihn gleich darauf in der Hand.

»Sehr praktisch«, lobt Fred. »Wenn ich es nicht besser

wüsste, würde ich dir glatt unterstellen, dass deine Absichten heute Abend alles andere als ehrenwert waren. Und diesmal passen ja sogar Höschen und BH zusammen!«

»Sei nicht so frech!« Mit Schaudern erinnere ich mich an den verwaschenen Liebestöter mit den Segelschiffen drauf, in dem er mich an unserem ersten Abend gesehen hat. Dementsprechend habe ich mir heute, quasi als Wiedergutmachung, meine schöne, schwarze Spitzenunterwäsche angezogen.

»Tut mir leid, dich enttäuschen zu müssen«, sagt er, gerade als ich mich zu ihm runterbeugen will, um ihn zu küssen, »aber ich bin kein Mann für eine Nacht.«

»Ist ja auch schon unsere dritte.«

»Aber es ist unsere erste richtige Verabredung. Und ich schlafe nicht bei der ersten Verabredung mit einer Frau. Da hab ich meine Prinzipien.«

»Ja, sehr witzig.«

»Ich meine es ernst.« Konsterniert sehe ich ihn an und als er mich dann auch noch sanft von sich runterschiebt, werde ich ein bisschen sauer. Was fällt dem denn ein? Wozu habe ich meine schönste Spitzenwäsche angezogen? Um jetzt bei einem Kerl abzublitzen, der sonst alles vögelt, was nicht bei drei auf den Bäumen ist?

»Sag mal, hast du sie noch alle?«, fauche ich ihn an.

»Ist ja schon gut. Wenn es dir so viel bedeutet, dann schlafe ich eben mit dir.« Er schnappt mich, und ehe ich richtig weiß, wie mir geschieht, liege ich unter ihm. Er blickt auf mich runter, in seinen grünen Augen eine Mischung aus Zärtlichkeit und leisem Spott. »Aber unter Protest«, flüstert er, bevor er mich küsst.

Wir hören erst auf, als uns die Kondome ausgehen. Das klingt jetzt allerdings um einiges wilder, als es ist, denn er hatte nur zwei dabei.

»Glaubst du mir jetzt, dass ich nicht zum Vögeln vorbeigekommen bin?«

»Na klar, du wolltest nur kuscheln«, ziehe ich ihn auf und dränge mich an seinen nackten, warmen Körper.

»Du brauchst gar nicht ironisch zu werden. Ich bin hochsensibel!«

»Na klar.«

»Auch Männer brauchen Liebe.«

»Liebe?« Da werde ich ja nun doch hellhörig. »Hab ich das eben richtig gehört? Aus deinem Mund?«

»Nein, du hast dich verhört.«

»Ja, schon klar.« Ich schmiege mich an seine Brust und male mit dem Zeigefinger Kreise auf seinen flachen Bauch. »Du, sag mal …«

»Hm?«

»Hast du am 13. Juli schon was vor?«

»Keine Ahnung. Das ist ja noch ewig hin.«

»Schon, aber …«

»Was ist denn da? Etwa dein Geburtstag?«

»Erraten. Und außerdem heiratet meine Schwester.«

»An deinem Geburtstag?«

»Frag nicht. Jedenfalls … Hättest du vielleicht Lust, mitzukommen?«

»Auf die Hochzeit?«

»Nur, wenn du Lust hast«, rudere ich zurück, weil sich seine Körperspannung merklich verändert hat. Aber es ist zu spät. Er schiebt mich von sich und richtet sich halb auf.

»Was wird das? Willst du Mama den zukünftigen Schwiegersohn präsentieren?«

»Ganz bestimmt nicht.« Ich rücke ebenfalls von ihm ab und ziehe schutzsuchend die Decke um mich. »Reg dich wieder ab. War ja nur so eine Idee.«

»Eine Schnapsidee war das.«

»Ist gut, ich habe verstanden.«

»Offensichtlich ja nicht. Das ist echt mal wieder typisch Frau. Warum muss bei euch eigentlich immer alles jetzt und sofort passieren?«

»Also pass mal auf«, der letzte Rest von romantischer Stimmung ist verflogen, »erstens bin ich nicht ›ihr‹ und …«

»Doch, bist du wohl. Du benimmst dich wie jede andere Frau auch.«

»Lass mich doch mal ausreden.«

»Wieso könnt ihr nicht einfach mal abwarten und sehen, was passiert?«

»Du sollst aufhören, mich im Plural anzusprechen«, sage ich mit erhobener Stimme.

»Ist euch nicht klar …«

»FRED! HÖR AUF DAMIT!«

»Ist dir nicht klar, dass du jedes aufkeimende Gefühl im Keim erstickst, wenn du mich sofort mit irgendwelchen Forderungen überrollst?«

Ich komme mir so ungerecht behandelt vor, dass mir vor Wut die Tränen kommen. »Aber ich habe gar nichts gefordert«, versuche ich mich zu verteidigen, »ich hab doch bloß gefragt, ob …«

»Manche Fragen verkneift man sich einfach besser.«

»Du sollst mich ausreden lassen«, schreie ich ihn an.

»Na, dann sag halt!« Mit verschränkten Armen sitzt er da und sieht mich an. In seinen Augen ist nichts mehr von der Wärme, die ich gestern Abend noch darin sehen konnte. Plötzlich kann ich mich wieder genau daran erinnern, warum ich ihn nicht leiden konnte. Wegen genau dieses Gesichtsausdruckes. Als wäre er über den Rest der Welt erhaben und als wären Gefühle ein Problem der anderen. In diesem Fall: meins.

»Es tut mir leid, dass ich das gefragt habe.« Kaum ist mir das rausgerutscht, bereue ich es auch schon. Dieses ständige Entschuldigen muss endlich mal ein Ende haben. »Nein, eigentlich tut es mir überhaupt nicht leid«, sage ich deshalb. »Ich habe dich nämlich nicht gefragt, ob du mich heiraten willst. Sondern nur, ob du mich auf eine Hochzeit begleiten willst. Ich weiß nicht, was daran so schlimm ist, jemanden zu einem guten Essen und einer Party im Atlantic-Hotel einzuladen? Die große Sache machst du gerade daraus. Über eins solltest du dir mal Gedanken machen: *Du* wolltest eine richtige Verabredung mit mir! *Du* hast gesagt, dass du mich magst. Und *du* wolltest über meinen Schlaf wachen!«

»Was wollte ich?« Irritiert sieht er mich an. Schade. Dann habe ich das wohl doch nur geträumt.

»Streich den letzten Satz! Auf jeden Fall bist du derjenige, der hier die ganze Zeit gemischte Signale von sich gibt.«

»Was heißt denn hier gemischte Signale? Mein Gott, nur weil ich mal nett zu dir bin?«

»Auch Männer brauchen Liebe?«, frage ich spitz.

»Ich wusste, dass du darauf herumreiten würdest. Offensichtlich haben wir einfach nicht den gleichen Humor.«

»Du kannst mir erzählen, was du willst. Jeder würde mir zustimmen, dass jemand, der sich so verhält wie du in den letzten zwei Tagen, versucht, eine Beziehung mit mir aufzubauen.« Ich kann förmlich spüren, wie Fred innerlich von mir abrückt. Und zwar mindestens fünfzig Meter weit. In diesem Moment wird mir klar, dass ich es getan habe. Ich habe das böse, das verbotene Wort gesagt. Die Zauberformel, die den zärtlichen, liebenswerten Mann endgültig wieder in einen kalten, unnahbaren Mistkerl verwandelt.

»Süße, jetzt mach mal 'nen Punkt.«

Meine rechte Hand zuckt merklich. Wirklich erstaunlich, meine neu errungene Neigung zu Gewalttätigkeiten. »Süßer, wenn du nicht wieder 'ne blutige Nase riskieren willst, dann würde ich an deiner Stelle jetzt verschwinden!« Er lächelt spöttisch.

»Das wagst du nicht.«

Ich hebe die Faust und hoffe inbrünstig, dass er mich nicht zwingt, meine Drohung wahrzumachen. Beziehungsweise, meine Glaubwürdigkeit ein für alle Mal zu verlieren. Denn selbstverständlich werde ich ihm nicht noch einmal ins Gesicht schlagen. Egal, wie ätzend ich ihn finde. Egal, wie verlockend der Gedanke an das Blut ist, das aus seiner Nase spritzt. Offensichtlich reicht mein blutrünstiger Blick aus. Denn, äußerlich immer noch kühl wie ein Eisblock, springt er jetzt doch ziemlich eilig und, wie ich befriedigt feststelle, ungelenk aus dem Bett.

»Du hast sie doch nicht alle.« Hektisch sammelt er seine Klamotten zusammen und zieht sich an. »Das nimmt ja psychopathische Züge an. Und nur, weil ich nicht mit dir auf diese Hochzeit gehen will.«

Das ist doch wohl das Allerletzte. »Das hat nicht das Geringste damit zu tun, dass du …«, begehre ich auf, dann merke ich, dass er mich nur noch mehr provozieren will. »Genau«, sage ich deshalb. »Das ist der Grund. Und jetzt raus!«

»Nichts lieber als das!« Er rauscht aus dem Schlafzimmer, kurz darauf höre ich die Wohnungstür ins Schloss fallen. Seine Schritte im Treppenhaus werden leiser und leiser. Einen Augenblick sitze ich wie betäubt da, dann stürze ich ans Schlafzimmerfenster. Sehe hinunter auf die im Morgengrauen noch menschenleere Straße und warte ungeduldig darauf, dass Fred aus dem Hauseingang tritt. Warum, weiß ich selbst nicht genau. Da ist er. Er hebt fröstelnd die Schultern und zieht den Reißverschluss seiner blauen Adidas-Jacke bis zum Kinn hoch. Dann steht er kurz auf dem Bürgersteig, sieht die Straße hinunter und setzt sich dann langsam in Bewegung, die Hände tief in den Taschen vergraben. Ich lasse ihn nicht aus den Augen, bis er am Ende des Grindelhofs meinem Blick entschwindet. Dann fange ich an zu heulen. Und ich weiß ehrlich nicht, warum. Freddy sitzt auf dem Nachttisch und sieht ebenfalls ganz melancholisch aus. Aber wahrscheinlich hört er einfach gerade ein besonders trauriges Lied.

Am nächsten Tag fühle ich mich elend. Schlafen konnte ich nach Freds Abgang nicht mehr, und so sitze ich ziemlich übermüdet im Büro und rede mir ein, dass die depressive Stimmung und latente Übelkeit Nachwirkungen von der Überdosis Schlafmittel sind. Obwohl sie rein pflanzlich waren und angeblich keine Nebenwirkungen bekannt sind. Trotzdem bin ich total unkonzentriert und muss mich schwer zusammenreißen, nicht unkontrolliert loszuheulen. Dabei bin ich doch gar nicht traurig. Sondern wütend. Auf Fred, diesen Mistkerl. Aber noch ein bisschen mehr auf mich selbst, dass ich mich überhaupt wieder mit ihm eingelassen habe. Dass ich auf ihn reingefallen bin. Bloß weil er ein bisschen nett zu mir war? Weil er mir einen Teddy geschenkt und bei meinem Lieblingsfilm geheult hat? So weit ist es mit mir gekommen. Offensichtlich bin ich tatsächlich so verzweifelt auf der Suche, dass mein Urteilsvermögen deutlich verschleiert ist. Ich versuche, mich durch Arbeit abzulenken, bringe aber keinen klaren Gedanken zustande. Deshalb vertreibe ich mir die Zeit mit Solitär und öffne schnell ein anderes Bildschirmfenster, wenn jemand an meinem Schreibtisch vorbeigeht. So kriege ich den Vormittag ganz gut rum, meine Nerven beruhigen sich allmählich. Bis mein Handy klingelt und einen Anruf von meiner Schwester ankündigt. Die hat mir gerade noch gefehlt. Am liebsten möchte ich sie wegdrücken, aber dann quatscht sie mir bloß die Mailbox voll und ich muss sie heute Abend trotzdem zurückrufen. In meiner Freizeit. Nein, lieber jetzt gleich.

»Hallo Emma.«

»Hallo! Gut, dass ich dich erreiche. Du glaubst nicht, wie gestresst ich bin.«

»Tatsächlich?«

»Eine Hochzeit vorzubereiten ist ein echter Fulltime-Job«, stöhnt sie.

»Du Arme«, sage ich gerade so ironisch, dass ich selbst es verstehe – aber Emma natürlich nicht.

»Das kannst du laut sagen.«

»Du Arme«, wiederhole ich lauter. Diese dumme Nuss.

»Sehr witzig, Franzi, wirklich. Aber ich habe keine Zeit für dumme Scherze.«

»Ich habe auch nicht viel Zeit. Ich habe nämlich ebenfalls einen Fulltime-Job.«

»Dann würde ich vorschlagen, dass du unser beider Zeit nicht mit blöden Witzen verschwendest.«

Ich spüre, wie meine Halsschlagader zu pochen beginnt. »Also, was willst du?«

»Du scheinst vergessen zu haben, dass die Hochzeit in weniger als einem Monat stattfindet.«

»Wie könnte ich das vergessen, Schwesterherz?« Schließlich findet sie an meinem Geburtstag statt.

»Dir ist offensichtlich nicht klar, was ein solches Fest für Vorbereitungen verlangt. Man muss tausend Dinge planen.«

»Aha.«

»Zum Beispiel die Tischkärtchen. Und du hast uns noch immer nicht gesagt, wie dein Begleiter denn nun heißen wird. Falls du wirklich einen hast.«

»Selbstverständlich habe ich einen.«

»Oh. Das freut mich. Und wie heißt er?«

»Er heißt …«

Tut – tut – tut.

Kapitel 13

Was blieb mir anderes übrig? Eigentlich habe ich gar nicht wirklich drüber nachgedacht, mein Daumen hat sich verselbständigt und die Verbindung unterbrochen. Hektisch stelle ich mein Telefon komplett aus, werfe es in meine Tasche und greife nach meiner Jacke. Dann setze ich eine Leidensmiene auf und melde mich bei meiner Chefin krank. Zum Glück lässt sie mich ohne weitere Nachfragen ziehen. Beinahe fluchtartig verlasse ich die Agentur und passiere dabei den Schreibtisch meiner Kollegin Anja, die gerade einen Anruf entgegennimmt.

»Guten Tag, Frau Martens«, höre ich sie sagen. Wild mit den Armen rudernd gebe ich ihr zu verstehen, dass ich nicht zu sprechen bin. »Tut mir leid, Ihre Schwester ist nicht im Hause. Kann ich ihr etwas ausrichten?«

Mist. Verdammter Mist. Das Zeitfenster schließt sich in einer rasenden Geschwindigkeit. Dachte ich bis heute Morgen noch, ich hätte gut drei Wochen, um einen Begleiter für Emmas Hochzeit zu finden, sind es jetzt vielleicht noch drei Stunden. Wie lange bleibt ein leerer Handy-Akku glaubwürdig? In einer Stadt voller Steckdosen?

Von: Kai W.
Betreff: Danke
An: Franziska M.

Liebe Franzi,
bitte entschuldige, dass ich mich erst jetzt melde. Wahrscheinlich hast Du schon gedacht, dass ich tödlich beleidigt bin, oder? Und um ehrlich zu sein, war ich das zunächst auch. Erst dachte ich, Du bist nur wieder eine von diesen Frauen, die sich irgendeine haarsträubende Geschichte ausdenken, um mich nicht wiedersehen zu müssen. Aber dann bin ich doch zum Arzt gegangen. Und dem musste ich mein Problem gar nicht erst schildern. Er hat es nämlich auch sofort gerochen. Und das, obwohl wir mindestens einen Meter auseinander standen. Wenigstens ist er ein fetter Typ mit Glatze und keine bezaubernde Frau wie Du. Trotzdem war es mir natürlich unsagbar peinlich. Aber es gibt auch eine gute Nachricht. Der Arzt hat nämlich ein Magengeschwür bei mir diagnostiziert. Anscheinend hat mich die Trennung von meiner Familie so sehr mitgenommen, dass ich davon krank geworden bin. Das ist an sich natürlich keine positive Neuigkeit, aber wenigstens bekomme ich jetzt Medikamente und rieche wieder normal. Franzi, ich möchte Dir danken, dass Du mir die Wahrheit gesagt hast. Mir ist klar, dass Du das nicht hättest tun müssen, und wer weiß, wie viele Frauen ich noch gequält hätte, wenn es Dich nicht geben würde. Also: Vielen Dank!
Herzliche Grüße,
Kai

Von: Franziska M.
Betreff: Re: Danke
An: Kai W.

Lieber Kai,
es freut mich sehr, dass ich Dir helfen konnte und Du das Problem in den Griff bekommen hast! Wäre es sehr unverschämt von mir, Dich um eine Gegenleistung zu bitten? Wahrscheinlich klingt das jetzt komisch, aber könnte ich Dich vielleicht dazu überreden, am 13. Juli mit mir zusammen auf eine Hochzeit zu gehen? Ich brauche nämlich unbedingt eine Begleitung, warum, das erkläre ich Dir dann gerne später. Also, was sagst Du? Geht Deine Dankbarkeit so weit? :)
Herzliche Grüße,
Franzi

Von: Kai W.
Betreff: Re: Re: Danke
An: Franziska M.

Liebe Franzi,
wer heiratet? Ein Ex von Dir? ;-) Glaub mir, ich würde Dir den Gefallen wirklich sehr gerne tun und fühle mich richtig schäbig, Dir diesen Wunsch abschlagen zu müssen. Aber meine Frau und ich haben uns versöhnt und sind jetzt wieder zusammen. Ich möchte das nicht aufs Spiel setzen, indem ich mit einer anderen Frau auf eine Hochzeit gehe. Normalerweise würde ich es natürlich tun und könnte Steffi, so heißt meine Frau, das sicher auch erklären. Aber im Moment ist alles so frisch und sie noch ein bisschen misstrauisch. Ich war nämlich, ehrlich gesagt,

nicht immer ganz treu in unserer Ehe. Will das einfach nicht noch mal versauen. Das verstehst Du doch sicher, oder?
Beste Grüße,
Kai

Nein, das verstehe ich überhaupt nicht. So ein Blödian! Was kann ich denn dafür, dass er ein fremdvögelnder Mistkerl ist? Und darunter muss ich jetzt leiden. Ist ja großartig! Nach allem, was ich für ihn getan habe. Na schön, so viel war das jetzt auch wieder nicht. Aber die Überwindung, die es mich gekostet hat, ihm die Wahrheit zu sagen, das war schon nicht ohne. Und was habe ich davon? Gar nichts.

Von: Franziska M.
Betreff: Re: Re: Re: Danke
An: Kai W.

Schon gut! Gruß, Franzi

Er darf ruhig merken, dass ich das jetzt nicht so toll von ihm finde. Aber offensichtlich schert es ihn einen Dreck, denn ich bekomme keine Antwort. Na schön. Emotionale Erpressung hat also nicht funktioniert. Was mache ich denn jetzt bloß? Doch einen Begleitservice bemühen? Geht das nicht ein bisschen zu weit? Ich könnte auch einfach alleine auf die doofe Hochzeit gehen. Erhobenen Hauptes! Seht her! Ich bin eine selbstbewusste, eigenständige Frau. Und eine vollwertige Person. Auch ohne Mann! Ja, das ginge vielleicht. Wirklich? An meinem Geburtstag? In diesem Moment ertönt ein leises Pling und das Chat-

Fenster am unteren Bildschirmrand öffnet sich. Kai? Nein! Besser! Nils! Mein Retter!

NILS: Hallo Stupsnase! Ist deine Trägerin in der Nähe oder können wir ungestört reden?

FRANZI: Sie ist gerade nicht hier! Hallo!

NILS: Hallo! :) Meinst du, wir können uns mal treffen zwecks gegenseitigen Beschnupperns? Das wäre doch toll.

FRANZI: Ich weiß nicht, ob ich mich wegschleichen kann.

NILS: Bring doch Franzi ruhig mit. Ich habe das Gefühl, dass sie ganz in Ordnung ist. Bei der Nase!

FRANZI: Sie hat eine Bedingung.

NILS: Raus damit.

FRANZI: Klingt jetzt bestimmt komisch.

NILS: Ist egal. Ich tue alles.

FRANZI: Wenn wir uns mit dir treffen, müsstest du versprechen, uns am 13. Juli auf die Hochzeit ihrer Schwester zu begleiten. Und zwar ganz egal, wie das Treffen läuft.

FRANZI: Bist du noch da?

NILS: Na klar. Ich bin dabei!

FRANZI: Ehrlich?

NILS: Yepp!

DREAMTEAM

Auswertung der Teilnehmer Franzi Martens und Nils Rösler

Genetisch-biologische Komponente:
Kompatibilität: 93 %

Sie sind sehr unterschiedliche MHC-Typen. Erwiesenermaßen beeinflussen die MHC-Gene sowohl das sexuelle Verlangen zweier Partner nacheinander als auch ihre Fähigkeit, sich fortzupflanzen. Wahrscheinlich werden Sie schon beim ersten Aufeinandertreffen eine starke sexuelle Anziehung verspüren. Ihre Chancen auf ein großartiges Sexleben sind überdurchschnittlich hoch. Auch wird Ihr sexuelles Interesse aneinander anhalten und so eine starke, langfristige Bindung ermöglichen. Wenn Sie einen Kinderwunsch haben, wird Ihnen dieser mit hoher Wahrscheinlichkeit schnell erfüllt werden.

Soziale und psychische Komponente:
Kompatibilität: 93 %

Sie mögen die gleichen Dinge und schwimmen »auf einer Wellenlänge«. Wahrscheinlich wird es Ihnen schon kurz nach dem Kennenlernen passieren, dass Sie die Sätze des jeweils anderen vervollständigen können. Ihre Freizeit gestalten Sie ganz automatisch gemeinsam, ohne dass einer von Ihnen seine Interessen in den Hintergrund stellen muss. Sie passen einfach fantastisch zueinander und werden vermutlich schon nach kurzer Zeit großes Vertrauen, enge Verbundenheit und tiefe Freundschaft füreinander empfinden.

Gesamtprognose:
Kompatibilität: 93 %

Herzlichen Glückwunsch! Sie sind ein echtes **DreamTeam**!

Gut gelaunt mache ich mich am folgenden Dienstag auf den Weg nach Eimsbüttel, wo ich Nils im Sweet Virginia treffen werde. Es ist sommerlich warm, ein lauer Wind rauscht durch das Blattwerk der die Straße säumenden Bäume und streichelt meine nackten Arme. Was für ein herrlicher Abend! Geradezu prädestiniert dazu, den Mann fürs Leben kennenzulernen.

Kaum habe ich den Gedanken zu Ende gedacht, weise ich mich zurecht. Es muss ja nicht immer die Taube auf dem Dach sein, ich bin schon dankbar für den Spatz in meiner Hand, sprich: eine Begleitung für die Hochzeit. Höher möchte ich meine Erwartungen gar nicht schrauben. Emma hat die Lüge über den leeren Akku geschluckt und malt vielleicht just in diesem Moment in ihrer akkuraten Schrift ein Tischkärtchen mit Nils' Namen darauf. Wenn der Träger dieses Namens einigermaßen unterhaltsam, wohlriechend und in der Lage ist, mit Messer und Gabel zu essen, dann sind meine Erwartungen vollauf erfüllt. Jede weitere positive Eigenschaft wäre Zuckerguss auf dem Kuchen.

Die erste Herausforderung: grüner Salat mit einem Dressing aus Essig und Öl. Die Salatblätter sind gigantisch! Wird der Kandidat diese Aufgabe meistern? Mit Argusaugen beobachte ich Nils dabei, wie er lässig die schwierigste aller Mahlzeiten verspeist, sich hin und wieder die nicht vorhandenen Fettspuren von den Lippen tupft und dabei auch noch völlig entspannt wirkt. Ich selbst habe natürlich schon mit dem ersten Bissen mein Shirt mit einem schönen Fettfleck ruiniert, worüber er, ganz Gentleman, kein Wort verloren hat.

»So, jetzt erzähl du doch auch mal was«, fordert er mich

auf, nachdem er mir ausführlich von seiner Neuseeland-Reise berichtet hat. Aber ich könnte ihm stundenlang zuhören. Und zusehen. Er ist tatsächlich die perfekte Hochzeitsbegleitung, selbst meine Mutter wird sich anstrengen müssen, irgendetwas an ihm zu finden, worüber sie meckern kann.

»Ach, da gibt es nicht viel zu erzählen«, wehre ich ab.

»Das glaube ich aber doch. Allein schon die Geschichte mit der Hochzeit würde mich brennend interessieren.«

»Na schön.« Und dann beginne ich zu erzählen. Von meiner Familie, meiner perfekten Schwester und mir, dem schwarzen Schaf, von meinen misslungenen Dates und schließlich dem Moment, in dem Emma mir die Pistole auf die Brust gesetzt und einen Namen gefordert hat. Fred lasse ich in meinen Erzählungen allerdings aus.

»Ich bin deiner Schwester ewig dankbar, dass sie dich in diese Lage gebracht hat. Sonst hättest du dich wahrscheinlich nicht mit mir getroffen und das wäre doch wirklich zu schade gewesen. Oder?« Mit seinen braun-grünen Augen sieht er mich an und ich muss ihm recht geben. Es wäre wirklich schade gewesen. Als das Gespräch auf seinen Beruf kommt, zucke ich allerdings innerlich kurz zurück.

»Du arbeitest bei einer Bank?«, frage ich und es gelingt mir nicht, meiner Stimme einen neutralen Tonfall zu verleihen. »Aber in deinem Profil stand doch Public Relations.«

»Genau, ich arbeite in der PR-Abteilung der Deutschen Bank. Gib es zu, wenn ich Banker geschrieben hätte, dann hättest du dich gar nicht erst mit mir getroffen.«

»So oberflächlich bin ich nun auch wieder nicht«, protestiere ich.

»Das freut mich. Aber ich weiß, Banker, das klingt furchtbar langweilig. Und spießig. Aber wir sind besser als unser Ruf. Ehrlich. Und die PR ist sozusagen der bunte Hund unter den Abteilungen.«

»Tatsächlich? Bedeutet das, du trägst keine Krawatte zur Arbeit?«

»Nicht am Casual Friday.« Er grinst. »War meine Idee.«

»Wow. Was für ein Rebell!«

»Das bin ich auch.«

Die Zeit vergeht wie im Fluge, wir bestellen unabhängig voneinander das gleiche Essen, trinken den gleichen Rotwein und sitzen einander drei Stunden bei Kerzenschein gegenüber, ohne dass auch nur eine einzige peinliche Gesprächspause entsteht. Dass wir viele Interessen teilen, versteht sich natürlich irgendwie von selbst, schließlich kommt eine Gesamtquote von 93 Prozent nicht von ungefähr. Tatsächlich ist mir Nils von Anfang an merkwürdig vertraut. Ich werfe einen Blick aus dem Fenster in die mittlerweile schwarze Nacht. Der Mond steht leuchtend und vollkommen rund am Himmel. Ein Spaziergang im Mondschein wäre jetzt genau das Richtige.

»Ich liebe Vollmond! Wollen wir noch einen Spaziergang machen?«, fragt Nils in diesem Moment, und ich sehe ihn verblüfft an.

»Ich habe gerade genau das Gleiche gedacht!«

»Ehrlich?«

»Ja. Das wird langsam unheimlich.«

»Findest du?« Er grinst. »Ich find's toll!«

»Kannst du auch erraten, woran ich jetzt gerade denke?«, frage ich aufgeregt. Ein rosa Elefant, ein rosa Elefant, übermittle ich ihm telepathisch und starre dabei konzentriert in seine schönen Augen.

»Hm.« Er legt die Stirn in grüblerische Falten. »Vielleicht, dass du vor unserem Spaziergang noch ein Tiramisu essen möchtest?« Ich schüttele den Kopf.

»Knapp daneben. Aber das ist tatsächlich eine ausgezeichnete Idee.«

»Und?«, fragt er, während wir einträchtig nebeneinander herschlendern. »Hab ich den Test bestanden?«

»Was für einen Test denn?« Ein wenig ertappt sehe ich ihn an.

»Ob man mich mitnehmen kann. Auf die Hochzeit, meine ich.«

»Das war doch kein …«

»So, wie du mir das Essen in den Mund gestarrt hast, ist es wirklich ein Wunder, dass ich mich nicht von oben bis unten bekleckert habe.« Er grinst friedfertig.

»Ehrlich?«, frage ich peinlich berührt, denn ich glaube, ich weiß genau, von welcher Art Blick er spricht. Ich kenne ihn ganz genau. Von meiner Mutter nämlich. Und normalerweise ruht er auf mir. »Tut mir leid«, entschuldige ich mich.

»Ach, schon gut.« Mittlerweile sind wir an meiner Tür angekommen und er sieht sich neugierig im Hauseingang um. »Und hier hat sich also das denkwürdige Erlebnis mit Mister Blueballs abgespielt.« Er grinst und ich laufe rot an. Vielleicht bin ich mit meinen Erzählungen doch ein bisschen zu sehr ins Detail gegangen? »Aber Spaß beiseite. Franzi«, er nimmt meine beiden Hände und sieht mir ernst in die Augen. Was kommt denn jetzt? »Ich habe dir versprochen, mit dir auf die Hochzeit zu gehen, und natürlich werde ich dieses Versprechen halten. Egal, was als Nächstes kommt. Egal, wie du meine nächste Frage beantwortest.« O Gott, was für eine Frage denn? »Können wir uns wiedersehen? Ich meine, vor dem 13. Juli? Vielleicht … schon morgen?«

»Äh, klar. Ich meine, ja, gerne!« Die Bereitschaft, ihn mir notfalls mit körperlicher Gewalt vom Leibe zu halten, verflüchtigt sich nur langsam aus meinem Körper. Ich habe aber auch ein schlechtes Männerbild, mein lieber Schwan! Da steht dieser nette Kerl vor mir, der sich den ganzen Abend nichts als tadellos und gentlemanlike verhalten hat, und trotzdem rechne ich mit irgendwelchen unmoralischen Angeboten.

»Das freut mich.« Er kommt auf mich zu und nimmt mein Gesicht in beide Hände. »Kannst du erraten, was ich gerade denke?«

»Dass du mich gerne küssen würdest?«

»Das ist unfassbar! Es stimmt!« Ich schüttele lachend den Kopf.

»Wirklich unglaublich! Und kannst du auch meine Gedanken lesen?«

Er nickt. »Ja. Du findest das eine tolle Idee.« Er küsst mich sehr zart auf den Mund. Seine Lippen fühlen sich angenehm an und schmecken nach Rotwein. Aber es ist nur ein ganz kurzer Kuss. »Ich mag dich. Sehr.«

»Echt? Ich meine: Äh, ich dich auch.« Er grinst, und dabei fällt mir auf, dass er ein ziemlich süßes Grübchen in der linken Wange hat. Das muss man sich mal vorstellen, hier steht der Mann vor mir und sagt frei heraus, dass er mich mag. Einfach so. Und das nach einem Abendessen und einem klitzekleinen Kuss. Mit Fred musste ich ganze zwei Nächte durchvögeln, bevor er ein solches Bekenntnis über die Lippen gebracht hat. Ob es wirklich ernst gemeint war, weiß ich bis heute nicht. Ich wünschte, ich würde nicht über Fred nachdenken. Was hat der Mistkerl in meinen Gedanken zu suchen, während ich hier mit einem anderen Mann im Hauseingang stehe? Einem sehr attraktiven Mann, der nicht nur gute Manieren, sondern offensichtlich auch kein Nähe-Distanz-Problem zu haben scheint. Also versuche ich, meine Aufmerksamkeit wieder ganz auf Nils zu richten.

»Ich hole dich um sieben ab, okay? Wir könnten ins Kino gehen, wenn du Lust hast?«

»Gerne.«

»Danke für den schönen Abend.« Und dann zieht er meine Hand an seinen Mund und küsst sie.

»Ein Handkuss? Das ist nicht dein Ernst?« Nach diesem denkwürdigen Abend blieb mir nichts anderes übrig, als Lydia auf ihrem Handy anzurufen. Anscheinend ist sie gerade mal wieder unterwegs, auf jeden Fall dringt laute Partymusik an mein Ohr, sodass ich sie kaum verstehen kann.

»Und es wirkte überhaupt nicht aufgesetzt«, schreie ich ins Telefon, »sondern einfach nur total süß. Überhaupt ist der ganze Mann süß.«

»Süß? Na, das klingt ja aufregend.«

»Ich meine das positiv! Es fühlt sich an, als würden wir uns schon ewig kennen. Wo bist du überhaupt?«

»Im Haus 73«, gibt sie mir Auskunft und meint damit einen Laden in der Hamburger Schanze.

»Was? Da war ich das letzte Mal mit zwanzig.«

»Das hättest du mir auch mal eher sagen können«, beschwert sie sich. »Ich komme mir vor wie eine Oma. Das wird wohl heute nichts mit dem Traummann. Außerdem hab ich morgen Frühschicht. Ich geh nach Hause.«

»Mach das«, stimme ich ihr zu.

»Aber freut mich für dich, dass es gut gelaufen ist!«

»Ja«, sage ich und schaue noch einmal auf meinen Handrücken. Dahin, wo Nils mich geküsst hat. »Ja, mich auch.«

Drei Verabredungen mit Nils später steht es fest: Ich bin verliebt! Bis über beide Ohren verknallt! Und heute, am Samstag, das spüre ich, ist die Nacht der Nächte! Auch wenn Nils mich bisher immer brav an der Haustüre abgeliefert und sich mit einem jedes Mal länger werdenden Gutenachtkuss verabschiedet hat. Meiner Meinung nach haben wir jetzt genug gewartet. Könnten mal langsam zur Sache kommen. Eine Frau hat schließlich so ihre Bedürfnisse, und ein Mann, wie ich mir habe sagen lassen, auch. Deshalb schlinge ich Nils an diesem Abend beide Arme um den Hals und flüstere ihm zu: »Möchtest du noch mit hochkommen?«

»Ich dachte schon, du fragst nie.« Er grinst mich spitzbübisch an. »Kennst du eigentlich die Legende von den blauen Eiern?«

»Sehr witzig.« Ich boxe ihm spielerisch auf den Arm. Nils nimmt meine Hand, und gemeinsam steigen wir die Treppen zu meiner Wohnung hinauf. Das Herz klopft mir bis zum Hals. Aber das ist wahrscheinlich ganz normal, versuche ich mich zu beruhigen. Nach dieser perfekten Woche mit Nils liegt natürlich auch ein wahnsinniger Druck auf uns. Von den 93 Prozentpunkten mal ganz zu schweigen, die uns geradezu vorschreiben, jetzt den Sex unseres Lebens miteinander zu haben. Obwohl ich den ja eigentlich mit Fred hatte. Bis dahin, korrigiere ich mich schnell in Gedanken. Fred war der beste Sex, den ich bis zu diesem Zeitpunkt hatte. Das heißt nun überhaupt nicht, dass es da nicht noch Spielraum nach oben gibt. Außerdem ist jeder Mensch schließlich anders. Und vielleicht sollte man da gar nicht so viel vergleichen. Ich werfe Nils einen schnellen Seitenblick zu. Was, wenn er im Moment auch gerade an irgendeine ehemalige Bettgefährtin denkt? Und sich fragt, ob ich wohl genauso gut sein werde? Das wäre mir schließlich auch nicht recht. Aber es sieht nicht so aus, als würde Nils sich gerade derlei Gedanken machen.

»Hübsche Wohnung«, sagt er, während er sich flüchtig umsieht. Dann kommt er auf mich zu und umfasst meine Taille. »Hübsche Frau!« Er zieht mich an sich. »Und was für eine Nase!« Damit küsst er mich auf die Nasenspitze. »Ich glaube, ich will Töchter mit solchen Nasen.« Ich schmelze dahin. Dann fällt mir etwas ein.

»Apropos, hast du Kondome dabei?«

»Du bist eine echte Romantikerin, was?«, fragt er schmunzelnd.

»Nein. Ich meine, doch. Ich … Das ist doch wichtig«, verteidige ich mich.

»Sehr wichtig«, bestätigt er. »Ja, ich habe welche dabei.«

»Gut.«

»Tja. Also …« Eine Sekunde stehen wir verlegen voreinander. »Wo ist das Schlafzimmer?«

»Da.«

»Dann mal los.« Ehe ich mich's versehe, hat er mich hochgehoben und trägt mich über den Flur. Ich ziehe ängstlich den Kopf ein, weil ich Angst habe, ihn mir am Türrahmen zu stoßen, aber der Mann weiß, was er tut. Wohlbehalten und ohne Beulen lande ich auf dem Bett und er neben mir.

»Ich bin total nervös«, gebe ich zu.

»Macht nichts. Ich auch!« Er grinst mich an. »Wird schon werden, oder?«

»Na klar.« Ich nicke heftig.

»Es ist nur so«, er nimmt meine Hand und streichelt sie, »ich finde das alles … so schön mit dir. So was ist mir einfach schon lange nicht mehr passiert. Deshalb denke ich die ganze Zeit, es muss der Wahnsinn werden. Und dadurch mache ich mir ziemlichen Druck.«

»Genau so geht's mir auch«, platze ich erleichtert damit heraus.

»Ich hab Angst, dich zu enttäuschen«, fährt er fort, während er jede meiner Fingerspitzen einzeln küsst.

»Du enttäuschst mich ganz sicher nicht.« Ich bin so berührt von seiner Offenheit, dass meine eigenen Befürchtungen plötzlich wie weggeblasen sind. »Wie wäre es, wenn wir uns einfach erlauben, dass es auch schiefgehen darf? Dass es nicht gleich der beste Sex unseres Lebens werden muss?«

»Und wir trotzdem zusammenbleiben?« Huch! Sind wir das? Zusammen? Zärtlich fahre ich ihm mit der Hand durch sein krauses Haar und ziehe ihn zu mir heran.

»Ja«, flüstere ich dicht an seinem Mund, »egal, wie es wird, wir bleiben trotzdem zusammen.«

Kapitel 14

»Das war der Wahnsinn«, flüstert Nils mir ins Ohr und legt seinen Kopf auf meine Brust.

»Hmmm«, mache ich und streichele seinen Nacken. Dabei bin ich ein kleines bisschen irritiert. Der Wahnsinn? Also jetzt mal ehrlich: Es war gut, ja, sehr gut sogar. Eindeutig etwas, worauf man aufbauen kann. Aber nicht der Wahnsinn. Der Wahnsinn war es mit Fred. Entschuldigung. Ich sollte nicht an den einen Mann denken, während ich in den Armen des anderen liege. Aber die Gedanken kommen ganz von selbst. Und mit ihnen kommt die Wut. Was hat der Kerl mit mir gemacht? Werde ich jetzt mein Leben lang durch die Männerwelt irren, verzweifelt auf der Suche nach einem vergleichbaren Erlebnis? Und mir dabei möglicherweise einen wirklich tollen Mann entgehen lassen? Bloß weil er vielleicht nicht ganz so zielsicher meine erogenen Zonen trifft wie Fred, der dafür im Gegenzug die emotionale Reife einer Aldi-Plastiktüte besitzt? Nein, beschließe ich. Das wird nicht passieren. In diesem Moment stützt Nils sich auf die Unterarme, sieht mir in die Augen und sieht dabei absolut entspannt und glücklich aus. »Wo hast du nur so lange gesteckt?«, fragt er zärtlich und küsst mich. Ich küsse ihn zurück und konzentriere mich auf ihn. Seinen Körper. Seinen Geruch. Seine

Zärtlichkeit. Und es gelingt mir tatsächlich, den Gedanken an Fred ganz weit nach hinten zu schieben.

Am nächsten Morgen erwache ich von dem Duft von frischem Kaffee, der durch die Wohnung zieht. Mich wohlig rekelnd schlage ich die Augen auf und sehe direkt in Freddys Knopfaugen, die vom Nachttisch aus vorwurfsvoll auf mich herunterschauen.

»Guck nicht so«, knurre ich ihn an. »›The show must go on‹. Das müsstest du doch am besten wissen.« Aber Freddy verzieht keine Miene. Kurzerhand drehe ich ihn um, sodass er mit dem Rücken zu mir sitzt. In diesem Moment betritt Nils in meinem flauschigen, rosa Bademantel mit einem Tablett in den Händen das Schlafzimmer.

»Guten Morgen, Schlafmütze! Es gibt Frühstück. Milchkaffee, Orangensaft und frische Croissants.«

»Wo hast du das denn alles her?« Ehrlich erstaunt sehe ich auf die Leckereien. Eins steht fest, aus meinem Kühlschrank hat er sie nicht. Dort herrscht nämlich gähnende Leere.

»Es gibt da unten in deiner Straße so Leute, die geben einem das Zeug, wenn man ihnen dafür Geld gibt. Solltest du auch mal ausprobieren!«

»Das ist ein toller Tipp. Danke. Schicker Bademantel übrigens. Steht dir.«

»Dankeschön. Finde ich auch. Sollen wir jetzt frühstücken? Oder bist du eine von den Frauen, die einen Schreikrampf kriegen, wenn ein Krümel ins Bett fällt?«

»Überhaupt nicht. Ich liebe Krümel im Bett.« Einladend halte ich die Decke hoch, sodass er drunter schlüpfen kann. Wir lassen uns den Kaffee und die noch warmen

Croissants schmecken. Es fühlt sich an, als würden wir seit Jahren zusammen frühstücken.

»Erzähl mir von deiner letzten Beziehung«, fordere ich ihn auf.

»Wieso das denn?«

»Weil wir Frauen nun mal so sind! Wir müssen unbedingt wissen, was ihr in eurer Vergangenheit so getrieben habt. Und wir fragen immer weiter, obwohl uns eigentlich nie gefällt, was wir hören. Trotzdem bohren wir nach.«

»Das sind ja tolle Aussichten. Das heißt im Klartext, egal, was ich jetzt sage, es kann nur falsch sein?«

»Irgendwie schon«, gebe ich zu, »aber manche Geschichten sind falsch und andere falscher.«

»Das beruhigt ungemein.«

»Jetzt erzähl schon. Ich gebe vorher sowieso keine Ruhe.«

»Okay. Also, meine letzte Beziehung hatte ich vor einem Jahr. Sie hieß Tanja.«

»Wie sah sie aus?«

»Klein, blond, schlank.« Meine Laune sinkt rapide. Auch wenn ich seit meiner Liebeskummer-Abmagerungskur selbst ganz gut in Form bin, stelle ich mir Nils' Ex sofort als zierliche Gazelle ohne ein einziges Gramm Fett am Leibe vor. »Ihre Nase«, fährt Nils in diesem Moment fort, »kein Vergleich zu deiner.«

»Wirklich?«, frage ich glücklich und komme mir gleichzeitig höchst albern vor.

»Wirklich. Sie hatte sogar einen kleinen Höcker.«

»Und wie lange wart ihr zusammen?«

»Vier Jahre. Zwei davon haben wir auch zusammen gewohnt. Aber dann haben wir uns getrennt. Wir wollten nicht die gleichen Dinge. Ich glaube, Tanja hat sich irgendwie gelangweilt in unserer Beziehung.« Er wirft mir einen unsicheren Seitenblick zu und grinst verlegen. »Das ist ja jetzt nicht gerade die beste Werbung für mich, oder? Aber ich finde nichts Schlimmes daran, wenn man mit Mitte dreißig nicht mehr durch die Gegend flippen will. Ich habe mir eine stabile Beziehung gewünscht. Und eine Familie. Davon war Tanja einfach noch meilenweit entfernt. Sie fand das total spießig. Sie wusste nicht mal, ob sie überhaupt irgendwann Kinder haben will. Am Ende hat sie mich betrogen. Das tat weh. Aber ich glaube, das war einfach ihr Weg, sich aus der Beziehung zu verabschieden. Im Nachhinein glaube ich, dass es das Beste für alle Beteiligten war. Auch wenn mir lieber gewesen wäre, es wäre kein anderer Mann im Spiel gewesen. Aber das Ergebnis ist ja sowieso das Gleiche.« Er starrt einen Augenblick vor sich hin, und ich befürchte, dass das vielleicht keine gute Idee von mir war, all diese Erinnerungen in ihm heraufzubeschwören. Aber er sieht eigentlich nicht besonders deprimiert aus, als er sich mir jetzt wieder zuwendet.

»Eigentlich bin ich ihr sogar ganz dankbar, dass es so gelaufen ist. Sonst würde ich jetzt sicher nicht hier sitzen. Mit so einer tollen Frau. Und in diesem wunderschönen Bademantel.«

»Ich schenke ihn dir, wenn du willst.«

»Nett von dir. Aber dir steht er sicher noch besser. Okay, jetzt bist du dran! Wie war das in deiner letzten Beziehung?«

»Ach, das ist schnell erzählt.« Ich beiße herzhaft in mein Croissant, sodass die Marmeladenfüllung herausspritzt. »Bei mir war es genauso.«

Wir verbringen den ganzen Sonntag zusammen und auch die folgenden Nächte. Nils fährt zwischendurch lediglich kurz nach Hause, um frische Unterwäsche und Hemden zu holen, die er für seinen Job in der Bank natürlich braucht. Mittlerweile liebe ich es sogar, ihm morgens nach unserem gemeinsamen Frühstück seine Krawatte zu binden. Was heute aber ausfällt, denn es ist Casual Friday.

»Bis heute Abend. Ich kann es kaum erwarten«, sagt er auch heute wieder und küsst mich zum Abschied.

»Heute Abend kann ich nicht. Mädchenabend.« Er sieht mich so betroffen an, dass ich lachen muss. »Morgen sehen wir uns doch schon wieder.«

»Aber ich könnte doch dazukommen. Ich würde deine Freundinnen wirklich gerne kennenlernen.« Ich zögere. Eigentlich ist es ja ganz rührend von ihm.

»Aber es ist ein Mädchenabend«, gebe ich zu bedenken. »Was so viel heißt wie: Es sind nur Frauen zugelassen.«

»Ich könnte wieder deinen rosa Bademantel anziehen.«

»Aber wir gucken ›Doctor's Diary‹ oder ›Grey's Anatomy‹.« Und ich möchte wirklich nicht, dass mein Freund sich anhören muss, wie ich mit Lydia und Kim um die Wette von McDreamy schwärme. Von Doktor Marc Meier mal ganz zu schweigen.

»Okay.« Er gibt auf. »Aber die bleiben doch bestimmt nicht über Nacht, oder? Ich könnte doch später noch vorbeikommen und dann wenigstens hier übernachten. Hm? Was sagst du?« Er drängelt sich an mich und gibt mir einen Kuss. »Oder hast du etwa schon die Nase voll von mir?«

»Natürlich nicht. Aber es könnte spät werden. Wenn wir uns so richtig verquatschen, gehen die beiden manchmal nicht vor eins nach Hause. Und ich habe heute eine Menge zu erzählen.«

»Hoffentlich nur Gutes.«

»Das weißt du doch.«

»Okay, was hältst du davon: Ich komme um zwölf vorbei, lerne die beiden kennen und dann verschwinde ich ganz brav und leise in deinem Schlafzimmer und wärme das Bett schon mal vor. Wie klingt das?«

»Herrlich.«

Ganz so herrlich finde ich die Idee ehrlich gesagt doch nicht, denn am Ende eines solchen Abends sind wir drei meistens ziemlich aufgedreht, rechtschaffen angetrunken und für einen Mann vielleicht nicht ganz einfach zu ertragen. Zumindest nicht für einen, den man noch nicht allzu lange kennt.

»Papperlapapp, da muss er durch«, befindet Kim dann auch rigoros. »Wenn ich schon nicht schlafen kann, dann muss ich wenigstens trinken! Und je eher er die ganze Wahrheit kennt, desto besser.«

»So schlimm, wie du uns jetzt machst, sind wir aber auch nicht«, protestiert Lydia. »Keine Sorge, Süße. Er wird uns lieben. Was denn sonst? Entspann dich einfach.«

»Okay.« Seufzend greife ich in die riesige Chipstüte. »Aber bitte haltet euch mit euren Schwärmereien über Florian David Fitz zurück, wenn Nils hier ist.«

»Wieso das denn? Kann dem doch egal sein, auf wen wir stehen.«

»Ihr schon. Aber ich bekomme doch immer so einen schwärmerischen Ausdruck, sobald von ihm die Rede ist. Das muss er nun wirklich nicht mitbekommen.«

»Tatsächlich?« Kim grinst diabolisch. »Wisst ihr noch die Szene in der ersten Staffel, wo er doch zum Kostümfest kommt, mit diesen total niedlich verstrubbelten Haaren, und sie fragt, ob sie sich als Prinzessin verkleidet …

O ja, stimmt, ich sehe schon, was du meinst! Alles klar. Den Blick sollte Nils wirklich nicht sehen. Hier, wisch dir mal den Mund ab – du sabberst.«

»Und du hast ja heute anscheinend mal wieder einen Clown gefrühstückt.«

»Ich bin übermüdet. Welches einjährige Kind wacht jede Nacht zwanzig Mal auf? Nur meins. Ausgerechnet meins. Ich sag es euch: Genießt das Leben ohne Kind, solange ihr noch könnt. Bei dir könnte das ja schneller vorbei sein als gedacht, bei dem Tempo, das du mit Nils vorlegst.«

»Wir kennen uns noch nicht mal zwei Wochen«, wehre ich ab.

»Aber er ist schon so gut wie bei dir eingezogen«, gibt Lydia zu bedenken.

»Ist doch gar nicht wahr. Er schläft nur hier. Ganz offensichtlich hat er kein Nähe-Distanz-Problem. Das ist schon mal gut.«

»Apropos, hast du von dem eigentlich noch mal was gehört?«

»Von wem?«, stelle ich mich dumm.

»Na, von Fred.«

»Nein.«

»Tja. Noch nicht.«

Um kurz vor zwölf höre ich den Schlüssel im Schloss und eine halbe Minute später steht Nils mitten im Wohnzimmer, mit leicht verwuschelten Haaren und in Jeans und dunkelgrauem Sakko. Das Hemd ist am Kragen locker aufgeknöpft. Toll sieht er aus, befinde ich nicht ohne Besitzerstolz.

»Hallo.« Ein bisschen wackelig stehe ich von der Couch

auf und falle ihm um den Hals. Die Nervosität, ihn mit meinen Freundinnen zusammenzubringen, hat mich nicht dazu gebracht, etwas weniger Wein zu trinken. Sondern mehr. »Du siehst toll aus. Sieht er nicht toll aus? Mach das aus!«, sage ich im Befehlston zu Kim, die hektisch auf der Fernbedienung herumdrückt und dazu nervös kichert, bis Marc Meier vom Bildschirm verschwindet.

»Du musst Kim sein. Und du Lydia. Freut mich sehr, euch kennenzulernen.« Er gibt beiden die Hand und zieht dann eine Flasche Prosecco hinter seinem Rücken hervor. »Hier. Ich dachte, ich bringe euch ein bisschen Nachschub.«

»Das ist aber ganz entzückend. Danke!« Kim schnappt sich die Flasche und öffnet sie. »Setz dich doch ein bisschen zu uns.«

»Oh, das hab ich befürchtet. Jetzt kommt der heiße Stuhl. Aber klar, gerne.« Gemeinsam setzen wir uns aufs Sofa.

»Quatsch, so was machen wir nicht«, behauptet Lydia und mustert ihn dabei ziemlich unverhohlen von oben bis unten. »Wir wollen nur, dass Franzi glücklich ist.«

»Das trifft sich gut.« Nils legt seinen Arm um meine Schultern und zieht mich an sich. »Das will ich nämlich auch.«

»Gute Antwort.«

Wir smalltalken eine Viertelstunde lang, und ich entspanne mich mehr und mehr. Die drei kommen großartig miteinander aus.

»So, jetzt will ich euch aber nicht mehr aufhalten. Das hier ist ja schließlich ein Mädelsabend. Männer unerwünscht.«

»So habe ich das nicht gesagt«, verteidige ich mich.

»Das weiß ich doch.« Er gibt mir einen Kuss und erhebt sich. »Ihr wollt bestimmt noch die Folge zu Ende gucken. Das war doch ›Doctor's Diary‹, oder? Meine Schwester steht total auf diesen Doktor Müller.«

»Meier«, korrigieren wir ihn im Chor.

»Verzeihung. Mein Fehler. Viel Spaß!«

»Und? Habe ich Gnade vor ihren Augen gefunden?«, murmelt Nils, als ich eine Stunde später zu ihm ins Bett krabbele.

»Sie fanden dich toll!«

»Das freut mich! Jetzt musst du auch bald mal meine Freunde kennenlernen. Und meine Familie.«

»Ehrlich?«

»Na klar. Ich bin so froh, dass ich dich gefunden habe.« Damit kuschelt er sich an mich ran und schläft sofort ein. Ich liege still da und höre ihm beim Atmen zu. Dieser Mann ist wirklich ein Geschenk. Ich gratuliere mir noch mal selbst dazu, dass ich mich schließlich doch zu dem Treffen mit ihm durchgerungen habe. Sonst würde mein Leben jetzt ganz anders aussehen. Und ich würde alleine hier im Bett liegen. Und auch, wenn es gerade ein bisschen unbequem ist, und der Arm, auf dem Nils liegt, bereits komplett eingeschlafen ist, möchte ich es nicht anders haben. Allerdings wird mir langsam zu heiß in seiner Umklammerung. Vorsichtig, um Nils nicht zu wecken, versuche ich, ihn von mir runterzuschieben. Leider hat er einen leichten Schlaf und sitzt sofort kerzengerade im Bett.

»Was los?«, nuschelt er und blickt verwirrt um sich.

»Nichts«, beruhige ich ihn. »Mein Arm ist eingeschlafen, das ist alles. Schlaf weiter.«

»Okay.« Seufzend lässt er sich zurück in die Kissen fallen. Ich massiere meinen schlappen Arm und drehe mich auf die andere Seite.

»Gute Nacht.«

»Gute Nacht.« Er robbt von hinten an mich ran und kuschelt sich ganz eng an mich. »Schlaf schön.«

»Ja, du auch.« Dieser Mann ist tatsächlich ein Backofen. Die Hitze seines Körpers dringt augenblicklich durch mein Nachthemd. Ich freue mich schon auf den Winter. Schließlich ist es das, was jede Frau sich wünscht: Einen Mann, dem sie ihre eiskalten Füße zwischen die Schenkel schieben kann, ohne dass der anfängt, wie ein Mädchen zu kreischen. Aber jetzt haben wir Ende Juni. Für Hamburger Verhältnisse einen ausgesprochen heißen Juni sogar. Und mir ist sowieso schon warm. Deshalb versuche ich, ein Stückchen nach vorne auszuweichen, damit wenigstens ein Zentimeter Luft zwischen mich und den heißen Nils gelangen kann. Ganz unauffällig natürlich. Schließlich möchte ich ihn nicht vor den Kopf stoßen. Er grunzt und schon klebt sein Körper wieder an meinem. Das Spiel wiederholt sich, bis ich an der äußersten Bettkante liege. Vorsichtig hebe ich den Kopf und schaue hinter uns. Dort, wo streng genommen Nils' Seite ist, gibt es jetzt massig Platz. Vielleicht sollte ich einfach warten, bis er eingeschlafen ist, mich dann leise aus dem Bett fallen lassen, um auf der anderen Seite wieder einzusteigen? Ja, das ist ein guter Plan.

»Du, Franzi?«, murmelt er in diesem Moment an meinem Ohr.

»Ja?«

»Ich glaub, ich liebe dich.« Ich kullere nicht aus dem Bett in dieser Nacht. Schlafen tue ich auch nicht viel. Und mein Nachthemd ist am nächsten Morgen vollkommen durchgeschwitzt. Und doch bin ich glücklich.

Am Samstagnachmittag komme ich mit vollgepackten Einkaufstüten nach Hause und freue mich auf ein entspanntes Restwochenende mit Nils. Eigentlich möchte ich nichts tun außer faulenzen, vielleicht ein Elbspaziergang, gemeinsam kochen und auf dem Sofa kuscheln.

»Hallo Franzi«, höre ich eine Stimme hinter mir, während ich versuche, trotz meiner schweren Last die Haustüre aufzuschließen. Ich fahre herum und lasse vor Schreck meine Einkäufe fallen. Orangen, Tomaten und Nektarinen kullern durcheinander. »Oh, tut mir leid«, sagt Fred und bückt sich, um die Bescherung aufzuheben. Einige Momente hocken wir schweigend nebeneinander und füllen die angeditschten Lebensmittel zurück in ihre Tüten. Ich hasse es, wenn das passiert. Wozu stehe ich stundenlang am Obsttresen und scanne jedes einzelne Stück mit Argusaugen?

»Vielen Dank auch«, sage ich wütend und richte mich hastig auf. »Du hast wirklich ein großes Talent dafür, immer alles kaputtzumachen.« Vorwurfsvoll halte ich ihm eine zermatschte Aprikose entgegen.

»Tut mir leid.«

»Was willst du hier?«

»Kann ich reinkommen?«

»Nein.«

»Komm schon. Jetzt hab dich nicht so.«

»Ich habe Nein gesagt.«

»Und wenn ich bitte sage?« Zerknirscht lächelt er mich an. »Darf ich dann mit rein?« Seine Dreistigkeit verschlägt mir für einen Moment die Sprache. Am liebsten würde ich ihm jetzt richtig die Meinung sagen, aber dann habe ich eine bessere Idee. Mit meinem süßesten Lächeln sehe ich ihn an.

»Das könntest du natürlich mal versuchen.« Er macht einen Schritt auf mich zu.

»Bitte.« Unschlüssig wiege ich den Kopf hin und her.

»Das überzeugt mich noch nicht wirklich.«

»Bitte, lass mich rein«, sagt er, nun schon etwas eindringlicher. »Ich habe dir was zu sagen.«

»Aber vielleicht interessiert es mich ja gar nicht.«

»Bitte.«

»Nein.« Seine Augenbrauen ziehen sich zusammen und bilden eine ärgerliche Falte über der Nase.

»Was soll denn das?«

»Das frage ich dich«, platzt es aus mir heraus. »Was soll das Ganze? Wieso tauchst du hier ständig unangemeldet auf, als ob nichts gewesen wäre? Und für wie blöd hältst du mich? Auf deine Spielchen habe ich keine Lust. Vielleicht glaubst du ja, dass du rätselhaft und cool rüberkommst, aber ich kann dir versichern, dass das ganz und gar nicht der Fall ist. Du rennst weg, sobald dir jemand zu nahe kommt. Und wenn du genug Distanz zwischen dich und diese Person gebracht hast, dann kommst du zurück und das Spiel beginnt von Neuem. Aber ohne mich. Vielen Dank.« Brüsk wende ich ihm den Rücken zu und mache mich erneut daran, die Haustüre aufzuschließen. Innerlich wappne ich mich schon gegen die Flut von Gemeinheiten, die er mir wahrscheinlich gleich an den Kopf werfen wird, aber nichts geschieht. Endlich gelingt es mir, den Schlüssel umzudrehen und die Türe aufzustoßen. Über die Schulter werfe ich einen kurzen Blick zurück und treffe den von Fred.

»Du hast recht.«

»Wie bitte?«

»Du hast recht. Mit allem, was du gesagt hast. Ich war ein Arschloch und es tut mir leid.« Ich bin zu verblüfft, um irgendetwas zu sagen. Stehe nur in der geöffneten Eingangstür und starre ihn an. Und bekomme beinahe einen Herzinfarkt, als er jetzt hinter seinem Rücken eine weiße Rose hervorzieht. Wo er die wohl so plötzlich hergezaubert hat? Ich könnte schwören, dass er eben noch mit beiden Händen Obst und Gemüse vom Boden aufgesammelt hat. Aber wahrscheinlich täusche ich mich. Ist eigentlich auch völlig egal. Vermutlich sucht mein Gehirn gerade einfach nach einer Ausrede, sich mit irgendetwas zu befassen. Mit etwas anderem als dem, was hier gerade vor sich geht. Denn das ist eindeutig zu viel für mich. Fred, der mir mit einem verlegenen Grinsen eine weiße Rose entgegenhält. Wie zum Teufel soll ich auf diese Situation angemessen reagieren?

»Ich mag dich wirklich«, sagt er hastig, als hätte er Angst vor seiner eigenen Courage, »und ich möchte dich auf die Hochzeit deiner Schwester begleiten. Mir ist klar, dass ich nicht einfach bin. Und dass ich ein Problem mit Nähe habe. Das hast du gut erkannt, du kluges Mädchen.« Da ist es wieder, dieses leicht spöttische Grinsen, mit einem Hauch von Verführung in den Mundwinkeln. Gut! Wenigstens kann ich mir jetzt sicher sein, dass es wirklich Fred ist, den ich vor mir habe. Und nicht etwa sein Zwillingsbruder. Noch immer wedelt er mit der Rose herum. »Aber ich werde mich bemühen. Nicht jedes Mal gleich in Panik zu geraten, meine ich. Vielleicht … wenn wir es langsam angehen lassen?«

»Noch langsamer?«, frage ich bissig und wundere mich

selbst, dass ich plötzlich so wütend bin. »Was wäre dir denn genehm? Dass wir uns alle drei Wochen treffen? Und dazwischen herrscht Funkstille?«

»Nein, natürlich nicht. Aber wir müssen ja nicht gleich jeden Tag zusammenkleben.«

»Ich habe nie gesagt, dass ich jeden Tag mit dir zusammenkleben will! Das sind alles deine Hirngespinste, dass dich jede Frau sofort anketten will.«

»Ja, kann sein. Warum bist du denn so wütend?«

»Warum ich wütend bin? Weil du mich wahnsinnig machst«, schreie ich ihn an.

»Du siehst süß aus, wenn du sauer bist. Dieses Funkeln in deinen Augen.« Er grinst und steht plötzlich ganz dicht vor mir. »Na komm, jetzt nimm schon die Rose. Und gib mir einen Kuss.« Er schaut auf mich herunter und hat diesen hungrigen Ausdruck in den Augen, den ich mal sehr aufregend fand. Und der mich zugegebenermaßen auch jetzt wieder in ein hypnotisiertes Kaninchen verwandelt. Ich sehe zu ihm auf und spüre, wie meine Knie weich werden. Gleichzeitig weiß ich aber auch, dass hier irgendetwas nicht stimmt. Ganz und gar nicht. Wenn ich nur wüsste, was es ist.

»Hm?«, macht Fred, legt seinen Kopf schräg und neigt sich zu mir herunter. Als seine Lippen nur noch wenige Millimeter von meinen entfernt sind, fällt es mir zum Glück wieder ein.

»Ich kann nicht«, sage ich und schiebe ihn mitsamt seinen verführerischen Lippen und der weißen Rose von mir weg.

»Nein? Und warum nicht?« Er sieht immer noch ziemlich siegessicher aus, bis in genau diesem Moment mein Grund um die Ecke biegt. Und zwar mit einem großen

Strauß roter Rosen bewaffnet. Ich schicke ein Dankgebet gen Himmel, dass er nicht fünf Sekunden früher aufgetaucht ist.

»Hallo«, sagt Nils unbekümmert und küsst die Lippen, die gerade bedrohlich kurz davor waren, eine große Dummheit zu begehen.

»Hallo«, sage ich auch. »Schön, dass du schon da bist.«

»Soll ich dir was abnehmen? Oder noch besser: wir tauschen!« Damit reicht er mir die Blumen und greift gleichzeitig nach meinen Einkaufstüten. »Für die schönste Frau der Welt.«

»Vielen Dank!« Schnell sehe ich zu Fred rüber, der irgendwie bedröppelt dasteht und auf seine einzelne Rose herunterschaut. Dann geht ein Ruck durch seinen Körper und er hebt den Kopf. Mustert Nils kurz von oben bis unten.

»Verstehe«, sagt er langsam. Ich werfe ihm einen warnenden Blick zu.

Jetzt hat auch Nils ihn bemerkt und sieht arglos von mir zu Fred. Dann streckt er ihm seine Hand hin. »Ich bin Nils. Franzis Freund.« Eine Sekunde lang fürchte ich, dass Fred sich weigern wird, seine Hand zu schütteln. Dann ergreift er sie aber doch.

»Fred. Ein … Bekannter.«

»Fred. Habe ich den Namen von dir schon mal gehört?« Ich schüttele den Kopf.

»Wir kennen uns nicht besonders gut.«

»Genau«, wirft Fred ein, »wir sind uns nur gerade begegnet. Rein zufällig. Also, ich geh dann mal wieder.« Er wirft mir noch einen undurchdringlichen Blick zu und hebt lässig die Hand. »Bis irgendwann mal. Und viel Glück euch beiden.«

»Dankeschön! Und dir: Viel Erfolg!« Irritiert sieht Fred ihn an, woraufhin Nils auf die Rose in seiner Hand zeigt. »Du hast ja offensichtlich noch was vor. Viel Erfolg!«

»Äh, ja. Danke.«

»Netter Kerl«, sagt Nils, während wir nebeneinander die Treppen zu meiner Wohnung hochsteigen.

»Ja, er ist ganz okay.« Was soll ich auch sonst sagen? Wohl kaum das, was ich in diesem Moment tatsächlich über Fred denke. Nämlich, dass er ein Vollidiot ist. Ein Vollidiot mit einem richtig schlechten Timing.

Keine fünf Minuten später erhalte ich eine SMS von einer mir unbekannten Handynummer. Erst in diesem Moment wird mir klar, dass ich zwar schon ziemlich häufig mit ihm geschlafen habe, aber bislang noch nicht einmal eine Telefonnummer von Fred hatte. Aus irgendeinem Grund macht mich das schon wieder wütend.

ICH NEHME AN, DU GEHST MIT IHM ZUR HOCHZEIT?
FRED

ERRATEN!

SCHADE EIGENTLICH. ICH HATTE MICH SCHON DRAUF GEFREUT!

DAS HAST DU ABER GUT VERBORGEN, ALS ICH DICH EINGELADEN HABE!

SCHON GUT. FAHR DIE KRALLEN EIN. WÜNSCHE DIR VIEL SPASS! UND GLÜCKWUNSCH ZU DEINEM TOLLEN

FANG. ER SCHEINT JA WIRKLICH ALLES ZU SEIN, WAS MAN SICH ALS FRAU ERTRÄUMEN KANN.

JA, DAS IST ER AUCH!!!

SAG ICH DOCH! UND WIE SCHNELL DAS GING!

IST MIR KLAR, DASS DU DIR DAS NUR SCHWER VORSTELLEN KANNST, ABER MEINE WELT HAT SICH WEITERGEDREHT. OHNE DICH!

AUTSCH!

»Mit wem schreibst du dir denn da die ganze Zeit«, erkundigt sich Nils und linst über meine Schulter hinweg auf mein Handydisplay. Schnell lasse ich es in meiner Tasche verschwinden.

»Mit niemandem. Bloß eine Arbeitskollegin. Und? Was sollen wir kochen?«

»Wie wäre es mit Spaghetti all'arrabbiata? Die Tomaten müssen wir schnell aufbrauchen. Die sind ziemlich matschig.«

Kapitel 15

Nach unserer SMS-Unterhaltung höre und sehe ich nichts mehr von Fred, und das ist mir auch ganz recht so. Zugegebenermaßen hat es mich ein wenig durcheinandergebracht, als er so urplötzlich vor mir stand. Mir ist durchaus klar, dass das knapp war. Verdammt knapp. Um ein Haar hätte ich zugelassen, dass er mich küsst. Nicht, weil ich das gewollt hätte, nein. Er hat mich überrumpelt. Nicht auszudenken, wenn das Schicksal es nicht so gut mit mir gemeint und Nils Sekunden früher um die Ecke hätte biegen lassen. Mir wird jetzt noch ganz schlecht bei dem Gedanken. Wie hätte ich das erklären sollen? Aber zum Glück ist ja nichts passiert, und ich kann mich ohne jedes Schuldgefühl auf Nils und unsere wunderbare Beziehung konzentrieren. Für die Hochzeit von Emma hat er sich extra einen Smoking gekauft, obwohl ich ihm versichert habe, dass das nicht nötig ist. Aber er meinte, dass er sowieso schon immer mal einen haben wollte, und ich muss zugeben, dass ich darüber ganz froh bin. Er ist nämlich eine Augenweide darin. Um gleich mal die Wirkung auszutesten, werfe ich mich in mein fliederfarbenes, bodenlanges Seidenkleid, für das ich ein halbes Vermögen ausgegeben habe, und stelle mich neben ihn vor den großen Schlafzimmerspiegel.

»Wir sind ein tolles Paar«, spricht er meine Gedanken laut aus und legt den Arm um meine Schulter. »Und du bist wunderschön in deinem Kleid. Hoffentlich stichst du nicht die Braut aus.« Hoffentlich doch, denke ich im Stillen, obwohl ich das nicht mal meiner doofen kleinen Schwester antun würde. Aber die Gefahr besteht nicht. Emma hat mir bereits per E-Mail ein Foto von ihrem Brautkleid geschickt. Ich sage nur so viel: Es ist Haute Couture, kostet ungefähr mein Jahresgehalt und Scarlett O'Hara würde sich darin overdressed fühlen.

Am Abend des 12. Juli veranstalte ich in meiner Wohnung eine kleine Dinnerparty für meine engsten Freunde, also Kim und ihren Mann Viktor, Lydia und einen Typen, dessen Namen wir uns, wie sie mir heimlich zuflüstert, nicht zu merken brauchen, und natürlich Nils. So kann ich wenigstens in meinen Geburtstag hineinfeiern, wenn sich morgen schon alles um Emma und ihre Hochzeit drehen wird. Allzu ausschweifend wird es allerdings nicht, weil meine Mutter mich am nächsten Morgen um halb neun zur Kirche beordert hat, um die Blumen in Empfang zu nehmen und das Schmücken von Altar und Bänken zu überwachen. Weil ich mich ja ansonsten »sehr aus den Hochzeitsvorbereitungen herausgehalten« habe, meinte sie, »diese Kleinigkeit« sei mir ja wohl zuzumuten. Ich habe schon längst aufgehört, mich über derlei Aktionen aufzuregen. So werfe ich meine Gäste um kurz nach eins raus und lege mich, während Nils netterweise die Küche aufräumt, quer auf mein Bett. Bekleidet mit nichts als den Diamantohrringen, die er mir zum Geburtstag geschenkt hat. Ständig greife ich mir ans Ohr, weil ich Angst habe, dass sie herausfallen könnten. Mein Schmuck war bisher nämlich eher von Bijou Brigitte als von Cartier. Müssen verdammt teuer gewesen sein, die Dinger. Zumindest, wenn ich den bewundernden Blick von Kim richtig gedeutet habe. Und Viktors Bemerkung, »Aber wir sparen das Geld lieber für Elias' Ausbildung, oder?«, war vielleicht auch nur halb scherzhaft gemeint. Wahnsinn! Ich glaube, ich habe noch von keinem Mann jemals ein auch nur annähernd so wertvolles Geschenk bekommen. Die funkelnden Steine sehen wahnsinnig elegant aus. Auch wenn ich ja eigentlich gar nicht der Typ Frau für Diamantohrringe bin. Aber vielleicht könnte ich es werden.

»Und, wie stehen sie mir?«, frage ich Nils mit meiner verführerischsten Stimme, als der ins Schlafzimmer kommt und ziemlich verdutzt auf mich herunterblickt.

»Was?«

»Die Ohrringe«, helfe ich ihm auf die Sprünge.

»Oh. Sehr gut.« Er kommt zu mir ins Bett und legt die Hände auf meine Brüste. »Aber bei dem Anblick sind deine Ohren so ziemlich das Letzte, was mich interessiert.«

So stehe ich am nächsten Morgen zwar ein bisschen verpennt, aber relativ gut gelaunt vor der Eppendorfer Hochzeitskirche. Nils hat es sich nicht nehmen lassen mitzukommen, und das, obwohl er sich bestimmt gerne noch mal im Bett umgedreht hätte. Aber was soll ich sagen? Er ist eben ein Schatz! Die Lieferung des Blumenschmucks geht reibungslos über die Bühne, und langsam, aber sicher füllt sich der kleine Vorplatz der Kirche mit Familienmitgliedern und Freunden. Stolz präsentiere ich Nils meinen Kusinen, als meine Eltern auf mich zukommen.

»Herzlichen Glückwunsch zum Geburtstag, Krabbe«, sagt mein Vater und drückt mich an sich.

»Dankeschön.«

»Herzlichen Glückwunsch.« Meine Mutter umarmt mich ein klitzekleines bisschen weniger herzlich, wohl, um weder ihr marineblaues Kostüm noch mein Kleid zu zerknittern. Dann mustert sie mich von oben bis unten und sagt beinahe überrascht: »Gut siehst du aus.«

»Danke.« Ihr Blick gleitet rüber zu Nils, der direkt neben mir steht und ohne eine Miene zu verziehen, den wachsenden Druck meiner Fingernägel in seiner Handinnenfläche erträgt. Mein Gott, bin ich plötzlich nervös. Aber offensichtlich völlig grundlos, denn auf Mamas Gesicht breitet sich ein strahlendes Lächeln aus.

»Sie müssen Nils sein.«

»Guten Morgen, Frau Martens! Schön, Sie kennenzulernen!«

»Bitte, sagen Sie Rita zu mir. Das ist mein Mann Erich.« Ich weiß, es sollte mir nicht so wichtig sein, was meine Eltern von meinem Freund halten. Schließlich bin ich heute fünfunddreißig Jahre alt geworden. Ich bin eine erwachsene Frau mit eigener Meinung und eigenem Leben. Trotzdem muss ich zugeben, dass es mir nicht egal ist. Und dass der anerkennende Blick, den Mama mir hinter Nils' Rücken zuwirft, meine Laune noch mehr hebt.

»Hast du neue Ohrringe, Franzi?«

»Hat Nils mir geschenkt. Zum Geburtstag.«

»Also, das ist ja wirklich … »

»Hallo Geburtstagskind, lass dich umarmen«, unterbricht Omi Anni unsere Unterhaltung, und schon hängt sie an meinem Hals und bedeckt mein Gesicht mit Küssen. »Ich wünsche dir alles Liebe, mein Kind! Und das ist er also!« Mit verschränkten Armen stellt sie sich vor Nils auf und mustert ihn unverhohlen von oben bis unten, bevor sie ihre Hände nach ihm ausstreckt und ihn ebenfalls abbusselt. »Nils, grüß dich, ich bin Anni. Und das ist Hinrich. Er sieht wirklich gut aus«, wendet sie sich an mich, als ob Nils gar nicht da wäre. »Und ich dachte, du übertreibst. Aber das wäre auch in Ordnung gewesen, Schätzchen.«

»Wir sollten jetzt mal langsam reingehen«, drängelt Mama, »Nils, Sie kommen mit mir. Erich und Franzi, ihr wartet hier.«

»Warum denn?«, erkundige ich mich, nicht bereit, Nils' Hand loszulassen.

»Du gehst doch hinter Emma her, um ihre Schleppe zu richten.«

»Ich mache was, bitte?«

»Franzi, jetzt tu nicht so, als würdest du das zum ersten Mal hören.«

»Aber ich höre es zum ersten Mal«, verteidige ich mich.

»Emma hat dich letzte Woche angerufen, um dich darum zu bitten.« Um mich zu bitten? Spätestens jetzt weiß ich, dass dieser Anruf höchstens in der Fantasie meiner Schwester stattgefunden haben kann, denn das Wörtchen bitte gehört nicht in ihren Sprachgebrauch.

»Nein, hat sie nicht!«

Meine Mutter stößt einen missbilligenden Seufzer aus. »Du sagst also, sie lügt?«

Ich zucke mit den Schultern. »Ich habe keinen solchen Anruf gekriegt.«

»Und es könnte nicht sein, dass es dir entfallen ist? Wäre ja nicht das erste Mal.«

»Genauso gut könnte es Emma sein, die mich vielleicht anrufen wollte, es dann aber vergessen hat.«

»Bei dem, was deine Schwester in letzter Zeit mit den Hochzeitsvorbereitungen zu tun hatte, wäre das auf jeden

Fall verzeihlicher als bei dir, die du dich nur für diese eine kleine Aufgabe zur Verfügung stellen sollst.« Vor lauter Empörung über diese Ungerechtigkeit stockt mir der Atem. Hilflos sehe ich Nils an, der beruhigend meine Hand drückt.

»Entschuldigt uns eine Sekunde«, sagt er und zieht mich ein paar Schritte weiter. Mir stehen vor lauter Wut die Tränen in den Augen.

»Tut mir leid«, würge ich an dem Kloß in meinem Hals vorbei.

»Das muss dir doch nicht leid tun.« Er streichelt mir sanft über die Wange, was mein Bedürfnis, auf der Stelle loszuheulen, leider noch verstärkt.

»Meine Mutter muss einfach ständig auf mir herumhacken.« Ich sehe zu ihr hinüber, die mit verschränkten Armen dasteht und ungeduldig mit dem Fuß wippt.

»Wahrscheinlich ist sie einfach nervös«, versucht Nils mich zu beruhigen.

»Ich will die doofe Schleppe nicht richten.«

»Aber warum denn nicht?«

»Weil die dumme Kuh es nicht einmal für nötig befunden hat, mich anzurufen, um mich darum zu bitten. Darum!«

»Das verstehe ich ja. Aber wäre es nicht besser, es einfach zu tun, als den ganzen Abend von deiner Mutter dumme Sprüche zu kassieren?«

»Die krieg ich doch sowieso«, sage ich trotzig, aber ich spüre, wie mein Widerstand in sich zusammenfällt.

»Na komm, tu's für mich, okay?« Er tritt nah an mich heran und gibt mir einen Kuss. »Ich würde dich gerne mal zum Altar schreiten sehen.«

»Alles klar«, rufe ich meiner Mutter zu, »ich mach's!«

Eine halbe Stunde später ist der Kirchenvorplatz menschenleer, die Sonne strahlt von einem absolut perfekten blauen Himmel herunter, und das mit roten Rosen geschmückten Brautauto, das von Julius' Trauzeugen gefahren wird, rollt langsam heran. Auf dem Rücksitz mache ich unter mehreren Dutzend Lagen champagnerfarbenen Chiffons und Tülls meine Schwester aus. Mit vereinten Kräften hieven wir sie aus dem Wagen, und mir wird klar, dass sie auf meine Hilfe dringend angewiesen ist. Im Moment sieht sie nämlich noch aus wie eine umgestülpte weiße Rose. Schicht um Schicht drapiere ich das Kleid um sie herum, sodass es schließlich wieder aussieht wie auf dem Foto. Ich richte mich auf, trete einen Schritt zurück und mustere kritisch mein Werk. Emma sieht einfach hinreißend aus. Mein Vater steht wortlos neben uns und ringt sichtlich um seine Fassung. Die hellblauen Augen meiner Schwester glitzern verdächtig, und ich bin zwar nicht unbedingt zu Tränen gerührt, aber doch ein wenig ergriffen.

»Na, dann wollen wir mal!«

»Ach Franzi, würdest du wohl hinter mir herlaufen und achtgeben, dass meine Schleppe sich nicht verheddert? Ich wollte dich eigentlich letzte Woche anrufen und dich fragen, aber dann habe ich es wohl vergessen.« Ich werfe meinem Vater einen triumphierenden Blick zu, aber der schaut so verständnislos zurück, dass ich vermute, er hat die ganze Schleppendiskussion gar nicht mitbekommen. Er hatte schon immer ein Talent dafür, nur körperlich anwesend zu sein, wenn die Frauen in seiner Familie sich zoffen.

»Na klar, das mache ich«, sage ich friedfertig. »Dann mal los.«

Es ist die perfekte Inszenierung. Wie von Zauberhand öffnet sich das Kirchenportal genau in dem Moment, als die ersten Klänge des Pachelbel-Kanons ertönen. Am Arm meines Vaters schreitet Emma in Richtung Altar, die Kirche ist bis auf den letzten Platz gefüllt, sodass ich mich kurz frage, ob das Ehepaar Knax, wie Emma ab jetzt heißen wird, möglicherweise ein paar Komparsen für die leeren Stellen engagiert hat, die das Gesamtbild hätten stören können. Das Meer von roten Rosen, das sich über Altar und Bankreihen ergießt, verströmt einen schweren, betörenden Duft, alle Gäste erheben sich und schauen in unsere Richtung. In Emmas Richtung natürlich. Ich zupfe hier und da noch an einem Fetzen Tüll, aber das Kleid ist sein Geld wert und wogt perfekt um Emmas schlanke Gestalt herum. Vorne am Altar steht Julius. O Gott, er trägt allen Ernstes einen Frack. Na gut, warum auch nicht? Auf jeden Fall strahlt er über das ganze Gesicht, und so wenig ich ihn auch leiden kann, er scheint meine Schwester wirklich zu lieben, und das ist es schließlich, worauf es ankommt. Plötzlich erscheinen vor meinem inneren Auge Bilder aus unserer Kindheit. Emma als winziges Baby in ihrer Wiege, verknautscht und rosig. Bei ihren ersten Gehversuchen in unserem Garten. Am ersten Schultag mit der großen Schultüte in der einen Hand, die andere fest in meinen Rock verkrallt. Wir sind inzwischen am Altar angekommen, und mein Vater überreicht seinem zukünftigen Schwiegersohn sichtlich schweren Herzens Emmas Hand. Ich schlüpfe in die zweite Bankreihe neben Nils und drücke seine Hand. Mit einer Geste bedeutet uns der Pfarrer, Platz zu nehmen. Ich lehne mich entspannt zurück. Und auf einmal freue ich mich sogar ein bisschen für meine Schwester. Dass sie den richtigen Mann für sich gefunden hat und nun endlich ihre Traumhochzeit bekommt. Zugegeben, für meinen Geschmack ist die Sache ein bisschen zu durchgestylt, das Kleid zu üppig, das Atlantic zu teuer und der Pachelbel-Kanon zu vorhersehbar. Aber unbestreitbar verläuft alles genau so, wie Emma sich das schon als ganz kleines Mädchen erträumt hat.

Nach dem Traugottesdienst dauert es eine halbe Ewigkeit, bis alle Gäste bei dem frischgebackenen Ehepaar ihre Glückwünsche losgeworden sind. Unruhig trippele ich von einem Bein aufs andere, weil mir die Füße in den hochhackigen Schuhen schon jetzt furchtbar wehtun. Ich werde diesen Brauch nie verstehen. Warum fahren nicht alle gemütlich zum Festsaal und gratulieren dort? Da würde man auch nicht in der prallen Sonne stehen. Emmas Make-up jedenfalls braucht dringend eine Auffrischung, und außerdem habe ich ihre Absätze gesehen und möchte wetten, dass ihre Fußsohlen mindestens so brennen wie meine.

»Was machst denn du für ein Gesicht?«, erkundigt sich Nils besorgt.

»Ach, mir tun bloß ein bisschen die Füße weh. Diese Schuhe sind schrecklich hoch.«

»Aber deine Beine sehen toll darin aus.«

»Danke. Wenigstens etwas!«

Im Festsaal des Atlantic-Hotels angekommen, lasse ich mich sofort auf den erstbesten der dunkelblau gepolsterten Stühle fallen.

»Ach, das tut gut«, ächze ich und lasse meinen Blick durch den Raum schweifen. Wider Willen bin ich beeindruckt. In diesem Saal könnte eine Königshochzeit stattfinden. Von der sicher sieben Meter hohen Decke hängen gewaltige Kronleuchter mit Hunderten von echten Kerzen, die alles in ein warmes Licht tauchen. Riesige Gemälde von Schiffen auf stürmischer See zieren in schweren Goldrahmen die Wände. Die zwanzig runden Tische sind mit edelstem Geschirr eingedeckt und biegen sich unter der üppigen Dekoration aus dicken, weißen Stumpenkerzen und roten Rosen. Erneut stelle ich fest: Alles sehr schön, aber irgendwie nicht meins.

»Das ist gar nicht dein Platz«, bemerkt Nils nach einem Blick auf das Namensschildchen vor mir. »Komm, wir suchen unseren Tisch.«

»Okay.« Ergeben stelle ich mich wieder auf meine wunden Füße und humpele hinter ihm her zum Brauttisch, wo unsere Namen zwischen denen meiner Eltern und Julius' Bruder und dessen Frau stehen. Meine Großeltern sitzen leider an einem anderen Tisch. Dafür hält sich wenigstens meine Mutter heute mit kritischen Kommentaren mir gegenüber zurück, ja, sie scheint wie ausgewechselt. Sie plaudert in einer Tour mit dem neben ihr sitzenden Nils und lässt sich im Detail erzählen, wie wir einander kennengelernt haben. Gerade legt sie ihm eine Hand auf den Arm und lacht, wie ich sie noch nie zuvor habe lachen hören. Wenn ich es nicht besser wüsste, würde ich sagen, dass sie flirtet. Mit meinem Freund. Mein Blick streift den meines Vaters, der gutmütig mit den Schultern zuckt.

»Nils, kommst du mal bitte mit raus?«

»Aber wir unterhalten uns doch gerade«, weist meine Mutter mich zurecht. »Was willst du überhaupt draußen? Etwa rauchen? Nils, du rauchst doch nicht etwa auch?« Ah, sie sind mittlerweile schon beim Du angekommen.

»Nein, er raucht nicht«, antworte ich an seiner statt,

»und ich übrigens auch nicht. Ich habe vor siebzehn Jahren meine erste und letzte Zigarette geraucht.« Und leider musste ausgerechnet in diesem Moment meine Mutter um die Ecke kommen und mich dabei erwischen. »Kommst du?«

»Natürlich. Entschuldigt uns bitte!« Mit einer angedeuteten Verbeugung erhebt er sich und folgt mir aus dem Saal. Draußen lehne ich mich an ihn.

»Meine Mutter ist peinlich. Es tut mir so leid.«

»Was redest du denn da?«

»Richtig, du kennst sie ja nicht anders. Aber glaub mir, so ist sie nicht immer. Normalerweise hat sie einen ziemlichen Stock im … Also, sie ist sonst nicht so. Wenn es dir zu viel wird, dann sag's mir einfach, okay? Wir können gerne die Plätze tauschen.«

»Ach was, das ist doch nicht nötig. Ich finde es ganz amüsant. Wirklich. Ich mag deine Familie.«

»Tatsächlich?«

»Natürlich. Und weißt du auch, warum?«

»Nein«, sage ich aus tiefster Seele.

»Weil es deine Familie ist.« Er gibt mir einen Kuss. »Komm, lass uns wieder reingehen.«

Das Menü zieht sich ewig hin. Das Essen mag ja teuer und exklusiv sein, aber die Portionen sind winzig und die Pausen zwischen den einzelnen Gängen so lang, dass mein Hunger eher größer als kleiner wird. Außerdem war ich noch nie auf einer Hochzeit, auf der so viele Leute glaubten, irgendetwas sagen zu müssen. Nicht nur die beiden Trauzeugen Cornelia und Peter halten jeweils eine Rede, die ebenso lang wie weilig ist, sondern auch Emmas Patenonkel sowie fünf weitere Menschen, die ich noch nie in meinem Leben gesehen habe, lassen es sich nicht nehmen, dem Paar ausführlich ihre Glückwünsche auszusprechen. Ich persönlich bin ja der Meinung, dass eine knackige Ansprache des Brautvaters sowie ein paar Worte von Braut und/oder Bräutigam völlig ausreichend wären. Nachdem ein Arbeitskollege von Julius uns mit einer Begebenheit unterhalten hat, bei der man offensichtlich anwesend hätte sein müssen, um sie lustig zu finden, erscheint erneut eine Heerschar von Kellnern, die sich ebenso wieselflink wie lautlos um die Tische herum aufstellen, um den dritten Zwischengang zu servieren. Der rechts neben mir stehende Kellner wirft einen Blick in die Runde und deklamiert stolz: »Hier haben wir ein Carpaccio von Jakobsmuscheln auf geliertem Erbsenpüree, fein mit Minze abgestimmt und serviert an einem Jus de Champagne. Guten Appetit.« Sein kaum wahrnehmbares Nicken wirkt wie ein Kommandoschuss. In vollendeter Synchronizität wird uns serviert und schon verschwindet das Personal ebenso lautlos, wie es gekommen ist. Mein Magen knurrt laut und vernehmlich beim Anblick des Würfels, der leider die Größe eines Dominosteins nur minimal überschreitet. Ich spieße meine Gabel hinein und stecke ihn in den Mund. Es schmeckt fischig und auch irgendwie aromatisch, mit einer leichten Säure. Leider hat alles die gleiche, gallertartige Konsistenz, die sich auf der Zunge meiner Meinung nach ein bisschen eklig anfühlt. Darum schlucke ich den Bissen schnell hinunter, besonders groß war er ja sowieso nicht, und sehe verstohlen in die genießerischen Gesichter rundum.

»Sag mal, schmeckt dir das?«, flüstere ich Nils zu, der seinen Jakobsmuschelwürfel gerade mit der Gabel in zwei Dreiecke teilt.

»Köstlich, nicht wahr?« Er strahlt mich zufrieden an. Merkwürdig. Schließlich mögen wir doch sonst immer genau dieselben Sachen. Aber vielleicht ist es eine Frage der Gewöhnung? Jedenfalls bringe ich es nicht übers Herz, ihm zu gestehen, dass ich mit dieser Art von Sterneküche nicht besonders viel anfangen kann. Stattdessen nicke ich tapfer und nehme einen tiefen Schluck aus meinem Weinglas. Dabei muss ich plötzlich an Heino denken. Dieser Wein hier ist wahrscheinlich sogar noch teurer als der, den er bei unserem Date bestellt hatte. Und trotzdem kann ich beim besten Willen nicht ausmachen, was denn nun die geschätzten achtzig Euro Preisunterschied zu meinem Lieblingswein von Aldi rechtfertigt. Bin ich ein Banause? Ich schätze schon. Hungrig beginne ich, die dekorativ auf dem Tellerrand drapierten Minzeblätter aufzuessen. Leider wird es nicht besser. Selbst der Fleischgang, Rehfilet im Strudelblatt mit – was sonst – geliertem Rotkraut auf Preiselbeerschaum ist nur eine Füllung für den hohlen Zahn. Ich bin nicht einmal in der Lage, der Rede meines Vaters mit der angemessenen Aufmerksamkeit zu folgen, weil ich im Hungerdelirium von einem fetten Big Mäc mit Pommes fantasiere. Wenn der Nachtisch, wie ich befürchte, nicht aus Schüsseln voller Mousse au Chocolat, Roter Grütze mit Seen von Vanillesoße sowie riesigen Stücken saftigen Schokoladenkuchens besteht, dann werde ich Nils bitten, schnell mit mir bei McDonald's vorbeizufahren. Als sich erneut die Tür öffnet, schließe ich die Augen und sende ein Stoßgebet zum Himmel.

»Basilikumparfait mit gratinierter Orange«, näselt es neben mir, »guten Appetit.« Ich öffne die Augen und sehe enttäuscht auf das winzige, von der Kälte innen leicht beschlagene Gläschen mit dem knallgrünen Inhalt. In meiner Verzweiflung lasse ich den Blick schweifen und sehe Omi Anni am Nebentisch kopfschüttelnd auf das Dessert starren. Dann wendet sie sich zu mir um und tippt sich unmissverständlich gegen die Stirn.

»Warum isst du denn nicht? Hast du keinen Hunger mehr?«, erkundigt sich Nils.

»Doch«, sage ich schnell und greife nach meinem Nachtisch, bevor er auf die Idee kommt, ihn mir wegzufuttern. Es schmeckt wirklich höchst merkwürdig, irgendwie nach Pesto und bis auf die kärgliche Schicht in irgendeinem Alkohol eingelegter Orange auch gar nicht süß.

»Na, ihr Lieben, wie geht es euch hier?« Anni tritt lächelnd an unseren Tisch.

»Gut. Hat dir das Essen geschmeckt, Omi?«, erkundigt sich Emma.

»Es war wirklich interessant. Und wie ich immer sage: Der Hunger ist der beste Freund des Menschen, nicht wahr?« Noch während wir alle überlegen, was damit gemeint sein könnte, wandert sie schon zum nächsten Tisch davon. In diesem Moment erscheint ein einzelner Kellner im Türrahmen, bleibt eine Sekunde unschlüssig stehen, scheint mit sich zu ringen und kommt dann geradewegs auf unseren Tisch zu. Hoffnungsvoll sehe ich ihn an, aber er beugt sich zu Julius hinunter.

»Ich bitte vielmals um Entschuldigung, aber erwarten Sie eine … Lieferung?«

»Was denn für eine Lieferung?«

»Draußen steht ein Mann, der darauf beharrt, eingelassen zu werden. Wissen Sie etwas davon?«

»Nein.« Ratlos sieht Julius Emma an, die lächelnd mit den Schultern zuckt.

»Vielleicht eine Überraschung. Lassen Sie ihn doch herein.«

»Sehr wohl. Wie Sie wünschen!« Mit einem angedeuteten Diener strebt er in Richtung Ausgang davon.

»Eigentlich wollte ich gerade meine Rede halten«, sagt Julius , aber Emma legt ihre frisch beringte Hand – Platin, logisch – auf seine.

»Ich möchte wissen, was das für eine Überraschung ist.«

»Natürlich, Liebling.« Erwartungsvoll blicken wir zur Tür, wo in diesem Moment ein langer, schlaksiger Mann in Jeans und Kapuzenjacke auftaucht. Ich kralle mich am Tischrand fest und blinzele. Dass es mit meiner Unterzuckerung so weit gekommen ist, war mir nicht bewusst. Doch ich leide eindeutig an Halluzinationen. Denn vor sich her trägt der Mann eine riesengroße, saftige Schokoladentorte, bei deren Anblick mir das Wasser im Mund zusammenläuft. In der fingerdicken, dunkel glänzenden Buttercreme steckt flackernd eine einzelne rosa Kerze. Aber es kann nur ein Traum sein. Der Mann sieht haargenau aus wie Fred, und das ist ja nun der endgültige Beweis, dass die ganze Situation meinem hungrigen Gehirn entsprungen sein muss.

Kapitel 16

»Was macht der denn hier?«, höre ich Nils neben mir fragen.

»Du siehst ihn auch?«

»Natürlich sehe ich ihn. Was ist das für eine wenig intelligente Frage?« Überrascht über seinen barschen Ton sehe ich ihn an. In diesem Moment öffnet Fred den Mund und beginnt zu singen. Und zwar laut!

»Happy Birthday to you! Happy Birthday to you! Happy Birthday, liebe Franzi, happy Birthday to you!« Mittlerweile haben sich sämtliche Gäste umgedreht und starren mehr oder weniger fassungslos auf den so unpassend gekleideten Eindringling, der sich davon jedoch nicht beirren lässt, sondern erneut ansetzt: »Happy Birthday ...« In diesem Moment schaltet die Band, die uns bis dahin mit einschläfernder, leiser Hintergrundmusik beglückt hat, und stimmt in das Ständchen mit ein. Begleitet von Bass, Saxophon und Klavier klingen Freds Gesangskünste gar nicht so schlecht. Außerdem sind Anni und Hinrich jetzt aufgestanden und singen in die Hände klatschend mit. Immer mehr Leute lassen sich anstecken und schließlich steht die ganze Hochzeitsgesellschaft auf ihren Füßen. Happy Birthday, schallt es durch den Raum. Ich spüre, wie mir vor Freude das Blut in die Wangen schießt. Klar, das Ständchen ist super. Aber die Krönung ist die Torte. Ihr schwerer, schokoladiger, köstlicher Duft eilt ihr voraus und erreicht meine Nase schon, bevor Fred an unseren Tisch tritt. Direkt vor mir stellt er sie ab. Eine windschiefe 35 aus etwas, das wie Vanillecreme aussieht, prangt oben auf dem Schokotraum.

»Selbst gebacken?«, frage ich, und Fred nickt.

»Auspusten«, fordern einige Stimmen aus dem Hintergrund.

»Wünsch dir was!« Fred lächelt mich an. Ich hole Luft und puste die Kerze aus. Mein größter Wunsch steht vor mir. Alles, was ich tun muss, ist, meine Gabel darin zu versenken. »Alles Liebe zum Geburtstag, Franzi.« Plötzlich ist Freds Gesicht ganz nah an meinem und er sieht mich aus seinen grünen Augen zärtlich an, bevor er mich küsst. Genau auf den Mundwinkel. So, dass es gerade noch als Wangenkuss durchgehen könnte, aber unsere Lippen sich dennoch an einem Punkt berühren. Nils gibt einen verärgerten Laut von sich, und ich ziehe schnell den Kopf zurück.

»Ich glaube, es ist besser, wenn du jetzt gehst.« Feindselig sehen die beiden Männer einander an, dann zuckt Fred mit den Schultern.

»Na klar. Entschuldigen Sie die Störung, bitte! Eine schöne Feier noch«, wünscht er mit erhobener Stimme in die Runde. Dann wendet er sich an Julius und Emma, die ihn noch immer mit offenem Mund anstarren. »Herzlichen Glückwunsch zur Hochzeit!«

»Dankeschön!« Offensichtlich hat Emma ihre Sprache wiedergefunden. Jetzt schenkt sie Fred sogar ihr berühmtes Lächeln, bei dem sie den Kopf leicht zur Seite lehnt und ihn unter gesenkten Wimpern hervor anblitzt. Ich habe dieses Lächeln schon häufig gesehen. Es bringt Männer um den Verstand. Sofort spüre ich den Stachel der Eifersucht, aber Fred scheint immun gegen Emmas weibliche Raffinesse zu sein. Befriedigt sehe ich, wie er unbekümmert die Hände in die Hosentaschen steckt und sie eher amüsiert als betört anschaut.

»Also, dann noch viel Spaß! Ach, übrigens«, bereits im Gehen dreht er sich noch einmal um und tritt zurück an unseren Tisch, »ich hab gerade mit dem Concierge gesprochen. Angeblich war der Festsaal letzten Samstag von niemandem gebucht. Merkwürdig, oder?«

»Was wollen Sie denn damit sagen?«, fragt meine Mutter spitz.

»Dass es nicht nötig gewesen wäre, die Hochzeit ausgerechnet an Franzis Geburtstag zu feiern.«

»Es war alles belegt. Es muss jemand abgesagt haben.« Emmas sonst so liebliches Stimmchen klingt plötzlich seltsam schrill.

»Wir wissen doch beide, dass das nicht wahr ist!« Der ganze Tisch schnappt hörbar nach Luft, und ich weiß nicht, ob ich lachen oder weinen soll.

»Was fällt Ihnen ein?« Julius springt auf, dass die Gläser auf dem Tisch leise klirren. »Wie reden Sie mit meiner Frau?« Einen Moment lang sieht es so aus, als wollte er sich auf ihn stürzen.

»Oh, mein Gott«, stöhnt meine Mutter, die offensichtlich das Gleiche befürchtet. Es ist mittlerweile so still im Raum, dass man eine Stecknadel fallen hören könnte.

»Ist ja gut, ich gehe schon«, löst Fred schließlich die Spannung auf. »Ich wollte gar nicht stören. Bloß Franzi zum Geburtstag gratulieren. Also«, er nickt mir zu, und seine Augen verraten mir, dass er sich gerade köstlich amüsiert, »ruf mich an.« Ich nicke.

»Das wird sie nicht tun«, sagt Nils, den ich für einen Moment ganz vergessen hatte.

»Wir werden sehen.«

»Danke«, rufe ich ihm hinterher. Er dreht sich noch mal um und grinst mich an.

»Gern geschehen, Süße!«

Kaum ist er draußen, fangen alle Leute gleichzeitig an zu reden, während mich an meinem Tisch ein wahrer Schwall der Entrüstung trifft.

»Wer war das? Also, das war ja wirklich unmöglich!«

»Franzi, ich schwöre, der Festsaal war restlos ausgebucht. Ehrlich!«

»Kann ich mal kurz mit dir reden?« Ich sehe Nils an und bin erschrocken über den Ausdruck in seinen Augen. Er scheint mir böse zu sein. Aber ich kann doch gar nichts dafür. Es war doch nicht meine Idee, dass Fred hier auftaucht und die Party crasht. Auch wenn es mir, das muss ich zugeben, durchaus ein klitzekleines bisschen gefallen hat. Mein Blick fällt auf die Schokoladentorte, die bei näherer Betrachtung ziemlich windschief daherkommt, was mich umso mehr rührt. Das war doch wirklich reizend von ihm, oder?

»Bevor du jetzt denkst, dass das eine tolle Geste von dem Typ war, lass dir gesagt sein, dass er das nicht für dich getan hat«, unterbricht Nils meine Gedanken, »solche Typen kenne ich. Sie lieben es zu provozieren, und dazu ist ihnen jedes Mittel recht!«

»Du kennst ihn doch gar nicht«, protestiere ich.

»Dafür kennst du ihn wohl umso besser«, gibt Nils zurück. »Sehr viel besser jedenfalls, als du behauptet hast, oder etwa nicht?«

»Was soll das heißen?«, mischt sich meine Mutter ein.

»Gar nichts«, wimmele ich sie ab.

»Ich würde das gerne mit Franzi alleine besprechen.« Auffordernd sieht Nils mich an. »Draußen.«

»Okay«, gebe ich klein bei und will mich gerade erheben, als Anni mit erhobener Gabel auf mich zukommt.

»Na, war das ein Auftritt?« Sie lacht vergnügt. »Los, Hinrich, wer zuerst kommt, fängt den Wurm! Franzi, rück mal ein Stück.« Sie drängelt sich neben mich auf den Stuhl. »Ich darf doch? Also, Kinder, ich muss euch sagen, ich sterbe vor Hunger!« Damit schlägt sie ihre Gabel in den Kuchen und verspeist unter den fassungslosen Blicken ihrer Familie den ersten Bissen. »Köstlich, einfach köstlich«, schwärmt sie mit vollem Mund. »Ich bin ja so froh, dass heute dein Geburtstag ist! Los, Franzi, iss!«

»Kann ich erst noch ein Stück Kuchen essen?«, frage ich Nils, der ein Gesicht macht, als würde er mich heute zum ersten Mal sehen. »Schon gut, ich komme ja.« Schweren Herzens stehe ich auf und werfe einen Blick auf die köstliche Torte, die sich unter der Fressattacke meiner Großeltern bereits zu dezimieren beginnt. Kurz entschlossen greife ich mit bloßen Fingern danach, breche ein Stück ab und lege es in eine der feinen Stoffservietten. »Okay, jetzt können wir!«

»Pass bloß auf dein Kleid auf. Schokoladenflecken gehen nie wieder raus«, ruft mir meine Mutter hinterher.

Obwohl ich ein bisschen Angst davor habe, dass Nils gleich einen Streit vom Zaun brechen wird, kann ich nicht widerstehen und nehme noch im Rausgehen den ersten Bissen. Es schmeckt einfach fantastisch. Mein vor Hunger gurgelnder Magen beruhigt sich fast auf der Stelle und freut sich nach den über den Abend verteilten Häppchen über die Kalorienbombe. Während ich Nils ins Foyer und dann raus auf die Straße folge, stopfe ich schnell den gesamten Kuchen in mich hinein und lecke meine Finger ab. Nachdem wir durch die gläserne Drehtür ins Freie getreten sind, dreht Nils sich abrupt zu mir um.

»Wer ist der Typ? Hast du was mit dem?«

»Nein«, sage ich, erschrocken über seinen heftigen Tonfall.

»Aber du hattest!«

»Nein, ich …«

»Lüg nicht«, fährt er mich an.

»Ja, ich hatte was mit ihm. Aber vor dir«, verteidige ich mich.

»Also ist er ein Exfreund?«

»Nicht direkt.«

»Verstehe. Du hast mit ihm gevögelt, aber zusammen wart ihr nicht.« Irgendwie klingt es nicht schön, wie er das sagt. Da es aber stimmt, nicke ich. »Machst du so was öfter? Ich möchte nur wissen, worauf ich mich einzustellen habe. Wie viele ehemalige Bettgefährten hattest du denn so?«

»Wieso bist du so gemein?« Nur mit Mühe kann ich die Tränen zurückhalten. »Ich kann nichts dafür, dass er hier aufgetaucht ist. Und nein, ich bin keine Schlampe, wenn es das ist, was du wissen wolltest!«

»Das habe ich doch gar nicht behauptet.«

»Hast du wohl.« Jetzt fange ich leider doch an zu heulen. »Du guckst mich an, als könntest du mich überhaupt nicht mehr leiden, dabei hab ich dir gar nichts getan. Es tut mir leid, dass du eifersüchtig bist, aber …«

»Ich bin nicht eifersüchtig«, fährt er mich an.

»Dann verstehe ich nicht, warum du mich so anschreist«, schreie ich zurück. Einen Augenblick stehen wir wie zwei Kampfhähne voreinander, dann wird Nils' Blick plötzlich weich.

»Du hast recht«, sagt er zögernd, »ich glaube, ich bin doch eifersüchtig.«

»Das musst du aber nicht sein«, schluchze ich und füge, zugegebenermaßen ziemlich zusammenhanglos, hinzu, »ich hab doch Geburtstag.«

Nils tritt auf mich zu und nimmt mein Gesicht in beide Hände. Was nun leider bewirkt, dass ich noch mehr heule. »Franzi«, er küsst eine Träne von meiner Wange, »jetzt wein doch nicht!«

»Ich weine gar nicht.«

»Es tut mir leid, dass ich mich aufgeregt habe. Und dass ich eifersüchtig war. Ich liebe dich einfach so sehr. Und außerdem ärgere ich mich über mich selbst, weil ich nicht auf die Idee gekommen bin, dir einen Kuchen zu backen.«

»Aber du hast mir doch die tollen Ohrringe geschenkt.«

»Magst du die lieber als die Torte?« Bittend sieht er mich an.

»Natürlich. Was denkst du denn?« Ich denke, diese kleine Notlüge ist erlaubt, oder? Freds Geschenk kam nun einmal genau zur richtigen Zeit. Und Diamanten kann man leider nicht essen. »Komm, wir gehen wieder rein, ja? Wenn du nett fragst, dann gebe ich dir sogar ein Stück ab.« Ich greife nach Nils' Hand und ziehe ihn zurück zum Hotel.

»Unglaublich, dass du nach einem Acht-Gänge-Menü noch was essen kannst«, findet er. »Ich für meinen Teil bin pappsatt!«

»Wow, dieser Fred legt sich aber richtig ins Zeug, was? Vielleicht solltest du dem doch noch mal eine Chance geben«, ist Lydias Kommentar, nachdem ich meinen Freundinnen die Geschichte zum Besten gegeben habe.

»Wie bitte?« Ich höre wohl nicht richtig.

»Du spinnst wohl«, meint auch Kim entrüstet, die heute ausnahmsweise mal wach genug ist, um sich an unserem Gespräch zu beteiligen. »Sie ist doch jetzt mit Nils zusammen. Und zwar richtig fest und alles. Er ist sogar schon in die Familie eingeführt.«

»Nichts, was man nicht rückgängig machen könnte«, sagt Lydia schulterzuckend.

»Was hast du denn plötzlich gegen Nils?«

»Gar nichts habe ich gegen ihn«, beruhigt sie mich, »aber ich muss zugeben, dass Fred sich mit dieser Aktion bei mir irgendwie beliebt gemacht hat.«

»Aber du kennst ihn doch gar nicht«, gebe ich zu bedenken.

»Und außerdem ist er der Albtraum einer jeden Frau«, erinnert uns Kim. »Er kommt und geht, wie es ihm passt, vögelt alles, was nicht bei drei auf den Bäumen ist, und will für nichts und niemanden seine Freiheit aufgeben.«

»Das kommt mir nach dieser Geschichte eben gar nicht mehr so vor«, entgegnet Lydia.

»Red ihr so etwas nicht ein!«, fährt Kim sie in erstaunlich scharfem Ton an. »Kann es sein, dass du es einfach nicht ertragen kannst, dass Franzi in einer stabilen Beziehung ist?«

»Also, das ist doch wohl …« Genau in diesem Moment klingelt es, und Lydia, offensichtlich erleichtert, aus der Schusslinie zu kommen, springt auf.

»Ich gehe schon.« Damit rafft sie die bereitliegenden

Scheine für unsere Pizza an sich und verschwindet in Richtung Flur.

»Wahrscheinlich hat Nils sogar recht, und es ging ihm gar nicht um dich, sondern nur um die Provokation an sich«, fährt Kim fort, ohne auf sie zu achten.

»Nein, ich glaube, er wollte mir wirklich eine Freude machen«, wage ich einzuwerfen.

»Nur weil er mit 'ner blöden Torte ankommt, ist alles andere vergessen?«

»Immerhin war sie selbst gebacken. Und hat mich vor dem sicheren Hungertod bewahrt.« Kopfschüttelnd lässt Kim sich auf das Sofa zurückfallen.

»Franzi, ich warne dich. Mach bloß keinen Fehler!«

»Aber das mache ich doch gar nicht. Was denkst du denn? Dass ich Nils jetzt verlasse, um mit Fred in drei Tagen wieder auf die Nase zu fallen? Ich bin doch nicht verrückt!«

»Das hoffe ich für dich.«

»Ich liebe Nils«, sage ich nachdrücklich. »Er war einfach toll auf der Hochzeit. Und wie er mir meine Mutter vom Leib gehalten hat. Phänomenal! Ich gehe nie wieder ohne ihn zu meinen Eltern. Ehrlich. Wer hätte gedacht, dass meine Mutter nett sein kann? Und meine Schwester. Zahm wie ein Lamm. Sogar seine Eifersucht fand ich irgendwie total süß. Nein, keine Sorge. Den lasse ich nicht mehr los!«

»Gut so!«

»Nächstes Wochenende lerne ich seine Freunde kennen. Und zwar alle auf einmal. Irgendein Kumpel von ihm wird nämlich vierzig und feiert ganz groß. Das wird aufregend!«

»Wollt ihr eigentlich bald Kinder haben?«, fragt Kim ziemlich unvermittelt.

»Moment mal«, bremse ich sie, »wir kennen uns doch erst seit ein paar Wochen. Ich glaube, damit lassen wir uns noch ein bisschen Zeit!«

»Aber damit könntest du den Sack wunderbar zumachen!«

»Oder in einem Jahr alleinerziehend sein«, unke ich.

»Du bist aber auch so was von negativ. Na gut, dann eben nicht. Mist!«

»Entschuldige, ich kann dir nicht ganz folgen.«

»Ach, es ist nur so, dass Viktor unbedingt bald ein zweites Kind möchte. Ich bin ja noch nicht ganz überzeugt von der Idee. Mit Elias hab ich echt genug um die Ohren. Aber ich dachte, es wäre doch ausgesprochen praktisch, wenn eine meiner Freundinnen gleichzeitig schwanger wäre. Dann ist es nicht so langweilig.«

»Tut mir leid, dass ich dir da nicht zu Diensten sein kann«, sage ich ironisch.

»Dass ihr aber auch so wahnsinnig spät dran sein müsst mit allem«, mosert sie vor sich hin, »und mit Lydia kann ich ja bei dem Thema sowieso nicht rechnen. Sag mal, wo ist die überhaupt?« Stimmt. Solange kann es eigentlich nicht dauern, drei Pizzen zu bezahlen. Und auch wenn Willi wegen seines Asthmas die Treppen dreimal so langsam nimmt wie jeder andere Pizzabote, sollte selbst er mittlerweile oben angekommen sein.

Im Flur bietet sich uns ein überraschender Anblick. Entweder hat sich Willis Asthma so verschlimmert, dass er nach vier Stockwerken spontane Mund-zu-Mund-Beatmung brauchte – oder er steht gerade wild knutschend mit meiner besten Freundin im Türrahmen. Die beiden sind so sehr mit einander beschäftigt, dass sie unsere Anwesenheit gar nicht bemerken. Eine Weile beobachten wir sprachlos das Schauspiel, bis Kim sich mit einem lauten Räuspern bemerkbar macht. Die beiden fahren auseinander, doch nach der ersten Schrecksekunde meint Lydia gelassen: »Wisst ihr eigentlich, dass wir uns hier seit zwei Jahren jeden Freitagabend treffen und ich nicht ein einziges Mal an die Tür gegangen bin, um die Pizza in Empfang zu nehmen? Franzi, du bist wirklich eine sehr aufmerksame Gastgeberin.«

»Danke«, sage ich geplättet.

»Ich hab euch doch immer gesagt, er kommt, wenn man aufhört zu suchen. Und wenn man es am wenigsten erwartet!«, sagt Lydia und lächelt Willi an, der ebenso verstrahlt zurücklächelt.

»Moment mal! Wer kommt?« Kim kann manchmal ganz schön begriffsstutzig sein.

»Na, der Richtige«, wispere ich ihr hinter vorgehaltener Hand zu, um das junge Glück nicht zu stören.

»Was, der? Der Pizzabote?«, fragt Kim weit weniger rücksichtsvoll.

»Ja«, sagt Lydia mit Nachdruck, »der Pizzabote.«

»Wie alt bist du? Zwölf?«, wendet sich Kim an Willi.

»Ich bin fünfundzwanzig!«

»Und weißt du auch, wie alt sie ist?«

»Kim«, sage ich warnend.

»Das ist mir vollkommen egal«, antwortet Willi treuherzig, während Lydia sich die auf der Kommode abgestellten Pizzakartons schnappt und sie mir in die Hand drückt.

»Hier! Guten Appetit!«, wünscht sie dabei.

»Danke. Viel Spaß noch! Komm, Kim!« Ich merke durchaus, wenn ich störe.

»Aber, aber …«

»Komm jetzt!«

»Halt, einen Moment noch«, hält Willi uns zurück.

»Ja?« Erwartungsvoll sehe ich ihn an.

»Weil wir uns ja jetzt in Zukunft wohl öfter sehen werden, gebe ich es lieber gleich zu …«

»Ja?«

»Ich habe gar kein Asthma.«

»Was?« Er setzt ein zerknirschtes Grinsen auf, das Lydia zu einem entzückten Seufzer veranlasst. Bei mir fruchtet es allerdings nicht: »Also das ist echt … ein starkes Stück!«

»Tut mir leid.«

»Weißt du, wie viel Trinkgeld ich dir gegeben habe, nur weil ich dachte, du setzt jedes Mal dein Leben aufs Spiel, um uns mit Pizza zu versorgen?«

»Genau weiß ich es nicht, aber du warst immer sehr großzügig, das stimmt!«

»Ein Vollidiot war ich!«

»Ich muss doch studieren. Und ich verdiene bloß sieben Euro die Stunde«, verteidigt er sich.

»Hast du das gehört, Lydia?«, wirft Kim dazwischen.

»Sei doch nicht so materialistisch!«, antwortet diese voller Entrüstung. »Außerdem hast du es doch gehört: Er studiert. Was studierst du denn?«

»Philosophie!«, antwortet Willi.

»Das klingt interessant!« Sie strahlt ihn an.

»O Gott«, stöhnt Kim.

»Könnten wir beim Thema bleiben?«, gehe ich dazwischen.

»Was hältst du davon: Du musst mir nie wieder Trinkgeld geben!«, schlägt Willi mir vor.

»Muss ich auch so nicht. Muss keiner.«

»Doch, eine gewisse moralische Verpflichtung hat man schon. Von der entbinde ich dich hiermit!«

»Vielen Dank!«

»Also, nichts für ungut?«

»Von mir aus!«

»Das ist ja echt 'ne Frechheit von dem Typ«, findet Nils, als ich ihm später im Bett davon erzähle.

»Na ja, ich kann das schon irgendwie verstehen. Stell dir das mal vor, sieben Euro die Stunde. Das ist doch Ausbeutung auf der ganzen Linie. Da muss man sich halt was einfallen lassen.«

»Lügen? Eine Krankheit vortäuschen, unter der viele Menschen zu leiden haben? Und falsches Mitleid erregen, um unschuldige Menschen zu schröpfen, die sich ihr Geld schließlich auch mit ehrlicher Arbeit verdient haben?«

»Also, wenn du es so formulierst …« Ich gerate ein wenig ins Schwanken. Im Laufe des Rest-Abends mit Kim hat sich meine Empörung ziemlich schnell verflüchtigt und bei dem Gedanken an die schauspielerische Glanzleistung, die Willi da jeden Freitag abgeliefert hat, musste ich echt lachen. Eine originelle Idee, sein Trinkgeld zu erhöhen, war das auf jeden Fall. Außerdem wollte ich mich gar nicht weiter über Willi aufregen. Wer weiß, vielleicht ist er tatsächlich Lydias Mister Right? Auch wenn Kim nicht müde wurde, mir zu versichern, dass das ganz und gar unmöglich sei. Und Nils stößt jetzt ins gleiche Horn.

»Ich hoffe, sie ist nicht gleich mit ihm mitgegangen?«

»Doch, ist sie«, sage ich kleinlaut.

»Mit einem wildfremden Kerl? Das ist doch nicht dein Ernst. Wieso hast du sie denn nicht davon abgehalten?«

»Weil ich nicht ihre Erziehungsberechtigte bin!« So langsam fängt er an, mich zu nerven. »Lydia ist eine erwachsene Frau und kann tun und lassen, was sie will. Und außerdem war es nun einmal Liebe auf den ersten Blick!«

»Und deshalb geht sie gleich mit ihm ins Bett? Das ist wohl so ziemlich das Falscheste, was man als Frau in so einer Situation tun kann.«

»Tatsächlich?« Er überhört meinen spitzen Unterton.

»Natürlich. Männer sind Jäger. Sie verlieren sofort das Interesse, sobald sie die Frau flachgelegt haben.«

»Ach ja?« Kampfeslustig setze ich mich im Bett auf und funkele ihn an. Er lacht und zieht mich zu sich herunter.

»Huh, kannst du böse gucken. Damit meinte ich doch: Wenn man gleich am ersten Abend miteinander schläft.«

»Ich verstehe nicht, wo da der Unterschied ist«, antworte ich, immer noch leicht säuerlich. Er zuckt mit den Schultern.

»Ist einfach so. Aber du warst ja ein kluges Mädchen und hast dich an die Regeln gehalten.«

»Was denn für Regeln?«

»Na, dass man den Mann mindestens fünf Verabredungen lang hinhalten sollte.« Hinhalten?

»Ich habe dich nicht …«

»Ist doch alles gut. Reg dich nicht auf.« Er beginnt, mich zu küssen und an meiner Schlafanzughose zu zerren. »Das war auf jeden Fall lange genug, um mein Interesse an dir auf Dauer anzufachen.«

Ich schiebe ihn von mir und richte mich halb auf. »Du bist echt komisch heute«, sage ich.

»Ach, ich bin komisch?«

»Ja, total.«

»Du erzählst mir gerade von deiner merkwürdigen

Freundin, die heute Abend einen zehn Jahre jüngeren, betrügerischen Pizzaboten vernascht hat, aber ich bin komisch?«

»Sie ist nicht merkwürdig«, verteidige ich Lydia, »sondern einfach nur … spontan.«

»Ja, so kann man das auch nennen.«

»Es geht dich doch überhaupt nichts an, mit wem meine Freundin schläft und mit wem nicht.«

»Bitte. Wenn du meine Meinung nicht hören willst, warum erzählst du mir dann überhaupt davon?« Er dreht sich von mir weg und zieht die Decke bis zum Kinn hoch. »Gute Nacht.« Ratlos sehe ich auf seinen Rücken.

»Jetzt lass uns doch deswegen nicht streiten«, überwinde ich mich zu sagen, obwohl ich beleidigte Männer nicht leiden kann. Aber noch weniger kann ich es leiden, unversöhnt nebeneinander zu liegen und nicht einschlafen zu können. Zum Glück scheint es Nils ebenso zu gehen, denn er dreht sich wieder zu mir um. Ich lege ihm versöhnlich eine Hand auf den Arm. »Sollen wir uns einfach darauf einigen, dass wir da unterschiedlicher Meinung sind? Schließlich hat das Ganze ja überhaupt nichts mit uns zu tun.«

»Das sehe ich anders.«

»Wieso das denn?«

»Es geht hier doch eigentlich gar nicht um Lydia. Sondern um dich und diesen – Fred.«

»Was?«

»Natürlich. Weil mit dem genau das passiert ist. Du hast mit ihm geschlafen, und dann hat er das Interesse verloren. Und es ärgert dich, dass ich gesagt habe, die Frau ist selbst schuld, wenn das passiert.« Vor lauter Empörung bleibt mir fast die Luft weg.

»Du hast sie doch nicht mehr alle.«

»Und wenn du mich beschimpfst, dann unterstreicht das nur, dass ich recht habe.« Vor meinen Augen explodieren rote Punkte und in meinem Gehirn setzt irgendetwas aus. Und zwar jener Mechanismus, der mich normalerweise davor bewahrt, Dinge zu sagen, die mir möglicherweise später sehr leid tun könnten.

»Vielleicht bist aber auch du im Unrecht. Vielleicht war ich so gut, dass Fred mich immer und immer wieder haben will. Vielleicht hat er sich in mich verliebt. Denn warum sollte er einer Frau eine Geburtstagstorte backen, an der er nicht das geringste Interesse hat?« Während die Worte aus mir heraussprudeln, ist Nils immer blasser geworden.

»Und? Genießt du es, wie er um dich wirbt? Ich frage mich, warum du dann nicht mit ihm zusammen bist? Wo er dir doch so eine tolle Geburtstagsüberraschung gemacht hat. Und so verliebt in dich ist.« Das aus seinem Mund zu hören, versetzt mir einen Schock. Ich weiß, ich habe das eben selbst gesagt, aber das war ja das ungefilterte Geschwafel eines verwirrten Geistes. Könnte da möglicherweise was dran sein? Ist Fred verliebt in mich? Ich sehe Nils in die Augen, als könnte ich dort die Antwort auf meine Frage finden. Ihr trauriger Ausdruck verwirrt mich.

»Weil du in mich verliebt bist«, sagt er langsam.

»Was?«

»Das wäre die richtige Antwort gewesen.«

Angestrengt versuche ich, mir einen Reim darauf zu machen. Fred soll in mich verliebt sein, weil ich in Nils … Das ergibt doch überhaupt keinen Sinn. »Ich verstehe nicht ganz.«

»Warum du nicht mit Fred zusammen bist«, hilft er mir auf die Sprünge. »Die richtige Antwort wäre gewesen: Weil du in mich verliebt bist.« Scheiße. Stimmt. In was für einem Film bin ich eigentlich gerade?

»Aber das bin ich doch.«

Ich beobachte Nils dabei, wie er aufsteht und nach der Decke greift.

»Was machst du denn da?«

»Wenn du erlaubst, schlafe ich heute Nacht noch auf deinem Sofa. Morgen pack ich dann meine Sachen zusammen und verschwinde.«

»Was?« Entsetzt sehe ich ihm hinterher, wie er aus dem Schlafzimmer trottet, die Decke hinter sich herziehend wie Linus von den Peanuts. Mit einem Satz bin ich ebenfalls aus dem Bett. »Jetzt warte doch mal. Bitte.«

»Worauf denn?«

»Was soll denn das jetzt? Du willst mich verlassen? Wegen so einem Quatsch?«

»Das ist kein Quatsch. Wenn du lieber mit diesem Fred ...«

»Aber ich will Fred doch überhaupt nicht«, rufe ich nahe der Verzweiflung. »Ich will dich.«

»Ehrlich?« Fassungslos stelle ich fest, dass in seinen Augen Tränen schimmern.

»Natürlich.« Ich nehme sein Gesicht in beide Hände und frage mich, wie dieser Abend nur so schieflaufen konnte. Eben lagen wir doch noch friedlich nebeneinander im Bett. Und jetzt, keine zwanzig Minuten später, will Nils mich plötzlich verlassen? Und warum? Ich kann es mir beim besten Willen nicht erklären. Weil Lydia mit Willi geknutscht hat? Oder weil Fred mir eine Torte gebacken hat? Oder weshalb eigentlich? Das sind jedenfalls in meinen Augen alles keine Gründe, unsere so vielversprechende Beziehung zu beenden.

»Das ist gut«, murmelt Nils und zieht mich sehr dicht an sich. »Ich will dich auch.«

»Das kann ich spüren«, grinse ich. Während er meinen Hals küsst, muss ich dummerweise schon wieder an Fred denken. Aber dieses Mal kann ich überhaupt nichts dafür. Es ist nur, weil wir hier im Flur stehen und sich Nils gerade an meinem Pyjama zu schaffen macht. Zwangsläufig erinnere ich mich daran, wie hart der Holzfußboden ist. Aber Nils jetzt darauf aufmerksam zu machen, wäre sicher in höchstem Maße unklug, und so lasse ich mich widerwillig von ihm auf den Boden ziehen. Gut, wenn es unbedingt sein muss. Ich will die Stimmung nicht verderben. Außerdem scheint mir Nils heute irgendwie sensibel zu sein, und ich will nicht durch ein falsches Wort einen weiteren Streit heraufbeschwören.

Während ich mir am nächsten Abend meine blauen Knie mit Mobilat einreibe, klingelt mein Handy.

»Und? Wie war's?«, frage ich neugierig.

»Das kommt drauf an. Meinst du die Nacht oder das Erwachen?«, kommt es von Lydia einigermaßen kryptisch zurück.

»Sowohl als auch?«

»Die Nacht war super! Ein toller Typ. Großer Schwanz, aber nicht so groß, dass er sich drauf verlässt. Er wusste durchaus auch, was man mit Fingern und Zunge so alles anstellen kann.«

»Ähm, aha, das freut mich«, sage ich und presse den Hörer fester an mein Ohr, damit Nils, der nur einen Meter von mir entfernt auf der Couch sitzt und die FAZ liest, nicht mithören kann. Auch wenn ich mich an Lydias Freizügigkeit in Bezug auf ihre sexuellen Abenteuer inzwischen gewöhnt habe und sie sogar ganz amüsant finde, habe ich doch den Verdacht, dass sie ihre Beliebtheit damit bei Nils nicht unbedingt steigern würde. »Besonders ausdauernd war er nicht, so ist das wohl mit Mitte Zwanzig. Aber dafür stand er nach 'ner Viertelstunde schon wieder. Und das immerhin vier Mal.«

»Soso.« Irgendwie klingt das nicht, als würde Lydia gerade von der Liebe ihres Lebens sprechen. Und richtig!

»Das Aufwachen war dann allerdings irgendwie ernüchternd.«

»Und wieso das?«

»Weiß auch nicht. Die Luft war raus. Vielleicht war gestern Vollmond oder so, auf jeden Fall war von der Anziehungskraft heute Morgen einfach nichts mehr übrig.«

»Oh, das tut mir leid.«

»Muss es nicht. Es war ja schön.«

»Na dann.«

»Er war schon ein bisschen enttäuscht, glaube ich. Wir haben noch einen Kaffee zusammen getrunken, und er wollte unbedingt meine Telefonnummer haben. Den Zahn hab ich ihm aber ganz schnell gezogen.« Irgendwie tut mir der arme Willi fast ein bisschen leid. »Ich hab ihm gesagt, manchmal ist eine schöne Nacht einfach nur eine schöne Nacht. Ich glaub, er hat es dann auch eingesehen. Nur dass er seinen Asthma-Trick aufgedeckt hat, das ärgert ihn jetzt wahrscheinlich. Aber vielleicht gibst du ihm ja trotzdem weiterhin Trinkgeld?«

»Das kannst du ja übernehmen«, schlage ich vor, und sie seufzt übertrieben.

»Von mir aus. Aber an die Tür musst du in Zukunft

wieder gehen. Könnte sonst irgendwie unangenehm werden, meinst du nicht auch?«

»Tja, wahrscheinlich schon.«

»Und? Wann läuten die Hochzeitsglocken«, fragt Nils mit einem, wie ich finde, süffisanten Grinsen, nachdem ich aufgelegt habe.

»Gar nicht.«

»Ach? Lass mich raten: Die Nacht durchgevögelt, aber keine Telefonnummer dagelassen?«

»Du hast es erraten.«

»Tja.«

»Tja.«

»Das hab ich dir ja gleich gesagt.« Er steckt die Nase in die Zeitung. Ich beschließe, ihn in dem Glauben zu lassen, dass er die Welt verstanden hat, und greife erneut zu der Tube Mobilat. Schließlich möchte ich nicht schon wieder einen Streit provozieren. Und auf Versöhnungssex habe ich ehrlich gesagt in absehbarer Zeit auch keine Lust.

Kapitel 17

Am nächsten Wochenende stehe ich unschlüssig vor meinem Kleiderschrank und kann mich nicht entscheiden, was ich anziehen soll. Immerhin treffe ich heute zum ersten Mal Nils' gesamten Freundeskreis, und da möchte ich schon einen guten Eindruck machen. Der vierzigste Geburtstag von Thomas, einem von Nils' ältesten Freunden, findet im Segelclub Alster statt, der, wie der Name schon sagt, direkt an der Alster liegt. Offensichtlich lässt er sich diese Party einiges kosten, aber als Oberarzt einer psychiatrischen Klinik kann er sich das wohl auch leisten. Nach langem Hin und Her entscheide ich mich für eine dunkelblaue Marlene-Hose, ein enges, weißes Top, dazu ein weiß-blau gepunktetes Halstuch und blaue Adidas-Turnschuhe. Zufrieden drehe ich mich vor dem Spiegel hin und her. In diesem Dress könnte ich glatt an Bord gehen, das ideale Outfit also für ein Fest im Segelclub. Um halb fünf klingelt Nils an der Tür, um mich abzuholen. Ich krame noch schnell meinen dunkelblauen Kaschmirpullover mit dem V-Ausschnitt hervor, falls es am Abend kühler werden sollte, und mache mich dann beschwingt und auch ein bisschen nervös auf den Weg nach unten. Ich öffne die Wagentür und setze mich um ein Haar auf das in glänzendes blaues Papier eingeschlagene

Geschenk. Im letzten Moment zieht Nils es unter mir weg.

»Ups«, ich plumpse auf den Beifahrersitz. »Das war knapp. Was ist es denn Schönes?« Ich nehme ihm das Päckchen wieder ab, damit er die Hände zum Lenken frei hat.

»Ein Schwarz-Weiß-Bildband über Segelyachten.«

»Wie passend«, lobe ich. »Das wird ihm bestimmt gefallen.«

»Hm.«

»Was ist? Willst du nicht losfahren?«

»Ähm, doch schon, aber …«

»Ja?« Hinter uns hupt jemand ungeduldig, und Nils versucht ihm durch wildes Winken begreiflich zu machen, dass er an uns vorbeifahren soll.

»Der kommt da nicht durch. Warum fährst du nicht einfach?«

»Tja, also …« Er druckst herum und ringt ganz offensichtlich nach Worten.

»Alles in Ordnung?«, erkundige ich mich besorgt.

»Ja, schon.« Das Hupkonzert wird lauter.

»Na los, raus damit.«

»Ähm, dein Outfit«, stammelt er.

»Super, oder? Ich dachte, ich kleide mich mal ganz nach dem Motto: Schiff ahoi!«

»Ja, nun, du siehst auch wirklich hübsch aus.« Nils' Gesicht wechselt mittlerweile im Sekundentakt die Farbe, was, untermalt von dem andauernden Hupen hinter uns, ein bisschen unheimlich ist.

»Sag mal, ist dir schlecht?«

»Nein, es ist nur … Das wird eine etwas schickere Party, verstehst du?«

»Schicker?«

»Ja.« Erst jetzt fällt mir auf, dass Nils einen dunkelblauen Anzug mit Hemd und Krawatte trägt. Weil er schließlich jeden Tag so in die Bank geht, habe ich das gar nicht registriert. Aber heute ist Samstag.

»Oh. Dann bin ich also underdressed?«

»Genau.« Er sieht sehr erleichtert aus.

»Hättest du mir das nicht vorher sagen können?« Ich ziehe einen Flunsch. Immerhin habe ich die letzten zwei Stunden mit der Kleiderfrage zugebracht. Und wie soll ich jetzt auf die Schnelle etwas Passendes finden? Gerade, als ich diese Frage an Nils weitergeben will, erscheint hinter ihm im Fenster ein ziemlich wütendes Gesicht.

Der Mann klopft gegen die Scheibe, und kaum, dass Nils sie heruntergelassen hat, herrscht er uns an: »Sind Sie taub und blind? Hinter Ihnen stehen mittlerweile zehn Autos, die allesamt was Besseres mit dem Tag anzufangen wüssten!«

»Entschuldigung!« Mit quietschenden Reifen fährt Nils los und wirft mir einen säuerlichen Seitenblick zu.

»Was guckst du denn jetzt so? Ich kann nichts dafür, dass du mir nicht gesagt hast, dass es sich um einen derart feierlichen Anlass handelt, dass ich mich da so nicht blicken lassen kann.«

»Es ist ein vierzigster Geburtstag.«

»Eben. Und kein achtzigster!«

»Was soll das denn bitteschön heißen?«

»Gar nichts«, seufze ich ergeben. »Fahr halt um den Block, dann zieh ich mich schnell um.«

»Okay.«

»Und was wäre deiner Meinung nach angemessen?«

»Wieso bist du denn so aggressiv?«

»Ich bin nicht aggressiv«, sage ich mühsam beherrscht,

»ich habe bloß keine Lust, die vier Stockwerke noch dreimal hoch und runter zu laufen. Deshalb wäre es nett, wenn du mir einen kleinen Hinweis geben könntest.«

»Okay. Also, ein Kleid oder ein Rock wäre toll.«

»Geht nicht.«

»Und warum nicht, wenn ich fragen darf?«

»Weil ich komplett blaue Knie habe. Von vorgestern Abend«, erinnere ich ihn, und da huscht tatsächlich ein kleines Grinsen über sein Gesicht.

»Du kannst doch eine Strumpfhose anziehen, vielleicht in Schwarz?«

»Bei dem Wetter? Vergiss es!«

»Oder einen langen Rock?«

»Besitze ich nicht.«

Er stöhnt übertrieben auf. »Das ist aber schwierig mit dir.« Wir sind mittlerweile einmal um den Pudding gekurvt und wieder vor der Haustür angekommen. »Dann musst du ja wohl eine Hose anziehen.«

»Tja, sieht so aus.«

»Aber wenigstens andere Schuhe dazu. Zum Beispiel die schönen hochhackigen von Emmas Hochzeit.« Allein bei dem Gedanken daran tun mir schon wieder die Füße weh, dennoch nicke ich ergeben. »Und vielleicht lieber eine Bluse anstelle dieses T-Shirts.«

»Sonst noch was?«

»Wenn du noch ein bisschen mehr Lippenstift aufträgst, wird es dann schon gehen.«

Auf dem Weg nach oben in meine Wohnung bin ich ziemlich geladen, bis ich mich frage, worüber ich eigentlich so wütend bin. Es war doch schließlich nicht mehr als ein dummes Missverständnis. Trotzdem kann ich nicht umhin, gegen Nils' Freunde, allen voran diesen komischen Psychiater, gewisse Vorurteile aufzubauen. Die, da bin ich sicher, vollkommen unbegründet sind. Ich hatte mich nur einfach auf eine entspannte Party an der Alster gefreut. Aber gut, wenn Thomas seinen Vierzigsten in einem festlichen Rahmen begehen möchte, dann sei ihm das gegönnt. Also ziehe ich meine Riemchen-Sandalen mit den Sieben-Zentimeter-Absätzen an und statt des Tops eine fließende, weiße Seidenbluse ohne Ärmel. Dazu statt des farblosen Lipgloss einen kräftig roten Lippenstift und dunkel umrahmte Augen. Zufrieden betrachte ich mich im Spiegel und finde, dass ich einfach super aussehe. Da kann jetzt wirklich überhaupt niemand was dran auszusetzen haben.

Das findet Nils auch. Jedenfalls strahlt er über das ganze Gesicht, als ich wieder ins Auto steige, und diesmal bekomme ich sogar einen Begrüßungskuss.

»Du siehst toll aus. Tut mir leid, dass ich so grummelig war.« Er sieht mich so zerknirscht an, dass ich lachen muss.

»Schon gut.«

»Also diese roten Lippen sind wirklich sexy. Solltest du öfter tragen.«

»Dankeschön. Ich werde es in Erwägung ziehen!«

»Hm, und sie schmecken so süß.« Er hört gar nicht mehr damit auf, mich zu küssen. Gut, dass der Lippenstift wisch- und kussecht ist, sonst wäre davon schon jetzt nicht mehr viel übrig. Nils liegt halb auf mir, als hinter uns erneut ein wildes Hupkonzert ertönt.

»Ist ja schon gut.« Er rappelt sich auf und gibt Gas. »Hier wird einem aber auch gar nichts gegönnt.«

Mit geöffneten Fenstern fahren wir durch das sommerliche Hamburg, kein Wölkchen trübt den stahlblauen Himmel und die Sonne brennt heiß auf uns herab. Es ist der perfekte Tag für eine Geburtstagsparty. Eine Viertelstunde später biegen wir in die Straße des Segelclubs ein. Massen von Spaziergängern wälzen sich an der Alster entlang, und natürlich ist weit und breit kein Parkplatz zu entdecken. Nach der dritten Runde wird Nils langsam ungeduldig.

»So ein verdammter Mist«, regt er sich auf, »jetzt ist hier natürlich alles voll.« Ich glaube zu sehen, dass er mir einen vorwurfsvollen Blick zuwirft. Und selbst, wenn ich mir das nur eingebildet haben sollte, fange ich sicherheitshalber mal an, mich zu verteidigen.

»Es wäre vor einer Viertelstunde auch schon voll gewesen. Falls es dir noch nicht aufgefallen ist: Ganz Hamburg hat sich offensichtlich dazu entschieden, heute einen Alsterspaziergang zu machen. Schließlich ist Samstag. Es ist nicht meine Schuld, dass wir keinen Parkplatz finden.«

»Hab ich doch auch gar nicht behauptet. Ich hasse es einfach nur, zu spät zu kommen.« Er sieht so verzweifelt auf die Uhr, dass ich ihm beruhigend eine Hand auf den Unterarm lege.

»Aber wir kommen gar nicht zu spät. Auf der Einladung stand doch ab fünf.«

»Ich wäre trotzdem gerne um fünf da gewesen.«

»Na, dann kommen wir eben um halb sechs. Was werden wir schon groß verpassen? Etwa eine Rede? Davon habe ich auf Emmas Hochzeit wirklich genug für den Rest des Jahres gehört.«

»Ich denke schon, dass Thomas ein paar Begrüßungsworte sagen will«, nickt er, während er mit düsterer Miene den Straßenrand scannt.

»Okay.« Offensichtlich wird das eine Party der etwas anderen Art. Ich halte jetzt am besten einfach mal die Klappe und harre in bemüht positiver Grundhaltung der Dinge, die da kommen werden. Eine Viertelstunde später entschließt sich endlich eine Familie mit drei brüllenden Kleinkindern, dass es nun genug ist mit dem Alster-Vergnügen, und räumt ihren Parkplatz. Immer wieder hektisch auf seine Uhr sehend zieht Nils mich hinter sich her in Richtung Segelclub, und ich habe Mühe, auf meinen hohen Hacken mit ihm Schritt zu halten.

Über einen schmalen Steg gelangen wir auf die mit rustikalen Holzplanken ausgelegte Terrasse, die das schlichte, weiße Clubhaus umgibt und auf der sich etwa siebzig Menschen drängeln. Ausschließlich Paare, wie ich auf den ersten Blick feststelle. Sie alle schauen auf einen Mann, der in ihrem Zentrum auf einer Kiste steht, neben sich eine hübsche, blonde Frau um die dreißig mit nicht zu übersehendem Babybauch. Offensichtlich hält Thomas also tatsächlich gerade eine Art Begrüßungsrede. Neugierig betrachte ich den kleinen Mann im tadellos sitzenden schwarzen Anzug. Schließlich habe ich im echten Leben noch nie einen Psychiater gesehen. Ich weiß allerdings nicht, was ich erwartet hatte. Eigentlich sieht er, bis auf seine etwas geringere Körpergröße, ziemlich normal aus. Sein dunkelbraunes Haar ist von vielen grauen Strähnen durchzogen und der Schweiß rinnt ihm die Wangen herunter. Kein Wunder, schließlich haben wir, obwohl es langsam auf den Abend zugeht, noch immer fast dreißig Grad im Schatten und er steht da in Hemd und Sakko. Sogar eine knallrote Krawatte hat er sich umgebunden. Verstohlen sehe ich mich um und bemerke, dass auch alle anderen

Männer in voller Festmontur tapfer vor sich hin schwitzen. Die Frauen haben es da leichter, die meisten tragen kurze Cocktailkleider. Dafür kann ich aber die eine oder andere schon unruhig von einem hochhackig beschuhten Fuß auf den anderen treten sehen. Nils fischt zwei Gläser vom Tablett einer vorbeikommenden Kellnerin und reicht mir eines. Er sieht immer noch ein bisschen angespannt aus, wahrscheinlich ist er einfach nervös, weil ich all seine Freunde kennenlernen werde. Ich drücke beruhigend seine Hand und lächele ihn an. Mein Mund ist von der Hitze staubtrocken, aber da alle anderen geduldig ihre Gläser zwischen den Fingern hin und her drehen, beherrsche ich mich und warte auf das Zeichen zum Anstoßen.

»Langer Rede kurzer Sinn«, scheint Thomas zum Ende kommen zu wollen, »ein Mann sollte mit vierzig drei Dinge getan haben: ein Haus gebaut, einen Baum gepflanzt und einen Sohn gezeugt. Aber ich kann sagen, dass ich richtig froh bin, dass Linda nächsten Monat unsere Tochter zur Welt bringen wird. Denn zum einen zeugen echte Männer immer zuerst Mädchen – entschuldigt bitte, Peter, Kurt und Michael, wenn ich euch damit zu nahe treten sollte«, unbestimmte Reaktionen aus der Menge der Zuhörer, »und zweitens bleibt so wenigstens noch eine Aufgabe für die zweite Lebenshälfte übrig.« Die Gäste lachen und klatschen, während Thomas seine Frau an sich zieht und ihr einen Kuss auf die Wange gibt. »Und ich kann euch versprechen, dass wir das sehr bald in Angriff nehmen werden.« Ich werfe Nils einen empörten Seitenblick zu, aber der schaut arglos nach vorne. Liegt es an mir? Bin ich überempfindlich oder war das gerade in höchstem Maße frauenverachtend, was der Typ da zum Besten gegeben hat? Offensichtlich stehe ich mit meiner Meinung alleine da, denn um mich rum sehe ich nur amüsierte Gesichter, als hätte Thomas einen köstlichen Witz erzählt. »In diesem Sinne wünsche ich uns allen einen schönen Abend!« Er hebt sein Champagnerglas.

»Auf dich!«

»Auf Thomas!«

»Alles Gute«, erschallt es vielstimmig aus der Menge und dann setzen alle ihre Gläser an und trinken. Ich auch. Und zwar auf ex. Eiskalt und fein prickelnd rinnt mir der Champagner die Kehle hinunter.

»Komm«, sagt Nils und greift nach meiner Hand, »ich stelle dich vor.«

»Okay.« Ich lasse mich mitziehen und schnappe mir auf dem Weg gleich noch ein weiteres Glas. Kurz darauf stehe ich vor Thomas, der, von seiner Kiste herabgestiegen, tatsächlich geradezu winzig ist.

»Das ist sie also.« Er streckt mir die Hand hin und lächelt mich offen von unten herauf an.

»Das bin ich«, nicke ich.

»Wir freuen uns so sehr, dich endlich kennenzulernen! Nicht wahr, Linda?«

»Ja.« Auch sie reicht mir die Hand. »Es ist schön, dass Nils wieder jemanden gefunden hat. Das ist eine tolle Hose, die du da trägst!«

»Dankeschön!« Ich kann mir einen leicht triumphierenden Blick in Nils' Richtung nicht verkneifen. »Und herzlichen Glückwunsch! Also, in zweierlei Hinsicht!« Ich deute auf ihren runden Bauch.

»Danke. Wir freuen uns sehr.«

»Und ein Mädchen, wie schön«, betone ich, obwohl ich fürchte, dass Thomas meine Anspielung auf seine frauenfeindliche Rede von eben entgeht. »Ich möchte unbedingt mal eine Tochter haben. Ich hoffe, wir sind uns da einig?« Fragend sehe ich Nils an, der den Arm um meine Taille legt.

»Das wäre traumhaft.« Ich lächele zufrieden.

»Ach, ihr zwei seid ja süß«, findet Linda. Wir stehen noch ein paar Minuten beisammen und machen Small-Talk, dann melden sich langsam meine Fußballen zu Wort.

»Könnten wir uns vielleicht was zu essen holen?«, frage ich Nils, »und ich würde mich auch gerne mal kurz hinsetzen. Meine Füße tun ziemlich weh«, sage ich entschuldigend zu Linda und Thomas.

Prompt schauen alle drei hinunter auf meine Füße. »Ach du Schreck, wie sehen die denn aus?«

Ich riskiere ebenfalls einen Blick und bin erschrocken. Durch die brennende Hitze und das Herumstehen sind sie rot und angeschwollen und quellen unattraktiv aus meinen Schuhen heraus.

»Es ist die Wärme«, entschuldige ich mich. »Geht gleich wieder.«

»Tja, wir haben leider nur Stehtische.« Bedauernd hebt Thomas die Schultern. »Das ist platzsparender, und wir mussten schließlich eine Menge Leute unterbringen.«

»Oh, na ja, kein Problem. Es wird schon gehen.« Ich versuche Haltung zu bewahren, obwohl mir bei der Vorstellung, den gesamten Abend stehen zu müssen, ganz anders wird.

»Das Buffet ist drinnen aufgebaut.«

»Dann holen wir uns mal was zu essen«, beschließt Nils. »Bis später dann!«

Die Einrichtung des Clubhauses ist, um es mal freundlich auszudrücken, rustikal. Tatsächlich sieht es aus, als stammten die Möbel aus den achtziger Jahren, ein wuchtiger Tresen, dunkle Eichentische und mit grünem Samt gepolsterte Stühle. Aber immerhin: Stühle. Was will ich mehr? Am reichhaltigen Buffet häufe ich mir den Teller voll und lasse mich dann aufatmend an einem der Tische nieder. Nils guckt von oben auf mich herab.

»Du Arme. Wie geht's den Füßen?«

»Sie tun weh.«

»Kann ich irgendwas für dich tun?«

Ich lächele ihn dankbar an. »Du kannst dich zu mir setzen.«

»Kommst du nicht mit raus?«

»Ich kann nicht. Hast du meine Füße nicht gesehen? Lass uns doch wenigstens im Sitzen essen. Vielleicht schwellen sie dann wieder ein bisschen ab.«

»Aber ich wollte dich so gerne allen vorstellen.«

»Und ich will sie auch wirklich alle kennenlernen. Aber in zehn Minuten sind sie auch noch da.« Bittend sehe ich ihn an.

»Da hast du recht.« Er lässt sich neben mir nieder. »Und, wie findest du Thomas und Linda?«

Ich verkneife mir jeglichen kritischen Kommentar. »Sie scheinen sehr nett zu sein.«

»Ich werde übrigens der Patenonkel von Lilly.«

»Von wem?«

»Na, von ihrer Tochter.«

»Ach was? Obwohl sie nur ein Mädchen ist?« Mist, jetzt ist es mir doch rausgerutscht.

»Was soll das denn heißen?«

»Nichts. War ein Witz. Gratuliere!«

»Tja, das macht dich dann ja quasi zur Patentante, nicht wahr?«

»Nein, ich glaube, dazu müssten wir verheiratet sein.«

»Du weißt ja schon wieder, was ich gerade gedacht habe.« Er zwinkert mir zu. »Was nicht ist, kann ja noch werden.« Perplex sehe ich ihn an. Er grinst und gibt mir einen Kuss. Einen ziemlich nassen Kuss. Erst jetzt merke ich, dass ihm der Schweiß in Strömen das Gesicht herunterläuft.

»Du schwitzt ja total. Willst du nicht mal dein Sakko ausziehen?«

»Nicht vor dem Gastgeber.«

»Das ist doch nicht dein Ernst.«

»Doch.«

»Dann geh raus und sag es ihm. Er wird sich freuen, bestimmt. Dem läuft die Suppe nämlich auch schon runter.«

»Aber es bleibt seine Entscheidung.«

»Du meine Güte.« Ich muss mir große Mühe geben, nicht ungeduldig zu werden. »Würdest du jetzt bitte dein Jackett ausziehen?«

»Na gut.« Widerwillig schält er sich aus der Jacke und entblößt ein ziemlich zerknittertes, schweißdurchtränktes Hemd. Doch dann seufzt er erleichtert auf. »Viel besser.«

»Sag ich doch.« Ermutigt streife ich mit einiger Mühe meine Schuhe von den Füßen und widme mich dann den verschiedenen Häppchen und Salaten auf meinem Teller. Mit meinen Gedanken bin ich woanders. Hat er das eben wirklich gesagt? *Was nicht ist, kann ja noch werden.* War das nur so dahingesagt? Oder möglicherweise eine Art Vortasten? Jetzt ärgere ich mich ein bisschen darüber, dass mich seine schweißnasse Oberlippe derart aus dem Konzept bringen konnte. Denn schließlich wäre das die Gelegenheit für mich gewesen, mal unauffällig meine Meinung zu dem Thema an den Mann zu bringen. Ja, ich möchte gerne heiraten. Nicht so bald, aber auch nicht in allzu ferner Zukunft. Und dann hätte ich gerne drei Kinder. Alles Mädchen! Ha! Das ist natürlich nur ein Witz. Wenn ich mir Kims Tagesablauf so ansehe, könnte ich mir durchaus vorstellen, nur eins zu haben. Und das Geschlecht ist mir dabei vollkommen wurscht. Ich schenke Nils ein strahlendes Lächeln, aber natürlich bezieht er das nicht mehr auf seine Bemerkung von eben.

»Bist du fertig? Sollen wir dann wieder rausgehen?«

»Okay.« Ich beuge mich zu meinen Füßen hinunter und muss feststellen, dass die Schwellung jetzt, da ich sie aus ihrem engen Gefängnis befreit habe, sogar noch ein bisschen zugelegt hat. Ich habe die dicken Patschefüßchen eines Säuglings. Nur im XXL-Format. »Also, die gehen da heute garantiert nicht mehr rein«, stelle ich achselzuckend fest. Zum Glück ist meine Hose lang und weit, sodass sie im Stehen die Klumpen am Ende meiner Beine ganz gut verdeckt. Die Schuhe in der einen und ein neues Glas Champagner in der anderen Hand watschele ich neben Nils über die Terrasse, um all seine Freunde kennenzulernen. Ich schüttele Dutzende von Händen, höre und vergesse ebenso viele Namen und erzähle immer wieder die nicht unbedingt spannender werdende Geschichte von mir und meinen geschwollenen Füßen. Weit weniger ermüdend finde ich die immer wiederkehrende Versicherung, dass sich alle sehr für Nils freuen, mich gefunden zu haben. Mein Glas ist schon wieder leer, und ich entschuldige mich kurz, um mir ein neues Getränk zu holen.

»Könnte ich vielleicht eine Cola bekommen?«, erkundige ich mich bei der Kellnerin, die mir auffordernd ihr Tablett unter die Nase hält.

»Cola? Tut mir leid, so was haben wir nicht. Aber wie wäre es mit einem Glas Champagner?«

»Danke, ich hatte schon drei.« Eigentlich waren es vier, aber wer zählt schon? »Ich bräuchte jetzt mal was Anti-Alkoholisches.«

»Hm. Ich glaube, wir haben Mineralwasser. Und in der Kinder-Bowle ist natürlich auch kein Alkohol drin.«

»Es gibt Bowle?«

»Auf dem Buffet.« Wie konnte ich das denn bloß übersehen? Ich liebe Bowle!

»Dankeschön.« Tatsächlich. Direkt neben der roten Grütze stehen zwei riesige Schüsseln mit Erdbeerbowle. Leider ist weit und breit kein Schild zu sehen. Schnell trinke ich ein Glas von jeder Sorte. Uiuiui, die zweite hat es aber wirklich in sich. Und schmeckt dabei so köstlich, dass ich mir ein weiteres Glas fülle. Egal, schließlich ist das hier eine Party. Und es kann bestimmt nicht schaden, mich für die noch folgenden Begegnungen ein bisschen locker zu machen. Nils' Nervosität scheint nämlich mittlerweile auf mich übergesprungen zu sein. Ich gehe wieder nach draußen. Leider ist Nils wie vom Erdboden verschluckt. Da, wo wir uns eben noch mit Tessa und Georg unterhalten haben, vielleicht waren es aber auch Katrin und Jan, steht jetzt eine Gruppe von Frauen, die in ein angeregtes Gespräch vertieft sind. Ein wenig verloren sehe ich mich um, als Tessa (oder Katrin?) mich entdeckt und zu sich heranzieht.

»Komm doch zu uns, warum stehst du denn da so alleine herum? Also, ihr Lieben, das hier ist Franzi, die neue Frau an Nils' Seite.« Ich werde freundlich begrüßt, aber auch kritisch gemustert.

»Er hat viel durchgemacht.« Die langbeinige Brünette

im Nadelstreifenkostüm hält meine Hand ein wenig fester, als das meiner Meinung nach notwendig gewesen wäre. »Andrea hat ihm das Herz gebrochen. Wir möchten das nicht noch einmal erleben.« Ich nicke unbehaglich und versuche erfolglos, mich aus ihrem eisernen Griff zu befreien.

»Nun hör aber auf, Silvia. Du machst ihr ja Angst«, geht Linda dazwischen. »Das sieht doch ein Blinder, dass die beiden glücklich miteinander sind.«

»Das sind wir.« Unauffällig reibe ich meine schmerzende Hand.

»Das freut uns. Und jetzt genug davon. Wir haben uns gerade über Bücher unterhalten, als du dazugekommen bist. Was liegt denn gerade auf deinem Nachttisch?« Das »Kamasutra«, wäre die Antwort auf diese Frage, aber das traue ich mich nicht zu sagen. Außerdem habe ich noch gar nicht reingeschaut, Lydia hat es mir letztens geliehen.

»Ich lese gerade ›Für jede Lösung ein Problem‹«, sage ich stattdessen.

»Aha.«

»Das kenne ich gar nicht.«

»Was ist denn das?«

»Von Kerstin Gier«, gebe ich bereitwillig Auskunft.

»Ach, die. Schreibt die nicht Frauenromane?« Irgendwie ist mir diese Silvia nicht besonders sympathisch.

»Wenn du es so nennen willst.«

»Das sind diese rosa Bücher mit den Herzen oder Blumen auf dem Cover«, erklärt sie den Umstehenden.

»Also, das ist jetzt aber ein bisschen sehr vereinfacht dargestellt. Das Buch hat durchaus Tiefgang.«

»Ach ja?«

»Ja. Es geht um eine Frau, die sich umbringen will und an ihre gesamte Umgebung Abschiedsbriefe schreibt. Und dann geht es schief, und alle wissen, was sie in Wahrheit denkt.«

»Hm. Das klingt tatsächlich nach einem recht originellen Plot«, näselt Silvia, und ich bin froh, dass sie in diesem Moment nicht so genau weiß, was *ich* wirklich über *sie* denke. Was für eine doofe Ziege. »Ich habe jedenfalls gerade ›Moby Dick‹ ausgelesen und mache mich jetzt an ›Krieg und Frieden‹.«

»Oh, das habe ich auch gelesen«, freue ich mich, »aber nichts geht über die Verfilmung. Patrick Swayze war einfach umwerfend, fand ich.« Ihre zu einem schmalen Strich gezupften Augenbrauen wandern fast bis unter den Haaransatz.

»Ich glaube, du meinst ›Liebe und Krieg‹. Ich dagegen spreche von Tolstoi.«

»Ups, stimmt. Mein Fehler!« Ich kichere und trinke meine Bowle aus. »Ich glaub, ich hol mir noch ein Glas. Will noch jemand eins?«

»Nein danke. Ich hab die Bowle eben probiert, und sie schmeckt, als würde sie zur Hälfte aus purem Wodka bestehen.«

»Ehrlich?« Erstaunt sehe ich in mein leeres Glas. Ich wusste nicht, dass so viel Wodka so lecker schmecken kann. Das erklärt natürlich, warum sich mein Kopf so leicht anfühlt. Und warum ich die Verwechslung von »Fackeln im Sturm« mit Tolstoi immer noch urkomisch finde. »Dann sollte ich vielleicht auch nicht mehr davon trinken«, beschließe ich und nehme stattdessen noch ein Gläschen Champagner von einem vorbeischwebenden Tablett. Es sieht natürlich nur so aus, als ob es schwebt, in

Wahrheit wird es von einer Kellnerin getragen. »Wo waren wir?« Gut gelaunt blicke ich in die Runde.

»Ich habe mir vorgenommen, nichts anderes mehr zu lesen, bevor ich nicht Thomas Manns Gesamtwerk durchhabe.« Linda streichelt sich nachdenklich über ihren Kugelbauch. »Obwohl ich in absehbarer Zeit wahrscheinlich überhaupt kein Buch mehr zur Hand nehmen werde. Aber bis zur Geburt will ich zumindest noch ›Die Buddenbrooks‹ schaffen.«

»Die hab ich auch gelesen«, freue ich mich. »Und, wie gefällt es dir?«

»Es ist ein wenig schwergängig.« Sie lächelt verlegen.

»Aber ein großartiges Stück Weltliteratur«, mischt sich Silvia ein. »Ich habe es verschlungen. Wirklich, Linda, ich kann überhaupt nicht nachvollziehen, dass du es noch immer nicht fertig gelesen hast. Davon hast du doch schon vor vier Wochen erzählt.«

»Wahrscheinlich hat sie einfach noch ein bisschen was anderes zu tun.« Angriffslustig funkele ich sie an. »Immerhin bekommt sie bald ein Baby.«

»Es ist trotzdem wichtig, den Intellekt zu nähren«, belehrt mich Silvia. Ich verdrehe offensiv die Augen und stürze meinen Champagner hinunter.

»Das sagt Thomas auch. Und ich habe mich auch schon ganz gut eingelesen«, verteidigt sich Linda schüchtern.

»Ich sag dir was«, meine Zunge fühlt sich mittlerweile ähnlich schwer an wie meine Füße, aber das ist mir egal, »ich fand dieses Stück Weltliteratur stinklangweilig.« Mehrere der Anwesenden ziehen ob dieses Frevels hörbar die Luft ein. »Was denn? Ich lese doch, weil es mir Spaß macht. Weil ich mich entspannen und abschalten will. Nicht, weil es sich auf einer Party gut anhört oder weil das irgendjemand von mir erwartet. Und wenn dir Thomas Mann oder Tolstoi so viel Spaß machen, dass du es abends nicht erwarten kannst, dich mit ihren Büchern im Bett zu verkriechen, dann ist das toll«, wende ich mich an Silvia.

»Ich lese nicht im Bett.«

»Da wäre ich jetzt nicht drauf gekommen.«

Sie sieht mich an, als hätte sie ein besonders ekelerregendes Insekt vor sich. »Du hast wahrscheinlich auch Harry Potter gelesen, was?«

»Allerdings. Und zwar alle Bände. Drei Mal!«

»Wieso das denn? Hast du sie beim ersten Mal nicht verstanden?«

Darauf fällt mir leider keine passende Antwort ein. So eine doofe Kuh. Brüsk wende ich ihr den Rücken zu und gerate dabei ein wenig aus dem Gleichgewicht. Huch. Haben wir abgelegt?

»Alles, was ich sagen will«, ich klammere mich an Lindas Unterarm, »ist, dass jeder lesen darf, was er will. Und du solltest die Zeit ohne Kind erst recht dazu nutzen, nur Dinge zu tun, die dir Spaß machen. Glaub es mir. Ich habe eine Freundin, die ein Baby hat! Sie hat seit einem Jahr nicht mehr geschlafen. Echt nicht!«

»Hier bist du. Ich hab dich schon gesucht!« Ah, da ist Nils ja wieder. Ich hatte ihn wirklich vermisst. Und in der Hand hält er zwei Gläser. Eins davon ist sicher für mich.

»Dankeschön«, sage ich und nehme es ihm ab. »Wir reden gerade über Bücher.«

»Und nebenbei betrinken wir uns ganz schön«, kommt es spitz von Silvia, und ich werfe ihr einen bösen Blick zu. Die olle Petze. Das Schlimmste daran ist, dass ich spätestens jetzt merke, dass sie recht hat. Ich bin wirklich ganz schön betrunken. Wie konnte das denn passieren? Es waren doch bloß ein paar Gläschen Champagner! Nun ja, und die Bowle, die zur Hälfte aus Wodka bestand. Der Boden unter mir beginnt zu schwanken, und ich stürze mich in Nils Arme.

»Is doch ga nich wahr.«

»Franzi? Was ist mit dir?«

»Nix.«

»Sie ist besoffen, das sagte ich doch.«

»Binnich nich.« Oh, Scheiße, bin ich wohl. »Was nich is, kann noch werden«, sage ich, um Nils von dieser Anschuldigung abzulenken, und zwinkere ihm bedeutungsvoll zu. »Hab ich verstanden. Findich gut.«

»Was? Wovon redest du?«

»Na, vom Patentantesein«, erkläre ich ihm, aber er sieht immer noch nicht besonders erleuchtet aus.

»Vielleicht ist es die Sonne«, sagt Linda. »Am besten bringen wir sie in den Schatten.«

»Okay.« Nils nickt besorgt, und gemeinsam führen die beiden mich zum Rand der Terrasse unter einen der gelbweißen Sonnenschirme. »Ist es hier besser?« Ich nicke tapfer und versuche, die kritischen Blicke und das Gemurmel zu ignorieren. »Ich hole dir was zu essen.« Damit macht er sich auf den Weg, während Linda mir beruhigend über den Rücken streichelt.

»Is nich die Sonne«, gestehe ich ihr, »hab zu viel Alkohol erwischt.«

»Du warst aufgeregt.« Sie nickt verständnisvoll. »Es ist nicht so einfach, vor ihnen zu bestehen. Das war für mich auch schwer. Ich bin ja viel jünger als die anderen Frauen im Freundeskreis. Erst neunundzwanzig. Und auch erst kurz dabei.«

»Ealich?« Verwundert sehe ich auf ihren runden Bauch.

»Na ja«, sie lacht verlegen, »bei uns ging alles ziemlich schnell. Ich bin schon nach wenigen Wochen schwanger geworden. Ein paar Monate später haben wir geheiratet und das Haus bezogen.«

»Wow.«

»Ich freu mich sehr auf Lilly.« Eine Sekunde lang sehen wir beide rüber zu Silvia, die lässig an einem Stehtisch lehnt. »Eigentlich lese ich gerade ›Twilight‹«, Linda zwinkert mir verschwörerisch zu, »hab den Schutzumschlag ausgetauscht.« Das ist clever. Auf die Idee muss man erst mal kommen. Andererseits – eigentlich schade, wenn man überhaupt zu solchen Maßnahmen greifen muss. Finde ich jedenfalls. Aber bevor ich ihr das sagen kann, ist Nils mit einem Teller zurück, den er mir reicht.

»Hier. Ich hoffe, du magst Austern.« Ich sehe die schleimigen Batzen und kann mich gerade noch rechtzeitig über die Brüstung der Veranda lehnen, bevor sich mir der Magen umdreht.

Kapitel 18

Fünfzehn Minuten später zieht Nils mich ein wenig unsanft über den Steg zurück auf die Straße.

»Was soll denn das?«, protestiere ich halbherzig, denn für mehr reichen meine Kräfte nicht. Obwohl ich das meiste von mir gegeben habe, ist mir immer noch schrecklich übel.

»Das frage ich dich. Wie konntest du in weniger als zwei Stunden so viel trinken, dass du vor aller Augen in die Alster kotzen musst?«

Vor lauter Scham steigt mir das Blut in die Wangen. »Ich …«

»Und meinst du wirklich, es ist ein guter Einstand in meinen Freundeskreis, sich gleich mit allen anzulegen?«

»Ich hab mich doch gar nicht …«

»Du hast provoziert. Und das mit voller Absicht. Ich hoffe jedenfalls nicht, dass du allen Ernstes behaupten willst, deine Groschenromane könnten mit Mann und Tolstoi mithalten.«

»Also, erstens sind das keine Groschenromane und zweitens habe ich das nie gesagt. Ich fand nur diese Silvia mit ihrer herablassenden Art unausstehlich. Man ist kein besserer Mensch, bloß weil man so'n Kram liest.«

In diesem Moment hält ein Taxi mit quietschenden Reifen genau neben uns an.

»Taxi für Rösler?«.

»Genau.« Nils öffnet die hintere Autotür und bedeutet mir einzusteigen.

»Warte mal!« In diesem Moment fällt mir ein, dass etwas Wichtiges fehlt. Ich sehe hinunter auf meine bloßen Füße. »Ich kann doch nicht ohne meine Schuhe fahren!« Genervt dreht Nils die Augen gen Himmel.

»Wo hast du sie denn?« Angestrengt denke ich nach.

»Also, als wir vom Tisch aufgestanden sind, hatte ich sie noch. Dann hab ich mir ein Glas Bowle geholt und … Ich kann mich nicht erinnern, ob ich sie da vielleicht aus der Hand gelegt habe. Ja, ich bin ziemlich sicher, dass sie unter dem Buffet liegen.« Ich nicke überzeugt, um dann abzuschwächen: »Vielleicht aber auch nicht.«

»Egal jetzt. Steig ein!«

»Du willst, dass ich ohne Schuhe ins Taxi steige?«

»Du hattest ja auch kein Problem damit, auf der Party meines Freundes barfuß herumzulaufen.«

»Fandest du das schlimm? Aber meine Füße waren doch so geschwollen. Ich konnte nichts dafür.«

»Ja, schon gut. Los jetzt.« Ich krabbele kopfüber in das Taxi und muss schnell den linken Fuß einziehen, weil Nils die Tür so schnell hinter mir zuschlägt. Verwirrt sehe ich zu ihm hoch und kurbele das Fenster runter.

»Kommst du nicht mit?«

»Warum sollte ich? Um dir weiter dabei zuzusehen, wie du dich übergibst? Das Vergnügen hatte ich ja schon. Ich und alle anderen!«

»Wenn die mir auf die Sitze kotzt, bezahlen Sie die Reinigung«, droht der Fahrer von vorne.

»Sie wird sich zusammenreißen«, versichert Nils, »wenigstens jetzt.«

»Ich hab das nicht mit Absicht gemacht«, sage ich weinerlich, »ich dachte, es ist die Kinderbowle.« Das ist natürlich gelogen, aber vielleicht glaubt Nils mir ja und guckt dann nicht mehr ganz so sauer.

»Fahr nach Hause und schlaf deinen Rausch aus. Und morgen erwarte ich eine Entschuldigung.« Damit wendet er sich dem Fahrer zu und reicht ihm einen Fünfzigeuroschein. »Fahren Sie sie bitte zum Grindelhof 4. Der Rest ist für Sie.« Mit der flachen Hand klopft er auf das Autodach, und wir fahren mit quietschenden Reifen davon. Durch das Rückfenster schaue ich Nils hinterher, der zurück zum Segelclub geht, doch er sieht sich nicht noch einmal um. Plötzlich fühle ich mich sehr einsam. Und beschämt. Habe ich wirklich vor allen Leuten in die Alster gekotzt? Wie peinlich. Ich lasse mich in den Sitz zurückfallen und bemerke erst jetzt, wie mir heiße Tränen das Gesicht runterlaufen. Dass Nils mich so runterputzt und dann einfach wegschickt, ist nicht sehr nett von ihm. Und was soll das eigentlich heißen, er erwartet eine Entschuldigung? Schließlich könnte ich ja auch krank sein! Ein Magen-Darm-Virus! Und selbst wenn nicht. Das kann doch mal passieren! Wie kann er mich nur so behandeln? Entschlossen beuge ich mich nach vorne und klopfe dem Fahrer auf die Schulter. Der dreht sich erschrocken zu mir um.

»Ist Ihnen wieder schlecht? Soll ich anhalten?«

»Nein danke, nicht nötig«, sage ich so würdevoll wie möglich. »Es gibt nur eine kleine Planänderung. Wir fahren zum Elbberg. Nummer 13.«

Als mich das Taxi vor Freds Haus absetzt und davonbraust, frage ich mich, ob das wirklich so eine clevere Idee von mir war. Ich habe nämlich überhaupt kein Geld mehr bei mir. Und nicht einmal Schuhe an, um im Notfall die Strecke nach Hause zu Fuß gehen zu können. Aber machen wir uns doch nichts vor. Das sind mindestens fünf Kilometer und damit keine Distanz, die ich in meinem jetzigen Zustand gehen möchte. Ob mit Schuhen oder ohne. Fred muss zu Hause sein. Er muss einfach! Ich suche nach seinem Namensschildchen, sende ein kurzes Stoßgebet zum Himmel und drücke lange und anhaltend den Klingelknopf. Nichts rührt sich. Das darf doch nicht wahr sein. Ich klingle noch mal. Und dann noch mal. Endlich knackt es in der Sprechanlage.

»Wer ist da?«

»Franzi.«

»Franzi?«

»Gibt es hier ein Echo? Lass mich rein.«

»Aber was …?«

»Lass mich rein. Ich habe keine Schuhe an!« Das muss ihn ja wohl überzeugen. Und richtig. Es knackt erneut und dann ertönt das Summen des Türöffners. Ich werfe mich gegen die Tür und mache mich an den Aufstieg. Im dritten Stock lehnt Fred grinsend und mit verschränkten Armen im Türrahmen und sieht mich erwartungsvoll an.

»Nanu, was verschafft mir die Ehre?«

Ich nehme die letzten paar Stufen und ringe erst mal keuchend nach Luft. Schließlich bin ich gerade nicht in der besten körperlichen Verfassung.

»Ahoi«, sagt Fred und mustert mich von oben bis unten, »willst du an Bord gehen?«

»Ich war auf einem Geburtstag in einem Segelverein«, erkläre ich würdevoll.

»Barfuß?«

»Das ist eine lange Geschichte. Kann ich reinkommen?«

»Ähm, nun ja. Es passt grade nicht so gut.«

Ich gehe einen Schritt auf ihn zu, und er macht eine Bewegung zur Seite, als wollte er mir den Weg versperren.

»Was soll das denn? Lass mich rein.«

»Puh, wie riechst du denn?«

»Vielen Dank auch«, sage ich beleidigt.

»Und was ist das da?« Ich fahre mir mit den Fingern durchs Haar und dann spüre ich es. Klebrig und eklig. Pfui Teufel, ich habe Erbrochenes im Haar. Ich möchte am liebsten im Erdboden versinken. Da das nicht passiert, drängle ich mich kurz entschlossen an Fred vorbei. »Das ist gar nichts. Nur ein bisschen … Nudelsalat. Vom Buffet!«

»So was haben die da aufs Buffet gestellt?«, fragt er und folgt mir in die Wohnung. »Sieht ja aus wie schon mal gegessen.«

»Kann ich mal kurz dein Waschbecken benutzen? Danke!« Ohne seine Antwort abzuwarten, laufe ich zielstrebig durch den Flur in Richtung Bad, als mir plötzlich eine hochgewachsene Frau mit wilden, schwarzen Locken gegenübersteht.

»Hallo«, sagt sie.

»Hallo«, sage ich auch.

»Ähm, wie gesagt, ich hab Besuch.« Fred stellt sich zwischen uns.

»Das hast du nicht gesagt«, bemerke ich.

»Aber gemeint. Also, das ist Franzi. Franzi, das ist Babsi.«

»Hallo.« Wir schütteln uns die Hand, und mir fällt leider zu spät ein, dass ich mit ebendieser Hand gerade die

Kotze aus meinem Haar gestrichen habe. Das tut mir jetzt leid. Ist aber nicht mehr zu ändern. Dennoch entziehe ich sie ihr schnell wieder. »'tschuldigung, ich muss echt mal kurz ins Bad.« Damit verschwinde ich durch die Tür, drehe den Wasserhahn auf und spüle meine Haare aus. Dann greife ich kurz entschlossen nach Freds Zahnbürste. Ich weiß, die sollte man eigentlich mit niemandem teilen, aber ich kann mir einfach nicht vorstellen, dass dabei Keime übertragen werden, die wir in unseren diversen Sexnächten nicht sowieso schon ausgetauscht hätten. Und es ist mir gerade einfach ein dringendes Bedürfnis, mir die Zähne zu putzen.

Während ich gleichzeitig meine Bluse nach weiteren verräterischen Flecken absuche, höre ich Babsi fragen: »Sag mal, ist das deine Freundin? Hast du etwa eine Freundin?«

»Nein, natürlich nicht.«

»Lügst du gerade?«

»Aber nein! Süße, was denkst du denn von mir?«

Ich öffne die Tür, nehme die Zahnbürste aus dem Mund und nuschele undeutlich: »Seine Freundin? Nein, ganz bestimmt nicht.« Fred nickt zustimmend und wirft mir einen dankbaren Blick zu. Ich spucke einen Mundvoll Schaum ins Waschbecken. »So etwas hat Fred nicht, und weißt du auch, warum? Weil er eine schlimme Allergie hat. Eine Beziehungsallergie! Sobald er das Wort hört, bekommt er so ein unerträgliches Jucken in den Beinen und muss dann sofort auf und davon. Deshalb kannst du dir ganz sicher sein, dass weder ich noch eine andere Frau seine Freundin sind.«

»Halt die Klappe, Franzi«, versucht Fred meinen Redestrom zu unterbrechen, aber ich komme jetzt erst so richtig in Fahrt.

»Er hat dir doch wohl gesagt, dass er nur auf einen One-Night-Stand aus ist?«

»Was?«

»Hat er nicht? Das wundert mich aber. Denn normalerweise sagt Fred immer ganz klar, was er will. Der lässt eine Frau nicht im Unklaren über seine Absichten. So ein Typ ist er nicht. Wer mit ihm ins Bett geht, der weiß, dass es nur um Sex geht. Denn Fred hier«, ich stupse ihm die Zahnbürste in die Brust, »der findet, dass man Leuten immer die Wahrheit sagen sollte! Also? Hat er?«

»Wir wollten uns eigentlich nur zusammen eine DVD ansehen.«

»Eine DVD. Soso. Und du, Fred, du wolltest Babsi nicht an die Wäsche? Hm? Na komm, jetzt sei doch mal so ehrlich, wie du immer sagst!« Ich verschränke die Arme vor der Brust und sehe ihn auffordernd an.

Er schaut mit hochgezogenen Augenbrauen zurück. »Was ist denn mit dir heute los? Wie viel hast du getrunken?«

»Jetzt lenk mal nicht vom Thema ab! Sag es ihr. Ist doch nichts dabei. Da fällt mir ein, Babsi, wenn du einen Freund haben solltest, dann sieht die Sache anders aus. Dann könnte es sein, dass er immer wieder bei dir auftaucht. Vielleicht backt er dir sogar eine Geburtstagstorte. Das liegt durchaus im Bereich des Möglichen. Denn dann braucht er ja keine Angst zu haben, dass du ihm zu nahe kommen könntest.«

»Okay, das reicht jetzt.« Wütend starrt Fred mich an.

»Ich bin aber noch nicht fertig.«

»Doch, das bist du.«

»Sag es ihr!«

»Okay, wenn es dich glücklich macht. Ja, Babsi, ich will nur Sex mit dir. Aber das war doch wohl klar, oder? Auch wenn ich das jetzt nicht ganz *so* deutlich«, dabei wirft er mir einen schrägen Seitenblick zu, »gesagt habe.«

»Wie bitte?«

»Ich will nur …« Weiter kommt er nicht, denn in diesem Moment landet ihre Hand mit einem hörbaren Klatschen auf seiner Wange. Erschrocken halte ich die Luft an. Das hab ich jetzt auch nicht gewollt. Eine Sekunde lang ist es totenstill.

»Dafür bin ich nicht zu haben. Danke fürs Angebot!« Damit rauscht sie an uns vorbei, schnappt sich ihre Jacke vom Garderobenhaken und lässt die Tür mit einem lauten Knall hinter sich zufallen. Fred steht mit leicht dümmlichem Gesichtsausdruck mitten im Flur und sieht ihr, sich die Wange haltend, hinterher. Dann dreht er sich langsam zu mir um.

»Sag mal, hast du sie noch alle?« Ups, er scheint ein bisschen wütend zu sein. Vorsichtshalber weiche ich einen Schritt zurück und hebe die Zahnbürste.

»Wenn du wirklich so offen wärest, wie du immer tust, dann wäre das nicht passiert.« Angriff ist schließlich immer noch die beste Verteidigung.

»Du bist doch nicht mehr ganz dicht.« Seine Hand schnellt vor und entreißt mir die Zahnbürste. »Was hast du mit dem Ding vor? Sie mir ins Auge stechen?«

»Zur Not.«

Er betrachtet die Bürste genauer. »Das ist ja meine«, sagt er empört. »Was fällt dir ein, meine Zahnbürste zu benutzen?«

»Hab dich nicht so. Wir hatten schließlich Sex miteinander.«

»Das ist doch was ganz anderes. Du kannst doch nicht meine Zahnbürste benutzen.«

»Ist dir das zu viel Nähe?«, frage ich spitz.

»Wenn du dich vorher übergeben hast: Ja.« Rumms. Das hat gesessen. »Glaubst du, ich weiß nicht, was das da in deinen Haaren wirklich war? Außerdem stinkst du wie eine Schnapsbrennerei.«

Kleinlaut starre ich auf den Boden vor mir. »Ich kauf dir eine neue Zahnbürste.«

»Das will ich auch schwer hoffen.«

»Tut mir leid. Nein, warte. Das stimmt nicht. Es tut mir gar nicht leid.«

»Na, was denn nun?«

»Wieso soll ich mich andauernd entschuldigen? Nur, weil ich einmal die Wahrheit gesagt habe? In vino liegt nun mal die veritas, da ist nix falsch dran.«

»Als jemandem, der Latein im Abitur hatte, rollen sich mir gerade die Fußnägel hoch. Außerdem würde mich interessieren, warum du deine neu gefundene Wahrheitsliebe ausgerechnet dazu einsetzen musstest, um mich um meinen Sex zu bringen.«

»Keine Sorge. Du kriegst deinen Sex!«

Knutschend stolpern wir in Richtung Schlafzimmer, wo ich Fred aufs Bett schubse und mich auf ihn setze.

»Na«, sage ich zwischen zwei Küssen, »bist du jetzt froh, dass ich deine Zahnbürste benutzt habe?«

»Sehr froh.« Seine Hände wandern unter meine Bluse und öffnen den BH. »Eine Frage noch.«

»Ja?«

»Auf die Gefahr hin, mich dieses Mal selbst um meinen Sex zu bringen: Was ist mit deinem Freund? Mit diesem Nils?«

»Nils? Nils erwartet morgen eine Entschuldigung«, sage ich grimmig, »und die soll sich dann wenigstens lohnen.«

Autsch! Ein stechender Schmerz fährt durch meinen Kopf, als ich vorsichtig ein Augenlid anhebe. Es ist hell, unnatürlich hell, in diesem Raum, von dem ich nicht weiß, wie ich hergekommen bin. Nur durch einen schmalen Spalt blinzle ich zu dem bodentiefen Fenster hin, durch das gnadenlos die Sonne hereinscheint. Natürlich. Ich kenne dieses Zimmer. Hier bin ich schon mal aufgewacht. Vorsichtig wende ich den Kopf nach links, aber da, wo ich Fred erwartet hätte, liegt nur ein zerknüllter Haufen aus Bettdecke und Kopfkissen. Eindrücke der letzten Nacht schießen in abgehackten Bildern durch meinen Kopf. Schweißnasse Haut. Wollüstige Schreie. Wilder Sex. O Gott. Was habe ich getan? Ich greife nach dem Kopfkissen und ziehe es mir über das Gesicht. Das darf alles nicht wahr sein. Wie konnte ich nur? Unbarmherzig erscheint jetzt ein anderes Gesicht vor meinem inneren Auge, und zwar das von Nils. Die Schuldgefühle sind so heftig, als würde mir jemand einen Schlag in den Magen versetzen. Ja, ich erinnere mich auch an die Party von Thomas. Und meinen unrühmlichen Auftritt. Habe ich das wirklich getan? Mich mit irgendwelchen Gästen angelegt, mich volllaufen lassen, um dann zu guter Letzt über die Reling zu speien? Kein Wunder, dass Nils wütend auf mich war. Und dann fahre ich auch noch zu Fred und mache alles schlimmer. Ich presse das Kissen noch fester auf mein Gesicht, um nicht laut zu schreien. Ich bin ein solcher Idiot! Verdammt, wie spät ist es eigentlich? Ich tauche wieder auf und sehe mich hektisch um, aber in diesem Schlafzimmer ist weit und breit keine Uhr zu entdecken. Ich lehne mich über den Bettrand und wühle in meinen auf dem Boden zusammengeknüllten Klamotten nach meinem Handy, das ich meines Erachtens gestern ausnahmsweise in der Hosentasche hatte. Ah, da ist es. Ein Stromstoß geht durch meinen Körper, als ich die Uhrzeit sehe. Es ist viertel nach elf. Aber das ist noch gar nichts gegen den Schock, der mich ereilt, als ich nun die Tastensperre löse und sehe, was das Display mir zu sagen hat. Sechsunddreißig Anrufe in Abwesenheit! Mir wird schwarz vor Augen. Wieso hab ich die nicht gehört? In diesem Moment fällt mir ein, dass ich das Telefon vor der Party auf lautlos gestellt habe. Schließlich wollte ich nicht unangenehm auffallen, indem mein Handy mitten in Thomas' Begrüßungsansprache hineinbimmelt. Jetzt wünschte ich, das wäre die einzige Art gewesen, durch die ich gestern unangenehm aufgefallen wäre. Sechsunddreißig Anrufe. Verdammt! Nils scheint sich große Sorgen zu machen.

»Guten Morgen!« Die Tür geht auf und Fred erscheint. In der Hand hält er eine dieser riesigen Tassen, die knapp einen halben Liter fassen. »Ich dachte mir, du könntest jetzt bestimmt einen Kaffee gebrauchen.« Ich möchte ihn hassen. Ihm die Schuld geben an dem, was passiert ist. Andererseits pocht es hinter meinen Schläfen und ich will den Kaffee unbedingt. Deshalb strecke ich die Hand danach aus.

»Danke.« Er setzt sich zu mir auf die Bettkante, legt den Kopf schräg und grinst mich an.

»Na!«

»Na«, blaffe ich zurück, als mein Handy zu vibrieren beginnt und einen anonymen Anrufer anzeigt. Warnend lege ich den Zeigefinger auf meine Lippen, atme tief durch und drücke die Annahmetaste. »Hallo?«

»Franzi, wo zum Teufel steckst du?«

»Mama …« Die hatte ich jetzt ehrlich gesagt nicht erwartet.

»Ist dir klar, dass wir alle vor Sorge außer uns sind? Nils ist völlig fertig. Er hat uns mitten in der Nacht angerufen und erzählt, was passiert ist.« Ich schließe gepeinigt die Augen. »Also, ich muss schon sagen, da hast du dich mal wieder selbst übertroffen. Und als ob du nicht schon genug angerichtet hättest, verschwindest du auch noch spurlos.«

»Ich bin nicht spurlos verschwunden. Ich bin … bei Friederike.« Ich versuche, Freds Blick auszuweichen, der auch schon mal freundlicher war als in diesem Moment.

»Wer ist Friederike?«

»Eine Arbeitskollegin von mir«, lüge ich. »Sie hat gestern zufällig gerade angerufen, als ich im Taxi saß.«

»Soso.«

»Ehrlich!« Fred gibt ein schnaubendes Geräusch von sich. Ich halte ihm den Mund zu und werfe ihm einen flehenden Blick zu. Kopfschüttelnd erhebt er sich und verlässt das Zimmer.

»Weißt du, was ich denke?«, die Stimme meiner Mutter klirrt vor Kälte, »ich denke, dass du diese Friederike erfunden hast. Ich glaube viel mehr, du bist bei diesem Typ von Emmas Hochzeit, bei diesem Fritz.«

»Bin ich nicht. Außerdem heißt er Fred.«

»Es ist mir egal, wie er heißt, junge Dame.« Ich hasse es, wenn sie mich so nennt. »Ganz und gar nicht egal ist mir aber, dass du sehenden Auges deine Beziehung zu Nils aufs Spiel setzt.« Ich spüre, wie mir das Blut in die Wangen schießt, weil sie damit natürlich den Nagel auf den Kopf getroffen hat. Ganz eindeutig habe ich gestern Nacht meine Beziehung aufs Spiel gesetzt. Mehrfach.

»Nils war total gemein zu mir«, verteidige ich mich. »Er hat mich nicht vor seinen Freunden in Schutz genommen. Und mich dann einfach alleine ins Taxi gesetzt, obwohl mir furchtbar schlecht war.«

»Weil du besoffen warst«, sagt meine Mutter gnadenlos. »Vielleicht wusste Nils einfach nicht, wie er mit der Situation umgehen sollte. Aber dafür hast du ihn ja jetzt büßen lassen. Der arme Mann hat die ganze Nacht kein Auge zugetan.«

»Es tut mir leid«, flüstere ich und habe plötzlich einen Kloß im Hals. Weil Nils mich verlassen wird. Natürlich wird er das.

»Sag das nicht mir, sag es ihm. Du rufst jetzt auf der Stelle bei Nils an. Er ist ganz krank vor Sorge. Erzähl ihm, dass du bei dieser Friederike übernachtet hast.«

»Aber das habe ich gar nicht«, schluchze ich, »du hast recht. Ich bin bei Fred.«

»Es interessiert mich nicht«, unterbricht sie mich schneidend, »und wenn du klug bist, behältst du das für dich.« Ohne ein weiteres Wort legt sie auf. Wie betäubt lausche ich dem Besetztzeichen, das in meinen Ohren wiederhallt, dann gebe ich mir einen Ruck und wähle Nils' Nummer.

»Franzi!«

»Ja, hallo, ich bin es!«

»Gott sei Dank. Geht es dir gut? Wo bist du? Soll ich dich abholen? Es tut mir so leid, was gestern passiert ist!«

»Es geht mir gut. Ich bin bei … einer Arbeitskollegin. Tut mir leid, dass ich nicht angerufen habe.«

»Aber wieso …? Ich verstehe das nicht.«

»Es tut mir ehrlich leid. Ich komme gleich nach Hause. Bist du … bist du dann da?«

»Natürlich. Wo soll ich denn sonst sein? Kann ich dich

nicht irgendwo abholen? Du hast doch nicht einmal Schuhe.«

Da hat er recht. Und Geld fürs Taxi habe ich auch nicht. »Okay, ja. Sie wohnt am Elbberg. Das ist unten am Hafen. Nummer 23.« Ich werde einfach ein paar Häuser die Straße runtergehen und da auf ihn warten. Freds genaue Adresse anzugeben bringe ich nicht über mich. Zu gefährlich. Erschreckt stelle ich fest, was für eine gerissene Lügnerin ich bin.

»Ich bin in zwanzig Minuten da. Wie heißt sie mit Nachnamen?«

»Was? Wieso?«

»Damit ich weiß, wo ich klingeln muss, natürlich.«

»Ach so. Tu das nicht. Sie schläft noch. Ich komm runter.«

»Okay. Bis gleich!«

»Ja.«

Wie von der Tarantel gestochen springe ich aus dem Bett und stürze nackt, wie ich bin, in den Flur, wo ich mit Fred zusammenpralle, der an die Wand gelehnt dasteht und offensichtlich jedes Wort mitgehört hat.

»Hast du etwa gelauscht?«

»So viel zum Thema Wahrheitsliebe«, sagt er süffisant, ohne auf meinen Vorwurf einzugehen. »Hier reinzuplatzen und mit *meiner* Wahrheit um dich zu werfen, war ja einfach. Aber wenn es um dich geht, bist du einfach nur verlogen.«

»Was hätte ich denn bitteschön sagen sollen?«

»Die Wahrheit.«

»Ich muss duschen.«

»Genau. Gute Idee.« Er folgt mir ins Badezimmer.

»Würdest du mich bitte allein lassen?«

»Nein.«

»Bitte. Dann nicht.« Ich drehe das heiße Wasser auf und steige in die Dusche.

»Nur weil du dir mein Sperma vom Körper wäschst, bleibt es trotzdem eine Tatsache, dass wir miteinander geschlafen haben.«

»Du bist wirklich abscheulich.« Ich seife mich schnell ab und schnappe mir ein Handtuch von der Heizung.

»Du läufst jetzt also zu deinem Nils zurück und tust so, als wäre nichts passiert? Und auf dieser Basis willst du dann eure *Beziehung* weiterführen?«

»Hast du einen besseren Vorschlag?«

»Du könntest ihm die Wahrheit sagen.«

»Dann verlässt er mich.« Plötzlich steht er ganz nah vor mir, ich kann die Wärme seines Körpers an meinem spüren.

»Und das willst du nicht?«, fragt er leise.

»Natürlich will ich das nicht. Wie kommst du auf die Idee, dass ich das wollen könnte?« Er zuckt unbestimmt die Schultern. »Etwa, um mit dir zusammen zu sein?« Sein Blick flackert, aber er hält meinem stand.

»Vielleicht. Warum nicht?«

»Warum nicht? Warte, da wüsste ich auf Anhieb ungefähr tausend Gründe. Einer davon ist hier gestern Abend rausspaziert. Ein zweiter steht vor mir und bekommt Ausschlag, wenn eine Frau ihm zu nahe kommt. Aber der wichtigste Grund holt mich in einer Viertelstunde ab. Ich habe einen Freund. Jemanden, der wirklich mit mir zusammen sein will. Der sich eine Zukunft mit mir vorstellen kann. Einen, der nicht gleich Reißaus nimmt, wenn jemand das Wort Ehe oder Familiengründung in den Mund nimmt.«

»Einen, dem du peinlich bist, wenn du auf einer Party deine Meinung sagst. Der dich alleine und ohne Schuhe in ein Taxi setzt, wenn er eigentlich deine Haare halten sollte, während du dich übergibst.« Mist, das habe ich ihm erzählt? Ja, jetzt fällt es mir wieder ein. Zwischendurch haben wir geredet. Und ich habe mich über Nils beschwert. Ich bin ein schlechter Mensch. Ich betrüge ihn und lästere dann auch noch in einem fremden Bett über ihn.

»Das tut ihm alles total leid. Ich muss mich anziehen.« Damit drängele ich mich an ihm vorbei und eile ins Schlafzimmer zurück.

»Hast du dir vielleicht mal überlegt, dass es einen Grund dafür geben könnte, dass du gestern zu mir gekommen bist? Und dass wir miteinander geschlafen haben? Obwohl du einen Freund hast?«

»Ja. Allerdings. Der Grund heißt Alkohol und ist der Teufel.«

»Das finde ich jetzt aber sehr vereinfacht. Und außerdem: In vino veritas. Das hast du gestern selbst gesagt.«

»So ein Blödsinn.«

»Ich habe dich jedenfalls vorher noch nie so offen für deine Meinung einstehen hören. Und kaum bist du ausgenüchtert, kuschst du wieder vor Mama und deinem tollen Freund. Aber gestern Abend bist du hierhergekommen. Zu mir.« Ich bin mittlerweile angezogen und werfe einen Blick auf mein Handy. In fünf Minuten kommt Nils. Ich muss jetzt wirklich los.

»Ich muss gehen.«

»Gib es doch zu, mit mir fühlst du dich lebendig. Viel lebendiger als mit diesem Trottel.«

»Sprich nicht so über ihn. Sprich am besten überhaupt

nicht. Was redest du denn da? Ist dir mal aufgefallen, dass wir nie etwas anderes tun, als uns zu streiten?«

»Weil wir uns nicht egal sind.« Er packt mich an den Schultern und hält mich fest. »Darum streiten wir uns. Und wir sagen uns die Wahrheit. Das ist ein guter Anfang!«

»Es gibt keinen Anfang«, schreie ich ihn an, weil er mir zu nah ist. Und weil ich Angst habe, dass ich nicht rechtzeitig aus diesem Haus rauskomme. Dass Nils mich aus Nummer 13 herauskommen sehen und Fragen stellen könnte. »Das hier ist das Ende. Kapiert?«

Abrupt lässt er mich los. »Okay. Dann geh zu deinem Nils! Viel Glück euch beiden.«

Barfuß und in meinen zerknitterten Klamotten hetze ich die Stufen hinunter und stürze aus dem Hauseingang. Hektisch sehe ich mich um, in welche Richtung die Hausnummern verlaufen, und gehe schnellen Schrittes auf die Nummer 23 zu. Dort setze ich mich auf die Bordsteinkante und warte auf Nils. Das Herz schlägt mir bis zum Hals. Wie konnte ich nur in diese Situation geraten? Ich hätte mich nie für jemanden gehalten, der fremdgeht. Das waren doch immer nur die anderen. Fabian zum Beispiel. Na gut, das ist jetzt vielleicht kein guter Vergleich. Schließlich hat der Dutzende von Malen mit anderen Frauen geschlafen. Nicht bloß einmal. Aber einmal ist schon schlimm genug. Andererseits war Nils gestern wirklich ekelhaft zu mir. Das ist natürlich keine Entschuldigung für meinen Fehltritt, aber vielleicht wenigstens eine Erklärung? In diesem Moment biegt Nils mit seinem Golf um die Ecke, bleibt mitten auf der Straße stehen und stößt die Tür auf. Ich rappele mich auf, und er reißt mich so heftig in seine Arme, dass ich um ein Haar das Gleichgewicht verliere.

»Franzi, o Gott, ich bin so froh«, flüstert er an meinem Ohr, »ich dachte, dir ist was passiert. Dieser Taxifahrer, ich dachte, er hätte dir was getan.«

Mir steigen die Tränen in die Augen. »Ist doch alles in Ordnung, mir geht's gut.« Hilflos tätschele ich ihm den Rücken.

»Es tut mir so leid, dass ich dich einfach so nach Hause geschickt habe. Ich hätte bei dir bleiben müssen. Es ging dir nicht gut. Und du hast recht, Silvia ist wirklich eine blöde Kuh. Ich kann überhaupt nicht verstehen, wie ich dich so im Stich lassen konnte.«

Ich wünsche mir in diesem Moment nichts mehr, als dass er damit aufhört, sich selbst zu kasteien. Es wäre mir viel lieber, wenn er mir Vorwürfe machen und wieder so gemein zu mir sein würde wie gestern. Oder sogar noch ein bisschen gemeiner. Damit ich mich nicht so schlecht fühlen muss. Aber er tut mir den Gefallen nicht.

»Überhaupt tut mir alles ganz furchtbar leid. Auch das mit deinen Schuhen. Du hattest solche Fußschmerzen.«

»Nein, ist doch schon gut«, wehre ich ab.

»Ich war einfach unausstehlich. Ich weiß selbst nicht, was mit mir los war.« Reumütig sieht er mich an. »Verzeihst du mir?«

Ich ihm verzeihen? Irgendjemand da oben, der diesen ganzen Schlamassel angezettelt hat, lacht sich wahrscheinlich gerade kaputt über mich. »Da gibt es doch gar nichts zu verzeihen.«

»Doch, gibt es. Bitte. Du musst es sagen!« Er hat recht. Ich muss es ihm sagen. Nicht, was er meint. Sondern die Wahrheit. Dass ich mit Fred geschlafen habe. Dass ich eine schreckliche, eine untreue Freundin bin. Und dass ich es bin, die ihn um Verzeihung bitten müsste. Das muss ich ihm sagen. Aber ich bringe es nicht über mich. Stattdessen nehme ich ihn in die Arme.

»Natürlich verzeihe ich dir. Es war doch gar nicht so schlimm.« Den Kopf an seinen gelehnt sehe ich hinauf in den strahlend blauen Augusthimmel und schwöre, Buße zu tun für meinen Fehltritt mit Fred. Ich werde Nils die beste Freundin sein, die sich ein Mann nur wünschen kann. Ich werde ihn glücklich machen. Ich bin zu allem bereit. Ich würde sogar das gesamte Werk von Thomas Mann lesen, wenn ich mich dadurch von meiner Schuld reinwaschen könnte. Und das von Tolstoi noch dazu.

Kapitel 19

Um Nils' immer noch zerknirschtem Gesichtsausdruck zu entgehen, erkläre ich ihm, kaum in meiner Wohnung angekommen, dass ich mich gerne ein bisschen hinlegen würde.

»Nimm keine Rücksicht auf mich, geh raus, triff dich mit irgendjemandem, das Wetter ist so schön.« Ich muss mich jetzt einfach in meinem Bett verkriechen, um meine Gedanken zu ordnen. Aber Nils schüttelt den Kopf.

»Ich gehe doch jetzt nicht weg.«

»Aber ich fühle mich nicht besonders gut.«

»Das verstehe ich doch. Leg dich hin. Und heute Abend lade ich dich zu einem schönen Essen ein.«

»Okay, das klingt toll«, sage ich gequält und verschwinde im Schlafzimmer. Wieso muss er so nett sein? Das habe ich doch überhaupt nicht verdient. Ich steige schnell aus meinen Knitterklamotten vom Vortag, lege mich ins Bett und schließe erschöpft die Augen. Vielleicht ist das alles ja auch nur ein böser Traum gewesen, aus dem ich gleich aufwache. Vielleicht kommt Nils gleich herein und sagt: »Steh auf, Schlafmütze. Heute ist doch Thomas' Geburtstag. Wir müssen los.« Oh, ich würde alles anders machen! Bequeme und doch elegante Schuhe tragen, bescheiden an einem Mineralwässerchen nippen und zu

Silvias Sermon höflich nicken und mir meinen Teil denken. Ich würde bis spät in die Nacht mit Nils' Freunden plaudern, alle würden mich wundervoll finden und dann würde ich mit Nils nach Hause fahren und alles wäre gut.

Mit einem leisen Quietschen öffnet sich die Schlafzimmertür und Nils kommt herein. Leider sagt er nichts davon, dass wir los müssen, sondern kommt auf Zehenspitzen zum Bett geschlichen. Ich halte die Augen fest geschlossen und atme ganz gleichmäßig. Die Matratze wackelt, als er sich neben mich legt und zu mir heranrobbt. Ganz dicht. Sein Oberkörper presst sich an meinen Rücken, er schlingt einen Arm um mich und küsst meinen Hals. Nein, bitte nicht. Alles, nur das nicht.

»Ich vermisse dich so«, flüstert er. O Gott, womit habe ich das verdient? Seine Hand streichelt über meinen Körper. Ich liege da, steif wie ein Brett, und weiß nicht, was ich tun soll. Natürlich möchte ich ihn nicht zurückweisen, aber die Vorstellung, jetzt mit ihm zu schlafen, nur ein paar Stunden, nachdem ich mit Fred … Nein, also, das geht einfach nicht. Ich drehe mich zu ihm um und sofort liegen seine Hände auf meinen Brüsten. Er stürzt sich auf mich wie ein Ertrinkender und beginnt, mich wild zu küssen.

»Warte, Nils, bitte warte mal«, versuche ich zu sagen, wenn er meinen Mund zwischendurch mal frei gibt.

»Ich liebe dich.«

»Ich liebe dich auch, aber … Nils, ich habe schreckliche Kopfschmerzen!« Er hält mitten in der Bewegung inne und schaut auf mich runter. Ich weiß, das ist eine ganz dumme Ausrede, aber auf die Schnelle fiel mir nichts Besseres ein. Er sieht jetzt ganz unglücklich aus. »Heute

Abend geht's mir bestimmt wieder gut«, tröste ich ihn hilflos. Er rollt sich von mir runter.

»Du bist noch sauer«, stellt er fest. Perplex sehe ich ihn an. »Das kann ich auch verstehen. Aber ich habe doch gesagt, dass es mir leidtut. Es tut mir wirklich, wirklich leid.« Wenn er sich noch einmal bei mir entschuldigt, dann schreie ich.

»Ich bin ehrlich nicht sauer auf dich«, beteuere ich.

»Nein?« Er rückt wieder ein Stück näher.

»Nein. Aber es geht mir nicht so gut.«

»Du musst gar nichts machen«, verspricht er, »lieg einfach nur da und genieß es.« Ich spüre, wie ein hysterischer Lachkrampf in mir hochsteigt, und beiße mir auf die Unterlippe.

»Können wir nicht… ein bisschen später? Bitte, lass mich nur ein paar Stunden ausruhen.«

»Aber wir müssen uns doch versöhnen.«

»Ich dachte, das hätten wir getan.«

»Ja, aber wir müssen es besiegeln.« Er küsst mich zärtlich auf den Mund, und eine Sekunde lang ziehe ich ernsthaft in Erwägung, ihm den Gefallen zu tun. Aber dann muss ich plötzlich an Julia Roberts denken und wie sie in »Die Hochzeit meines besten Freundes« sagt: »Ich bin der letzte Abschaum. Nein, eigentlich noch viel niedriger. Ich bin der Schleim, der auf dem letzten Abschaum schwimmt.« Genauso fühle ich mich gerade. Aber es gibt noch eine Steigerung. Und ich möchte mich nicht fühlen wie der Eiter, der den Schleim infiziert, der auf dem letzten Abschaum schwimmt. Deshalb schiebe ich Nils sanft von mir weg.

Im Laufe der nächsten Woche kommt alles wieder einigermaßen ins Lot. Ich zucke nicht mehr jedes Mal zusammen, sobald Nils das Wort an mich richtet, mein Bedürfnis, ihm meinen Fehltritt zu gestehen, wird von Tag zu Tag weniger, und schließlich kann ich mir sogar im Spiegel wieder in die Augen schauen. Dazu spielt mir das Schicksal in die Karten und beschert Nils in seinem Job eine derart anstrengende Woche, dass er jeden Abend erst gegen elf Uhr nach Hause kommt und dann todmüde ins Bett sinkt.

Am Freitagabend sind Lydia und ich nur zu zweit. Kim hat kurzfristig abgesagt, weil der kleine Elias Magen-Darm-Grippe hat.

»Uh, ein Kleinkind mit Kotzerei und Dünnpfiff. Ich habe Kim selten so um ihr Mutterglück beneidet wie heute«, kommentiert Lydia unbekümmert, während sie die Geldscheine für Willi bereitlegt, die ich ihm dann übergeben soll. »Ist was? Du wirkst irgendwie so angespannt.« Ich fühle mich, als würde sich die ganze Geschichte in meinem Bauch zu einer Art Knoten zusammenballen. Lydia ist doch meine Freundin. Meine beste Freundin. Sie wird mich nicht verurteilen, das weiß ich. Aber wäre es wirklich fair Nils gegenüber? Bin ich ihm gegenüber nicht unloyal genug gewesen? Immerhin wissen schon zwei Leute, dass ich ihn betrogen habe. Drei, mich eingeschlossen. Es wäre nicht fair, ihn hier ahnungslos reinspazieren und Lydia zur Begrüßung auf die Wange küssen zu lassen, wenn sie Bescheid weiß. Oder?

»Ich muss dir was sagen.«

»Ich bin ganz Ohr.«

In diesem Moment dreht sich der Schlüssel im Schloss und eine Minute später steht Nils im Wohnzimmer. Das erste Mal in dieser Woche, dass er vor zehn nach Hause kommt. Das war ja dann wohl ein eindeutiges Zeichen, dass ich die Klappe halten und die Sache mit mir alleine ausmachen soll. Er beugt sich zu mir herunter und gibt mir einen Begrüßungskuss.

»Nimm dir nichts vor am Wochenende. Ich habe eine Überraschung!«

»Was für eine Überraschung denn?«

»Wart's ab. Das wird super. Nur so viel: Wir fahren weg. Über Nacht. Also pack schon mal dein Köfferchen!«

Ich mache einen neuen Anfang, beschließe ich, während ich Unterwäsche, Shorts, zwei T-Shirts und mein kleines Schwarzes in den Koffer packe. Von meiner ständigen Selbstkasteiung hat schließlich niemand irgendwas. Es war ein Ausrutscher. Ein dummer Fehler. Aber ich kann ihn nicht rückgängig machen. Sosehr ich mir das auch wünschen würde. Ich kann nur nach vorne sehen. Ich lasse die Schnallen zuschnappen und trage den Koffer in den Flur, wo Nils schon auf mich wartet.

»Fertig? Hast du auch deinen Badeanzug eingepackt?«

»Hab ich.«

»Und was Schickes für den Abend?«

»Jawohl.«

»Bequeme Schuhe?«

Ich spüre, wie ich rot anlaufe. »Ja.«

»Dann mal los.« Er reibt sich vergnügt die Hände.

»Du machst mich wirklich neugierig.«

»Es wird toll. Du wirst schon sehen.«

Wir sind etwa eine Stunde mit dem Auto gefahren, als Nils den Blinker setzt und auf eine Autobahnraststätte fährt.

»So«, er wendet sich mir zu und hat plötzlich eins meiner Halstücher in der Hand, »wir sind gleich da. Und um die Überraschung nicht zu verderben, werde ich dir jetzt die Augen verbinden.«

»Okay«, sage ich zögernd.

Zwei Minuten später sind wir wieder auf der Autobahn. Um mich herum nichts als Dunkelheit und all die Geräusche, die man erst dann wahrnimmt, wenn man seines Sehsinns beraubt wurde. Das Rauschen des Fahrtwinds, das Surren des Motors und das gleichmäßige Puckern des Asphalts.

»Ist es noch weit?«

»Nein, nicht mehr weit.« Bilde ich mir das ein, oder hat Nils' Stimme plötzlich einen komischen Unterton?

»Nun mach es doch nicht so spannend.«

»Wir sind gleich da.« Okay. Das klang jetzt eindeutig unheimlich. Fast wie eine Drohung. Plötzlich wird mir schlecht. Er weiß es. Wahrscheinlich hat er mich doch aus Freds Haus kommen sehen. Und Nachforschungen angestellt. Und jetzt fährt er mit mir irgendwohin. Niemand weiß, wo wir sind. Vor Montag wird mich keiner vermissen. Was hat er vor? »So«, ertönt es langgezogen neben mir und ich spüre, wie er den Wagen um eine Kurve lenkt. Es geht leicht bergauf. »Jetzt sind wir gleich da. Nur noch einen Moment.«

Ich halte es nicht mehr aus und reiße mir die Augenbinde runter. Statt über einen einsamen Waldweg fahren wir eine lange, mit sattgrünen Bäumen gesäumte Allee entlang.

»Noch nicht! Och Mensch, du verdirbst ja die Überraschung.«

»Tut mir leid«, sage ich kleinlaut, als der Wagen vor dem wunderschönen weißen Schlosshotel zum Stehen kommt. »Ich hatte einen klaustrophobischen Anfall.«

»Und? Was sagst du?«

»Es ist traumhaft.« Staunend betrachte ich den imposanten Torbogen, die verspielten Türmchen und prächtigen Putten, die auf uns herunterblicken.

»Es gibt einen riesigen Wellnessbereich, und ich habe uns das komplette Programm gebucht. Maniküre, Pediküre, Partnermassage. Wir lassen es uns richtig gut gehen. Hm?« Er legt mir eine Hand aufs Knie und strahlt mich an. Vor lauter Rührung kommen mir fast die Tränen.

»Womit habe ich das denn verdient?«

»Weil du die beste Freundin bist, die sich ein Mann nur wünschen kann.« Hätte ich bloß nicht gefragt.

Wir beziehen das schönste Hotelzimmer, das ich je gesehen habe. Es ist ganz oben in einem der Türme gelegen, mit elegantem weißem Mobiliar und einem riesigen Himmelbett ausgestattet. Aus dem Fenster hat man einen wunderschönen Ausblick auf den Schlosspark mit seinen blühenden Rosensträuchern und hellen, geharkten Kieswegen. In den flauschigen Hotelbademänteln und Badeschlappen fahren wir mit dem Aufzug ins Untergeschoß, wo eine riesige Saunalandschaft auf uns wartet. Und zwei Masseurinnen mit breiten Schultern und für Frauen wirklich unerwartet großen, kräftigen Händen.

Wohlig seufzend schließe ich die Augen, während aromatisiertes, warmes Öl auf meinen Rücken zu tropfen beginnt. Die großen Hände verteilen es sanft auf meinem Rücken, der Duft von Orangen und Limetten steigt mir in die Nase.

»Ihre Muskeln sind ja wirklich hart wie Stein«, sagt meine Massagetherapeutin Sonja in diesem Moment und drückt auf meinen Trapezius.

»Aua!«

»Sie haben eindeutig zu viel Stress. Aber keine Sorge, in einer Stunde fühlen Sie sich wie neu geboren.« Damit beginnt sie sanft, meine verhärtete Rückenmuskulatur zu streichen und zu kneten.

»Tut gut, was?«, fragt Nils von nebenan und ich seufze bejahend.

»Na also, es wird doch. Das kriegen wir hin.« Sie greift jetzt fester zu, und auf einmal beginne ich zu schluchzen. Huch. Was ist nun los?

»Was machen Sie mit ihr? Tun Sie ihr weh?«

»Nein, nein«, beteuere ich, während mir die Tränen unaufhaltsam über die Wangen strömen.

»Warum weinst du denn?«

»Das ist ganz normal!« Sonja lässt sich nicht beirren und bearbeitet zielstrebig die nächste verspannte Muskelgruppe. Ich schluchze erneut.

»Was heißt denn hier normal?«, regt Nils sich auf. »Sehen Sie mich etwa heulen?«

»Wir halten viele Emotionen in unseren Muskeln fest. Und wenn wir uns entspannen, lösen sich diese Gefühle. Viele Leute weinen. Andere lachen. Machen Sie sich keine Sorgen!« Gott sei Dank. Kurz kam ich mir vor wie ein Fall für die Klapsmühle. Aber jetzt, nachdem ich quasi die Legitimation erhalten habe, heule ich mich mal so richtig schön aus. Das tut gut! Ich schniefe, wimmere und greine, bis ich komplett leergeweint bin. Eine angenehme Schwere ergreift Besitz von mir und nach der einstündigen Massage fühle ich mich wie ein Wackelpudding. Zufrieden richte ich mich auf der Massagebank auf und strahle Sonja an.

»Tausend Dank. Das war himmlisch. Fandest du nicht auch, Nils?«

»Ich hatte mir Partnermassage irgendwie anders vorgestellt.«

»Aber es geht mir gut. Großartig.«

»So siehst du nicht aus.«

»Nein?«

Gemeinsam machen wir uns auf den Weg zu unserem nächsten Termin, der Pediküre, und dort kann ich auch einen Blick in den Spiegel werfen. Auweia. Ich sehe tatsächlich amtlich scheiße aus. Total verquollen und mit roten Flecken im Gesicht. Das vom Frotteehandtuch auf meine Wange gemalte Muster hilft auch nicht unbedingt. Aber egal. Das wird schon wieder. Frohgemut plumpse ich auf den Stuhl neben Nils und tauche meine Füße in ein warmes Fußbad.

»Was hast du denn?«, frage ich nach ein paar Minuten, weil mir die Stille zwischen uns plötzlich eher angespannt als angenehm vorkommt. Gleich darauf möchte ich mir am liebsten auf die Zunge beißen. Was wird er schon haben? Er fragt sich, was das für aufgestaute Gefühle sind, die sich da in den Muskeln seiner Freundin festgesetzt und sie so schlimm zum Weinen gebracht haben. Schuldgefühle, um es mal auf den Punkt zu bringen.

»Nichts. Ich frage mich nur …« Es ist die Trennung von Fabian, nehme ich mir vor zu sagen, weil mir auf die Schnelle nichts Besseres einfällt. Ich habe das damals einfach nicht genug betrauert. Aber kein Grund zur Sorge, jetzt ist das ja alles vorbei und vergessen.

»… wie viel Zeit wir noch bis zum Abendessen haben. Sollen wir die Maniküre vielleicht lieber weglassen?«

»Nein! Ich hab mich so drauf gefreut.« Ich sehe auf meine Nägel hinunter, die in ihrem Leben noch nie eine professionelle Maniküre erhalten haben und denen man das leider auch ansieht. »Wieso denn?«

»Ich dachte nur, damit wir genug Zeit haben, uns fürs Abendessen … zurechtzumachen. Es ist ein Galadinner und beginnt um sieben Uhr.« Ach Gott, aber doch bitte nicht wieder so ein Chi-Chi-Essen wie bei der Hochzeit meiner Schwester?

»Hier sind wir um sechs fertig. Da haben wir ja noch eine ganze Stunde.«

»Und das reicht dir?« Ach, daher weht der Wind. Jetzt bin ich doch etwas beleidigt.

»Selbstverständlich reicht mir das!«

»Na, dann ist es ja gut.«

»Entschuldigen Sie«, wende ich mich an die Fußpflegerin, »haben Sie hier eventuell Kühlmasken für die Augen?«

»Und? Nimmst du mich so mit?«, erkundige ich mich spitz, als ich sorgfältig geschminkt und angezogen aus dem Badezimmer komme. Nils liegt in seinem schicken, schwarzen Anzug auf dem Himmelbett, hat die Hände hinter dem Kopf verschränkt und sieht mir anerkennend entgegen.

»Du siehst toll aus.«

»Dankeschön.« Ich drehe mich einmal um die eigene Achse, damit er mich von allen Seiten bewundern kann. »Du übrigens auch.« Er setzt sich auf die Bettkante und zieht mich zu sich heran. Dann nickt er in Richtung des großen Spiegels mit dem Goldrahmen.

»Schau mal. Sind wir nicht ein Traumpaar?«

»Das sind wir.«

»Ein Dream-Team.«

Hand in Hand betreten wir den riesigen Rittersaal, in dem schwere Kronleuchter von der Decke und wertvolle Kunstwerke an den Wänden hängen. Im Hintergrund fiedelt ein Streichquartett eine leise Melodie. Ein Kellner begrüßt uns mit einer angedeuteten Verbeugung und bittet uns, ihm zu folgen. Ich bin ein bisschen enttäuscht, als er zielstrebig auf einen großen, runden Tisch zugeht, an dem, mit dem Rücken zu uns, bereits zwei andere Paare sitzen und sich angeregt unterhalten. Ich würde mir eigentlich ein bisschen traute Zweisamkeit wünschen. Was ist denn das für ein merkwürdiges Schlosshotel, in dem man wahllos mit anderen Gästen zusammengewürfelt wird wie in der Jugendherberge? In diesem Moment drehen sich besagte Gäste um und strahlen mich unisono an.

»Überraschung«, sagt Nils neben mir und drückt meine Hand. »Und? Freust du dich?«

»Du hast meine Familie eingeladen?«, frage ich überflüssigerweise, denn aus purem Zufall werden meine Eltern und meine Schwester samt ihrem Ehemann sicher nicht das Wochenende im gleichen Hotel verbringen wie wir.

»War das nicht eine wunderbare Idee von ihm?« Huldvoll lässt meine Mutter sich von Nils auf beide Wangen küssen.

»Klasse.« Ich nicke mechanisch.

»Auf der Hochzeit waren ja so viele Gäste, dass wir überhaupt nichts voneinander hatten.« Nils lächelt mich an, und ich bemühe mich, meine entgleisten Gesichtszüge wieder unter Kontrolle zu bringen. »Ich dachte, du würdest dich über einen Abend im Kreise deiner Lieben freuen.« Ist der noch ganz dicht? Leider bleibt mir im Moment nichts anderes übrig, als gute Miene zum bösen Spiel zu machen, aber heute Abend im Hotelzimmer werden wir uns unterhalten müssen. Wenn er allen Ernstes glaubt, mir eine Freude zu machen, indem er ausgerechnet meine Mutter einlädt, dann mache ich mich in dieser Beziehung entweder nicht klar verständlich, oder aber, und ich befürchte, das ist eher der Fall, er kapiert mich überhaupt nicht.

»Hast du Heuschnupfen, Franzi, oder was ist mit deinem Gesicht los?« Mit zusammengekniffenen Lidern mustert mich meine Mutter.

»Nein, es geht mir gut.« Ich starre auf den für sechs Personen eingedeckten Tisch, der die Frage, die ich gleich stellen werde, eigentlich schon beantwortet. »Kommen Omi und Opa denn auch?«

»Deine Großeltern? Nein. Hättest du das gewollt?«

Ob ich das gewollt hätte? Ungläubig sehe ich Nils an. Kennt er mich denn überhaupt kein bisschen?

»Das ist nichts für so alte Leute«, meint Emma und breitet die Serviette auf ihrem Schoß aus. »Ist doch schön, dass wir unter uns sind. Außerdem kommt mir Omi Anni jedes Mal etwas verwirrter vor. Das mit den verhunzten Sprichwörtern nimmt langsam überhand. Müssen wir uns Sorgen machen?«

»Omi verhunzt Sprichwörter, seit ich sie kenne. Sie ist topfit!«

»Ist ja gut, sei doch nicht gleich so aggressiv.« Sie zieht einen Flunsch.

»Sie hat recht, Franzi, das ist doch wirklich kein Grund, sich aufzuregen.« Nils nimmt meine Hand und drückt sie beruhigend. Mit einem Ruck entziehe ich mich ihm.

»Würdest du es bitte mir überlassen, worüber ich mich aufrege und worüber nicht?«

»Franzi!« Tadelnd sieht meine Mutter mich an, während Nils mich erschrocken anguckt.

»Entschuldige«, sagt er betreten.

»Nein, schon gut. Mir tut es leid.« Wenn ich jetzt auch noch mit ihm Streit anfange, dann ist außer meinem Vater an diesem Tisch niemand mehr auf meiner Seite. Und der ist bekanntermaßen nicht besonders gut darin, für mich in die Bresche zu springen.

»Ist okay.« Erleichtert lächelt Nils mich an. »Ah, da kommt der Aperitif.« Zwei Kellner sind nahezu lautlos an unserem Tisch aufgetaucht und servieren Aperol Spritz auf Eis. Nach meinem Vollrausch am letzten Wochenende hätte ich nicht geglaubt, dass ich mich so schnell wieder nach Alkohol sehnen würde. Jetzt aber greife ich nach dem Glas wie ein Verdurstender.

»Franzi«, wispert meine Mutter scharf, als es schon meine Lippe berührt, und ich halte mitten in der Bewegung inne. Nils erhebt sich von seinem Stuhl, schaut erst in die Runde und dann mich direkt an. Hastig setze ich das Glas wieder ab.

»Franzi«, sagt Nils, und ich wundere mich über den feierlichen Tonfall in seiner Stimme. Gleichzeitig registriere ich, dass die Geigenmusik plötzlich lauter zu werden scheint. Verwirrt wende ich den Kopf und sehe mich von den vier Musikern, die doch eben noch in der anderen Ecke des Raums standen, umringt. Was geht hier vor?

»Franzi«, wiederholt Nils und räuspert sich.

»Ja?«

»Ich, Entschuldigung, jetzt werde ich doch etwas nervös.« Er lacht verlegen, und meine Familie stimmt mit ein.

Verwundert sehe ich sie an. Ein verständnisvolles Lächeln umspielt die Lippen meiner Mutter. »Also, Franzi, wir sind jetzt seit zwei Monaten zusammen. Das ist sicher keine lange Zeit, aber manchmal braucht es die auch gar nicht, um zu erkennen, wenn etwas richtig ist. Uns hat man ja schon vor unserem ersten Treffen zugesichert, dass wir ein perfektes Paar abgeben würden. Man hat uns eine Kompatibilitätsquote von 93 Prozent zugesprochen, und ich muss zugeben, dass ich der ganzen Sache skeptisch gegenüberstand. Bis ich dich gesehen habe, Franzi. Denn da war mir klar, dass es stimmt. Dass wir füreinander geschaffen sind. Mein Leben ist schöner, seit du ein Teil davon bist. Und deshalb wünsche ich mir, dass du bleibst.«

Ich versuche, ihm aufmerksam zuzuhören, aber irgendwie bin ich peinlich berührt von dieser Ansprache. Er spricht so laut, dass nicht nur meine Familie und die Geiger jedes Wort mitbekommen, was ich schon schlimm genug fände, sondern auch die Gäste an den anderen Tischen, deren Gespräche nach und nach verstummen. »Also, ich mache es jetzt kurz und schmerzlos ...« Mein Herz setzt einen Moment aus. Er wird doch nicht? Doch. Er stellt sein Glas ab, schiebt seinen Stuhl noch ein Stück weiter zurück und lässt sich auf ein Knie nieder. Meine Mutter quietscht und hält sich die Hand vor den Mund. Nils nestelt an seiner Brusttasche herum und holt ein mit rotem Samt bezogenes Schmuckkästchen hervor. Ich stehe kurz vor einer Ohnmacht. »Willst du meine Frau werden?« Das Kästchen schnappt auf und enthüllt einen funkelnden Diamantring. Der Stein ist noch größer als der von Emma, ist das Erste, was ich denke. Dann sehe ich Nils in seine erwartungsvoll auf mich gerichteten Augen. Genau, er will eine Antwort. Eine Antwort. Was sage ich denn bloß?

Ist der verrückt geworden? Wer macht nach acht Wochen Beziehung einen Heiratsantrag? Fred würde sich kaputtlachen. Mist. Das ist der letzte Mensch, an den ich jetzt denken sollte. Die Musik hinter mir verstummt. Totenstille senkt sich über unseren Tisch. Über den ganzen Raum. Ich kann den Druck, der auf mir liegt, körperlich spüren. Jede weitere Sekunde, die verstreicht, fühlt sich an wie Stunden. Ich muss etwas sagen. Falsch, ich muss Ja sagen. Etwas anderes bleibt mir gar nicht übrig. Denn wenn ich Nein sage, ist es vorbei. So läuft das schließlich, oder? Wenn die Frage erst einmal gestellt ist, dann gibt es kein Zurück mehr. Entweder man heiratet – oder man trennt sich. Ich will mich aber nicht von Nils trennen. Oder vielleicht doch? Nach allem, was passiert ist, bin ich mir nicht mehr so sicher. Aber will ich ihn wirklich bis auf die Knochen blamieren, indem ich ihm vor versammelter Mannschaft einen Korb gebe?

»Ja«, sage ich. Kaum ist das Wort mir entschlüpft, möchte ich mir am liebsten die Zunge abbeißen. Meine Güte, Franzi, du lernst es aber auch nicht. Hier geht es nicht darum, einem Mann aus Höflichkeit seinen Mundgeruch zu verschweigen. Was ja, nebenbei gesagt, auch schon keine besonders brillante Idee von mir war. Aber einen Heiratsantrag annehmen? Um Nils' Gefühle nicht zu verletzen? Bin ich noch bei Trost? Was ist mit meinen eigenen Gefühlen? Dummerweise ist es jetzt zu spät. Applaus, von meiner Mutter initiiert, brandet auf. Die Geiger stimmen irgendein beschwingtes Liedchen an, und Nils sieht sehr erleichtert aus, während er den Ring aus der Schatulle fummelt und ihn mir an den Finger steckt. Zumindest versucht er das. Am zweiten Gelenk bleibt er stecken.

»Oh. Ich glaube, er ist ein bisschen zu klein.«

»Nein, das geht schon.« Er schiebt kräftiger. »Er ist genau so groß wie deine anderen Ringe.« Vorwurfsvoll sieht er mich an, und ich zucke entschuldigend die Achseln. In diesem Moment rutscht der Ring endlich an seinen Platz.

»Autsch.«

»Na also.« Zufrieden betrachtet Nils sein Werk, während ich mein schmerzendes Fingergelenk reibe. »Wir können ihn aber auch ein bisschen weiter machen lassen, das ist gar kein Problem.«

»Ja, das wäre mir ganz lieb.«

Er nimmt mein Gesicht in beide Hände und küsst mich. »Meine Güte, eine Sekunde lang habe ich befürchtet, du könntest Nein sagen. Ich wusste ja nicht so genau, wie du reagieren würdest. Aber schließlich sind wir beide keine zwanzig mehr.« Er rappelt sich auf und setzt sich wieder auf seinen Stuhl.

»Wie meinst du das denn jetzt?«

»Na, dass man in unserem Alter nicht mehr ewig rummachen kann. Irgendwann muss man sich mal für jemanden entscheiden und dann auch dazu stehen.« Da mag er sogar recht mit haben. Aber nach acht Wochen?

»Meinst du nicht, wir sollten uns noch ein bisschen besser kennenlernen?«

»Schatz«, er lächelt mich liebevoll an und streichelt mir über die Wange, »ich kenne dich besser, als du denkst. So, ihr Lieben, bevor ihr verdurstet«, er hebt sein Glas, »trinken wir auf eure Familie. Ich freue mich, dass ich bald ein Teil von ihr sein werde.«

»Wir freuen uns auch!« Gläser klirren aneinander, die Musiker machen sich auf den Weg zurück zu ihrer Bühne und das Essen wird serviert.

»Erlauben Sie mir, Ihnen im Namen des gesamten Hotels meine allerherzlichsten Glückwünsche zur Verlobung auszusprechen. Hier der erste Gang unseres heutigen Menüs: Gelierte Consommé vom Kalb mit Gemüsebrunoise. Wohl bekomm's!«

Kapitel 20

Panisch stürze ich durch die riesige Eingangshalle und hinaus in den Park, wo ich mich nach Luft schnappend an einen Baum lehne. Mein Hals ist wie zugeschnürt und der Schweiß bricht mir aus allen Poren. Ich muss hier weg. Nur weg! Mit zitternden Händen krame ich in meiner Handtasche nach meinem Telefon. Ehe ich selbst recht begreife, was ich tue, habe ich Freds Nummer gewählt. Schon nach dem zweiten Klingeln meldet er sich.

»Hast du ein Auto?«, keuche ich, immer noch nach Atem ringend.

»Wer ist denn da?«

»Hier ist Franzi. Hast du ein Auto?«

»Franzi.« Er stöhnt. »Wieso fragst du?«

»Weil du mich abholen musst. Bitte?«, schiebe ich flehentlich hinterher, weil es plötzlich seltsam still in der Leitung ist.

»So langsam nervst du.«

»Ich glaube, ich habe eine Panikattacke. Holst du mich ab oder nicht?«

»Bist du schon mal auf die Idee gekommen, dass ich vielleicht auch ein eigenes Leben haben könnte?« Prompt beginnt mein Herz wieder zu rasen und ich hole pfeifend Luft.

»Dann … eben … nicht«, stoße ich mühsam hervor. Wen kann ich sonst anrufen? Lydia hat kein Auto, Kim kann bestimmt nicht weg. Dann muss ich eben ein Monatsgehalt für ein Taxi ausgeben.

»Halt, warte. Ist ja gut. Ich hole dich ab. Wo bist du?«

»Im Schlosshotel Fürstenhain.«

»Das kenn ich gar nicht. Wo ist das denn?«

»Bei Lüneburg.«

»Hast du ein Rad ab? Ich soll … ? Schon gut. Ich mach mich auf den Weg!«

»Danke.« Erschöpft lasse ich das Handy sinken. Meine Hände sind schweißnass, und mir ist schwindlig. Bevor die Beine unter mir wegknicken, setze ich mich in das von dem heißen Spätsommertag noch warme Gras. Alles wird gut. Fred kommt und holt mich ab. Langsam beruhigt sich mein Puls, und ich kann wieder durchatmen. Das ändert sich allerdings schlagartig, als mein Blick auf den riesigen Diamantring an meiner linken Hand fällt. Der Ringfinger ist geschwollen und irgendwie bläulich. Ich habe ja gleich gesagt, das Ding ist zu eng. In Panik zerre ich an dem Ring, wodurch sich das Fleisch an meinem unteren Fingerglied nach oben schiebt, ohne dass sich der Ring vom Fleck bewegt. Okay, ganz ruhig, Franzi! So schnell stirbt ein Finger nicht ab. Was tun? Ich lasse los, betrachte meinen bedauernswerten Finger und kann mich seltsamerweise vollständig mit ihm identifizieren. So fühle ich mich auch. Abgeschnürt, eingeengt und meiner Lebenszufuhr beraubt. Hat mich eigentlich irgendjemand gefragt, ob ich mich nach acht Wochen verloben will? Nun, sicher, das hat Nils ja eben gerade getan, aber er hat auch dafür gesorgt, dass ich keine Möglichkeit habe, Nein zu sagen. Indem er meine Familie und zwei Dutzend Komparsen dazugeholt hat. Interessiert ihn meine Meinung eigentlich? Interessiere ich ihn? Ich kenne dich besser, als du denkst, hat er gesagt. Dass ich nicht lache. Er weiß vielleicht, dass ich meinen morgendlichen Kaffee mit Karamellsirup süße und mein Croissant dann hineindippe. Dass ich am liebsten in roter Bettwäsche schlafe und regelmäßig vergesse, mich abends abzuschminken. Aber die wichtigen Dinge, die weiß er nicht. Dass ich ein mehr als schwieriges Verhältnis zu meiner Mutter und meiner Schwester habe. Dass mir Omi Anni nähersteht als sonst ein Mensch. Dass ich Austern, Kaviar und jegliches gelierte Essen verabscheue. Dass ich mich ständig grundlos entschuldige und wünschte, damit aufhören zu können. Dass ich gelernt habe, die Klappe zu halten, mir aber eigentlich wünsche, die Wahrheit zu sagen. Und dass ich letzte Woche mit einem anderen Mann geschlafen habe.

»Franzi?« Erschrocken blicke ich auf und sehe Nils auf mich zukommen. Direkt vor mir bleibt er stehen und sieht auf mich herunter. »Was machst du denn hier draußen? Wir haben uns Sorgen gemacht, als du plötzlich davongestürmt bist.« Mit wackeligen Knien erhebe ich mich.

»Ich muss mit dir reden.«

»Ja?« Irritiert sieht er mich an. »Du siehst irgendwie nicht so aus wie eine glückliche Braut.«

»Stimmt.« Ich atme tief durch. »Das bin ich auch nicht. Ich habe nämlich das Gefühl, dass du gar nicht mich meinst. Dass du einfach nur dringend den Sack zumachen willst. So wie dein Freund Thomas.«

»Sag mal, was willst du eigentlich? Andere Frauen wären außer sich vor Freude, wenn sie so einen Antrag bekommen würden.«

»Ich bin aber nicht andere Frauen. Mir geht das alles zu schnell. Und außerdem …« Ich nehme all meinen Mut zusammen und platze damit heraus, bevor ich es mir anders überlege: »Ich habe mit Fred geschlafen. Letzte Woche.« Nils wird blass, ich kann sehen, wie seine Kiefermuskeln arbeiten.

»Du hast *was?*«, fragt er zwischen zusammengebissenen Zähnen hindurch.

»Ich habe mit Fred geschlafen. Und es tut mir leid. Es tut mir wirklich sehr leid. Ich kann verstehen, wenn du mich jetzt verlässt, aber … Ich glaube, es ist auch ein Zeichen, dass irgendwas in unserer Beziehung nicht in Ordnung ist. Meinst du nicht?«

»Du musst das gar nicht auf unsere Beziehung schieben. Wenn du rumvögelst, dann stimmt einzig und alleine mit dir etwas nicht. Und wieso erzählst du mir das ausgerechnet jetzt?«

Verdutzt sehe ich ihn an. »Weil ich dich nicht mehr anlügen kann.«

Er greift so plötzlich nach meiner Hand, dass ich zurückweiche. »Mach dich nicht lächerlich«, sagt er scharf, »ich schlage keine Frauen.«

Ich wage nicht, ihn darauf aufmerksam zu machen, dass sein eiserner Griff mir trotzdem wehtut.

»Wir gehen jetzt wieder rein. Über diese … Sache reden wir später.« Damit setzt er sich in Bewegung und zerrt mich hinter sich her zum Hotel zurück.

»Später? Nenn mir eine Sache, die jetzt wichtiger ist, als das zu klären.«

Er bleibt so abrupt stehen, dass ich gegen ihn pralle. »Weißt du, Franzi, du hast wirklich ein Talent dafür, anderen die Stimmung zu verderben. Denkst du eigentlich auch manchmal an jemand anderen als an dich selbst? Erst die Hochzeit deiner Schwester, dann Thomas' Geburtstagsfeier und jetzt das hier! Musst du immer aus der Reihe tanzen?«

»Du willst, dass ich euch die Stimmung nicht vermiese? Was hätte ich denn tun sollen? Dasitzen und fröhlich Verlobung feiern, egal, wie es in mir aussieht?«

»Zunächst mal hättest du letzten Samstag die Beine geschlossen halten sollen, statt dich von diesem Typ flachlegen zu lassen.« Irgendwie passt diese grobe Ausdrucksweise überhaupt nicht zu Nils, auch wenn er damit natürlich zweifelsohne recht hat.

»Das stimmt, aber …«, setze ich an, aber er lässt mich nicht zu Wort kommen.

»Wenn du dich schon wie eine Schlampe benehmen musst, dann hätte ich erwartet, dass du wenigstens heute deinen Mund hältst und uns nicht den Abend verdirbst.«

Ganz eindeutig, der Mann hat sie nicht mehr alle.

»Das hättest du gerne, was? Eine Frau, die den Mund hält? Tut mir leid, das bin ich nicht.«

Kopfschüttelnd sieht er mich an. »Was ist nur los mit dir? Ich kenne dich nicht wieder.«

»Du hast mich überhaupt nie gekannt.« Und ich ihn offensichtlich auch nicht. »Sonst wüsstest du, dass der letzte Mensch, den ich bei meiner Verlobung dabeihaben wollte, meine Mutter ist.«

»Das ist doch lächerlich. Du benimmst dich wie eine Dreijährige! Werd endlich erwachsen, Franzi!«

Vor meinen Augen explodieren rote Punkte.»Erwachsen? Das kannst du haben. Um ehrlich zu sein, ist das die erste gute Idee, die du seit Langem hattest.« Ich zerre an dem Verlobungsring, der immer noch fest an meinem Finger sitzt. Ich will das Ding aber loswerden, deshalb beiße ich die Zähne zusammen und reiße ihn mit Gewalt herunter.

»AU!!! Verdammt noch mal.« Vorsichtig bewege ich meinen gepeinigten Finger, aber er scheint noch intakt zu sein. Und trotz des Schmerzes fühlt er sich gut an, befreit. »Hier.« Ich nehme Nils' Hand und lege den Ring hinein. Dann nehme ich auch die Diamantohrringe ab und gebe sie ihm.

»Was soll das?«

»Die Verlobung ist gelöst.«

»Das kannst du nicht machen. Das würde ich mir an deiner Stelle gut überlegen. Wenn du jetzt gehst, ist es für immer. Und du wirst es bereuen!«

»Das glaube ich nicht.« Damit marschiere ich an ihm vorbei zum Hotel zurück, geradewegs in den Rittersaal hinein, wo meine Familie mir vorwurfsvoll entgegensieht.

»Franzi, wo warst du denn so lange? Es ist sehr unhöflich von dir, uns hier so lange mit dem Essen warten zu lassen.«

»Irrtum, Mama. Unhöflich ist, wie du mich behandelst. Unhöflich ist, den ganzen Tag an mir herumzumeckern und kein gutes Haar an mir zu lassen. Unhöflich ist, mich vor fremden Leuten herunterzuputzen. Das ist unhöflich. Und wenn du willst, dass ich euch weiterhin besuche, dann verbitte ich mir das in Zukunft.« Der Unterkiefer meiner Mutter klappt nach unten. »Emma, wenn du es wagen solltest, irgendeines deiner Kinder an meinem Geburtstag entweder zu gebären, zu taufen oder konfirmieren zu lassen, dann müsst ihr an diesem Tag leider ohne Tante Franzi auskommen. Und Papa, von dir hätte ich mir gewünscht, dass du dich nicht immer aus allem raushältst, sondern dich für mich einsetzt, wenn diese beiden mal wieder auf mir herumgehackt haben. Julius«, der Angesprochene sieht ängstlich zu mir hoch, aber ich mache eine wegwerfende Handbewegung, »du bist mir eigentlich relativ egal. Bezüglich des Geburtsdatums eurer Kinder gilt für dich aber natürlich dasselbe. Schönen Abend noch.« Ich werfe einen letzten, strafenden Blick in die Runde. »Du hattest recht«, sage ich im Hinausgehe zu Nils, »es tut gut, erwachsen zu werden.«

Nachdem ich meinen Koffer aus unserem Zimmer geholt habe, sitze ich noch eine halbe Stunde auf einer der verschnörkelten, schwarz angestrichenen Bänke in der Auffahrt des Hotels und beobachte, wie langsam die Dämmerung heraufzieht und alles in ein unwirkliches Blau taucht. Ich fühle mich gleichermaßen aufgewühlt und befreit. Dennoch nagen Schuldgefühle an mir, und ich kann mich nur schwer beherrschen, nicht noch einmal reinzugehen, um mich bei Nils zu entschuldigen. Nicht dafür, dass ich ihn nicht heiraten will. Nicht für die Dinge, die ich gesagt habe. Sondern dafür, dass ich ihn betrogen habe. Aber ich tue es nicht. Schließlich habe ich gesagt, dass es mir leidtut. Und er hat gesagt, dass er mich für eine Schlampe hält. Vielleicht ist es gut so. Vielleicht kommt er so schneller darüber hinweg. Und sicher findet er bald eine andere Frau, die dankbar ist, auf den doofen Partys seiner aufgeblasenen Freunde sein Anhängsel zu sein. Wir Frauen Mitte dreißig sind da schließlich nicht so wählerisch. Wie auf Kommando hält in diesem Moment ein uralter, weißer Mercedes mit quietschenden Reifen vor dem Hotel, sodass der Kies nach allen Seiten spritzt.

»Hatten Sie einen Wagen bestellt?«

Ich springe auf und laufe zu ihm rüber.

»Ich war noch nie so froh, dich zu sehen.« Fred verstaut mein Gepäck im Kofferraum und wirft einen anerkennenden Blick auf Schloss Fürstenhain.

»Wow. Hübsche Hütte.«

»Nicht wahr? Genau das Richtige für eine Verlobung.«

»Für was?«

»Bring mich einfach hier weg.«

Wir brausen über die Autobahn. Nachdem ich Fred alles erzählt habe, lehne ich mich in meinem Sitz zurück und lasse mir den Fahrtwind, der durch das geöffnete Fenster hereinweht, um die Nase wehen. Was für ein Abend! Fred legt mir seine Hand auf den Oberschenkel.

»Ich bin richtig stolz auf dich.«

»Echt?« Ich spüre, dass ich rot anlaufe und sehe angestrengt aus dem Fenster. »Danke.«

»Und dass du den Typ abgeschossen hast, passt mir eigentlich auch ganz gut in den Kram.«

»Ich habe ihn nicht abgeschossen.«

»Sondern?«

»Ich habe mit ihm Schluss gemacht. Es hat nicht funktioniert.«

»Du hast ihn abgeschossen.«

»Von mir aus.«

»Dann habe ich jetzt freie Bahn.« Er grinst mich frech von der Seite an. »Vielleicht interessiert es dich, dass du mich heute um einen sehr vielversprechenden One-Night-Stand gebracht hast. Schon wieder.«

»Ach, das tut mir aber leid.«

»Muss es nicht. War gelogen. Ich habe alleine zu Hause gesessen.«

»Nicht dein Ernst.«

»Doch. Und ich sag dir noch was. Ich habe an dich gedacht.«

»Ehrlich?« Er lacht. Ich haue ihm auf den Arm. »Blödmann.«

»Was denn? Hast du das etwa geglaubt? Nach letzter Woche dachte ich schließlich, ich sehe dich nie wieder.«

»Das scheinst du ja mächtig betrauert zu haben.«

»Das Leben geht weiter. Außerdem weißt du doch, wie Männer sind. Wir trauern innen drinnen. Was ist denn los, Alter?« Er fährt dem vor uns fahrenden Wagen dicht auf und versucht, ihn mit der Lichthupe von der linken Fahrspur zu drängeln. Ängstlich kralle ich mich am Türgriff fest.

»Musst du so dicht auffahren?«

»Warum zieht der denn nicht rüber?« Der arme Opel Corsa vor uns hoppelt nach rechts. »Na endlich.« Fred gibt Gas und zeigt der verwirrt zu uns rüberschauenden Fahrerin einen Vogel. »Das war ja klar. Frau am Steuer.«

»Du darfst hier gar nicht so schnell fahren«, sage ich scharf. Er sieht mich provozierend an und tritt das Gaspedal so fest durch, dass sein Auto schmerzhaft aufjault. »Was soll denn das? Fahr langsamer!«

»Ist doch alles frei.« Er deutet auf die leere Straße.

»Na und? Deshalb darfst du hier trotzdem nicht zweihundert fahren.«

»Das ist völlig ungefährlich, solange keine anderen Autos in Sicht sind. Ich kann schließlich Auto fahren.«

»Darüber lässt sich streiten.«

Bevor ich begreifen kann, was geschieht, zieht er nach rechts rüber und kommt mit quietschenden Bremsen auf dem Seitenstreifen zum Stehen. »He, was soll denn das?«

»Steig aus.«

»Wie bitte? Bist du noch ganz dicht? Der Seitenstreifen ist nur für absolute Notfälle da. Weißt du, wie gefährlich das ist?«

»Du hast zwei Möglichkeiten. Entweder du steigst jetzt aus, oder du bleibst sitzen und lässt dich von mir nach Hause fahren. Aber dann hältst du gefälligst die Klappe und hörst auf, an meinem Fahrstil rumzumeckern!«

»Aha! Ich soll zwar allen anderen die Wahrheit sagen, aber du selber kannst sie nicht vertragen?«

»Dein Gemosere hat mit der Wahrheit nichts zu tun. Wenn ich schon so nett bin, an einem Samstagabend für dich durch die Gegend zu gondeln, um dich vor deiner eigenen Verlobung zu retten, dann kann ich ja wohl ein bisschen Respekt erwarten.«

»Und ich kann erwarten, dass ich lebend ankomme!« Empört verschränke ich die Arme vor der Brust und mache mich vorsichtshalber schon mal schwer. Der wird mich doch nicht allen Ernstes hier mitten auf der Autobahn aus dem Auto werfen? Ich schiele zu ihm rüber und stelle fest, dass er grinst. Jetzt hebt er die Hand und streicht mir eine Haarsträhne hinters Ohr.

»Süße, ich habe nicht das geringste Interesse daran, dich zu Tode zu fahren. Meinst du, ich weiß nicht, was ich da für eine wertvolle Fracht an Bord habe?« Ich spüre, wie mir das Blut in die Wangen schießt. Das war jetzt richtig süß von ihm, oder? »Und sollte tatsächlich was passieren und du dich nach dieser Autofahrt nackt und mit zwei Flügelchen an deinen hübschen Schultern auf einer Wolke wiederfinden, dann gebe ich dir hiermit ausdrücklich die Erlaubnis, zu mir runterzukommen, um mir gehörig in den Hintern zu treten.«

»Ach? Du würdest überleben?«

»Nein. Ich meinte noch ein Stockwerk tiefer.« Er lächelt passenderweise diabolisch und gibt Gas.

Unversehrt setzt Fred mich eine Stunde später vor meiner Haustür ab. Ein bisschen verlegen sitze ich auf dem Beifahrersitz und weiß nicht recht, wie ich mich verabschieden soll. Normalerweise stürmt ja immer einer von uns beleidigt von dannen, sodass diese Frage sich vorher nicht gestellt hat. Aber der Rest der Autofahrt verlief ganz entspannt.

»Vielen Dank. Du hast mich gerettet.«

»Gern geschehen. Und? Bekommt der Ritter dafür auch eine Belohnung?«

»Wenn du Sex meinst, muss ich leider passen. Einen Kuss könnte ich dir anbieten.«

»Einen Kuss?« Sein vorfreudiges Grinsen verrutscht. »Damit lockst du doch keinen Hund vor die Tür.«

»Dann nicht.« Ich zucke mit den Achseln und stoße die Beifahrertür auf. »Also, danke noch mal.«

»He, nicht so schnell. Ist ja gut. Ich nehm den Kuss!« Er zieht mich zurück und küsst mich lange und zärtlich. Es ist der schönste Kuss, den ich jemals bekommen habe. Ich öffne die Augen und sehe ihn an. »Du bist sicher, dass ich nicht noch kurz mit raufkommen soll?«

»Ich bin sicher. Heute muss ich mal allein sein.«

»Okay. Verstehe ich.« Er richtet sich wieder auf und sieht mich mit seinem unvergleichlichen Blick an, und plötzlich weiß ich, woran mich dieser Blick erinnert. Er schaut mich genauso an, wie Rhett Butler immer Scarlett O'Hara angesehen hat. Mit einer Mischung aus Spott, leiser Amüsiertheit und … Liebe? »Weißt du, ich gehe davon aus, dass es nicht allzu lange dauern wird, bis einer von uns wieder unangemeldet beim anderen auftaucht. Aber von mir aus könnten wir dieses Muster mal durchbrechen. Was meinst du?«

»Häh?«

»Sehen wir uns morgen?«

»Ach so. Ja, gerne.«

»Gut. Ich komme um acht vorbei.«

»Ist gut. Dann bis morgen.«

Ich will die Nacht alleine verbringen, um meine Gedanken zu ordnen. Schließlich habe ich heute Abend eine Menge mitgemacht. Mich verlobt. Wieder entlobt. Eine Beziehung beendet. Meiner Familie zum ersten Mal im Leben wirklich die Meinung gesagt. Es gibt so viel, worüber ich nachzudenken, was ich zu verarbeiten habe. Dummerweise interessiert das alles mich nicht die Bohne. Meine Gedanken kreisen nur um ein Thema: Fred. Spätestens bei unserem Abschiedskuss im Auto habe ich es kapiert: Ich bin verliebt. Bis über beide Ohren, mit Schmetterlingen im Bauch und bis zum Hals klopfendem Herzen verliebt. In einen Typen, der sich selbst mit einigem Stolz völlige Bindungsunfähigkeit attestiert und mit dem ich es keine fünf Minuten in einem Raum aushalte, ohne dass zwischen uns die Fetzen fliegen. »Was meinst du, Freddy?«, frage ich den Teddy, der mittlerweile wieder mit dem Gesicht zu mir auf dem Nachttisch sitzt, »kann das was werden?« Natürlich antwortet er mir nicht. Aber ich bilde mir ein, ihn leise vor sich hin summen zu hören. »It's a kind of magic, it's a kind of magic.«

Das werte ich mal als gutes Omen.

Um Punkt acht am nächsten Abend öffne ich Fred die Wohnungstür. Unbekümmert nimmt er mich in die Arme und drückt mich an sich. Der vertraute Duft seines Parfüms lässt mir die Knie weich werden, aber ich reiße mich zusammen. Cool bleiben!

»Willst du ein Glas Wein?«

»Gerne!« Er folgt mir ins Wohnzimmer, wo wir uns auf dem Sofa niederlassen. Ein wenig verlegen prosten wir uns zu und trinken. Himmelherrgott, warum ist das so krampfig? Kann der nicht mal was sagen? »Ich hab was für dich.« Aus seiner hinteren Hosentasche zieht er einen zusammengefalteten Briefumschlag hervor.

»Was ist das?« Ich greife danach und habe für eine Sekunde das Gefühl, als wollte er ihn nicht loslassen. Und richtig, ich ziehe, sein Griff verstärkt sich. »Was denn nun? Willst du ihn mir geben oder nicht? Du musst nicht. Wenn du nicht willst.« Er nickt und lässt los.

»Das war das Klügste, was du sagen konntest.« Der Mann spricht heute wirklich in Rätseln. Ich sehe auf den leicht knittrigen Umschlag in meiner Hand.

»Soll ich den jetzt aufmachen?« Wieder wiegt er unschlüssig den Kopf, scheint kurz mit sich zu ringen, bevor er tapfer nickt.

»Ja. Mach ihn auf.«

»Okay.« Neugierig reiße ich den Umschlag auf und hole ein bedrucktes Blatt Papier heraus.

»Darf ich das lesen?«

Ein weiteres entschlossenes Nicken. »Ja.«

DREAMTEAM

Auswertung der Teilnehmer Franziska Martens und Friedhelm Landahl

Genetisch-biologische Komponente:
Kompatibilität: 100 %
Sie sind vollkommen unterschiedliche MHC-Typen. Sie werden miteinander den besten Sex Ihres Lebens haben. Die Zeugung gemeinsamer Kinder wird aufgrund Ihrer extraordinären genetischen Kompatibilität kein Problem. Vergessen Sie also nicht, zu verhüten, solange Sie noch zu zweit bleiben wollen. Und wir würden Ihnen sehr ans Herz legen, Ihre Zweisamkeit noch für ein paar Jahre zu genießen.

Soziale und psychische Komponente:
Kompatibilität: 100 %
Sie haben es sicher schon selbst gemerkt, in der Gegenwart des anderen fühlen Sie sich einfach lebendig. Sie haben sich immer etwas zu sagen, sind beide starke Persönlichkeiten mit eigenen Interessen. Sie führen auch getrennt ein erfüllendes, aufregendes Leben, doch das größte Geschenk sind Sie einander. Lassen Sie sich nicht davon irritieren, dass Sie scheinbar pausenlos miteinander streiten. Das hält die Beziehung frisch, und Sie haben beide genug Humor, um immer wieder zueinander zu finden.

Gesamtprognose:
Kompatibilität: 100 %

Suchen Sie nicht weiter. Besser wird's nicht!

Ich lasse den Zettel sinken und sehe zu Fred hinüber, der abwechselnd rot und blass wird und seine Finger auf unnatürliche Weise ineinander verkeilt hat.

»Ist das echt?«, frage ich mehr pro forma, denn besonders der Absatz mit der sicheren Verhütung klingt für mich sehr viel mehr nach Fred als nach DreamTeam. Außerdem kann ich mir beim besten Willen nicht vorstellen, dass er mir heimlich eine Genprobe geraubt hat, nachdem er sich nach der Q-Tip-Sache doch so aufgeregt hatte. Und richtig:

»Spinnst du? Warum soll ich zweihundert Euro für was ausgeben, was ich sowieso schon weiß?«

»Hm«, ich schaue auf das Blatt Papier und tue so, als ob ich angestrengt nachdenken würde. Dann lächele ich plötzlich strahlend. »Ist das etwa ein Antrag?«

Fred springt beinahe vom Sofa. »Was? Nein!«

»Da bin ich aber froh.«

Er verknotet wieder seine Finger, um die ich mir langsam ernsthaft Sorgen mache, ineinander.

»Aber es ist … Also, es ist … so eine Art … Liebeserklärung.«

Ich glaube, auf der ganzen Welt hat noch nie jemand dieses Wort auf diese Weise herausgewürgt.

»Donnerwetter! Und? Wie fühlst du dich?«

»Ganz gut.« Er lächelt tapfer.

Ich stehe auf, nehme seine Hand und ziehe ihn vom Sofa hoch. Verwirrt folgt er mir durch den Flur, wo ich die Wohnungstür für ihn öffne.

»Bitteschön. Falls du wegrennen musst.« Ich sehe zu ihm hoch und bete, dass er bleibt.

»Ich gebe zu, dass es einen Teil in mir gibt, der sich geradezu danach sehnt, die Treppe da runterzustürmen.

Aber der größere Teil will hier bleiben. Und es mit dir versuchen.« Abwartend sehe ich ihn an. »Ich meine, wenn du auch willst. Willst du?«

Eine Sekunde lasse ich ihn zappeln, dann nicke ich. »Ja, das will ich. Aber lass es uns langsam angehen.«

Er grinst, gibt der Wohnungstür einen Stoß, sodass sie zurück ins Schloss fällt und beugt sich zu mir herunter.

»Ich hätte mir nie träumen lassen«, murmelt er, bevor sich unsere Lippen treffen, »dass das mal eine Frau zu mir sagen würde.«

DREAMTEAM
Auswertung der Teilnehmer Annegret Martens und Hinrich Martens

Genetisch-biologische Komponente:
Kompatibilität: 20%
Sie sind ähnliche MHC-Typen. Erwiesenermaßen beeinflussen die MHC-Gene sowohl das sexuelle Verlangen zweier Partner nacheinander als auch ihre Fähigkeit, sich fortzupflanzen. Für die Zeugung eines Kindes brauchen Paare mit ähnlichen MHC-Genen deutlich länger, auch kommt es in den ersten drei Monaten häufiger zu Fehlgeburten. Es besteht eine hohe Wahrscheinlichkeit, dass Ihre Verbindung kinderlos bleiben wird.

Soziale und psychische Komponente:
Kompatibilität: 14 %
Sie sind aus vollkommen unterschiedlichem Holz geschnitzt, in Ihren Vorlieben gibt es kaum wesentliche Überschneidungen. Wahrscheinlich werden Sie sich schon sehr bald nichts mehr zu sagen haben und sich miteinander langweilen. Diese Beziehung aufrechtzuerhalten würde für beide Partner ein hartes Stück Arbeit bedeuten. Tun Sie sich einen Gefallen und trennen Sie sich, bevor Sie Zeit und Mühe in eine Beziehung stecken, die von Anfang an zum Scheitern verurteilt ist.

Gesamtprognose:
Kompatibilität: 17 %

Ihre Erfolgsquote liegt bei 17 Prozent.
VERGESSEN SIE'S!!!

Bedenken Sie: Es gibt Menschen, die besser zu Ihnen passen. Wir haben Paare zusammengeführt, die im Kompatibilitätstest bis zu 96 Prozent erreichten. (Berichte von zufriedenen Kunden finden Sie in der dieser E-Mail als PDF-Datei angehängten Broschüre.)
Auch Sie können eine harmonische, sorgenfreie und glückliche Beziehung führen. Eine kurze Nachricht an uns genügt, und gegen eine geringe Gebühr speisen wir Ihre Ergebnisse in unsere Datenbank ein. Wir machen **Dream-Teams**!

GROSSES GEWINNSPIEL
MIT ATTRAKTIVEN BUCHPAKETEN

Gewinnen Sie! Machen Sie mit! Im Internet
unter www.heyne.de/Frauen-Bestseller

Teilnahmeschluss ist der 31. Oktober 2013

Viel Glück wünscht
Ihnen Ihr
Wilhelm Heyne Verlag

Eine Teilnahme ist nur online unter
www.heyne.de/Frauen-Bestseller möglich.
An der Verlosung nehmen ausschließlich
persönlich eingesandte Antworten teil.
Mehrfacheinträge (manuell oder
automatisiert) sind nicht zugelassen.
Der Rechtsweg ist ausgeschlossen.

Abonnieren Sie unseren neuen monatlichen
Newsletter mit den aktuellen Tipps für schönste
und spannendste Unterhaltung mit Herz
unter www.randomhouse.de/newsletter

HEYNE <